HEYNE BÜCHER

Das Buch

Glücklich und in aller Freundschaft von ihrem Ehemann getrennt, genießt Eve Piercy nach langjähriger Ehe ihre neugewonnene Freiheit. An Männern ist sie deshalb nicht interessiert, als sie sich aufmacht, um ihre Tochter Mel in den Vereinigten Arabischen Emiraten zu besuchen. Und doch wird sie am Pool des Luxushotels hartnäckig von Verehrern verfolgt. Eve beobachtet, ist amüsiert und bleibt auf Abstand. Dies gilt auch für Charles McNally, den sie wider Willen recht attraktiv findet. Trotz Mels nicht gerade unauffälligen Bemühungen, ihre Mutter für den Amerikaner zu interessieren, fliegt Eve nach zweiwöchiger Erholung ohne Affäre zurück nach England. Dort erscheint Charles jedoch völlig unvermutet auf der Party von Eves bester Freundin, und nun ist es mit dem Seelenfrieden vorbei. Als sich auch noch Eves Sohn Ben in eine verheiratete Frau verliebt, sind die Weichen für ein turbulentes Gefühlschaos gestellt …

Die Autorin

Sarah Harrison wurde in England geboren, verbrachte aber einen großen Teil ihrer Kindheit im Fernen Osten und in Deutschland. Nach dem Studium an der Londoner Universität war sie einige Jahre bei einer Frauenzeitschrift angestellt, seit 1971 ist sie als freie Schriftstellerin und Journalistin tätig. Dabei hat sie neben Frauenromanen, Thriller und heiteren Romanen zahlreiche Kinderbücher, Kurzgeschichten und Artikel verfaßt. Sie lebt mit ihrem Mann und drei Kindern in England.

Sarah Harrison im Heyne Verlag:
Zwei sehr unterschiedliche Töchter (01/9522)
Eine fast perfekte Frau (01/9760)
Beste Aussichten (01/10303)
Stilleben mit Freundin (01/10645)
Die Fülle des Lebens (01/10945)

als gebundene Ausgabe bei Rondo erschienen:
Wenn der Tag beginnt
Was der Himmel dir schenkt

SARAH HARRISON

WENN DER TAG BEGINNT

Roman

Aus dem Englischen
von Barbara Schnell

WILHELM HEYNE VERLAG
MÜNCHEN

HEYNE ALLGEMEINE REIHE
Band-Nr. 01/13314

Die Originalausgabe
THAT WAS THEN
erschien bei Hodder & Stoughton, London

Umwelthinweis:
Dieses Buch wurde auf
chlor- und säurefreiem Papier gedruckt.

Taschenbucherstausgabe 7/2001

Printed in Germany 2001
Umschlagillustration: Edward Miller/Young Artists/Agentur Schlück
Umschlaggestaltung: Nele Schütz Design, München
Satz: Leingärtner, Nabburg
Druck und Bindung: Ebner Ulm

ISBN 3-453-18926-4

http://www.heyne.de

1

Ich hatte eine schwere Entscheidung zu treffen.

Sollte ich meine lebenswichtige Energie dazu einsetzen, die Hand zu heben und den Kellner herbeizuwinken? Mich zu der übermenschlichen Anstrengung durchringen, über den glühendheißen Betonboden zur Bar zu gehen? Oder in das lauwarme, saphirblaue Wasser springen und mich am anderen Ende des Pools auf einen der Barhocker unter Wasser setzen? Es hatte alles seine Vor- und Nachteile. Der arabische Kellner – dessen Spürsinn für subtile Bewegungen einem Auktionator bei Sotheby's Ehre gemacht hätte – wäre zwar in Sekundenschnelle bei mir, doch der Drink, den er mir brachte, würde schon warm sein, wenn ich ihn an meine Lippen hob. Wenn ich mich auf die fünfzig Meter lange Ausdauerstrecke wagte – und sie überlebte –, um mir den Drink selbst zu holen, würde das Eis vielleicht eine Minute halten, und ich könnte ihn im feuchtwarmen Schatten des Palmdaches trinken, während sich die Ventilatoren sanft über mir drehten.

Ließ ich mich dagegen wie ein Seehund in das kühle, kristallklare, chemisch aufbereitete Wasser plumpsen, so konnte ich ganz problemlos zum Bargeländer gleiten und mich im Komfort suhlen, während ich einen Cocktail schlürfte, der um so luxuriöser war, da er außerhalb der mit fünf Sternen verzierten Grenzen des Miramar Hotels tabu war.

Tja, *so* hätte der wahre Himmel aussehen können … wären da nicht die Haie gewesen.

Denn selbstverständlich würden sie im selben Moment, in dem der Hintern meines Nullachtfünfzehn-Badeanzuges auf dem Barhocker landete, von ihren Liegestühlen gleiten und geradewegs durch das Wasser auf mich zuhalten. Und wie sehr ich mich auch bemühen mochte, die Getränkekarte zu studieren, nachdenklich den Videomonitor über mir zu betrachten oder mein Gesicht mit geschlossenen Augen in die Sonne zu halten, sie würden dasein und nur darauf warten, mir mit ihren inhaltsleeren, dafür aber andeutungsvollen Unterhaltungen, ihrem gepflegten Lächeln und ihren spekulierenden Blicken den Tag zu vermiesen.

Nein. Ich tastete den Boden nach meiner Sonnenbrille ab, parkte sie auf der Ölspur, die eigentlich mein Nasenrücken war, und begegnete dem Blick des Mannes hinter der Bar.

Ich weiß nicht, warum die Haie mich so störten. Sie waren gar nicht so gefährlich – eher von der Sorte der sonnengegrillten als der Weißen Haie –, Geschäftsleute aus aller Herren Länder, die sich für ein paar Tage oder nur auf der Durchreise in dieser künstlichen Oase aufhielten. Und wieso, das fragte ich mich fortwährend, sollten sie sich überhaupt für mich interessieren?

Seit zwölf Tagen schwamm ich regelmäßig eine ansehnliche Anzahl von Bahnen und ging meilenweit auf dem Laufband des hoteleigenen, klimatisierten Fitneßstudios, und auch das hatte mich nicht in Jane Fonda verwandelt. Ich sah immer noch genau wie die Frau aus, die ich war: eine freundliche, harmlose, nicht unattraktive Engländerin in den mittleren Jahren mit einem Hauch von Zellulitis und der einen oder anderen angedeuteten Krampfader – jene Sorte Frau, die zwar *au naturel* ganz nett aussieht, sich aber geschminkt und komplett angezogen unvergleichlich besser macht.

Mein gesunder Menschenverstand sagte mir, daß ich von den Haien wenig zu befürchten hatte. Trotzdem durfte ich mich auf keinen Fall auf sie einlassen. Erstens besaß ich die gesellschaftlichen Voraussetzungen nicht mehr, um mit der Situation fertig zu werden, in die sie mich bringen würden. Ich gehörte nicht in ihre freie Unternehmerwelt, in der man eine große Klappe hatte und viel Geld ausgab. Mein Job in einem provinziellen englischen Auktionshaus war alles andere als die Schwelle zum internationalen Kommerz. Und von hier aus betrachtet, sah mein gemütliches Kleinstadtleben aus wie die dunkle Seite des Mondes.

Ich hatte ihnen nichts zu sagen. Es fehlte mir am nötigen Selbstbewußtsein und am Gesprächsstoff. Und es fehlte mir an der nötigen Lust. Es erinnerte mich zu sehr an die Arbeit. Ich wollte nur mit meinen Postkarten, meinem Sonnenschutzfaktor fünfzehn und meinem frisch gepreßten Zitronensaft in Ruhe gelassen werden. Mit meinem neuen Status als getrenntlebender Single, immer noch halbwegs geschützt durch meinen ausgedienten Ehering, war ich ganz zufrieden.

Ich war zu Besuch bei meiner Tochter, ganz allein, etwas, das noch vor zwei Jahren undenkbar gewesen wäre, und mußte feststellen, daß es mir mehr Spaß machte, als ich mir jemals hätte vorstellen können. Ich spazierte durch das Hotel wie ein Kind im Spielzeugladen, probierte dies und jenes aus, verkroch mich wieder in meinem Zimmer, um mir Filme anzusehen und das Badezimmer durcheinanderzubringen, ging ins Fitneßstudio, traute mich auf den Suk-Markt, wanderte auf den Kliffstraßen herum … Einmal, als Mel abends einen Termin hatte, buchte ich sogar ein Essen auf einem Dhau-Segler im Hafen – allein. Die Aufmerksamkeit irgendeines Spesenritters, der für eine Ölfirma arbeitete und Sehnsucht nach seiner Frau hatte, war das letzte, was ich wollte. Ich besaß bereits ein Zertifikat für treue Dienste. Das hatte ich alles hinter mir. Jo, die mit mir zusammen bei Bouviers arbeitete, hatte während eines Trennungsdurchhängers eine Therapie gemacht und dabei den Spruch gelernt: ›Ohne Freier – Grund zur Feier.‹ Ich hatte beschlossen, das auch zu meinem Motto zu machen.

Der Schatten des Kellners fiel auf mein Gesicht. »Das Übliche, Madam?«

»Ja … nein«, sagte ich. »Ich hätte gern ein Pimms, bitte.«

»Pimms? Selbstverständlich, Madam.«

»Mit viel Eis.«

»Natürlich.«

»Und ein paar Nachos.«

»Nachos, jawohl, Madam. Salsa oder saure Sahne?«

»Saure Sahne, bitte.«

Er driftete davon, dunkel, trocken und kühl in der glühenden Hitze. Es war ein Uhr, und die Tageshitze begann sich zu stauen. In einer Stunde würden nur noch die ganz Unermüdlichen am Pool sein, und die meisten von ihnen würden entweder wassertreten oder in Trance unter dem Dickicht aus sorgsam plazierten Sonnenschirmen liegen. Es war August, Nebensaison, die Zeit, in der sich die Einheimischen mit ihrem legendären Reichtum im Schatten ihrer klimatisierten Häuser verschanzten und die Armen wie zerzauste Störche auf den Kliffstraßen standen und die Wasserschläuche bedienten, die die Wüste wie eine Rose erblühen ließen. Um diese Zeit gab es hier nur wenige Urlauber, es war einfach zu heiß. Für die nächsten paar Stunden würde die Temperatur fünfundvierzig Grad betragen, der Boden rund um den Pool würde für empfindliche englische Füße unbegehbar sein, und man würde sich nur aus dem einen Grund dazu aufraffen, sich mit Sonnenschutz einzucremen, weil man sonst bei lebendigem Leib geröstet wurde.

Ich allerdings konnte immer in der Sonne liegen. Schon als Kind hatte ich jene Art von Haut, deren Pigmente einfach zu goldener Bräune erblühten, während sich die empfindlichere Haut meiner Mitmenschen in gereizte Röte verwandelte. Natürlich war ich hier vorsichtiger, doch ich war dennoch entschlossen, mit einem Teint nach Hause zu kommen, der über jeden Zweifel erhaben verkündete: Urlaub in der Ferne. Ich war mir zwar des krebserregenden Potentials der Sonnenstrahlen deutlich bewußt, doch das schreckte mich nicht ab. Ich gehörte zu einer Generation, die in dem Glauben – nein, in dem *Wissen* – aufgewachsen war, daß Haut jeden Alters, jeder Art und Beschaffenheit braun besser aussah. Und was Falten anging… na ja, vielleicht sah man mit neunzig wie eine Trockenpflaume aus, aber vorerst sorgte das Sonnenbaden für ein unschlagbar gesundes und vitales Aussehen.

Also würde ich mich nicht zurückziehen. Die meisten Haie dummerweise auch nicht. Dies waren Männer, die es gewohnt waren, jede Gelegenheit beim Schopf zu packen – egal ob zwischen zwei Terminen, bei einem Zwischenstopp oder weil ihr Flug Verspätung hatte –, und sie würden sich nicht von dem bißchen Treibhauseffekt aus ihren angestammten Jagdgründen vertreiben lassen.

Mein Pimms kam, und mit ihm ein Körbchen Nachos, die goldgelb auf einem kalten Eisbergsalatbett glänzten, dazu ein Glasschälchen saure Sahne, die mit frischen Kräutern bestreut war ... Luxus.

Ich rückte noch einen Sonnenschirm zu mir herüber, um völlig im Schatten zu sein, und stellte die Rückenlehne meines Liegestuhls hoch. Bevor ich auch nur mein Glas hob, setzte ich erneut die dunkle Sonnenbrille auf, um die Haie besser beobachten zu können.

Ich identifizierte sie anhand ihres Lesematerials. Etwa zehn Handtuchbreit zu meiner Rechten lagen ein John Grisham und sein Kumpel, die *Financial Times*. Links von mir ein japanisches Automagazin. Weiter weg, in der Nähe der Bar, einmal Bill Bryson und einmal *Die Brücken am Fluß*, die ich allerdings für Tarnung hielt. In der anderen Richtung, jenseits der beiden ersten, waren diverse Einzelgänger verstreut – einmal Ken Follett, einmal *Newsweek*, einmal Alan Clarkes Memoiren und ein paar Laptops. Jenseits der Bar gab es ein paar Nichtleser: Makellos gekleidete Araber, die Eiskaffee tranken und sich in weichen Kehllauten unterhielten, die sich anhörten wie aus dem Boden gluckerndes Öl.

Statt internationaler Easy-Listening-Melodien wurde an der Pool-Bar jetzt das durchdringende Geheule einheimischer Popmusik gespielt – Happy Hour für die Barangestellten.

Ich trank und knabberte. Die halbgeschmolzenen Eiswürfel in meinem Glas klimperten leise, während der brennende Atem der Wüste, die uns für die nächsten tausend Kilometer umgab, in den Fransen der Sonnenschirme spielte.

Oje. Einer der Laptops – aufgequollen, braun und behaart – stand auf, schob die Füße in seine Badelatschen und machte sich auf die glutheiße Reise an die Bar. Am Fußende meines Liegestuhls blieb er stehen.

»Hallo.«

»Guten Tag.«

»Das sieht ja lecker aus.«

»Ist es auch.« Warum war es nur so peinlich, wenn man alleine aß und jemand einen Kommentar über das Essen abgab? Ich wünschte mir, er würde sich verziehen.

»Ist es Ihnen warm genug?« fragte er und sah zum Himmel.

»Ich mag die Hitze.«

»Das sehe ich.« Ich konnte nicht sagen, ob er auf mein Durchhaltevermögen oder meine Dummheit anspielte. »Urlaub?«

Das wäre mein Stichwort gewesen, ihm zu sagen, daß ihn das nichts anging, doch natürlich tat ich das nicht.

»Ja«, sagte ich statt dessen lammfromm. »Ich bin zu Besuch bei meiner Tochter.«

»Arbeitet sie hier?«

»Bei Ankatex.«

Er schüttelte den Kopf. »Ich will ja nicht abgedroschen klingen, aber Sie sehen nicht alt genug aus, um eine Tochter zu haben, die bei einer Ölfirma arbeitet.«

»Stimmt, das ist abgedroschen«, sagte ich, zerstörte die Wirkung meiner Worte aber wie immer mit einem Lächeln.

Er kicherte. Natürlich hatte sein Selbstbewußtsein keinen Schaden genommen. »Na, dann gehe ich mir mal dasselbe bestellen, was Sie haben.«

Ich sah zu, wie er davonwatschelte, die Arme leicht von den Seiten abgewinkelt, auf breiten Plattfüßen, die in schwarzen Badelatschen steckten. Warum fühlten sich Männer in seinem Alter und von seinem Körperbau nur genötigt, die winzigsten Fummel zu tragen, kaum mehr als ein Feigenblatt ...?

Ich aß die Nachos fast auf und ließ die Lehne des Liegestuhls wieder herunter. Mutig schob ich einen der Sonnenschirme mit dem Fuß beiseite, und der frühe Nachmittag traf mich schlagartig mitten ins Gesicht. Das einzige, was sich zu Hause damit vergleichen ließ, war das Gefühl, wenn man sich zu dicht über die Herdklappe beugte, während man den Braten prüfte.

Ich tastete nach meinem Glas und stellte es auf meiner Brust ab, dicht über dem Rand des Badeanzugs. Kondenswasser vermischte sich mit Schweiß und tröpfelte als Rinnsal über das Sonnenöl auf meiner Haut. Noch zehn Minuten, dann war ich reif für den Sprung ins kalte Wasser.

»Du hast nicht mehr alle Tassen im Schrank, weißt du das?«

Ich schirmte meine Augen gegen das gleißende Sonnenlicht ab. »Hallo, Liebes!«

»Wie hältst du das nur aus?«

»Ganz einfach. Es geht viel zu schnell vorbei.«

»Du liebe Güte ...« Mel saß in einem schattigen Halbkreis auf dem Liegestuhl neben mir. »Dann hat Kipling also recht mit seinen verrückten Hunden und Engländern.«

»Ich bin ganz zufrieden«, versicherte ich ihr. »Was machst du denn hier? Vorzeitig entlassen wegen guter Führung?«

»Mehr oder weniger. Wir haben nicht soviel zu tun, und Gerry meinte, ich sollte dir Gesellschaft leisten.«

»Wirklich?« Gerry war Mels Boß, ein kaltäugiger Sklaventreiber mit Cockney-Akzent. »Das ist lieb von ihm.«

»Er will mich wohl um den Finger wickeln, weil er irgend etwas im Schilde führt.«

Na, dann hatte er sich ja etwas vorgenommen, dachte ich und betrachtete meine Tochter liebevoll. Mit sechsundzwanzig war sie ein gebieterisches Wesen, wie ich es im Leben nicht sein würde. Selbst hier in dieser Hitze sah sie genauso aus wie in der Chefetage von Ankatex am Piccadilly, genauso wie immer: kühl, blaß und clever. Sie war eine jener Frauen, die sich in ihren Sonntagskleidern absolut zu Hause fühlen und nicht unter dem überwältigenden Bedürfnis leiden, ihre Nylonstrümpfe und hochhackigen Schuhe auszuziehen, sobald sie die Tür hinter sich zumachen. Das hatte sie nicht von mir.

Sie mochte zwar über die Hitze schimpfen, doch ihr kurzärmeliges, blaß-aquamarinfarbenes Hemdkleid mit dem chinesischen Kragen hatte nicht die geringste Falte, und sie trug eine Seidenstrumpfhose zu ihren flachen Pumps. Ihr Haar, das sie zu einem jener glatten Twiggy-Bobs mit Seitenscheitel frisiert hatte, sah aus, als käme sie gerade vom Friseur, obwohl sie dort nur einmal im Monat hinging. Mit ihren ziemlich scharf geratenen Gesichtszügen und ihrem kräftigen Kinn war sie zwar keine Schönheit, doch sie wußte genau, wie man sich gut verkauft.

»Was möchtest du heute nachmittag unternehmen?« fragte sie.

»Ich weiß nicht. Eigentlich wollte ich nur hier herumfaulenzen, aber jetzt, wo du frei hast... Was schlägst du vor?«

»Ich hätte nichts dagegen, auch ein bißchen zu schwimmen. Wir könnten zum Strandclub gehen.«

»Du willst dich doch nicht etwa bei dieser Hitze bis zum Strandclub schleppen, oder?«

»Du meinst, du willst nicht! Und wer hat etwas von schleppen gesagt – wir würden mit dem Taxi fahren.«

»Ich weiß, aber ...«

»Ja, ja, ich weiß, was du meinst.« Sie sah sich unruhig um. »Aber ich möchte nicht, daß du dich langweilst und dir vernachlässigt vorkommst, wo dir doch nur noch ein paar Tage bleiben.«

»Das ist ganz unmöglich.«

»Okay. Hör mal ...« Sie stand auf und klimperte mit dem Zimmerschlüssel in ihrer Hand. »Wenn du hier zufrieden bist, dann gehe ich eine halbe Stunde ins Fitneßstudio. Dann komme ich wieder herunter und schwimme eine Runde.«

»Gut. Ich könnte nicht zufriedener sein.«

Sie warf mir einen Kuß zu und ging auf das Hotel zu, durch und durch die junge Karrierefrau, und der Schlüssel, der ihr vom Finger baumelte, ergänzte dieses Bild unbeabsichtigt um einen kessen Touch.

Ich griff nach meinem Schundroman. Ersatznervenkitzel war zur Zeit genau das Richtige für mich – anständiger, sauberer Schund, der zur Sicherheit in Druckerschwärze einbalsamiert war. Ein unauffälliger Blick durch meine Sonnenbrille zeigte mir, daß der Laptop gerade ein gewaltiges Clubsandwich mit Fritten entgegennahm. Er plauderte angeregt mit dem Kellner – ich kannte diesen Trick, dadurch sah man weniger nach Trauerkloß aus, wenn man allein war –, doch als der Kellner gegangen war, verteilte er Salz und Dressing über seinem Essen, steckte die Serviette in sein Feigenblatt und aß mit Genuß. Während er kaute, starrte er schamlos auf den Pool und die Leute, die ihn umgaben. Als er in meine Richtung sah, hätte ich schwören können, daß er die Gabel zu einem fröhlichen Gruß hob, obwohl er meinen Blick unmöglich aufgefangen haben konnte.

Ich las ein bißchen, dann döste ich ein – es mußte am Pimms liegen. Als ich erwachte, war Mel wieder bei mir und ließ gerade ihr Handtuch und andere Kleinigkeiten auf den Liegestuhl nebenan fallen.

»Wollte dich nicht stören. Ich dachte nur, ich lasse das besser hier liegen, falls hier plötzlich Hochbetrieb herrscht.«

»Du machst wohl Witze«, murmelte ich benommen. »Bei diesen Temperaturen.«

»Na ja. Aber es könnte doch ein begehrenswerter Prachtkerl auftauchen und hier seine Zelte aufschlagen wollen – man weiß ja nie.«

»Mach, daß du wegkommst!«

Seltsamerweise – wenn man bedachte, daß sie selbst Single aus Überzeugung war – blieb Mel bei ihrem Standpunkt, daß ich einen Mann brauchte. Ich konnte gar nicht glauben, daß ich eine derart traurige und einsame Kreatur darstellte, während ich mich doch selbst beim besten Willen nicht so sah. Ich war geradezu erschreckend zufrieden. Ich war zu einem Zustand gelassener Geschäftigkeit übergegangen, in dem ich um mein Zuhause kreiste, meine Arbeit, meine Familie (beziehungsweise Ben) und einen erfreulich anspruchslosen Freundeskreis. Die Tatsache, daß ich keinerlei Beziehungen zum anderen Geschlecht hatte, störte mich nicht, im Gegenteil, ich begrüßte sie sogar ausdrücklich. Mein Leben fühlte sich an, als wäre es randvoll mit glücklichen Möglichkeiten, und ich war wieder wie ein Schulmädchen, nur ohne den hormonellen Aufruhr.

Nicht, daß es gar keine Männer in meinem Leben gegeben hätte, doch sie hatten ihren Platz, und der war anderswo. Die jovialen Ehemänner meiner Freundinnen, die Angeber beim gemischten Doppel, die Käufer und Verkäufer bei Auktionen – sie alle steckten sicher in ihren Schubladen. Ich war zur Expertin geworden, wenn es darum ging, einen aufkeimenden Flirt in einen Witz für alle zu verwandeln. Ich hatte gelernt, daß man Bekannten am besten den Wind aus den Segeln nahm, wenn man auf Verführungsversuche mit dermaßen überschwenglicher Begeisterung reagierte, daß jede unehrenhafte Absicht – falls sie überhaupt existiert hatte – noch im

Keim durch Angst erstickt wurde. Nicht, daß es oft passiert wäre, und jetzt, da es sich herumgesprochen hatte, so gut wie gar nicht mehr.

Ich war dankbar dafür. Ich hatte eine panische Angst vor jedem Aufruhr, vor starken Gefühlen, vor der ganzen klebrigen Unannehmlichkeit, die sich Sex nannte, vor jeder Störung meines unkomplizierten, seichten Daseins. Nach dem zermürbenden Zusammenbruch meiner Ehe – obwohl er bei uns verhältnismäßig friedlich über die Bühne gegangen war – war es mir gelungen, jede Art von Streß aus meinem Leben zu verdrängen. Ich hatte um mich herum ein Midlife-Internat eingerichtet, mit allem, was dazugehörte: Zimmernachbarn, unanständigen Jungs, großherzigem, wenn auch mürrischem Personal, Ausflügen, Cliquen, Hausaufgaben und einem Schlafraum, der so keusch und gemütlich war wie ein Kinderschlafsaal. Wie mein Sohn gesagt hätte: exzellent.

Mel war dabei, sich ein Nickytuch um die Stirn zu binden und ein elastisches Stützband über ihr Knie zu ziehen. Sie trug eine graue Radlerhose und ein übergroßes blaues T-Shirt, das nicht ganz verbergen konnte, daß sie außerdem über der Hose eines dieser Trikots trug, die einem ins Schambein kneifen. Sie sah unverschämt fit aus – jede Faser an ihr schien gespannt und straff. Nichts hing durch oder wabbelte. Natürlich hatte sie sich für ihre Sitzung im Fitneßstudio abgeschminkt: Sie war viel zu selbstsicher, um eitel zu sein.

»Bin gleich wieder da«, sagte sie.

»Viel Spaß.«

Das Studio befand sich in der ersten Etage des Fitneßcenters, seine getönte Glasfront überblickte den Pool. Ich beobachtete Mels straffe Rückenansicht, während sie überflüssigerweise loszog, um sich selbst noch zu übertreffen.

Träge dachte ich bei mir: Damals, als meine Beine sich oben noch nicht aneinander rieben, da wußte ich es nicht zu schätzen. Das Fehlen von Wabbelmasse war an die jungen Leute genauso verschwendet wie die Jugend selbst. Egal, was für eine Befriedigung man aus dem Beruf zog, welche noch so erfüllenden Beziehungen man hatte, wieviel man aus der Erfahrung lernte – nichts, so beschloß ich fröhlich, war so wichtig für das Selbstwertgefühl einer Frau wie jener kostbare Zentimeter Tageslicht zwischen den Oberschenkeln.

Jetzt sah ich mich vor eine andere schwere Entscheidung gestellt. Mel würde gleich zum Schwimmen zurückkommen, und es würde schön sein, ihr dabei Gesellschaft zu leisten. Andererseits schmolz ich rapide vor mich hin und mußte mich abkühlen. Also würde es sinnvoll sein, jetzt in den Pool zu gehen, sofort, damit ich wieder auf dem Dampfer war, wenn sie in einer halben Stunde auftauchte. Ich sehnte mich nach dem Wasser, durfte aber gar nicht an die dreißig Sekunden körperlicher Betätigung denken, die nötig waren, um dorthin zu gelangen.

Ich schaffte es schließlich, indem ich eine Strategie benutzte, die Ben mir beschrieben hatte, als er noch ein Teenager war und Karate lernte: Denk nicht an den Holz-, Pflaster- oder Betonboden – denk an die andere Seite, und bewege dich geradewegs darauf zu!

Also dachte ich fest ans Schwimmen, nahm meine Sonnenbrille ab und stürzte mich hinein, wobei ich die rotglühenden Kacheln zwischen meinem Liegestuhl und dem Pool nur ein einziges Mal berührte.

Und oh, welche Seligkeit, gewichtslos zu sein …! Wie geschmeidig, wie elastisch, wie jung sich ein Körper anfühlte, wenn er von Tausenden Litern Wasser getragen wurde … Fast konnte ich mir vorstellen, daß immer noch Platz zwischen meinen Oberschenkeln war. Wie schön es doch wäre, könnte man jede Art von gesellschaftlichem Geplänkel in tiefen Gewässern abwickeln …

Unglücklicherweise befand ich mich in vielerlei Hinsicht in tiefen Gewässern. Während meiner Unterhaltung mit Mel hatte ich aufgehört, die Haie zu beobachten, doch als ich auftauchte und meine erste Brustschwimmerbahn begann, hörte ich ein Plumpsen und spürte, wie mich eine Folge kleiner Wellen anstupste, die mir sagte, daß noch jemand auf Tauchgang war.

Natürlich kraulte er, und schon bald holte er mich ein. Ich war entschlossen, mich nicht aus dem Rhythmus bringen zu lassen, und schwamm weiter. Es war der Alan-Clarke-Leser, der aussah, als gehörte er zu jener Sorte, die alles unter fünfzig Bahnen für Zeitverschwendung hielt. Er sagte »hallo«, als er neben mir auftauchte, um nach Luft zu schnappen, und durchschnitt das Wasser wie ein U-Boot: ein Hai mit Turboantrieb. Sein Gruß war zwar beruhigend knapp, andererseits hätte er aber auch ganz darauf verzichten können – so stellte er eindeutig den Kontakt zwischen uns beiden harten Nachmittagstypen her. Als ich in seinem Kielwasser trieb, schlug ich einen anderen Kurs ein und schwamm zur Bar. Ich schätzte, daß ich genug Zeit für einen schnellen Drink haben würde, bevor ihm überhaupt auffiel, daß ich fort war. Mit dem Rücken zum Pool trank ich mein zweites Glas Pimms und knabberte Cashewnüsse.

Undankbar wie ich war, dachte ich sehnsüchtig an meine Wohnung am Strand von Littelsea. Gerade jetzt würde Ben mit den kosmetischen Maßnahmen beginnen, die dazu dienten, jegliche Spuren all dessen zu verwischen, was er während meiner vierzehntägigen Abwesenheit getrieben hatte. Bettlaken würden gewechselt und Fenster aufgerissen werden, Fußböden alles andere als perfekt gewischt und Toiletten geschrubbt werden, während dazu die dröhnende Begleitmusik von Waschmaschine und Geschirrspüler ertönte. Eine horrende Anzahl schwarzer Müllsäcke würde sich am Eingang türmen und des Abtransportes zum Container harren, und er würde mindestens einmal zur städtischen Müllkippe fahren. Wenn ich zurückkam, würden wir ganz problemlos wieder zu jenem heimlichen Einverständnis übergehen können, das unsere glückliche Beziehung vor jeder Störung bewahrte.

»Hallo, da sind Sie ja wieder.«

Ich war meilenweit weggewesen und fuhr leicht zusammen, so daß meine Zähne an den Rand des Glases stießen. Es war wieder Mr. Alan Clarke. Er war Amerikaner, daher verdiente er zumindest ein paar Bonuspunkte dafür, daß er sich mit den Schriften eines obskuren englischen Politikers herumschlug.

»Oh, hallo.«

»Nicht besonders viel los hier, was?«

»Nein, nicht bei dieser ...«

»Ist aber auch schön, wenn man den Pool mal für sich hat. Dann kann man ein paar Bahnen schwimmen.« Ende Vierzig, solide gebaut, Haarfarbe Pfeffer und Salz, Haaransatz zurückweichend, Haare ordentlich kurz geschnitten.

»Ja, nicht daß ich ... Ich schwimme nur zum Spaß.«

Er winkte dem Barkeeper. »Bitte ein Bier.« Sah mich wieder an. »Anstatt?«

»Ich weiß nicht. Statt um mich fit zu halten.«

»Sie sehen doch ganz fit aus.« Er sagte es nett, und es lag nur ein winziger, akzeptabler Hauch von Anzüglichkeit darin, also ließ ich es ihm durchgehen.

»Wie lange bleiben Sie hier?« fügte er hinzu, während er sein Bier entgegennahm und einen Schluck direkt aus der Flasche trank.

»Ich fliege übermorgen zurück.«

»Wirklich? Wohin, nach England?«

»Wie sind Sie nur darauf gekommen?«

Wahrscheinlich war es unklug, ihm auch nur den kleinen Finger zu reichen, denn das folgende Gelächter war weitaus kräftiger, als meine Bemerkung es verdiente.

»Na gut ...«, gluckste er. »Na gut.« Ich schlürfte an meinem Pimms. Wo war Mel, wenn ich sie brauchte?

»Kann ich Sie auf einen Bissen einladen?« fragte er. Es klang bei ihm wie in einem Film oder Popsong. Seine Frage schien mich zu einer Drehbuchantwort aufzufordern, einem ›Warum nicht?‹ oder einem ›Klar‹, aber ich hatte jetzt auf Alarmstufe Rot umgeschaltet.

»Nein, danke, ich habe gerade zu Mittag gegessen.« Nach seinem ›auf einen Bissen‹ klang mein ›zu Mittag gegessen‹ spröde und blasiert, aber ich war ja nicht darauf aus, Eindruck zu schinden. Ganz im Gegenteil. Ich leerte mein Glas und stellte es auf die Theke.

Er wies mit einem Kopfnicken darauf. »Möchten Sie noch eins?«

»Nein, danke. Eigentlich ...«, ich blickte wie ein Idiot auf mein leeres Handgelenk, »... muß ich los.«

»Wirklich?«

»Ja. Einkaufen, wissen Sie …« Was redete ich da eigentlich? Doch er hob eine Hand und drehte den Kopf zur Seite, so als räumte er mir ein, daß meine Antwort völlig vernünftig war.

»Die Lieben daheim – sie werfen einen langen Schatten.«

»Das stimmt. Wenn es Ihnen also nichts ausmacht …«

Ich glitt von meinem Hocker, und mit einer Höflichkeit, die beinahe komisch war, da wir beide bis zu den Achselhöhlen im Wasser waren, machte er dasselbe und hielt mir die Hand hin.

»Charles McNally. Nett, Sie kennenzulernen.«

»Ganz meinerseits.«

Ich ließ ihn unwissend zurück und schwamm davon.

Oben in unserem Zimmer im zwanzigsten Stock pellte ich mich aus meinem Badeanzug und warf ihn ins Waschbecken, bevor ich mich in einen Bademantel hüllte. Dann setzte ich mich ans Fenster und blickte sehnsüchtig auf den Swimmingpool hinunter, eine Annehmlichkeit, die ich nur noch kurze Zeit würde genießen können und die ich mir selbst gerade bis auf weiteres erfolgreich verbaut hatte.

Ich vermutete, daß es eine Verhaltensweise des mittleren Alters war, daß ich eine Ausrede finden mußte, die mich vollständig von der Szene entfernte, auf der ich mich bedroht fühlte. Ich konnte nicht einfach sagen: ›Ich möchte nicht, aber danke‹ und einfach weitermachen wie zuvor. Ich mußte fort sein, anderswo. Außerhalb der Gefahrenzone.

Trotzdem konnte ich mich nicht dazu durchringen, es zu bedauern. Was, wenn das Mittagessen zum Abendessen geführt hätte …? Es war alles viel zu mühselig, zu vertrackt und unvorhersehbar. Für Ärger war ich nicht mehr zu haben.

Ich konnte gerade eben Charles McNallys Kopf und Schultern an der Bar sehen. Außer ihm waren jetzt nur noch sechs Hartnäckige am Pool. Auf dem Liegestuhl neben dem, auf dem ich gelegen hatte, lag Mels Handtuch. Ich versuchte, mich zu erinnern, ob sie mir ein Portemonnaie oder eine Handtasche zum Aufpassen dagelassen hatte.

Glücklicherweise sah ich sie in diesem Moment aus dem Fitneßcenter kommen und den Swimmingpool umrunden.

Sie hatte ihren strengen schwarzen Bikini angezogen, der an ein abgeschnittenes Hemdchen mit einer Hose erinnerte. Als sie den Liegestuhl erreichte, stutzte sie, aber nicht lange. Sie schob ihre Sporttasche unter den Liegestuhl, schlüpfte aus ihren Sandalen und sprang ins Wasser. Mit beneidenswert kraftvollen Bewegungen stürmte sie zum anderen Ende des Beckens. Nichts deutete darauf hin, daß sie sich auch nur fragte, wo ich war.

Leicht vor den Kopf gestoßen, ging ich unter die Dusche, zog mich um und räumte das Zimmer auf. Das war noch etwas, das Mel zur Verzweiflung trieb.

»Mutter«, hatte sie mich zurechtgewiesen, »du bist in einem internationalen Fünf-Sterne-Hotel. Ein ganzes Regiment von Angestellten wird dafür bezahlt, das für dich zu machen. Nutze es aus. Genieße es!«

»Ich bin es nun einmal gewöhnt.«

»Komm schon, zu Hause seid ihr auch nicht unbedingt Kandidaten für ein Porträt in *Schöner Wohnen*, Ben und du.«

Ich hatte versucht, ihr zu erklären, daß es etwas Befriedigendes an sich hatte, den Mikrokosmos eines Hotelzimmers wieder in Ordnung zu bringen, daß dieser in einer Weise auf meine Bemühungen reagierte, wie das eigene Heim dies niemals tun konnte. Mel boxte sich mit der Faust gegen die Stirn.

»Aber wieso solltest du das auch nur versuchen? Sieh es doch einmal so: Wenn das Reinigungspersonal nicht genug zu tun hat, könnte das Hotel Personalkürzungen beschließen, und dann hast du die Leute um ihren Job gebracht und zum Zerfall der einheimischen Wirtschaft beigetragen.«

Ich räumte das Zimmer trotzdem auf.

Bei dem Gedanken an Mels Bemerkung über Ben und mich wurde mir bewußt, wie sehr ich mich darauf freute, ihn zu sehen. Die vierzehn Tage hier waren wundervoll gewesen, ein völliger Tapetenwechsel, die Sorte Urlaub, die ich nie im Leben für mich gebucht hätte, selbst wenn ich es mir hätte leisten können. Ich schämte mich, weil ich die ganze Zeit leichtes Heimweh gehabt hatte, obwohl Mel doch soviel organisiert und bezahlt hatte.

Die Sache war, daß Ben und ich gute Kumpel waren. Mel selbst hatte schon oft angemerkt, daß er und ich im Lauf der Jahre eine unheilige Allianz gebildet hätten. Sie hatte auch gesagt, daß ich ihm ein bißchen weniger entgegenkommen sollte, sonst würde er nie ausziehen, doch dieser Ratschlag basierte auf der falschen Annahme, daß ich mir wünschte, daß er ging. Mit ihrem eisernen Ehrgeiz und ihrer selbstauferlegten Arbeitsmoral schien Mel ihre völlige Unabhängigkeit fast augenblicklich erlangt zu haben, als sie mit sechzehn mit dem College (und zwei Wochenendjobs) anfing. Ben war zwar genauso intelligent, aber nicht annähernd so motiviert. »Paps und du, ihr habt immer gesagt, ihr wollt, daß wir glücklich sind«, erinnerte er mich immer wieder. »Und das bin ich nun mal.« Seit Ian und ich uns getrennt hatten, war er ein essentieller Teil dessen geworden, was ich unter meinem Zuhause verstand, so unverzichtbar für mein Wohlbefinden wie mein Lieblingsradiosender und meine Schoko-Müsliriegel.

Doch da meine Tochter mich eindeutig nicht vermißte, ging ich hinunter in den Palmensalon, um meinen üblichen Earl Grey zu trinken. Die Klimaanlage im Aufzug war so stark, daß meine nackten Arme sich mit einer Gänsehaut überzogen. Als ich im Parterre ausstieg, stand Charles McNally in Shorts und T-Shirt da und wartete auf den Aufzug, ein Handtuch um den Hals.

»Auf ins Einkaufszentrum?« erkundigte er sich freundlich.

»Bald, bald«, antwortete ich.

Er schnalzte ermutigend mit der Zunge. »Na dann, auf in den Kampf.«

Ich ging zur Rezeption hinüber. Die Angestellten, die hier arbeiteten, waren die nettesten Leute, die man sich vorstellen konnte, und die Rezeptionistin begrüßte mich wie jeden anderen auch, nämlich so, als wäre ich ihr Lieblingsgast. Natürlich sagte mir mein Verstand, daß das an meiner Verbindung mit Ankatex lag, denn die Firma hatte ein Team von zwölf Leuten, darunter auch Mel, für unbestimmte Zeit hier einquartiert, doch das änderte nichts daran, daß mir ihr Verhalten in gewisser Weise schmeichelte.

»Mrs. Piercy, wie geht es Ihnen? War es schön am Pool?«

»Ja, danke.«

»Ich sehe, daß Sie übermorgen heimfliegen. Sie werden uns fehlen.«

»Ich werde es bedauern, abzureisen«, log ich.

»Sie müssen wiederkommen und uns besuchen.«

»Das hängt davon ab, ob meine Tochter noch hier ist.«

»O ja, Mrs. Piercy«, sagte die junge Frau voller Bewunderung. »Sie ist wirklich toll.«

Ich wußte nicht, ob sie Mels Erscheinung oder ihre Fähigkeiten meinte – wahrscheinlich beides, und das völlig zu Recht –, doch ich bedankte mich an Mels Stelle für das Kompliment.

»Sie ist schwimmen gegangen«, sagte ich. »Wenn Sie sie in der nächsten halben Stunde sehen, würden Sie ihr sagen, daß ich im Palmensalon bin?«

»Natürlich.« Sie schrieb eine Notiz und warf mir jenes süße, blitzende Lächeln zu, welches ausdrücken sollte, daß es ihr ein Vergnügen war, mir zu Diensten zu sein. »Genießen Sie Ihren Tee!«

Der Palmensalon war eine Nachbildung des Ritz Hotels am Piccadilly, errichtet von einem arabischen Millionär, der keine Kosten gescheut hatte. Scheich Hassad – dessen eidechsenäugiges Porträt verächtlich von zahllosen Wänden herabblickte – war von einem Englandbild hingerissen, wie es nur in den Büchern von P. G. Wodehouse oder Noel Coward existierte. Im Palmensalon spielte ein Mann mit Halbglatze und Frack ausgewählte Stücke von Ivor Novello auf einem weißen Klavier. Unwahrscheinlich üppige, schwarzgekleidete Kellnerinnen mit gestärkten weißen Häubchen servierten winzige Gebäckteilchen und krustenlose Sandwiches auf Serviertellern, die im Ritz aus Edelstahl gewesen wären, hier aber wahrscheinlich aus massivem Silber waren. Pflanzen mit dicken grünen Blättern standen in Jardinieren herum, die mit Hirschen und Fasanen verziert waren. Jeder einzelne der rosengemusterten Polstersessel hätte zwei Menschen Platz geboten und hatte makellose Spitzenarmdeckchen und Sesselschoner. Die Tische waren aus Walnußholz. Einzig die Tatsache, daß die Seiten der zwei Tage alten englischen Zeitungen sacht im Luftzug der Klimaanlage flatterten, verriet, wo sich der Palmensalon befand.

Ich nahm mir den *Telegraph* und setzte mich in die Ecke – dieselbe wie immer –, von wo aus ich das Hotelfoyer im Auge behalten konnte, und bestellte Tee für eine Person. Der Pianist stimmte ›We'll Gather Lilacs‹ an. Es war nicht zu übersehen, daß er aus dem Mittleren Osten stammte; weder der Frack noch die Musik paßten zu ihm, doch er verdiente sich sein tägliches *Derum* wie ein echter Profi. Ich ahnte schon, daß als nächstes ein Lloyd-Webber-Medley auf dem Programm stand. An meinem ersten Tag hätte mich das geärgert. An meinem letzten war es merkwürdig angenehm, so als winkte mir jemand zu, der mich am Kai erwartete …

Ich war halb fertig mit meinem Kreuzworträtsel, dem Earl Grey und einem Stück Mokkatorte, als Mel sich zu mir setzte. Sie hatte wieder das schlichte Hemdkleid an, diesmal aber mit flachen Sandalen, und das frisch geduschte Haar war aus ihrem ungeschminkten Gesicht zurückgestrichen. Sie zog eine Grimasse angesichts meiner Teekanne und bestellte Limonensaft mit Eis.

»War's schön im Schwimmbad?«

»Ja, danke, genau das Richtige. Was war denn mit dir los?«

»Tut mir leid. Mir ist unerträglich heiß geworden.«

»Ach ja? Im Schatten, im Wasser oder an der Pool-Bar?«

»Na ja, weißt du …«

Sie lachte leise, aber heftig. »Ja, ja, ich weiß, Ma. Ich habe gesehen, wie du in Deckung gehuscht bist, sobald dich ein ansehnlicher Mann angesprochen hat.«

»Du hast mir nachspioniert, du gemeines Ding!«

»Das brauchte ich gar nicht – vom Laufband aus überblickt man den Pool.«

»Trotzdem ist es ganz anders gewesen«, protestierte ich verärgert, weil man mich so beargwöhnte. »Mir war plötzlich danach, mich frisch zu machen und mich umzuziehen.«

»Ja«, stimmte sie zu, während sie ihre Eiswürfel in einem grünen Strudel herumschwenkte und mich über den Rand ihres Glases vorwurfsvoll ansah. »Ich habe gestaunt, *wie* plötzlich. Du hast die Flucht ergriffen, Mutter. Ich habe alles gesehen.«

»Es gab aber gar nichts zu sehen.«

»Dein Problem«, fuhr sie fort, als hätte ich nichts gesagt, »ist, daß du jeden Mann wie einen potentiellen Vergewaltiger behandelst. Das verrät dein Alter, weißt du?«

Das war wirklich zuviel. »Das kann schon sein, aber ich habe auch nie versucht, es zu verbergen.«

»Nicht dein Alter, nein. Aber deine Einstellung. Deine Konditionierung.«

»Das kann ich nicht ändern. Du wärst doch die erste, die sagen würde, ich soll nur Dinge tun, bei denen ich mich ›wohl fühle‹.«

»Das stimmt.« Mel stellte ihr Glas mit Nachdruck ab und verschränkte die Arme. »Du fühlst dich aber nicht wohl, oder? Du bist fest entschlossen, dir das Leben so schwer wie möglich zu machen.«

»Das ist nicht wahr! Ich amüsiere mich prächtig.«

»Wenn du es sagst... okay«, meinte sie, als wäre es ihr plötzlich langweilig, mit mir zu diskutieren. »In Ordnung. Jedenfalls... die anderen meinen, wir sollten heute abend alle zusammen essen gehen. Sie haben für halb acht die Dhau reserviert, auf Rechnung von Ankatex. Ist das okay?«

»Natürlich – wie lieb von ihnen. Das ist ja toll.« Meine Worte überstürzten sich, denn in Wirklichkeit brachte es mich aus der Fassung. Die Einladung war ihrer Kritik zu dicht auf dem Fuße gefolgt. Es war schwierig, die passende Dankbarkeit für erstere zu zeigen, während man noch weiche Knie von letzterer hatte.

»Gut«, sagte sie. »Hör mal, wenn das so ist – wenn wir heute abend feiern gehen und du hier zufrieden bist –, dann gehe ich auf einen Sprung nach oben und erledige ein bißchen Papierkram. Ich schlage vor, daß wir uns um halb sieben im Foyer treffen. Wie klingt das?«

»Ganz in Ordnung.«

»Oh, und übrigens...« Mel öffnete ihre Tasche. »Die ist heute für dich gekommen. Ich schleppe sie schon den ganzen Tag mit mir herum.«

Sie reichte mir eine Postkarte und stand auf, wobei sie auf meinen halbgegessenen Kuchen zeigte. »Laß noch Platz fürs Abendessen!«

Die Postkarte war von Ben. Von wem sonst? Nur Ben würde auf die Idee kommen, eine Postkarte aus England in die Vereinigten Arabischen Emirate zu schicken, auf der stand: *Jede Nacht wilde Partys. Hoffe, du hast einen schönen Urlaub, grüß die Melone von mir, ich hole dich und den Scheich Freitag nachmittag am Terminal vier ab. Ben XX*

Die Karte zeigte eine von Ernest Shephards Illustrationen zu *Pu, der Bär* – Pu und seine Freunde. Ich war mir sicher, daß sie nicht ironisch gemeint war.

Ich hoffte, daß Mel die Postkarte nicht gelesen und damit auch die ›Melone‹ nicht gesehen hatte. Als Teenager war sie einmal kurze Zeit pummelig gewesen. Der Spitzname, der seinen Ursprung nicht in ihrem Gewichtsproblem hatte, war augenblicklich verboten worden. Ihr Vater und ihr Bruder benutzten den Namen gelegentlich und betrachteten ihn dann als eine Art indirektes Kompliment für ihre schlanke Figur, doch ich wußte, daß Mel das anders sah.

Ich las die wenigen Worte noch ein paarmal durch und steckte die Karte in meine Tasche. Ich wußte, wie lange die Post – sogar Luftpost – von England bis hierher brauchte, aus diesem Grund mußte er sie am Tag meiner Abreise abgeschickt haben. Der Gute.

Gegen neun Uhr war die Dhau am weitesten vom Ufer entfernt, weit draußen an der Hafenmauer. Wir hatten zu Ende gegessen, ein mittelmäßiges Menü, für das Ankatex eine enorme Rechnung ausgestellt worden war, doch es war nicht das Essen, für das wir bezahlten. Ein Mond wie ein riesiger Papierlampion warf ein endloses Netz aus Sternen aus und hing über dem Meer, das glatt war wie Seide. Die Dhau schien sich weniger zu bewegen als daß sie atmete, und auch das so sanft, daß es kaum wahrnehmbar war. Die Mannschaft hatte Sandelholzbrenner angezündet, doch der süße, warme Duft vermischte sich dort, wo Sand und Salz aufeinandertrafen, mit etwas Schärferem. Zu unserer Linken, am Ende des bleichen, gebogenen Arms der Hafenmauer, stand das letzte historische Gebäude der Stadt, ein turmgekröntes Fort, dessen zerfallende Türme und Minaretts aussahen, als hätte ein Impressionist sie gemalt. Die Tageszeit und die Entfernung verwandelten selbst die störenden Wolkenkratzer der Stadt in glitzernde Lichterhaufen, als wären Sterne auf den Strand gefallen.

Wir waren alle ein bißchen still geworden. Die jüngeren saßen in dieser entspannten, berührungssüchtigen Weise herum, die die jungen Leute heutzutage an sich hatten – Berührung ohne Hingabe, Nähe ohne Intimität: eine beneidenswerte Leichtigkeit.

Ich hatte meinen Stuhl ein Stück abseits geschoben und überblickte die Bucht. Mel warf ein troddelverziertes Kissen auf das Deck und setzte sich im Schneidersitz neben mich. Kurz darauf sagte sie: »Du weißt doch, wer er ist, oder?«

»Wer …?«

»Charles McNally. Der weiße Hai?«

Woher wußte sie, daß ich die Männer so betitelte? »Nein.«

»Es ist ein Feuerwehrmann. Nicht in der Unternehmenspolitik. Bei richtigen Katastrophen – wie Red Adair.«

»Darauf wäre ich nie gekommen.«

Ich hatte den Eindruck, daß sie mir aus dem Augenwinkel das übliche verzweifelte Lächeln zuwarf. »Nein«, sagte sie. »Wie solltest du auch – er geht ja nicht im Plastikhelm und im feuerfesten Anzug schwimmen.«

Zurück im Hotel gingen alle in die Bar, um noch etwas zu trinken, doch ich verabschiedete mich, um früh ins Bett zu gehen. Mel kam mit bis zu meinem Zimmer, und vor der Tür nahm ich sie fest in den Arm. Obwohl sie mich umarmte und mir mit den Händen auf die Schultern klopfte, fühlte sich ihr Körper steif und unnachgiebig an.

»Es war wunderschön, Liebes«, sagte ich. »Ich kann dir gar nicht genug danken.«

Sie trat zurück. »Das hast du schon.«

»Ich kann es gar nicht abwarten, meine Fotos entwickeln zu lassen und sie Ben zu zeigen.«

»O ja«, sagte sie, und mir war augenblicklich klar, daß ich das Falsche gesagt hatte. »Ben wird sich freuen, dich zu sehen.«

Als ich auf dem verschwenderisch breiten, weichen Hotelbett in den Schlaf hinüberglitt, genehmigte ich mir den Luxus, mich schamlos auf zu Hause zu freuen.

Ja, und auf Ben.

Mein Herzenskind, mein ein und alles.

2

Am folgenden Abend wurden wir auf dem Flugplatz beide ein bißchen sentimental. In meinem Fall waren es die üblichen Peinlichkeiten – Tränen, Schniefen, das eine oder andere hörbare Aufschluchzen. Bei Mel verschwammen nur die Konturen ein wenig, und nur eine Mutter konnte es sehen. Und fast hätte ich mir gewünscht, ich sähe es nicht, denn meine eigenen Tränen entsprangen zum Teil meinem Bedauern – darüber, daß es mir nicht mehr ausmachte, daß ich bei aller Dankbarkeit froh war, daß ich abreisen konnte, und sie es wußte. Das traurige Glitzern in den Augen meiner Tochter – in seiner Zurückhaltung um so wirkungsvoller, als wir vom Geschwätz und Geheule der Abschied nehmenden Einheimischen umgeben waren – hielt mir meine Unzulänglichkeiten auf vernichtende Weise vor.

»Grüß mir den Jungen«, sagte sie. »Und Papa, wenn du ihn siehst.«

»Mache ich.«

»*Falls* du ihn siehst«, fügte sie betont hinzu.

»Du kennst uns doch«, sagte ich. »Wir sind in Kontakt.«

Ich bemerkte die leichte Verspannung um ihren Mund, die bedeutete, daß sie sich zurückhielt. Wenn wir nicht im Begriff gewesen wären, uns zu verabschieden, dann hätte sie mit Sicherheit einen Kommentar über diesen Aspekt meiner familiären Angelegenheiten parat gehabt.

Statt dessen sagte sie: »Ich hoffe, du hast einen guten Flug. Normalerweise beruhigt es sich hinter Bahrain.«

»Es wird schon werden.«

»Na dann, ab mit dir!« Sie gab mir einen Kuß auf die Wange, wandte sich ab und entfernte sich energischen Schrittes von mir, ohne sich umzusehen.

Während der nächsten beiden Stunden, die ich in der heißen Abflughalle verbrachte, spürte ich diesen Kuß wie einen kühlen I-Punkt auf meiner Wange.

Aus Gründen, die man uns nicht anvertraute, wurden wir in Bahrain zwei Stunden aufgehalten. Nachdem wir alle gehorsam – die Briten gehorsamer als manch andere – eine Stunde lang dicht aneinandergereiht in der Abflughalle gesessen hatten, teilte man uns mit, daß es noch mindestens eine Stunde dauern würde und es uns daher gestattet war, uns in der Transitlounge amüsieren zu gehen.

Ich hatte die Nummer meiner Telefonkreditkarte dabei und beschloß, Ben anzurufen und ihm von der Verspätung zu erzählen, da er sicher nicht auf die Idee kommen würde, sich vor seinem Aufbruch danach zu erkundigen. Ich war nicht die einzige, die diese Idee hatte, und mußte ungefähr zwanzig Minuten warten, bis ich meinen Kopf in die kleine Plastikzelle stecken konnte, die mich an eine Trockenhaube erinnerte.

Nach ein paar verpatzten Verbindungen kam ich durch, nur um Bens Stimme vom Band verkünden zu hören, daß er gerade nicht ans Telefon gehen könne. Beim Piepton sah ich auf meine Armbanduhr – hier war es halb zwei Uhr nachts, ungefähr zehn Uhr abends in England.

»Ben«, sagte ich, »hier ist Mama. Ich schätze, du bist noch unterwegs. Ich wollte dir nur sagen, daß wir in Bahrain festsitzen. Es heißt, wir fliegen in einer Stunde, aber das glaube ich erst, wenn es soweit ist. Sieht also so aus, als ob wir mindestens zwei Stunden Verspätung haben, und am besten rufst du in Heathrow an und fragst nach, entweder morgen früh oder bevor du heute ins Bett gehst. Okay? Ruf an und frag nach. Danke für die Postkarte, Schatz. Bis bald. Tschüs!«

Eindreiviertel Stunden später hoben wir ab. Es war weit nach Mitternacht, aber die Zeit hatte aufgehört, mir etwas zu bedeuten. Wir bekamen einen nächtlichen Snack, der aus kaltem, festem Kuchen in rosa und weißen Schichten und dazu Tee oder Kaffee bestand. Der Film war ein Mafiastreifen mit de Niro, Pacino oder Garcia – vielleicht auch allen dreien. Ich zog mir den Kopfhörer nicht auf, denn soviel beiläufige Brutalität war nichts für mich. Doch ich war auch nicht müde, und obwohl ich mein Buch aufschlug, zogen die grausamen Vorgänge auf der Leinwand meine Blicke immer wieder auf sich. Männer in Anzügen erwürgten andere Männer in Anzügen oder durchlöcherten sie in Restaurants, so daß sich Suppe und Spaghettisauce schön bunt mit Blut und Eingeweiden vermischten. Ein Fettsack bekam eine Gabel ins Auge gebohrt. Ein Luxusweib betupfte den Schleim auf ihrem Kleid mit einer Papierserviette. Der fehlende Ton steuerte das Seine zu dem grausamen Humor des Ganzen bei. Es war die Sorte Film, die Ben und seine Freunde liebten: so abstoßend wie möglich.

Ich hatte einen Fensterplatz. Rechts von mir, zwischen mir und dem Gang, saßen zwei junge Araberinnen in langen, schwarzen Mänteln, die an Soutanen erinnerten, und weißen Kopftüchern. Sie sahen sich den Film mit gebannter Aufmerksamkeit an, die Kopfhörer über den Kopftüchern. Sie sagten nichts, sie zuckten nicht zusammen, sie lachten erst recht nicht. Es war unmöglich zu sagen, was sie sich dabei dachten. Waren sie entsetzt? Voller Ablehnung? Erregte es sie? Mein Nacken wurde langsam steif, weil ich ständig von meinen unberührten Buchseiten zur Leinwand und zu diesen beiden ernsten, blassen Gesichtern blickte.

Das Flugpersonal ging mit dünnen grauen Decken und Augenmasken herum, und ich beschloß, mich jetzt fest aufs Schlafen zu konzentrieren. Es war so nervtötend und unbequem wie immer, doch ich muß ein bißchen eingedöst sein, weil eine gewisse Zeit verstrich. Irgendwann verblaßte die flimmernde Leinwand, und jemand dimmte die Lichter. Jedesmal, wenn ich mich zur Seite drehte, sah ich die beiden Araberinnen – immer noch reglos, immer noch hellwach hörten sie immer noch auf irgend etwas, das aus ihren Kopfhörern kam. Ihre Ruhe gab mir ein gutes Gefühl.

Während wir in einigen Kilometern Höhe über Südeuropa dahindonnerten, fühlte ich mich meinen beiden Kindern seltsam nah, so als wäre ich der Scheitelpunkt eines gigantischen Dreiecks: Mel, die gerade hinter den weißen Vorhängen und getönten Glasscheiben des Miramar Hotels erwachte … Ben, der fest schlief, wo auch immer er war … und ich, hoch in den Wolken, der zerbrechliche und unzulängliche Verbindungspunkt zwischen beiden.

Doch als das Licht die Fensterblenden zu umranden begann und die kontinentale Dämmerung sich mit Geschirrklappern aus der Bordküche ankündigte, verblaßte Mels Bild bereits.

Da ich mich so auf die Begegnung mit Ben freute, hatte ich mir den passenden Gesichtsausdruck zurechtgelegt, den ich tragen wollte, wenn ich aus der Zollabfertigung kam – entspannt und unvoreingenommen, nicht das Gesicht einer Mutter, die entweder so sentimental wurde, daß es peinlich war, oder vor paranoiden Verdächtigungen fast verging. Ich umrundete die Trennwand mit gleichmäßigen Schritten und hocherhobenem Kopf. Ich versuchte, die Reihen der Gesichter nicht abzusuchen – er sollte derjenige sein, der mich zuerst entdeckte.

Doch das tat er nicht, denn er war nicht da. Ich stand knapp hinter dem Ausgang und wurde herumgeschubst, ein ärgerliches Hindernis für die Begrüßungen und die Wiedersehensfreude der anderen Leute. Draußen war es grau – wir hatten bei der Landung den nassen Asphalt und die trüben Wolkenfetzen gesehen –, und ich fühlte mich plötzlich erschöpft und von aller Welt verlassen. Lieber Gott, dachte ich, bitte mach, daß nichts Schreckliches passiert ist.

Auf dem Weg zur Information sah ich die beiden Araberinnen, die im Flugzeug neben mir gesessen hatten. Sie wurden von einem älteren Mann mit einem Falkengesicht begleitet, der einen dunklen Anzug und ein weißes Baumwollkäppi trug. Die Frauen schoben ihre Gepäckwagen, er ging nebenher, unmißverständlich der Eigentümer. Sie sahen so ruhig aus wie eh und je. Und warum auch nicht? Sie waren wenigstens ordentlich empfangen worden.

Entnervt und vernachlässigt reihte ich mich an der Information ein. Die junge Frau am Schalter war so fröhlich, daß es mich wahnsinnig machte.

»Bei uns ist keine Nachricht hinterlegt worden.«

»Okay, dann gehe ich jetzt einen Kaffee trinken. Könnten Sie mir Bescheid sagen, falls ...«

»Ich habe mir Ihren Namen aufgeschrieben, wir rufen Sie aus, falls sich etwas ergibt.«

Ich schob meinen Gepäckwagen zur Kaffee-und-Baguette-Bar, parkte ihn neben einem freien Sitzplatz und holte mir einen großen Espresso mit zwei Stück Zucker.

Selbst der bitter nötige Koffeinschock konnte das Adrenalin nicht ersetzen, das langsam verebbte. Ich war schrecklich enttäuscht. Hinzu kam dieser dumme Wurm namens Sorge, der sich in mir wand. Hatte Ben sich davongemacht? Hatte er mir deswegen am ersten Tag eine Postkarte geschickt – nicht aus einer liebevollen Eingebung heraus, sondern weil er vorhatte zu verschwinden? Ich konnte mir vorstellen, wie seine Kumpel ihn bearbeiteten, ihm einredeten, daß es Zeit sei, sich abzunabeln und das Nest zu verlassen. »Mach's am besten, während die Alte unterwegs ist, und sie wird den Unterschied kaum merken, eine Flasche Wein, wenn sie zurückkommt, und alles ist geritzt ...« Es war beängstigend, wie vertraut mir ihre Gedankengänge waren. Und hatte ich nicht oft selbst dasselbe getan und Bens Abwesenheit ausgenutzt, um seine Schubladen und seinen Kleiderschrank auszuräumen, seine alten Kleider und zerfledderten Taschenbücher ins Exil zu verbannen, ohne daß er es wußte?

Er war schon zweimal ausgezogen. Einmal, um mit seinem besten Freund Nozz eine nicht ganz vollständige Weltreise zu unternehmen; das zweite Mal, um zur Universität zu gehen, doch das geradezu epische Scheitern seiner Bemühungen in Newcastle (einem Kneipenparadies, wie andere Eltern mich gewarnt hatten) fiel mit dem Ende unserer Ehe zusammen, daher verband er geschickt das Nützliche mit dem, was zumindest wie Sohnesliebe aussah. Er kam zurück und nahm einen Job als Verkäufer in einem Plattenladen an. Seit seiner Rückkehr hatten sein untrüglicher Selbsterhaltungstrieb und seine angeborene Zuneigung zu mir dafür gesorgt, daß unser Haushalt glücklich und zufrieden war. Doch inzwischen war ich über das Trauma der Trennung hinweg, und ich wußte, daß Nozz und Co. ihn unter Druck setzten, das Nest zu verlassen. Vielleicht hatte der Druck in meiner Abwesenheit endlich Früchte getragen…

»Mama?«

Ich weiß nicht, wann der Platz mir gegenüber frei geworden war, aber er war es, denn jetzt saß Ben darauf, rotäugig, unrasiert und grinsend wie ein Zigeuner auf dem Jahrmarkt.

»Ich dachte schon, du machst dir in die Hose und läßt mich öffentlich ausrufen, statt dessen sitzt du hier mit einer schönen Tasse Kaffee, und es macht dir gar nichts aus, wie?«

Nein, jetzt nicht mehr. »Ich habe gewußt, daß du aufkreuzen würdest. Wie geht's dir, Schatz?«

Er beugte sich vor, küßte mich und drückte gleichzeitig eine Zigarette im Aschenbecher aus. Er strömte den ungekämmten Katzengeruch der Jugend aus. Sein dunkles, gewelltes Haar war leicht fettig. Zwischen den Bartstoppeln hatte er einen kleinen Pickel.

»Mensch, wie du aussiehst«, stellte er bewundernd fest. »Bist du vielleicht braun.«

»Nicht schlecht, was?« pflichtete ich ihm bei.

»Wie geht's der Melone?«

»Du solltest sie wirklich nicht so nennen…«

»Na ja, du hast sie schließlich nicht dabei, oder?«

»Nein, aber du hast es auf deine Postkarte geschrieben.«

Er strahlte vor offensichtlicher Selbstzufriedenheit. »Also hast du sie bekommen?«

Daraus schloß ich, daß er meine Nachricht nicht abgehört hatte und die letzte Nacht wahrscheinlich nicht zu Hause verbracht hatte.

»Gestern«, sagte ich. »Gut abgepaßt.«

»Ich habe mir Mühe gegeben.«

Er zündete sich noch eine Marlboro an wie ein Mann, der alle Zeit der Welt hatte. So ist es, wenn man einundzwanzig ist.

»Wollen wir los?« schlug ich vor.

»Zwei Minuten…« Er hielt zwei Finger hoch, dann fügte er einen dritten hinzu. »… drei. Pearl ist mal kurz für kleine Mädchen.«

»Pearl?«

»Eine Freundin.« Er stieß die Asche von seiner Zigarette und grinste. »Vertrau mir.«

Das tat ich natürlich nicht, und zwar völlig zu Recht. Als Pearl auftauchte, entpuppte sie sich nicht als ›Freundin‹, sondern als blaßgesichtige, gelbhaarige, vollmundige Schönheit, deren Figur geeignet war, Verkehrsstaus hervorzurufen. Ihre abgeschnittene Jeans gab die untere Hälfte ihrer Pobacken frei, und ihr knappes Angoratop drohte dasselbe mit ihren Brüsten zu tun. Sie trug einen kleinen Silberring in der einen Augenbraue – oder dort, wo ihre Augenbraue gewesen wäre, wenn sie sie nicht ausgezupft und durch einen Kajalstrich ersetzt hätte. Die gesamte wollüstige, wogende Erscheinung balancierte auf klobigen, hohen schwarzen Absätzen mit fetischistischen Knöchelriemchen.

Mit anderen Worten: Sex auf zwei Beinen.

»Da ist sie ja«, sagte Ben. »Worauf warten wir noch? Hier entlang, Mädels!«

Er setzte sich mit dem Gepäckwagen in Bewegung. Pearl und ich folgten ihm. Sie schien mit den Gedanken anderswo zu sein, doch daran war ich bei seinen Freundinnen gewöhnt.

»Hattet ihr eine schreckliche Fahrt?« erkundigte ich mich.

»Sie war nicht besonders.«

»Das tut mir leid«, sagte ich. »Die M 25 kann frühmorgens wirklich die Hölle sein.«

»Ja.«

»Ist die Baustelle am Kreuz mit der M 40 immer noch da?«

»Bitte?«

»Es gibt so oft Rückstaus«, erklärte ich.

»Ja ... Ben!«

Wir näherten uns den Automatiktüren, als Pearl – angesichts ihrer Schuhe mit erstaunlicher Geschwindigkeit und Beweglichkeit – an uns beiden vorbei und hinaus zum Taxistand schoß. Glücklicherweise schaffte sie es gerade eben bis zur Bordsteinkante, bevor sie ihren ganz persönlichen Rückstau auflöste und den Boden mit ihrem Mageninhalt neu pflasterte.

»Geh weiter, Pearl«, drängte Ben sie unnötigerweise. Er warf mir einen scherzhaften ›Was soll man da machen‹-Blick zu. »Tut mir leid. Ich hätte eine Tüte Sägespäne mitbringen sollen – sie macht das schon seit vier Uhr.«

Jetzt war mir klar, warum sie sich verspätet hatten. Ben erklärte mir, daß er und Pearl die Nacht bei einem gemeinsamen Freund in Ealing verbracht hatten, dem Gastgeber jener Veranstaltung, die Pearls Indisponiertheit hervorgerufen hatte. Da sie sowieso kaum geschlafen hatte, hatte Pearl sich lieber für eine Mitfahrgelegenheit via Heathrow entschieden, anstatt die Herausforderung des Heimwegs auf eigene Faust anzugehen.

Wir mußten zweimal auf der M 25 anhalten. Wir fuhren in voller Geschwindigkeit mit eingeschaltetem Warnblinker an die Seite, und Pearl öffnete schon die hintere Tür, als wir noch ruckend auf den Randstreifen rollten.

»Arme Kleine«, sagte ich, während wir wieder einmal auf sie warteten. »Was hast du mit ihr gemacht?«

Ben hob die Hände vom Lenkrad. »Ich bin unschuldig. Das hat sie ganz allein geschafft.«

Wir setzten Pearl am Stadtrand ab. Sie verabschiedete sich mit einem gequälten »Tschüs« von mir und richtete ein etwas nachdrücklicheres »Ruf mich an« an Bens Adresse.

»Wo hast du die denn her?« fragte ich.

»Weiß nicht mehr ... Kneipe, glaube ich.«

»Was macht sie so?«

Er warf mir einen neunmalklugen Blick zu. »Partys. Verwirrung stiften.«

»Ich meine tagsüber.«

»Sie wiederholt ein Semester am College.«

Wir verließen die Autobahn. »Und wirst du sie anrufen?«

»Kann sein.« Er ließ seine Worte wirken, dann streckte er die Hand aus und tätschelte mir den Arm. »Kopf hoch, Ma! Heute war nicht ihr Tag.«

Littelsea war ein unerschütterliches Küstenstädtchen, groß genug für ein Einkaufszentrum auf der grünen Wiese, mehrere kleine Supermärkte, ein Kino mit zwei Sälen, Kirchen in drei verschiedenen Geschmacksrichtungen und ein halbes

Dutzend Ethnorestaurants, aber zu kultiviert für zweifelhafte Etablissements wie etwa einen Nachtclub. Derartiges, so argumentierten die Stadtältesten von Littelsea, überließ man lieber Brighton, das in sicherer Entfernung an der Küste lag. In der Folge hatte sich mindestens die Hälfte der ortsansässigen Kneipen, deren Wirte genau wußten, wer ihre vielversprechendsten Kunden waren, ein neues Gesicht als Vergnügungsstätten für die Jugend gegeben. Statt daß die gefürchteten Vorgänge also buchstäblich in den Untergrund getrieben wurden, nahmen sie jetzt Tausende von Quadratmetern in der Innenstadt in Beschlag und ergossen sich auf die Bürgersteige, wo sie für Aufruhr sorgten und würdevolle Protestbriefe an die Lokalzeitung provozierten.

Heute hielt der Seewind die Wolken von Littelsea fern, und als wir uns von der Seeseite näherten, leuchtete die Sonne auf dem weißen Stuck des Hauses, in dem wir wohnten. Ich hatte Nummer vierzehn mit der Hälfte meines Erlöses aus unserem ehelichen Heim gekauft. Ich liebte die Wohnung über alles. Nach dem kolossalen ländlichen Pfarrhaus mit seinen üppigen anderthalb Hektar, seinen fünf höhlenartigen Schlafzimmern und seinem kontofeindlichen Heizverhalten war diese Wohnung in einem viktorianischen Wohnblock der reine Himmel. Eine Eingangstür, ein großes Wohnzimmer, zwei anständige Schlafzimmer und ein kleineres Gästeschlafzimmer; Flur, Treppenhaus und Fenster, die der Zuständigkeit der Eigentümerversammlung unterlagen, und ein Balkon mit Ausblick auf den Ärmelkanal, der sich je nach Wind gereizt, mürrisch oder träge präsentierte. Von hier aus konnte man in weniger als fünf Minuten an den langgezogenen Kiesstrand mit seinen stoppeligen schwarzen Wellenbrechern spazieren. Anstatt das Gefühl des sozialen Abstiegs zu haben, schwebte ich geradezu auf Wolken – von meinem Anlegeplatz gelöst wie ein Heliumballon.

Die Eingangstür des Hauses befand sich an der Rückseite. Ich blickte gewohnheitsmäßig in das – wie wir es nannten – Schwarze Loch hinunter, das die Mülltonnen beherbergte, konnte aber nichts Ungewöhnliches entdecken. Ben ging mit dem Schlüssel und meinem schweren Koffer voraus.

In dem großen Eingangsflur mit der immer noch grandiosen Treppe wollte ich einen Blick in unser Postfach werfen, doch er ruckte mit dem Kopf. »Sind alle oben.«

Das Haus verfügte nicht über einen Aufzug, was wir vorerst für eine gute Sache hielten – es hielt die älteren Leute und Pensionäre fern, die möglicherweise überempfindlich auf Lärm reagiert hätten, und es schloß auch junge Familien mit Nachwuchs im Kinderwagenalter aus. Unsere weniger durchtrainierten Besucher kamen meistens völlig außer Atem in der vierten Etage an, doch wir waren daran gewöhnt.

Ben schob die Tür weit auf und trat zur Seite, um mich eintreten zu lassen. »Willkommen daheim!«

Abgesehen davon, daß sie ein bißchen muffig und staubig war, war die Wohnung in Ordnung. Schon beim Eintreten wurde mir klar, daß er sie in respektablem Zustand gehalten hatte, indem er sich so gut wie gar nicht darin aufgehalten hatte. Falls unmittelbar nach meiner Abreise eine Party stattgefunden haben sollte (ein Umstand, der die Postkarte inspiriert haben könnte), hatte er in den folgenden Tagen hinreichend Zeit gehabt, um die Spuren zu beseitigen.

Ben stellte meinen Koffer ab und deutete auf einen Stapel Briefe auf dem Tisch beim Telefon. »Ich habe deine Nachrichten aufgeschrieben«, sagte er und fügte hinzu: »Ich lüfte mal ein bißchen.« Dann ging er völlig unbekümmert ins Wohnzimmer.

Als ich zu ihm stieß, hatte er die Balkontür geöffnet. Ein Luftzug, der nach Salz und Seetang roch, strömte ins Zimmer und erweckte es zum Leben. Ben hatte die Hände in den hinteren Taschen seiner Jeans stecken, doch mit einer Geste seiner Daumen lud er mich ein, die ganze Wohnung zu inspizieren.

»Na, was meinst du?«

»Nicht schlecht«, sagte ich und sah mich um. In einem Bierglas auf dem Kaminsims steckte einer jener gemischten Blumensträuße, wie man sie an der Tankstelle kaufen kann, immer noch in Zellophanpapier eingewickelt. »Eigentlich sogar richtig gut.«

»Dachte ich mir, daß du beeindruckt bist.«

»Das bin ich auch.«

»Ehrlich gesagt, bin ich nicht viel hier gewesen, aber ich habe immer mal wieder nach dem Rechten gesehen.«

»Na, danke, daß du deine Sache so gut gemacht hast.«

»Gern geschehen. Möchtest du den Rest sehen?«

»Klar.«

Pflichtgemäß ging ich in die Küche und bewunderte das leere Spülblech, die blitzblanke Arbeitsplatte und die beiden Magermilchpackungen im Kühlschrank. Die obere Fensterhälfte war ungefähr fünfzehn Zentimeter heruntergeschoben.

»Toll.«

»Bad?«

»Ich vertraue dir, Schatz.«

»Möchtest du eine Tasse Tee?«

»Ich hätte nichts dagegen, noch einen Kaffee zu trinken.«

»Kommt sofort.« Ich setzte mich in Bewegung, um mein Flightcase durch den Flur zu tragen, und er rief mir nach: »Laß den großen stehen – das mache ich schon.«

Ich mochte mein Schlafzimmer. Es war beruhigend, gemütlich – eine echte Zuflucht. Jahrelang hatte ich geglaubt, ich müßte aufstehen und mich nützlich machen, wenn ich nicht wirklich schlief, doch jetzt hatte ich wieder entdeckt, was für ein wunderbarer Luxus es war, im Bett zu essen, zu lesen, fernzusehen, Radio zu hören und zu telefonieren. Nach unserem Umzug hatte ich sogar meine Kissen in die Mitte des Kopfendes geschoben, ein Schritt, vor dem ich vorher zurückgeschreckt war, weil er ein schmerzliches Eingeständnis meines Single-Daseins darzustellen schien. Jetzt holte ich ein sauberes Nachthemd aus der Schublade und legte es auf den Kissenstapel, der ganz allein für mich da war: Heute nacht würde ich gut schlafen.

Ben rumpelte ins Zimmer, meinen Koffer in der einen und meinen Kaffee in der anderen Hand. Ich nahm ihm den Becher ab, bevor er noch mehr verschüttete.

»Prima, danke.«

»Und ...« Er ließ sich auf das Bett plumpsen, die Hände hinter dem Kopf verschränkt, die Füße übereinandergeschlagen. »War der Urlaub schön?«

»Der Urlaub war wundervoll. Mel war absolut toll, wenn man bedenkt, daß sie die meiste Zeit gearbeitet hat.« Ich stellte den Kaffee ab und zog den Reißverschluß meines Koffers auf.

»Sie ist ein Workaholic.«

»So würde ich es nicht ausdrücken, aber sie hat einen verantwortungsvollen Job, und sie ist sehr gewissenhaft.«

»Workaholic. Hat sie einen Typen?«

»Keinen besonderen. Aber sie ist mit einer Menge Männern befreundet.«

»Kein Typ. Und du?«

»Ich?« Ich verstaute meine Unterwäsche in einer Schublade.

»Kein romantisches Abendessen unter den Wüstensternen?«

»Doch, aber nicht so, wie du denkst.«

»Na Gott sei Dank«, sagte Ben. »Ich bin mir nicht sicher, daß ich schon reif für den Rauswurf bin.«

Um elf ging Ben zur Arbeit. Als ich ausgepackt und die Waschmaschine angeworfen hatte, setzte ich mich mit dem Telefon, der Post und der Liste der Nachrichten aufs Sofa.

Alle hatten sich gemeldet. Obwohl Ben meine Nachrichten verständlicherweise zusammen mit den für ihn bestimmten, möglicherweise peinlichen Mitteilungen vom Anrufbeantworter gelöscht hatte, hatte er ihren Tonfall genau eingefangen. Sabine konnte es kaum erwarten, am Samstag Tennis spielen zu gehen. Desma ebenfalls. Helen, die sich als emotionales Wrack beschrieb, sagte, sie wüßte nicht, wo ich wäre, aber wenn ich es irgendwie ermöglichen könnte, sie anzurufen, wäre das wohl das einzige, was zwischen ihr und einem unschönen Ende stünde. Ronnie hieß mich mit einer Karte willkommen. Auch die Tatsache, daß sich diverse Rechnungen sowie eine dicke Knolle, die auf Bens Konto ging (er mußte mein Auto benutzt haben), unter meiner Post befanden, konnte das Glücksgefühl nicht trüben, das ich darüber empfand, wieder dazusein. Schon so mancher hatte gesagt, Freunde wären das Wichtigste im Leben, und jetzt wußte ich, daß es stimmte. Liebe und Ehe, selbst Leidenschaft und Romantik waren auf ihre Art und Weise ja ganz nett, aber Freunde waren unverzichtbar.

Es war Freitag, und ich wurde vor Montag nicht im Büro erwartet, doch ich entschloß mich, Jo anzurufen. Sie hob herzerwärmend die Stimme.

»Du bist wieder da!«

»Ja, seit heute früh!«

»Und konntest es nicht abwarten, im Büro anzurufen.«

»Na, ich dachte, ich versichere mich besser, daß ich meinen Job noch habe.«

»Du machst wohl Witze! Hier herrscht völliges Chaos ohne dich. War es schön?«

»Ja. Ich langweile dich demnächst mit meinen Fotos, keine Sorge.«

»Unbedingt. Wie wär's, wenn wir Montag nach der Arbeit einen trinken gehen?«

»Einverstanden«, sagte ich. »Dann bis Montag.«

Ich rief Sabine und Desma an, die beide nicht da waren, und hinterließ ihnen Nachrichten, um die Verabredung zum Tennis zu bestätigen. Dann versuchte ich es bei Helen, die natürlich zu Hause war.

»Tut mir leid, daß ich dir so auf die Nerven gehe«, sagte sie mit ihrer flachen, gedehnten Stimme.

»Aber hör mal«, sagte ich, »du gehst mir doch nicht auf die Nerven.«

»Ich weiß ja, daß du noch völlig in Urlaubsstimmung bist, aber hättest du sehr viel dagegen, dich mit jemandem abzugeben, der das nicht ist?«

»Natürlich nicht.«

»Du brauchst auch nicht mehr zu tun als dazusitzen.«

»Klingt gut. Komm doch einfach vorbei!«

»Ach …«, sie seufzte erschöpft, »… das Auto ist in der Werkstatt. Ich kann dich wohl nicht am Morgen deiner Rückkehr bitten, zu mir zu kommen, oder?«

Es war keine Frage, doch ich beantwortete sie trotzdem. »Natürlich kannst du das, und natürlich komme ich.«

»Sei ein Schatz«, sagte Helen, die nicht an Bescheidenheit glaubte, wenn ihr jemand Hilfe anbot, »und bring unterwegs eine Flasche mit etwas Aufmunterndem mit. Ich bezahle sie dir, wenn du hier bist.«

Ich war schon mit einem Fuß zur Tür hinaus, als das Telefon klingelte. Ich hob ab und schnitt dem Anrufbeantworter das Wort ab.

»Da bist du ja.«

»Mel! Ja, wir hatten etwas Verspätung, aber es war nichts Ernstes.« Ich hatte nicht vor, an dieser Stelle auf Pearl einzugehen. »Und danke für alles, Liebes! Ich schreibe dir.«

»Gern geschehen«, sagte sie und legte das Thema zu den Akten. »Und, steht eure Wohnung noch?«

»Eigentlich nicht nur das. Ich vermute, daß er nicht viel hiergewesen ist.«

»Keine Anzeichen von Verputz- oder Glaserarbeiten in letzter Minute?«

»Nein.«

»Na, dann sage ich besser nichts mehr – was für eine argwöhnische Kuh ich doch bin.«

»Überhaupt nicht, ich war doch selber fürchterlich gespannt.«

»Okay. Hör mal, ich rufe aus dem Büro an, also mache ich besser Schluß. Ich melde mich später noch mal.«

»Ich schreibe dir – und noch mal danke für alles – Wiedersehen, Mel!«

Als ich die Wohnung verließ, fragte ich mich, ob ich wirklich einen leisen Hauch von Enttäuschung in der Stimme meiner Tochter gehört hatte, weil sich hier keine häuslichen Katastrophen ereignet hatten. Geschwisterrivalitäten schwelten anscheinend auch dann noch vor sich hin, wenn es keinen ersichtlichen Grund mehr dafür gab. Wie gut, daß die Wege meiner Nachkömmlinge so unterschiedlich waren: daß Mel mehrere tausend Kilometer weit weg war und in der Wüste ein kleines Vermögen verdiente, während Ben hier war, wo ich ihn im Auge behalten konnte.

Ich ging in den Supermarkt und kaufte ein paar Tüten mit dem Notwendigsten sowie den Aufmunterer, den Helen vorgeschlagen hatte – einen Clancey Creek Sauvignon. Ich wählte ihn hauptsächlich aus, weil er im Sonderangebot war und ich wußte, daß Helen ihr Versprechen, mir das Geld zurückzugeben, vergessen würde – und es mir im Traum nicht einfallen würde, sie daran zu erinnern. Auch wenn mein weitgereister Magen anderer Meinung war, sagte mir meine Armbanduhr, daß es Zeit zum Mittagessen war, also kaufte ich noch eine Tüte Tortilla-Chips und etwas Salsa-Dip. Dann fuhr ich die siebeneinhalb Kilometer landeinwärts nach Hawley End und dankte den Sternen, daß ich nicht mehr in diesem Nest wohnte.

Helen öffnete die Tür der Kate, die sie gemietet hatte – und die der Besitzer gerade eben in bewohnbarem Zustand hielt –, und zog sich sogleich wieder in das zwielichtige Innere zurück. Dabei entschuldigte sie sich halbherzig für das Durcheinander. Wer zu Helen kam und einen herzlichen Empfang erwartete, für den war die Enttäuschung vorprogrammiert. Ich schloß die Tür und ging mit ihr in die Küche, wo ich ein bißchen Platz auf dem Tisch machte und meine Mitbringsel absetzte.

»Das ist wirklich unglaublich großzügig von dir«, sagte sie zerstreut. »Der Korkenzieher ist in der Schublade. Ich muß einfach jemanden mit meinem Frust zu Tode langweilen, und du kannst dich so gut langweilen, ohne daß man es dir ansieht.«

»Ich werde mich nicht langweilen«, versicherte ich ihr.

Das stimmte. So zahlreich Helens Unzulänglichkeiten sein mochten, sie war niemals langweilig. Und man hätte von einem anderen Planeten stammen müssen, um nicht zu erkennen, daß ihr Leben eine Katastrophe war. Daß sie diese Katastrophe zum Großteil selbst herbeigeführt hatte, änderte nichts an deren schreckenerregendem Ausmaß. Man sagt, es ist ein Fehler, einem Freund einen Rat zu erteilen, denn er könnte ihn befolgen. In Helens Fall kam man gar nicht in die Versuchung, denn es verschlug einem die Sprache.

Ich entkorkte den Clancey Creek, öffnete die Tortilla-Chips und zog den Deckel von der Dip-Packung. Helen nahm zwei Weingläser vom Spülblech.

»Schieß los«, sagte ich. »Ich bin ganz Ohr.«

Was sie mir erzählte, war zum Großteil eine Rekapitulation der Ereignisse, die zu ihrer gegenwärtigen Lage geführt hatten. Kurz gesagt, war es so: Helen und Clive Robinson waren zwei Akademiker, die sich in Cambridge kennengelernt hatten, zusammengeblieben waren und sich einer langen, kultivierten, kinderlosen Ehe erfreut hatten. Clive, der zwei Jahre jünger war, hatte es zum Professor für Mittelenglisch gebracht, und Helen arbeitete als freischaffende Lektorin für einen akademischen Verlag. In glücklicheren Zeiten hatten sie in einem Haus gelebt, das Ian ›Das Haus am Rande der Zeit‹ nannte. Es war nicht außergewöhnlich alt – wahrscheinlich etwa genauso alt wie unseres –, aber es war seit den zwanziger Jahren nicht mehr modernisiert worden. Die Veranda beherbergte ein paar altmodische Holztennisschläger mit ruinierter Bespannung, einen eisernen Schuhabkratzer und einen abgewetzten braunen Lederfußball, wenn auch niemand jemals gesehen hatte, daß Clive oder Helen einen anderen Sport als Crocket betrieben. Die Ausrüstung dazu war in einem Holzschuppen im Garten untergebracht, der als das Sommerhaus bekannt war. Die langen Leinen-Capes und seltsamen Hüte der Robinsons hingen an verschnörkelten Kleiderhaken, unter denen zu allem Überfluß Galoschen standen. Aus ihrem Morris Traveller leckte Öl auf die Auffahrt, doch seine Besitzer zogen es vor, wenn möglich auf ihren altmodischen Fahrrädern zu fahren, die beide mit enormen Körben ausgestattet waren.

Im Haus befanden sich Tausende von Büchern, viele verstaubte Pflanzen, eine antike Musiktruhe, die ihnen ein Student vererbt hatte, und die Teppiche und Vorhänge, die sie zusammen mit dem Haus in den späten Sechzigern gekauft hatten. Es gab weder Fernseher noch Computer noch Mikrowelle – sie besaßen überhaupt keine Elektrogeräte außer einem Herd und dem Kühlschrank.

Obwohl sie so altmodische Sonderlinge waren, waren sie ein sympathisches Paar. Sie veranstalteten tolle Partys, die einfach nur dadurch zustande kamen, daß sie ein Datum und eine Uhrzeit festsetzten, alles einkauften, was im Supermarkt gerade im Angebot war, und ihre Tür öffneten. Wenn man etwas anderes haben wollte als den reichlich vorhandenen Billigwein und Butterbrote, dann brachte man es selbst mit, und niemand machte einem deswegen Vorwürfe.

Helen war hochgewachsen und von typisch englischem, farb- und schmucklosem, gutem Aussehen. Sie war blaß, ihre Augen waren so grau wie der Nebel über dem Kanal, und sie hatte eine lange Nase und feingemeißelte, bleiche Lippen. Ihr Haar war glatt und rötlich, und seit ich denken konnte, trug sie es knapp über Schulterlänge und klemmte es hinter ihren Ohren fest. Das völlige Fehlen jeglichen persönlichen Stilgefühls hatte sich bei ihr mit den mittleren Jahren in einen eigenen Stil verwandelt. Es war unmöglich, sie sich in irgend etwas anderem als den schlaffen Faltenröcken vorzustellen, die ihr Markenzeichen waren und zu denen sie verfilzte, handgestrickte Pullover in den merkwürdigsten Farben trug. Sie empfand sich selbst nicht einmal als leicht exzentrischen Blaustrumpf. Ihr fehlte, so empfanden wir es jedenfalls, jede Selbsteinschätzung.

Clive war so fett und das blühende Leben, wie seine Frau dünn und blaß war, aber keinen Deut weltgewandter. Er trug gern Fliegen, aber wir hatten immer das Gefühl, daß es daran lag, daß einige seiner angesagteren Kollegen dasselbe taten. Er war wie ein fröhliches Kind, das machte, was ihm gefiel, und dafür bezahlt wurde. Seine Selbstzufriedenheit grenzte beinahe an Überheblichkeit, und es war unausweichlich, daß er dafür bezahlen würde. Er hielt Helen für die schönste Frau der Welt und schien sich vorzustellen, daß sie, wo immer sie hinkam, die Leidenschaft der Männer entflammte und einen Aufruhr beinahe unkontrollierbarer Dauererektionen hervorrief. Wir anderen dachten: ›Wie süß!‹

Bis es tatsächlich geschah.

Es war schlicht und abgedroschen und hätte an ein Klischee gegrenzt, wenn es nicht so schmerzhaft gewesen wäre. Das Haus am Rande der Zeit begann so schlimm zu lecken, daß selbst Clive und Helen es bemerkten. Es brauchte ein neues Dach, und der Besitzer einer örtlichen Baufirma kam vorbei, um ihnen einen Kostenvoranschlag zu machen. Na ja, eigentlich nicht ›ihnen‹, da nur Helen an diesem Tag zu Hause war. Der Handwerker fuhr in einem Mercedes-Sportwagen vor. Er hatte braune Augen, war gut gebaut und sechsunddreißig Jahre alt. Irgendwann zwischen der Tasse Instantkaffee und der abschließenden Schätzung geschah etwas. Zehn Tage später verließ Helen Clive wegen John Kerridge, der, so behauptete sie (mit einem verräterischen Hauch von Farbe auf ihren bleichen, hohlen Wangen), ihr klargemacht hatte, wie es sein könnte…

Das Problem war, daß John Kerridge verheiratet war, ein schönes Haus am Stadtrand von Brighton und zwei Kinder in einer Privatschule hatte. Er erfreute sich zwar gern der Aufmerksamkeit dieser späterwachten Akademikerin, war aber nicht bereit, ihr einen Platz in seinem Leben einzuräumen. Helen war es egal. Sie wußte nur, daß sie sich jetzt, wo sie das Beste gekostet hatte, nicht mehr mit weniger abfinden konnte. Es sei nicht nur unehrlich, sondern auch unfair ihr selbst und Clive gegenüber, eine Ehe fortzusetzen, die ihren neuen, strengen Maßstäben nicht genügte. Wir anderen sahen erstaunt zu, wie diese unermeßlich intelligente Frau den tapferen, verrückten, peinvollen Schritt tat und John Kerridges Seitensprung wurde.

Als Resultat war allen Beteiligten elend zumute. Kerridge, der sich gezwungen sah, Farbe zu bekennen, wußte nicht, was er mit dieser unerbetenen, großen Geste anfangen sollte. Clive war wie ein verwaistes Kind, und sein Schmerz war mitleiderregend. Helen war zu Tode betrübt, weil sie so viele Menschen unglücklich machte, obwohl sie doch das Gefühl hatte, das einzig Anständige getan zu haben.

Manchmal besserte sich ihre Laune. John war immer noch ›eine Offenbarung‹. Doch sie war keine Frau, die in der Unabhängigkeit aufblühte: In der kulturellen Wüste von Hawley End war sie einsam und verlassen. Meistens konnte sie sich – was wenig überraschend war – nicht vorstellen, was die Zukunft ihr bringen würde. Und wir anderen konnten es auch nicht.

Also änderte sich an ihren emotionalen Tiefs nicht viel. Man saß einfach nur da und hoffte, daß sie beim Reden plötzlich das Licht sehen würde und zu Clive, dem Haus am Rande der Zeit und zur Vernunft zurückkehren würde.

»... ich wünschte, die Wolken würden sich auftun und eine allwissende, bärtige Gottheit würde mir alles erklären«, sagte sie gerade, während sie niedergeschlagen ihren Clancey Creek schlürfte. »Wenn er mir diesen Gefallen täte, dann würde ich für immer an ihn glauben.«

»Aber das wird nicht geschehen«, erinnerte ich sie behutsam, »daher ist es vielleicht an der Zeit, pragmatisch zu sein.«

»Womit du meinst zurückzugehen.«

»Entweder das oder weiterzugehen. Du, Helen, gehst weiter, mit oder ohne John. Tu, was du tun willst.«

»Aber ich weiß nicht, was das ist«, sagte sie. »Ich weiß nur, was ich nicht tun kann.«

»Ich weiß.« Wir hatten das schon so oft durchgekaut, und es hatte zu nichts geführt.

»Hast du Clive getroffen ...?« fragte sie und starrte mit versteinertem Gesicht aus dem verschmierten Fenster.

»Nein. Aber ich bin ja auch zwei Wochen weg gewesen.«

»Ja, du hast gesagt, wie egozentrisch ich langsam werde.« Sie sah mich an. »Geworden bin.«

»Aber überhaupt nicht«, sagte ich tapfer und goß ihr Glas wieder voll. »Aber es wäre schön, dich wieder glücklich zu sehen.«

»Du meinst, zufrieden. Das ist nicht dasselbe.«

»Na ja, jedenfalls nicht verzweifelt, so wie jetzt anscheinend – wie auch immer du es nennen möchtest.«

»Eve ...« Sie zündete sich mit ihren großen, knochigen, zitternden Händen eine Zigarette an. »Ich hatte keine Ahnung, was Glück ist, bis ich John begegnet bin. Und jetzt habe ich wahre Ekstase erlebt.« Es war das älteste, abgedroschenste Szenario in der Geschichte zwischenmenschlicher Beziehungen, doch sie verlieh ihm die Größe einer griechischen Tragödie.

»Hast du Hunger?« fragte ich und versetzte den Tortilla-Chips einen Schubs.

Sie futterte sich durch die Tüte. Während sie kaute, erzählte ich ihr von meinem Urlaub.

»Wie aufregend«, sagte sie, obwohl ihr jede Minute zuwider gewesen wäre. »Wie ist es, zurück zu sein?«

»Schön. Zu Hause ist es am besten.«

»Weißt du«, sagte sie und starrte mich an, als sähe sie mich zum ersten Mal, »es ist bemerkenswert, wie du all deine Schwierigkeiten überstanden hast. Ich kann dir gar nicht sagen, wie sehr ich dich bewundere.«

Es war vier Uhr, als ich zurückkam, und Pearl saß mit dem Rücken zum Geländer auf den Stufen vor unserem Haus.

»Eine Freundin hat mich mitgenommen«, sagte sie, als hätte ich mir womöglich Sorgen um sie gemacht.

»Ben ist nicht hier«, sagte ich ihr. »Er ist arbeiten gegangen.«

»Er hat mir gesagt, er hätte heute frei.«

»Ja? Keine Ahnung.« Ich schloß die Tür auf. »Jedenfalls hat er mir gesagt, daß er in den Plattenladen geht.«

»Haben Sie etwas dagegen, wenn ich auf ihn warte?« fragte sie, während sie mit in den Flur kam und die Tür hinter sich schloß.

Ich begann, die Treppe hochzusteigen. »Nein, nein, natürlich nicht, wenn es dir nichts ausmacht, daß ich ein bißchen Ordnung mache.«

»Ich setze mich in sein Zimmer.«

»Das brauchst du nicht«, sagte ich rückwärts gerichtet. »Möchtest du eine Tasse Tee?«

»Nein, danke.«

Sie ging zunächst in Bens Zimmer, doch als ich anfing, die Einkäufe zu verstauen, kam sie an und stand in der Küche herum. Eigentlich wollte ich mich gar nicht pausenlos entschuldigen, doch genau darauf lief es hinaus – sie war ständig im Weg. Es schien ihr nichts auszumachen. Sie hatte sich offensichtlich erholt und war in der Stimmung, sich zu unterhalten.

»Und, finden Sie es schön, daß Ben hier wohnt?«

»Ja, so ist es.«

»Sie sollten sich mit meiner Mutter unterhalten«, sagte Pearl. »Sie würde alles tun, um mich aus dem Haus zu bekommen.«

Das glaubte ich ihr gern. »Wir kommen gut klar«, sagte ich. »Ben ist sehr umgänglich.«

»Das habe ich auch schon gehört.« Es lag eine Spur von Sarkasmus in ihrer Stimme, den ich zu ignorieren beschloß. Sie versuchte, mich auszuhorchen, doch aus mir würde sie nichts herausbekommen.

»Er sagt, du wiederholst Kurse im College«, sagte ich, um sie auf ihren Platz zu verweisen. »Was für Fächer?«

»Englisch und Kunst. Aber ich weiß nicht, ob ich im September wieder hingehe. Ich würde lieber etwas Geld zusammenkratzen und durch die Gegend reisen.«

»Wer reist, verschwendet keine Zeit.«

»Ja, und ich muß unbedingt ein paar neue Leute kennenlernen«, sagte sie.

Ich wünschte mir sehnsüchtig, sie würde aus meiner Küche und aus meiner Nähe verschwinden, und sie muß meine Gedanken gelesen haben, denn kurz danach ging sie wieder in Bens Zimmer und legte sein geliebtes Reggaealbum auf. ›No woman, no cry…‹ Irgendwie konnte ich mir nicht vorstellen, daß man Pearl so leicht zum Weinen brachte.

Als Ben zurückkehrte, kam er in die Küche und wies mit dem Kopf auf sein Zimmer.

»Wer ist hier?«

»Pearl.«

»Mist«, sagte er. »Seit wann?«

»Eine Stunde? So in etwa.«

»Mist«, sagte er, »dann gehe ich besser und mache schönes Wetter.«

An seinem Ton konnte ich nicht erkennen, ob ihre Anwesenheit ihn freute oder in Schrecken versetzte. Aber nach zwanzig Minuten wurden ihre Stimmen lauter, und nach weiteren zehn Minuten war ein ausgewachsener Streit im Gang.

Sie kam zuerst heraus und senkte etwas spät die Stimme, um auf dem Weg durch den Flur meinem Sohn zu sagen, er könne sie kreuzweise. Die Musik lief weiter. Als Ben herauskam, rief ich:

»Alles in Ordnung?«

»Klar«, sagte er. »Kleinigkeit. Ich gehe aus, okay?«
»Okay.«
Ich hatte Lasagne gemacht, so daß er sich eine Portion aufwärmen konnte, wenn er wiederkam. Ich suchte in meiner Handtasche nach einem Kuli und stieß dabei auf Bens Postkarte. Inzwischen hatte sie die Welt zweimal umrundet, und in Anerkennung dieser Tatsache steckte ich sie oben rechts an die Notiztafel in der Küche.

3

Wenn man den Erfolg eines Menschen beim anderen Geschlecht in Zahlen messen könnte, dann müßte man Bens Erfolg als phänomenal bezeichnen. Er ging mit Mädchen aus, seit er vierzehn war, normalerweise mit mehr als einem zur selben Zeit. Trotz des Streits mit Pearl hatte er das für einen so jungen Menschen ungewöhnliche Talent, sich ohne bitteren Nachgeschmack aus Verbindungen zu lösen, die ihm lästig wurden. Mädchen, die ich noch von vor zwei oder drei Jahren kannte, kreuzten ab und zu immer noch bei uns auf und fragten nach ihm.

Schon als Kleinkind im Kinderwagen hatte man ihn wegen seines Aussehens und seines gewinnenden Lächelns bewundert. Wenn Frauen sagten: »Sieh dir diese Wimpern an – das wird mal ein Herzensbrecher«, dann tat das meinem Herzen gut. Ich kam gar nicht auf die Idee, mich zu fragen, ob es wünschenswert war, die Herzen anderer Leute zu brechen, und selbst wenn ich so weit gedacht hätte, so fürchte ich, daß mich diese Frage nicht lange beschäftigt hätte. Mir gefiel der Gedanke, daß mein Sohn ein kleiner Romeo war. Besser, wenn der eigene Sohn umworben und treulos war, als wenn er nett und verschroben war und ewig übersehen wurde. Ich mußte allerdings zugeben, daß er sich seine Freundinnen nicht nach der Größe ihres Intellekts aussuchte. Von der ersten bis zur letzten waren sie affektierte Blickfänger, für die geistige Dinge nur eine angestaubte Nebensache bedeuteten.

Ich hatte irgendwo gelesen, daß Jungen sich oft von Mädchen angezogen fühlten, die sie an ihre Mütter erinnerten, doch wenn das stimmte, dann war Ben die Ausnahme, die die Regel bestätigte. Selbst (vielleicht gerade) meine ergebensten Freunde hätten mich nicht als schön beschrieben. Ich sah ganz interessant aus, und jetzt, mit Ende Vierzig, war ich damit vollständig zufrieden.

Aber Ben stand auf wandelnde Blondinenwitze. Mir schienen sie nie wirklich gut genug für ihn zu sein, und er akzeptierte diesen traditionellen Mütterstandpunkt mit Gleichmut. »Na, was meinst du?« fragte er manchmal, wenn der Teenie-Engel des Tages gerade das Haus verlassen hatte.

»Sie ist sehr hübsch.« Ich versuchte immer, das Positive zu sehen.

»Natürlich.«

»Nein, sie ist okay – ich fand sie nett.«

»Aber.«

»Kein Aber. Außerdem geht es mich sowieso nichts an.«

Das war normalerweise sein Stichwort, mich zu umarmen und zu drücken und etwas zu sagen wie: »Nimm's leicht, Mama! Wenn ich meinen geistigen Horizont erweitern will, dann lese ich ein gutes Buch.«

Es machte mir nichts aus. Bis jetzt hatte kein einziges Mädchen das Zeug dazu gehabt, Ben auf Dauer von den Bequemlichkeiten unseres Heims fortzulocken. Ich erkannte ernsthafte Konkurrenz, wenn ich sie sah, und bis jetzt war so etwas noch nicht am Horizont aufgetaucht. Solange die Blondinen regierten, würde er bleiben.

Ian, mein auseinandergelebter Ehemann – wir waren noch verheiratet, obwohl wir uns in aller Stille auf eine Dauerlösung zubewegten –, sah die Dinge nicht so rosig. Er lebte in London und lernte das jeweilige Busenwunder höchstens kennen, wenn er zufällig zu Besuch war.

»Was in aller Welt macht er mit ihr?« fragte er verblüfft.

»Ich dachte, das wäre offensichtlich.«

»Ja, aber sie ist ihm doch völlig unterlegen.«

»Vielleicht ist es ihm so lieber.«

»Was meint Mel dazu?«

Ian gab eine Menge auf Mels Meinung, wahrscheinlich, weil sie in den meisten Fällen recht genau mit der seinen übereinstimmte. Unter den gegebenen Umständen konnte ich ihm normalerweise berichten, daß sie nicht verstehen konnte, wo die Anziehungskraft lag, doch damit rechneten wir ja auch nicht.

Das beruhigte Ian. Er war krankhaft ehrgeizig, jedoch ohne den Freibeutergeist seiner Tochter, litt an der Perfektionistenkrankheit Migräne und dann und wann an Magengeschwüren. Unordnung und Improvisation verursachten ihm körperliche Beschwerden. Doch als Vater war er immer voller Bewunderung gewesen, in mancher Hinsicht sogar noch idealisierender als ich, und selbst in den weniger leuchtenden Momenten im Leben seiner Nachkommenschaft war er noch überzeugt, daß sich diese nur sammelte, bevor sie auf ihr Ziel zusprintete. Als Ben sein Studium abbrach, hatte Ian seine Enttäuschung heruntergeschluckt und sich Bens Versagen zu seiner eigenen Zufriedenheit zurechtrationalisiert.

»Wahrscheinlich hat es ihn gelangweilt.«

»Gelangweilt?« Ich starrte ihn mit offenem Mund an. »Daß ich nicht lache. Er hat zwei Jahre lang die Nacht zum Tage gemacht.«

»Ja, und ich werde diesbezüglich auch noch ein Wörtchen mit ihm wechseln. Aber der Unterricht an diesen Universitäten läßt die Strenge und Qualität vermissen, die zu meiner Zeit noch dort herrschte. Diese Leute sind nur noch darauf aus, ins Fernsehen zu kommen oder kontroverse Populärlektüre zu schreiben, mit der sie ein Vermögen verdienen können. Es gibt kein wirkliches Bedürfnis, das Interesse der Studenten zu fesseln. Ben ist klug, und sie haben ihn hängenlassen.«

Es war zwecklos, mit ihm zu diskutieren. Außerdem war es ja nicht zu leugnen, daß Ben klug war. Doch mein Mann war unfähig zu akzeptieren, wie sehr sich sein Sohn von ihm unterschied, weil nämlich in Bens Leben das Lustprinzip keine Nebensache, sondern der Dreh- und Angelpunkt war. Einmal hatte ich das Unglück, über Bens Tagebuch zu stolpern. Unglück, weil ich der Versuchung nicht widerstehen konnte, einen Blick hineinzuwerfen, als es mir erst einmal in die Finger geraten war, und wer lauert, der sieht nur das, was ihm unangenehm ist. An besagtem Samstag waren die folgenden Worte mit rotem Kugelschreiber auf die Seite gekritzelt, wie um den ahnungslosen Schnüffler mit Absicht zu schockieren: Abgeschleppt worden – Schwein gehabt – Super gebumst.

Der Eintrag brachte mich zum Lachen, wenn auch ein bißchen nervös, aber er hätte Ian im Innersten erschüttert.

Wie vorauszusehen war, tauchte Pearl am Wochenende wieder auf, und ihre aggressive Ausstrahlung schien ›Frag mich einfach nicht‹ zu sagen.

»Er liegt noch im Bett«, teilte ich ihr über die Türsprechanlage mit. Es war halb zwölf am Samstag vormittag, und Ben brauchte erst um zwei im Geschäft zu sein.

»Ah ja ...«, sagte sie sarkastisch. »Haben Sie was dagegen, wenn ich raufkomme?«

Als sie in der Wohnung eintraf, sagte ich: »Ich stecke mal den Kopf in seine Tür.«

Sie stand mitten im Flur und zündete sich eine Zigarette an. Auf dem Weg zu Bens Zimmer nahm ich wahr, daß sie das Streichholz mit einer Handbewegung löschte, und ich fragte mich zickig, was sie damit machen würde.

Ich klopfte. »Ben ...?« Es erklang eine Art Grunzen, daher ging ich ins Zimmer und wandte mich an den violetten Bettwäscheberg. »Ben, es ist schon nach halb zwölf, und Pearl ist hier.«

»Was?«

»Es ist fünf nach halb zwölf. Pearl steht im Flur.«

»Okay«, sagte er völlig ungerührt und warf das Oberbett zur Seite. Ich zuckte zusammen, aber er trug Boxershorts.

Ich zog mich diskret zurück und ging wieder zu Pearl. »Er ist unterwegs.«

Das, so schien es, war ihr Stichwort, zu ihm zu gehen. Ich stellte fest, daß das erloschene Streichholz in der Schale mit meinem Weihnachtskaktus lag.

Zur Tarnung schaltete ich das Radio in der Küche ein, und nach ein paar Minuten stahl ich mich verschämt in den Flur hinaus. In Bens Zimmer dudelte wieder einmal dieselbe Reggae-Musik vor sich hin, daher nahm ich an, daß sie die Musik zu demselben Zweck benutzten wie ich – zur Vortäuschung falscher Tatsachen.

Eine halbe Stunde später ging ich so geräuschvoll wie möglich in mein Zimmer und zog mir unter lautem Schubladengeschiebe und Schranktürgerumpel Shorts und ein Polohemd an. In der Tür rief ich: »Ich gehe Tennis spielen!«

»Viel Spaß«, antwortete Ben in jenem fröhlichen ›Wir sind ganz brav hier drin‹-Tonfall, der mich keine Sekunde lang täuschte. Seine Stimme war etwas zu laut, zum Ausgleich dafür, daß sie aus der Horizontalen kam.

Sabine, Desma, Ronnie und ich spielten auf dem öffentlichen Tennisplatz unten in der Nähe der Promenade, zweimal in der Woche, sommers wie winters. Um diese Jahreszeit war es kein Problem, aber unsere winterlichen Spiele waren für uns zur Ehrensache geworden. Wie christliche Märtyrer erduldeten wir die Unbilden des tobenden Küstenwetters, das Gekreische der Möwen, die im Sturm wie Geier über uns kreisten, und den Spott der örtlichen Halbstarken, während wir, in mehrere Kleiderschichten verpackt, drei kurze Sets fast vollständig durchspielten. Wir mußten zugeben, daß wir komplett verrückt waren, aber gleichzeitig waren wir auch ziemlich gerissen. Unsere Belohnung erwartete uns nicht im Himmel, sondern im Frühling, wenn wir die Schönwetterspieler auf den umliegenden Plätzen mit unserer Präzision, unserer Beständigkeit und unserer Fitneß erstaunten.

Natürlich relativierte sich das irgendwann. Drei von uns vieren waren nicht so gut, und etwa Mitte Juni hatten die wirklich guten Spieler gleichgezogen und begannen, uns zu übertrumpfen, während wir im Mittelfeld immer noch mit unseren unbeständigen Aufschlägen und unserer schwachen Rückhand kämpften.

Trotzdem waren wir süchtig nach Tennis, dieser größten psychologischen Herausforderung im Sport. Wir spielten zum Spaß, aber auch, um zu gewinnen. Unsere höflichen Entschuldigungsrufe und Sympathiebekundungen verschleierten kaum unsere Entschlossenheit, uns gegenseitig in den Staub zu kämpfen – und unsere Wut, wenn uns das nicht gelang, sei es, weil die anderen geschickter waren oder weil uns selbst unnötige Fehler unterliefen.

Die einzige von uns, der es nicht ums Gewinnen ging, war Ronnie, die – kaum überraschend – auch die beste Spielerin war. Als Veronica Toozey war sie Leiterin des Tennisteams eines der besten, angesehensten Mädcheninternate der Gegend gewesen. Jetzt hieß sie Ronnie Chatsworth, war verheiratet mit Dennis, dem Anwalt, und war immer noch die Frau, die zu schlagen sich lohnte, nicht zuletzt weil sie dem trivialen Vergnügen des Sieges so gleichgültig gegenüberstand, daß es einen zum Wahnsinn trieb. Sie war eine hochgewachsene Sportskanone mit aufrechter Haltung und einem frischen Gesicht und beherrschte alle Schläge, inklusive eines Aufschlages von solcher Wucht, daß ihr ab und zu sogar ein As gelang. Dazu hatte sie noch die nötige Geschwindigkeit. Doch sie spielte lächelnd und achselzuckend – Desma und ich fragten uns oft, ob sie wohl beim Sex mit dem trockenen, ernsten Dennis lachte, und folgerten, daß dies wohl der Fall sein mußte, da sie sonst wohl nur weinen konnte. Die Chatsworths führten eine von Littelseas seltsameren Ehen, doch sie dauerte schon siebenundzwanzig Jahre und hatte ihnen zwei erwachsene Söhne beschert, also gestanden wir ihnen zu, daß es bei ihnen wohl mit rechten Dingen zuging.

Sabine war diejenige, die am meisten aufs Gewinnen aus war, was zu dumm war, weil sie keinerlei Chance hatte, so gut wie Ronnie zu werden. Sabine war Französin und hatte einen reichen, sympathischen Grundbesitzer geheiratet, Martin Drage. Im Augenblick ließen sie einen hochmodernen Astroturfplatz bauen, der dem beheizten Swimmingpool mit auffahrbarem Dach im Garten ihres fantastischen Hauses Gesellschaft leisten sollte. Sie machte kein Geheimnis daraus, daß Martins Bankkonto einen bedeutenden Teil seiner Anziehungskraft ausmachte. Martin hatte eine Tochter aus erster Ehe, doch er und Sabine genossen ein geselliges, umgängliches und kinderloses Zusammensein. Ich hegte die Vermutung, daß es trotz Sabines graziler, weiblicher Erscheinung um ihr Sexleben eher ruhig bestellt war und daß die Treue, die sie aneinander band, eher auf Indifferenz als auf Überzeugung beruhte.

Sabine besaß eine Verkaufslizenz eines Kleiderherstellers namens Chic. Sie war eine der am wenigsten aktiven und gleichzeitig erfolgreichsten Vertreterinnen, da sie nicht durch die Notwendigkeit des Geldverdienens motiviert wurde – soviel wie Martin verdiente, konnte selbst sie nicht ausgeben –, sondern durch den unerbittlichen Drang, ihren Kunden ihren Willen aufzuzwingen. Sabines Verkaufsstrategie bestand darin, einem den Eindruck zu vermitteln, daß man zum Außenseiter wurde, wenn man sich einem Kauf verweigerte. Als einzige von uns hatte sie Privatstunden genommen, Bücher über Spieltaktiken gelesen und eine ungewöhnliche Rückschlaghaltung entwickelt – mit der einen Hand hielt sie den Schläger in die Höhe, und den anderen Arm hatte sie ausgestreckt wie ein Löwendompteur, der mit einer Peitsche und einem Stuhl auf sein Gegenüber zutritt. Sie war die einzige, die zum hiesigen Nobelclub gehörte, dessen Mitglieder durch gesalzene Gebühren und undurchsichtige grüne Windschutzwände vom Rest der Welt getrennt waren. Wäre Ronnie nicht gewesen, so hätte Sabine unsere Spiele bestimmt unter ihrer Würde gefunden.

Desma hatte relativ spät angefangen zu spielen. Sie war kurz und gedrungen, ein Naturtalent, das zum Tennis übergewechselt war, als das Alter ihrem Einsatz für das örtliche Hockeyteam ein Ende bereitete. Sie spielte mit dem Eifer der Bekehrten, und was ihr an Technik abging, das machte sie durch Kraft und eine fast erschreckende Ausdauer wieder wett, so daß sie fast nie ins Hintertreffen geriet. Sie war zwar fast zehn Jahre jünger als wir anderen, hatte aber erst spät geheiratet, so daß sie eine zweijährige Tochter hatte, obwohl sie schon Mitte Dreißig war. Richard ›Rick‹ Shaw war ein paar Jahre jünger als sie, schüchtern, attraktiv und ihr treu ergeben. Unsere Theorie in Bezug auf die Shaws – wie man sieht, hatten wir über jeden eine Theorie – war, daß Rick einer dieser Männer war, die mit ihrer eigenen Attraktivität überfordert sind, und daß daher die fröhliche, harmlose, ausgelassene Desma für ihn einen sicheren Hafen darstellte. In seiner absoluten Zufriedenheit mit seinem Schicksal war er nicht nur anbetungswürdig, er war ein Schatz von einem Mann, der glücklich war, wenn er Bryony in einer Rückentrage mit zum Einkaufen nehmen konnte, während seine Frau auf dem Tennisplatz schwitzte.

Und dann war da noch ich. Genau wie mein Französisch hatte ich auch meine Tenniskenntnisse aus der Schule, und meine guten wie meine schlechten Angewohnheiten hatten sich seitdem nicht geändert, sondern waren nur durch viel Übung passabel geworden. In der Hackordnung folgte ich nach Ronnie und Sabine, stand aber offiziell über Desma, obwohl mich beim Tennis mein Temperament im Stich ließ. Meine Aufschläge waren besser als ihre – was auch kein Wunder war, da ich seit meinem zwölften Lebensjahr spielte –, doch mir fehlten ihr Bulldoggencharakter, ihr beinhartes Durchhaltevermögen und ihre wieselflinken Bewegungen auf dem Platz. Wenn ich einen schlechten Tag hatte, dann ließ ich einfach den Kopf hängen. Ich wurde mürrisch, frustriert und schicksalsergeben. Mir fehlte der Glaube an mich selbst.

Wir vier spielten am Samstagvormittag, weil der Rest der Welt sich dann in Supermärkten, Gartencentern und Heimwerkermärkten aufhielt oder einfach nur zu Mittag aß. Um in dieser Hinsicht nicht ganz außen vor zu bleiben, gingen wir danach immer ins Hotel Esplanade, um in der Kutter-Bar ein Glas Wein zu trinken und eine Kleinigkeit zu essen.

Diesmal waren Desma und Sabine schon da und spielten sich mit Sabines fluoreszierenden rosa Bällen warm. Sabine trug einen winzigen scharlachroten Faltenrock und ein rotweiß gestreiftes Trikot. Desmas kräftige Oberschenkel steckten wie üblich in einer grauen Radlerhose, über der sie ein Sweatshirt ihrer alten Hockeymannschaft trug.

»Hallo!« rief sie, während sie eine kräftige Drage-Vorhand so geschickt abfing, daß ihr Abfangschlag sich in einen Lob verwandelte und Sabine (die auf das Netz zugestürzt war) zur Grundlinie zurückschickte. »Wie geht's dir? Du siehst ja toll aus!«

»Danke.« Ich betrat den Platz und öffnete den Reißverschluß meiner Schlägerhülle, während Desma und Sabine auf mich zukamen.

»Mann, hast du Farbe bekommen«, sagte Desma bewundernd. »Ich wünschte, ich würde braun werden.«

Ich heuchelte lieber, als daß ich mir eine von Sabines Strafpredigten zum Thema Hautpflege anhörte, und sagte schnell:

»Das siehst du in zehn Jahren anders, wenn du aussiehst wie ein Pfirsich und ich wie eine Dörrpflaume.«

Zustimmend küßte Sabine mich leicht auf beide Wangen. »Wie war's bei deiner Tochter?«

»Ganz gut. Sie arbeitet hart, läßt sich aber auch gut dafür bezahlen.«

»Bist du da irgendwann zum Spielen gekommen?«

Ich sagte ihr nicht, daß ich meinen Schläger erst gar nicht mitgenommen hatte. »Es war ein bißchen warm für Tennis.«

»Ah«, sagte Sabine und drehte ihren Schläger – der einen neumodischen, dreieckigen Kopf hatte – bedrohlich hin und her. »Dann bist du also aus der Übung. Also lassen wir dich erst mal allein, bis Ronnie kommt.«

»Sie hat mich angerufen, um mir zu sagen, daß sie sich vielleicht verspätet«, erklärte Desma. »Sie sind erst heute morgen aus London zurückgekommen.«

Ich konnte mich ungefähr fünf Minuten lang allein warm spielen, bevor ich Desma Platz machte. Als Ronnie ankam, stellte sie sich auf Desmas Seite und rief:

»Es ist so schön, dich wieder hier zu haben, Eve! Erzähl uns die Neuigkeiten beim Essen, okay? Tut mir leid, daß ich euch habe warten lassen, aber ich brauche mich nicht aufzuwärmen.«

Das brauchte sie wirklich nicht. Dank ihrer Fähigkeiten und unseres Temperamentproblems spielten sie und Desma uns in Grund und Boden. Zugegebenermaßen spielte ich nicht gut, und Sabine war von Natur aus nachtragend. Als wir ans Netz traten, um uns die Hände zu schütteln, konnte ich spüren, ja fast sehen, wie sie hinter ihrem Lächeln mit den Zähnen knirschte. Die Art, wie sie das Netz herabließ, weckte den Verdacht, daß sie sich bemühte, auch sich selbst zu entspannen.

»Tut mir leid, Leute«, sagte ich, als wir zur Bank zurückkehrten. »Ich war heute nicht in Form. Das kommt davon, wenn man Urlaub macht.«

Ronnie lachte. »Du brauchst dich doch nicht zu entschuldigen – wir haben schließlich gewonnen.«

Sabine öffnete das Tor, um uns hinauszulassen. »Hattet ihr einen schönen Abend in der Stadt?«

»Ja«, sagte Ronnie. »Eigentlich grauste mir davor, aber dann war es doch nett.«

»Was war es denn?« fragte Desma.

»Dennis' alte Kumpel. Alle zwei Jahre sind Ehefrauen und Freundinnen mit eingeladen.«

Der Gedanke an Dennis und seine alten Kumpel ließ Sabine und mich verstummen, aber glücklicherweise war Desma der Lage gewachsen.

»War es ein Tanzabend?«

»Nein, Abendessen, aber es gab auch Musik – so eine kleine Combo, die im Hintergrund vor sich hin geklimpert hat.«

»Lloyd Webber?« erkundigte sich Sabine mit hochnäsigem Gesichtsausdruck.

»Nicht, daß ich wüßte. Gershwin, Irvin Berlin, so in der Art, ganz nett.« Ronnie öffnete den Kofferraum ihres Autos, das uns am nächsten stand, und wir warfen unsere Schläger und Bälle hinein, bevor wir in Richtung auf das Esplanade losspazierten.

»Was hattest du an?« fragte ich.

»Mein violettes Kleid – das ich schon seit einer Ewigkeit habe. Ich hatte es bei deiner letzten Party an.«

»Gut gemacht, es steht dir fantastisch.«

»Weißt du«, sagte Sabine, »du solltest mal etwas Kurzes versuchen, Ronnie. Du hast genau die richtige Figur dafür.«

»Wenn ich deine Beine hätte, würde ich es tun.«

»Du hast doch schöne Beine.«

»Ich stelle nur die Teile zur Schau, die schön sind. Und das heißt, nur unterhalb des Knies.«

»Fünfzig Prozent mehr, als ich mir leisten kann«, sagte Desma und blickte reumütig an ihren rundlichen Knien und stämmigen Waden hinunter.

»Es kommt ganz auf die Proportionen an«, erklärte Sabine.

»Was du nicht sagst.«

»Ich meine die Proportionen der Kleidung, die man trägt«, fuhr Sabine an Ronnie gewandt fort. »Manche kurzen Kleider sehen völlig unmöglich aus, andere sind höchst elegant.«

»Ich könnte mir vorstellen«, erwiderte Ronnie, während sie uns einen Blick zuwarf, »daß die anderen auch sauteuer sind.«

»Nicht unbedingt!« sagte Sabine. »Die neue Kollektion von Chic beispielsweise ...«

Wir heulten in gespieltem Hohn auf, während wir durch die Drehtür des Hotels traten.

Das Esplanade war ein ehemals luxuriöses edwardianisches Strandhotel, das nach dem Krieg schwere Zeiten erlebt hatte und vor zehn Jahren von einer Hotelkette gerettet worden war, die das nötige Geld – und den guten Geschmack – besaß, es auf eine Weise zu restaurieren, die seinen Charakter nicht wesentlich veränderte. Die Kutter-Bar war die einzige wirkliche Neuheit, und sie war eine Neuheit, die wir begrüßten. Sie hatte eine schöne, lange Theke und einen Wintergarten mit Blick aufs Meer. Überall sonst im Hotel hätte unsere Tenniskleidung gegen eine unausgesprochene, aber strengstens eingehaltene Kleiderordnung verstoßen, doch der Kutter war ein öffentlicher Treffpunkt, gemütlicher als eine Kneipe, aber mit der entspannten, volksnahen Atmosphäre einer Kneipe. Außerdem hatte das Management des Hotels einen Koch eingestellt, der bei Rick Stein gelernt hatte, und sein Fisch und seine Meeresfrüchte waren fantastisch.

Clay, der Barkeeper, begrüßte uns wie immer.

»Wie ist es heute bei den Damen gelaufen?«

»Wir haben uns alle Ehre gemacht«, sagte Ronnie.

»Da sprichst du aber nur für dich selbst«, sagte Sabine.

Clay – den die Natur für diesen und keinen anderen Beruf vorgesehen hatte – schenkte uns unsere üblichen Getränke ein. »Und, wer hat gewonnen?«

»Die anderen«, sagte ich zu ihm.

Es war ein Beweis für Clays Kommunikationstalent, daß er den Eindruck vermittelte, als wüßte er genau, was ich meinte.

»Aha. Aber es geht Ihnen doch hauptsächlich ums Spielen, oder nicht?«

»Hundertprozentig«, sagte Ronnie, während wir anderen zur gleichen Zeit mit Variationen von »Du machst wohl Witze« einfiel.

Wir zogen uns mit unseren Getränken an den Ecktisch im Wintergarten zurück, auf den Clay vorsorglich ein ›Reserviert‹-Schild gestellt hatte. Da Littelsea sich seinen Ruf als

Ferienort der alten Schule erhalten hatte, befand sich gegenüber auf der Promenade nichts, was unseren Ausblick auf die See hätte stören können, außer ein oder zwei Spaziergängern mit ihren Hunden. Im Garten des Hotels regte sich eine britische Flagge träge an einer hohen Fahnenstange. Der Kanal wölbte sich glitzernd unter der frühen Nachmittagssonne.

Ich trank jenen ersten eisklirrenden, brausenden Schluck Gin Tonic, der nur von wenigen Genüssen übertroffen wird. Es hatte etwas Besonderes an sich, diesen Drink bei dieser Gelegenheit in dieser Gesellschaft zu trinken. Im sonnenheißen Luxus der Vereinigten Arabischen Emirate hatte mir das schmerzlich gefehlt, und es war gut, wieder dabeizusein. Ich fragte mich oft, ob die anderen, die ihre Ehemänner immer noch – sozusagen – am rechten Fleck hatten, genausoviel darum gaben wie ich. Wahrscheinlich nicht, obwohl mein Instinkt mir sagte, daß wahrscheinlich nur Desma jedesmal voll ungetrübter Freude in den Schoß ihrer Familie zurückkehrte.

Ronnie hob ihr Glas. »Willkommen daheim, Eve!«

Wir stießen an, die vier Musketiere. Sabine zündete sich eine Zigarette an. »Ihr werdet es nicht glauben, aber ich bekomme Nachwuchs.« Wir starrten sie an, und sie winkte mit ihren manikürten Fingern ab, um unseren falschen Eindruck zu zerstreuen. »Nein, nein – bitte! Wie könnt ihr so etwas von mir denken? Nein, Martins Tochter wird eine Zeitlang bei uns wohnen.«

»Ich hatte ganz vergessen, daß Martin überhaupt eine Tochter hat«, sagte Ronnie.

»Hast du es auch vergessen, Sabine? Das ist die Frage«, sagte Desma.

»Nein, ich bin mir dessen stets bewußt. Martin bezahlt schließlich ihre Ausbildung. Aber da sie seit neunzehn Jahren bei ihrer Mutter in Yorkshire glücklich und zufrieden ist, habe ich mir keine großartigen Gedanken über sie gemacht.«

»Und«, erkundigte ich mich, »wie findest du das?«

»Willst du die Wahrheit hören?« Wir signalisierten ihr nachdrücklich, daß wir das wollten. »Mir graut davor.«

»Es könnte doch Spaß machen«, meinte Ronnie. »Ich habe mir immer eine Tochter gewünscht. Jemanden, mit dem man von Frau zu Frau reden kann.«

Mir kam Mel in den Sinn, die ich zwar von Herzen liebte, die aber irgendwie nicht so recht zu Ronnies Beschreibung zu passen schien. »Bist du ihr schon einmal begegnet?« fragte ich Sabine.

»Ein- oder zweimal, als sie in Bedales war. Ein liebenswertes, schüchternes englisches Pummelchen«, sagte Sabine, woraufhin Desma an den Beinen ihrer Radlerhose herumzupfte. »Und bestimmt ist sie immer noch liebenswert, aber das heißt nicht, daß ich sie monatelang um mich haben möchte.«

»Ach, das wird schon nicht so schlimm«, sagte Ronnie. »Neunzehnjährige hat man nicht um sich. Sie sind entweder unterwegs oder im Bett.«

Sabine zog zynisch die Augenbraue hoch. »Warum tröstet mich das nicht?«

»Wieso kommt sie überhaupt?« fragte Desma. »Das mußt du doch wissen.«

»Sie wird eine Zeitlang auf Martins Farm draußen in Hawley arbeiten, bevor sie Tiermedizin studiert.«

Ronnie und ich wechselten einen Blick. Zumindest das war vertrautes Terrain. Das englische Pummelchen hörte auf, die übertriebene Schöpfung von Sabines stichelnder Zunge zu sein, und betrat den Bereich des Faßbaren.

»Wie heißt sie denn?« fragte ich.

»Sophie«, sagte Sabine und fügte großzügig hinzu: »Hübscher Name.«

Als unsere Nudelaufläufe mit Meeresfrüchten in Sicht kamen, dachte ich: arme Sophie … arme kleine Tiermedizinerin.

Auf dem Rückweg durch die Stadt mußte ich ein paar Sachen aus der Reinigung holen, die ich vor dem Urlaub abgegeben hatte, und schaute dann bei Ben im Laden vorbei. Wie jeden Samstag war er überfüllt mit einer Meute von Teenies und Twens, die zuviel Geld hatten, dem einen oder anderen älteren Kunden, der gehetzt auf der Suche nach einem Geburtstagsgeschenk war (»Haben Sie... äh... Moment, ich hab's aufgeschrieben ... haben Sie ›Get it on‹ von Mona and the Plastic Mac Company? Na, Gott sei Dank... was? O, Cassette, denke ich ... oder nein, hat seine Anlage jetzt einen CD-Spieler? Oje, keine Ahnung ... Tut mir leid, Sie haben viel zu tun – was kostet die CD? Ach du meine Güte, ich nehme die Cassette ...«), und so fort.

Ich wußte, daß Ben zu sprechen sein würde, weil er im Moment in der Videoabteilung arbeitete, und dort war es nie so voll. Er und Nozz lachten gerade an der Kasse über einen Witz. Ich fürchtete, daß sie sich über ein adrettes Paar in Windjacken – eine hellblau, die andere beige – lustig machten, das mit leeren Händen davonzog, wahrscheinlich weil man sie mit ihrer Frage nach der Gesamtausgabe von James Last oder einem Live-Album von Roger Whittaker ins Reich der seichten Klänge geschickt hatte.

»Hi«, sagte Ben. »Was kann ich für dich tun?«

»Nichts, ich wollte dich nur besuchen. Hallo, Nozz.«

»Wie geht's.« Das war seine Begrüßung, keine Frage.

»Sie zieht sich nicht immer so an«, erklärte Ben. »Sie kommt vom Tennis.«

»Haben Sie gewonnen?« fragte Nozz.

»Nein, aber es war ein gutes Spiel.«

»Das nenne ich Sportsgeist«, bemerkte er charmant. Nozz war ein Kunststudent, der den Job hier auf Bens Empfehlung bekommen hatte, da es ihm bis jetzt nicht gelungen war, irgendwelche Aufträge in seinem Fachgebiet, nämlich Keramikdesign, zu bekommen. Insgeheim hatte ich das Gefühl, daß ihm dieser Zustand wunderbar in den Kram paßte, da er sich einreden konnte, daß er sich nur die Zeit vertrieb, während er auf eine Gelegenheit wartete, die seinen Talenten besser entsprach, und dabei ganz nett verdiente. Ben hatte mir im vergangenen Jahr eines von Nozz' Keramikgefäßen (das er zweifellos zum Freundschaftspreis erworben hatte) zum Geburtstag geschenkt, und es war sogar ganz hübsch; ich bewahrte Münzen in fremden Währungen darin auf.

»Unzufriedene Kunden?« fragte ich und nickte in die Richtung der beiden Windjackenträger.

»Sie wollten Glass.«

»Mann, waren die hier falsch!«

»Nein«, sagte Ben. »Den Komponisten.«

»Sie hat doch nur einen Witz gemacht«, sagte Nozz liebenswürdig. Sie unterhielten sich verblüffend ungerührt in meiner Gegenwart in der dritten Person über mich, als ob ich es nicht bemerken würde.

»Das weiß ich«, antwortete Ben. »Ich hatte nur beschlossen, das zu überhören.« Jetzt sprach er mich wieder direkt an. »Also, Mama, was ist los? Ich glaube nicht, daß du mich einfach nur besuchen willst.«

»Ich bin nur zufällig vorbeigekommen. Ist alles – na du weißt schon – in Ordnung?«

»Was meint sie nur damit?« fragte Nozz.

»Ärger mit der Freundin«, erklärte Ben.

»Ist das Perlchen sauer?«

»Ebendiese. Keine Sorge«, fügte er beschwichtigend hinzu, »ich habe sie bester Laune nach Hause geschickt.«

»Das wäre ja das erste Mal«, sagte Nozz.

»Ruhe da.«

»Ich meine, das erste Mal, daß sie gute Laune hatte. Pearl hat mehr Sprünge in der Schüssel als jede andere Maus, der ich je das Unglück hatte zu begegnen.«

»Da hast du allerdings recht«, pflichtete Ben ihm gutmütig bei. »Ich glaube, du hast gerade den Ursprung unseres Übels messerscharf erkannt.«

Auch ich war mir sicher, daß Nozz recht hatte, doch ich wußte aus Erfahrung, daß ihre Übereinstimmung in bezug auf Pearls Charakterfehler nicht das geringste an der gegenwärtigen Lage ändern würde. Ben machte sich gerne selbst das Leben schwer.

Auf dem Rückweg zu meinem Parkplatz sah ich Pearl, die sich auf der anderen Straßenseite vor einer Boutique mit einer Freundin unterhielt. Dabei rauchten sie beide, als wären sie Frauen, die ernsthafte Probleme wälzen. Sie waren nicht zu übersehen, da sie mitten auf dem Bürgersteig standen und ihre Asche so verstreuten, daß die Passanten sich zum Ausweichen gezwungen sahen. Mir fiel auf, daß die meisten männlichen Wesen nicht nur einen weiten Bogen um Pearl machten, sondern ihr auch geringschätzige Blicke zuwarfen.

Pearl sah sich um und fing meinen Blick auf. Ich wußte, daß sie mich nicht nur gesehen, sondern auch identifiziert hatte, denn es gab einen unmißverständlichen Moment des gegenseitigen Erkennens. Doch sie sah sofort wieder weg und redete weiter mit ihrer Freundin. Ich hatte sie in einem schwachen Moment erwischt, und jetzt zeigte sie mir die kalte Schulter.

Trotzdem hatte ich auf dem Rückweg zum Auto das Gefühl, daß dieser kleine Sieg ganz der meine gewesen war.

4

Jedesmal, wenn ich aus dem Urlaub zurückkam, hatte ich das Gefühl, daß alles, was mit meinem Leben zu Hause zu tun hatte, sich unter lauten ›Ich, ich, ich!‹-Rufen um mich drängte und mir Vorwürfe machte, weil ich die Herzlosigkeit besessen hatte, mich für zwei Wochen zu verkrümeln. Und um ganz ehrlich zu sein, war es mir so auch am liebsten. Ich kam gern mit den Füßen auf dem Boden auf, mochte das Gefühl, daß ich alles andere als überflüssig war, daß man mich vermißte. Nach der berauschenden, verunsichernden Freiheit meiner Reise empfand ich die altbekannten Rhythmen und Einschränkungen meines Lebens in Littelsea als tröstliche Sicherheit.

Dennoch verblüffte es mich ein wenig, als es Sonntag abend (Ben war ausgegangen) – ich hatte mich gerade mit einem Kräuteromelett zum vertrauten Fernsehkrimi niedergelassen – an der Tür klingelte und ich Ians Stimme in der Gegensprechanlage hörte.

»Ich bin's!«

»Ach du lieber Himmel.«

»Kann ich raufkommen? Ich habe Clive dabei.«

»Na ja – gut, okay.« Ich drückte auf den Knopf. Das Summen der Haustür paßte wunderbar zum Knirschen meiner Zähne. Ich lehnte meine Wohnungstür an und schlich zurück ins Wohnzimmer. Mit seinen zerfurchten Gesichtszügen schaute der TV-Kommissar fast genauso grimmig drein wie ich. Ich schaltete den Fernseher aus, hob meinen Teller auf, um ihn in die Küche zurückzutragen, und aß im Gehen – ich fand es peinlich, wenn man mich dabei antraf, daß ich allein aß, besonders, wenn ich mir Mühe gegeben hatte, frische Kräuter gehackt und das Ganze mit Parmesan bestreut hatte und so weiter.

Wieder im Wohnzimmer angekommen, betrachtete ich verärgert die Aussicht vor dem Fenster – den weiten Bogen der Kiesbucht von Littelsea, die Reihen der gedrungenen Wellenbrecher, die Bunkerruine und die gelangweilten Teenager, die auf der Suche nach Ärger in ihrer Nähe herumlungerten, den Martello Tower in würdevoller Distanz. Es war ein schöner Tag gewesen, und es hielten sich immer noch ein paar Menschen am Strand auf, ein oder zwei schwammen sogar im sanft wogenden Wasser. Ein Tankschiff lag in der Bucht vor Anker. Und ich konnte die Stimmen von Ian und Clive auf der Treppe hören.

»Hallo!«

»Ich bin hier.«

Die Wohnungstür schloß sich, und Ian kam herein, gefolgt von Clive. Ian kam zu mir, und wir begrüßten uns keusch und respektvoll. Ich versuchte, meine Übellaunigkeit über Bord zu werfen, und umarmte Clive, der die Arme von den Seiten wegstreckte, um den Kontakt auf ein Minimum zu beschränken. Er keuchte, wie es die meisten beleibten Menschen nach der Erstürmung unserer Treppe taten, und seine Wange fühlte sich heiß an.

»War der Urlaub schön?« fragte Ian. »Ich habe zufällig meinen Kumpel hier getroffen, und er hat sich nach dir erkundigt, also habe ich gesagt, ich wäre mir sicher, daß du ihn gern sehen würdest.«

Ich konnte mir nicht vorstellen, wie mein Mann um halb neun am Sonntag abend auf diese Idee gekommen war, aber jetzt war es zu spät.

»Klar«, sagte ich. »Wer möchte etwas trinken?«

»Bist du sicher, daß es dir keine Umstände macht?« fragte Clive mit einem Gesichtsausdruck, der voller Angst und gleichzeitig, wie Ben gesagt haben würde, zum Dreinschlagen war.

»Überhaupt nicht – Whisky? Ian?«

»Nein, danke, ich muß noch mit dem Auto in die Stadt zurück – hast du Sprudelwasser?«

»Klar. Setz dich doch!«

Clive murmelte vor sich hin, er wollte mich nicht stören und die Aussicht wäre wirklich toll hier, und setzte sich in den roten Sessel mit der geschwungenen Rückenlehne, den ich als meinen persönlichen Sessel betrachtete (das wurde ja wirklich immer gemütlicher).

Ian folgte mir in die Küche. »Ist Ben da?«

»Nein.«

»Hast du eine Ahnung, wann …?«

»Ehrlich gesagt, nein. Er ist in der Kneipe.«

»Sein gutes Recht«, sagte Ian. Während ich die Gläser aus dem Schrank nahm und einschenkte, stand er neben dem Kühlschrank. Er strich geistesabwesend über die Arbeitsplatte und starrte dann seine Finger an. Damit er das unterließ, reichte ich ihm sein Glas Mineralwasser.

»Nimm dir Eis.«

Während er das tat, dabei ungeschickt in der Spüle herumspritzte und sämtliche Eiswürfel auf einmal losschlug, sagte er: »Falls er erst zurückkommt, wenn ich schon weg bin, sagst du ihm, daß ich hier war? Ich rufe ihn nächste Woche an.«

Ian war ein gewissenhafter Vater, doch seine Sorge um Ben war vergebliche Liebesmüh, denn der war zu träge, um gute Noten für anständiges Benehmen zu vergeben. Ian war auch der Ursprung von Bens Herzensbrecher-Aussehen, obwohl die Gene sich bei Vater und Sohn leicht unterschiedlich manifestierten. Mein Mann unterzog sein Haar regelmäßigen Besuchen bei einem teuren Friseur, und ein goldenes Brillengestell verlieh seinen ebenmäßigen, ernsten Gesichtszügen einen Hauch von Strenge. Sein Kinn war immer glatt wie Babyhaut, und er wechselte fast immer nachmittags das Hemd – eine Angewohnheit, deren Sklavin ich Gott sei Dank nicht länger war. Ben hatte sich des Rohmaterials bedient und es in seine eigene Version verwandelt – mit Dreitagebart, fettigen Zigeunerlocken, eingesunkenen Wangen. Doch die Krönung waren seine Augen. Ian hatte graue Augen, doch Bens waren braun – ein verschmitztes, lebhaftes, fröhliches Braun.

»Wie geht's Mel?« fragte er.

»Gut.«

»Vielleicht kann ich selbst irgendwann hinfliegen. Geschäftlich, wenn es sich arrangieren läßt.«

»Das würde sie bestimmt freuen.«

»Du bist geradezu unanständig braun.«

»Ist das denn gut in meinem Alter?«

»Jetzt mach aber einen Punkt – es steht dir einfach! Das war schon immer so.«

Wir kehrten zu Clive zurück, der sogleich auf den Öltanker zeigte, um uns zu zeigen, daß er sich in unserer Abwesenheit nicht gelangweilt hatte.

»Was für ein Ungetüm. Ein unaufmerksamer Seemann, und wir stürzen in die Ökohölle.«

Ich reichte ihm seinen Scotch. »Stimmt.«

»Aber nicht sehr wahrscheinlich«, sagte Ian. »Diese Dinger sind so sicher wie ein Haus.«

»Wir verlassen uns darauf, daß du recht hast«, sagte ich und setzte mich Clive gegenüber.

Er trank einen großen Schluck. »Prost!«

»Und was in aller Welt führt euch sonntags abends nach Littelsea?« fragte ich. Es war seltsam, so zu dritt dazusitzen, alte Freunde, getrennt und verbunden zugleich, nicht ganz sicher, wie wir die Stimmung und die Bedeutung unserer Begegnung einschätzen sollten, worüber wir uns unterhalten sollten.

»Oh, ich war in Brighton und dachte, ich sehe einfach mal vorbei ... und als ich durch das Ortszentrum fuhr, unten am Memorial Park, da habe ich Clive am Geldautomaten gesehen.«

Ich verstand sofort – es war leichter, mit jemandem im Schlepptau aufzutauchen, es verwandelte ein Ausweichmanöver in eine gute Tat. Clives Anwesenheit bedeutete, daß Ian sich, falls Ben nicht da war, nicht allzu ernsthaft mit mir unterhalten mußte, und sie gab ihm einen exzellenten Vorwand, nicht allzu lange zu bleiben.

»Es ist immer schön, dich zu sehen, Clive«, sagte ich höflich.

Er räusperte sich nervös. »Ian hat mich vom Auto aus angesprochen. Hat mir einen Schrecken eingejagt. Man kommt sich immer wie ein Heimlichtuer vor, wenn man Geld aus diesem Loch in der Wand holt – ich bin zu dem Schluß gekommen, daß es daran liegt, daß man dabei dieselbe Haltung annimmt wie bei der Benutzung eines Urinals.«

»Du vielleicht«, sagte Ian.

»Nein, es fällt mir bei anderen auch auf: die Rückenansicht mit den leicht hochgezogenen Schultern – eine auffällige Ähnlichkeit.«

»Und, wie geht's dir, Clive?« fragte ich und hoffte, daß ich die richtige Mischung aus Beiläufigkeit und Besorgnis getroffen hatte.

»Spitze, vielen Dank.«

Ich zog ein tadelndes Gesicht, und Ian sagte: »Es könnte kaum schlimmer sein.«

»Nein, nein, nein…« Clive schüttelte heftig den Kopf. »Okay, nicht gerade gut, aber auch nicht besonders schlecht. Ich fürchte, ich habe keinerlei Erfahrung mit solchen Situationen, daher habe ich keine Ahnung, wie es mir unter den gegebenen Umständen gehen sollte.«

»Natürlich nicht.« Es tat mir leid, daß ich so direkt gewesen war, und gerade fragte ich mich, ob ich Helen erwähnen sollte, als Clive sich mit verzerrtem Gesicht vorbeugte und herausplatzte:

»Du hast nicht zufällig Helen gesehen?«

»Doch, das habe ich.«

»Und wie geht es *ihr*?«

Genau wie ›Für wie alt halten Sie mich?‹ war dies eine Fangfrage. Wäre es gut, wenn sie glücklich wäre, oder wäre es gut, wenn sie zu Tode betrübt wäre? Eindeutig keines von beidem. Doch ich entschied, daß betrübt im Zweifelsfall wahrscheinlich besser war, und es hatte den Vorteil, wahr zu sein.

Ich spürte die Blicke der beiden auf mir, als ich antwortete. »Sie war völlig am Boden zerstört.«

Von einem Ansturm widersprüchlicher Gefühle überwältigt, klammerte sich Clive wieder an sein Glas. Kein Schauspieler, und sei er noch so brillant, hätte das wiedergeben können, diese komplexe Mischung aus unterdrückter Besorgnis und Genugtuung. Ich war höchst beeindruckt, etwas Derartiges hervorgerufen zu haben.

»Sie ist schrecklich verwirrt«, fuhr ich fort. »Sie fühlt sich da, wo sie wohnt, nicht wohl, und sie weiß nicht, wie es weitergehen soll.«

»Da hat sie mir nichts voraus«, murmelte Clive, und in seinem Gesicht spiegelten sich die widersprüchlichen Gefühle. »Ich meine, Eve, was um Himmels willen ist nur los? Was tun wir einander nur an? Wir waren so glücklich, wir haben so zufrieden zusammengelebt, bis sie sich mit diesem Kerl eingelassen hat. Kann sie das alles denn völlig vergessen haben?«

Mir fehlten die Worte. Er begriff es einfach nicht. Es schmerzte, sein Elend mit anzusehen, doch mir fiel nichts ein, womit ich ihn hätte trösten können. Glücklicherweise sprang Ian in die Bresche. Er begriff es zwar auch nicht, aber es gab gewisse neutrale, formelhafte Antworten, die aus irgendeinem Grund zwischen Männern völlig angebracht zu sein schienen.

»Sie kommt wieder zur Vernunft«, sagte Ian. »Im Moment schlägt sie etwas über die Stränge, aber wenn man sie in Ruhe läßt, dann kommt sie schon zurück. Erst recht, wenn sie unglücklich ist.«

»Meinst du?« Clive runzelte die Stirn. Er wandte sich an mich. »Eve?«

»Ich weiß es nicht.«

»Gott ...«

Ian sah mich vorwurfsvoll an. »Du hast selbst gesagt, daß sie unglücklich ist. Ich wünsche Helen nur das Beste, aber das scheint mir doch ein Zeichen dafür zu sein, daß sie wieder normal wird.«

»Vollkommen«, pflichtete ich ihm bei. Er hatte recht. Was für einen Zweck hatte es, wenn man versuchte, ehrlich zu sein? Clive wünschte sich warme Kuschelhandtücher, keine kräftige Massage mit Stahlwolle.

Ian machte ein erleichtertes Gesicht. »Du mußt tapfer sein und die Ruhe bewahren«, sagte er. »Sie kommt schon zurück.«

Clive drehte sein Glas zwischen seinen fleischigen Handflächen hin und her. »Ich würde sie gern besuchen ...« Er verzog das Gesicht. »Sollte ich das tun? Was meint ihr?«

Ich sagte: »Nein«, und im selben Moment sagte Ian: »Das würde ich nicht tun.« Jetzt war es an mir, ein erleichtertes Gesicht zu machen: Ich konnte mir nichts vorstellen, was Helens Rückkehr effektiver verhindern konnte, als der Anblick ihres schrecklich bedürftigen, rundlichen Ehegatten vor ihrer Tür. In seinem gegenwärtigen Zustand würde er sie nur daran erinnern, warum sie sich so heftig in den attraktiven, wenn auch herzlosen Kerridge verguckt hatte.

»Aber«, fuhr Clive fort, »vielleicht denkt sie, daß es mir einfach egal ist, daß ich keinen Gedanken an sie verschwende, wo doch …«, er schien die Fassung zu verlieren, fing sich wieder und holperte weiter, »… wo doch das Gegenteil der Fall ist.«

»Sie denkt nichts dergleichen!« Das war ein Punkt, in dem ich mir völlig sicher war. »Sie ist sich der Tatsache bewußt, daß du sie anbetest, daß sie dir fehlt und daß du sie gern wieder hättest. Doch im Augenblick kannst du sonst nichts tun. Es ist besser, wenn du auf Distanz bleibst und ihr hinreichend Zeit zum Nachdenken läßt.«

»Hart, aber herzlich«, meldete sich Ian mit einem weiteren Klischee zu Wort, und zwar einem ziemlich unangebrachten.

»Vielleicht hast du recht …«, seufzte Clive bebend.

Wir erklärten beide nachdrücklich, daß wir uns ganz sicher seien, und ich holte Clive und mir noch etwas zu trinken.

Es war zehn Uhr, als sie gingen, und Ben war noch nicht zurück. Während wir im Flur darauf warteten, daß Clive aus der Toilette kam, sagte Ian plötzlich:

»Und du – alles in Ordnung?«

»Mir geht's gut.«

»Ich denke oft an dich, weißt du?«

»Wirklich?«

»Mach nicht so ein überraschtes Gesicht!«

Ich fragte mich, was er wohl gesagt hätte, wenn ich ihm erzählt hätte, daß ich so gut wie nie an ihn dachte.

»Du brauchst dir keine Sorgen zu machen«, versicherte ich ihm. »Ich genieße das Leben.«

Bildete ich mir das nur ein, oder sah er ein bißchen geknickt aus? Clive kam zum Vorschein, und die Klospülung rauschte. Er hatte sich gekämmt, und er roch nach Seife.

»Es war nett bei dir, Eve«, sagte er. »Du strahlst so etwas Beruhigendes aus.«

»Danke.« Ich küßte ihn herzlich, um Ian nicht ansehen zu müssen. »Nächstesmal mußt du richtig zu Besuch kommen – zu Abend essen und so.«

»Oh, ich weiß nicht…« Er schlich auf die Tür zu, ein hoffnungsloser Fall, der ohne die Hilfe und Unterstützung der Frau, die er liebte, keine gesellschaftliche Verabredung treffen konnte.

»Wie kommst du zurück?« fragte ich ihn.

»Wenn Ian so lieb ist und mich am Parkplatz im Zentrum absetzt, komme ich schon zurecht…«

»Kein Problem«, sagte Ian. »Also, *au revoir*.«

Ich öffnete die Tür. »Wiedersehen.«

»Grüß den verlorenen Sohn.«

»Mach ich.«

Sie trotteten die Stufen hinunter. Auf dem ersten Treppenabsatz hob Ian die Hand, ohne aufzublicken. Woher wußte er, daß ich immer noch dastand? fragte ich mich, als ich wieder hineinging und die Tür schloß. Ich sammelte die Gläser ein und kam zu dem Schluß, daß es nur eine Reaktion war, die nach über zwei Jahrzehnten Ehe vorprogrammiert war.

Ich hatte keine Ahnung, ob es eine andere dauerhafte Bindung in Ians Leben gab, aber ich ging nicht davon aus, weil ich mir erstens sicher war, daß er es mir sagen würde, und weil ich zweitens glaubte, daß ich es sowieso merken würde. Auch der Grund für unsere Trennung war keine andere Frau gewesen, und wir hatten es zunächst als Experiment, als Probezeit betrachtet. Einer der Gründe, warum ich mit meinem halb freischwebenden Zustand so zufrieden war, war die Tatsache, daß ich das Beste von beiden Welten genoß: Ich hatte mehr finanzielle Sicherheit, als es nur durch meinen Job bei Bouvier möglich gewesen wäre, ich genoß die emotionale Unterstützung eines Mannes, wie er nicht loyaler und verantwortungsbewußter sein konnte – und dazu die Freiheit, mein eigenes Leben zu leben, ohne daß mir jemand Vorschriften oder Vorwürfe machte. Ich war noch nie in seiner Londoner Wohnung gewesen, aber ich stellte sie mir ordentlich und gemütlich vor, das Heim eines Mannes in den mittleren Jahren, der ebenso wie ich glücklich war, wieder sein eigener Herr zu sein.

Das Wetter hatte sich ein bißchen verändert. In der zunehmenden Dunkelheit zerfurchte eine steife Brise vom Meer die glatte Oberfläche der See, und Regentropfen klopften an mein Fenster. Ich zog mir Regenmantel und Schuhe an und ging nach draußen. Ich ließ das Licht im Wohnzimmer an, damit Ben Bescheid wußte, daß ich nicht lange bleiben würde.

Ich lief über die Straße und wandte mich auf der Promenade nach rechts zu der Stelle, wo die erste lange Treppe entlang der Wand zum Kiesstrand hinunterführte. Seit ich hier wohnte, war ich süchtig nach Ozon. Der erste Atemzug der feuchten, salzigen Luft stieg mir in den Kopf wie ein hochprozentiger Drink. Das rastlose Anrollen und Zurückweichen des Meeres war Musik in meinen Ohren. Ich konnte mir nicht vorstellen, wie ich all diese Jahre still und leise in einer ländlichen Gegend überlebt hatte, eingepfercht zwischen Hügeln wie Kissen und Bäumen wie Kohlköpfen, wo man, selbst wenn man kein anderes Haus sehen konnte, genau wußte, daß direkt hinter dem Hügelkamm oder um die Ecke eines stand.

Ich erreichte die Treppe und ging hinunter, wobei ich das bleiche Leuchten der Lichter auf der Promenade hinter mir ließ. Das war es, was ich liebte, dieser plötzliche Übergang von Beton zum geräuschvollen Durcheinander des Strandes. Die See war nicht länger nur im Hintergrund gegenwärtig, sondern sie rollte ihre langen, trotzigen Wellen dicht neben mir aus und grollte aufregend dazu, und ihr feiner Sprühnebel gesellte sich zu dem Regen in meinem Gesicht.

Ich trottete über das schräge Kiesufer zum Rand des Wassers. Der helle Schaum spülte mir um die Füße und wich zischend zurück, wobei er die kleineren Kiesel mit sich zog und die glänzende Struktur des Sandes preisgab. Wenn die Ebbe sehr niedrig stand, versuchten oft kleine Kinder, hier unten Sandburgen zu bauen, doch ihre Bemühungen waren immer erfolglos. Dies hier war kein alter, ganz pulveriger Sand, der sich auf eine friedliche Beziehung mit den Menschen eingelassen hatte. Dieser Sand gehörte immer noch dem Meer. Er war dicht und feucht und körnig, voll winziger, wimmelnder Wasserlebewesen, immer in Bewegung, nicht bereit, den Liebkosungen kleiner Hände nachzugeben und sich aufhäufen zu lassen.

Eine größere Welle kam vorwitzig angesprungen, und ich hüpfte aus dem Weg, weil ich spürte, wie mir kaltes Wasser in die Schuhe lief. In respektvollerem Abstand begann ich vom Haus weg auf die Landspitze im Westen zuzuwandern. Ich zwang mich, schnell zu gehen, und meine Wadenmuskeln schmerzten von der Anstrengung, meine Füße über die Steine zu bewegen, die bei jedem Schritt nachgaben. Matschige schwarze Stränge von Wasserpflanzen und Blasentang zeigten gemeinsam mit den üblichen Meeresabfällen wie Plastik, Knochenteilen und zersplittertem Holz die Wassergrenze an. Das war kein Strand, an dem man barfuß Muscheln sammeln ging, es war ein Stück britische Küste, das nach wie vor in einer zermürbenden Umarmung mit dem Kanal verharrte, nicht viel preisgab, nicht viel mitgehen ließ, keinen Zentimeter von der Stelle wich. Ab und zu überflutete die See bei heftigen Winterstürmen die Promenadenmauer, und die angrenzenden Häuser, unseres eingeschlossen, wurden durch aufgebrachte, plötzlich entfesselte Wellen in den Grundfesten erschüttert. Früher war man im Hotel Esplanade sehr stolz auf ein schiefhängendes Gemälde im Frühstücksraum gewesen; jedesmal, wenn neue Gäste das Personal darauf hinwiesen – und das taten sie grundsätzlich –, daß das Bild verrutscht sei, wurde ihnen erklärt, daß es nicht das Bild, sondern das Gebäude sei, das sich in Schräglage befand.

Ich ging ungefähr einen Kilometer weit und kletterte über die nassen Wellenbrecher. Wenn man im Zimmer saß, hätte man es wahrscheinlich draußen für dunkel gehalten, doch hier unten konnte man prima sehen, wohin man trat. Der Mond hing wie ein Orangenschnitz am teilweise bewölkten Himmel, und die dahinrasende See fing sein Leuchten auf und verteilte es. Der Tanker weiter draußen war jetzt nur noch eine kompakte Lichterkonstellation. Die Möwen, die den ganzen Tag am Himmel herumkrächzten und -kreischten, waren schlafen gegangen.

Als ich den Strandabschnitt erreichte, wo die Boote der Fischer lagen, machte ich kehrt. Was mich fernhielt, waren weniger die dicken Kabeltaue, die sich wie Fußangeln über den Strand zogen, sondern die allgegenwärtigen Teerflecken. Die Erinnerung daran, wie meine wütende Mutter mit Küchenmesser und Fleckentferner gegen diese Bedrohung angekämpft hatte, machte mich vorsichtig.

Ich kletterte wieder zur Promenade hinauf, um mich auf den Heimweg zu machen. An diesem Ende der Bucht war den Stadtvätern der gute Wille und das Geld ausgegangen, hier fehlten die kleinen Nettigkeiten, die den Abschnitt von unserem Haus bis zum Martello Tower ausmachten. Es gab keine Betonkübel mit Stauden, die dem Wind trotzten, keine nostalgischen Straßenlaternen, keine Bänke, die den Verstorbenen gewidmet waren. Auf der landeinwärts gekehrten Straßenseite fiel der Untergrund steil in Richtung des kahlen Sportplatzes ab. Der Boden befand sich hier unterhalb des Wasserspiegels, so daß er im Winter und dann und wann auch in rauhen Sommern schnell überflutet wurde. Heute abend zeigte mir das Licht im Cricketpavillon an, daß die heimische Mannschaft gewonnen hatte.

Ich war fast wieder zu Hause angelangt, als ich leise Schritte hinter mir hörte, die erst gingen und dann in einen wolfsartigen Trab verfielen. Instinktive Angst überkam mich, und ich wandte mich angespannt der Straße zu. GRAUENHAFTE SEXATTACKE IN KÜSTENSTÄDTCHEN, NIEMAND HÖRT ANWOHNERIN SCHREIEN …

»Hallo.«

»Ben – um Himmels willen!«

»Was dachtest du denn – die Bestie von Littelsea? Wovon träumst du nachts?«

Er verlangsamte seine Schritte neben mir, und mein nervöses Herzklopfen ließ nach.

»Na, was ist los?« fragte er. »Gehst du nur spazieren?«

»Ja … Dein Vater ist dagewesen.«

»Ach ja?«

»Er hatte gehofft, dich zu sehen; er ist ziemlich lange geblieben. Ich soll dich grüßen; er sagte, er möchte dich das nächste Mal sehen.«

»Ich war doch nur drüben in der Kneipe.«

Ich verzichtete darauf, ihn darauf hinzuweisen, daß besagte Kneipe genausogut auf dem Mount Everest hätte liegen können, so zugänglich war sie für Leute wie uns.

»Ruf ihn doch mal an«, schlug ich vor.

»Das könnte ich machen.«

Wir gingen an der Hauswand entlang und ließen das Lärmen der See hinter uns.

»Was macht Pearl?« fragte ich.

»Du kannst mich gern durchsuchen – ich hab' sie nicht gesehen.«

»Aha.«

Ich spürte seinen belustigten Blick, dann sein nachsichtiges Schulterklopfen. »Zufrieden?«

»Überhaupt nicht; ich hab' doch nur gefragt…«

»Du freust dich schamlos.«

»Gar nicht wahr«, protestierte ich, obwohl ich jetzt lachen mußte. »Pearl war in Ordnung – auf ihre Weise…«

Als ich die Tür aufschloß, waren wir beide ganz erschöpft vor lauter Lachen.

Bouvier war ein Provinzauktionshaus mit großen Plänen. Wir waren eine kleine Filiale; der Firmensitz war in Brighton, und die modernste Geschäftsstelle war in Hove. Piers Bouvier, der Firmeninhaber, behauptete, seinen Stammbaum bis zu den Hugenotten zurückverfolgen zu können, und sein großes Haus mit dem (unserer Meinung nach affigen) Namen La Falaise besaß einen ummauerten Terrassengarten, dem, wie er sagte, ein klassischer französischer Entwurf zum Weinanbau im englischen Klima zugrunde lag. Allerdings war es unserer Aufmerksamkeit nicht entgangen, daß Piers das Haus vor etwa zehn Jahren gekauft und nicht geerbt hatte, wie er uns gern glauben gemacht hätte.

Dennoch beschwerten wir uns nicht: Egal, wo er herkam, Bouvier sorgte für unsere Essensmarken. Seinen Erfolg verdankte er wahrscheinlich der Tatsache, daß er vor Ort keine Konkurrenz hatte und daß viele wohlhabende Rentner in Littelsea wohnten, die früher oder später ihre Häuser verkauften oder starben.

Ursprünglich hatte ich ausschließlich im Büro gearbeitet, doch da ich mir ein wenig Wissen über das Geschäft angeeignet hatte und gut mit Menschen umgehen konnte, schickte man mich inzwischen gelegentlich auch in den Außendienst, um die weniger anspruchsvollen Gutachten zu erstellen.

Unsere Filiale hatte nur vier Angestellte: den Geschäftsführer Geoffrey, seine Stellvertreterin Emma, die bei Sotheby's gelernt hatte, Jo, die in der Verwaltung saß, und mich. Und was für ein eingespieltes Team wir waren! Geoffrey war ein bewundernswert unabhängiger Witwer Anfang Sechzig. Emma gehörte zu jener Sorte lediger Mittdreißigerinnen, die wohl für irgendeinen ländlichen Parlamentsabgeordneten Mädchen für alles gespielt hätte, wenn sie sich nicht im Auftrag von Bouvier mit georgianischem Allerlei befaßt hätte. Jo war eine aufgeweckte junge Frau aus dem Ort, die noch bei ihren Eltern wohnte, am Wochenende in die Disco ging und mit ihren Freundinnen in Urlaub fuhr – getreu ihrem Wahlspruch, der da lautete: ›Nimm nie einen Typen mit in den Urlaub!‹ Unser harmonisches Arbeitsklima lebte davon, daß wir so verschieden waren. Hätte es Ähnlichkeiten oder, was der Himmel verhüten mochte, irgendwelche Überlappungen in unserem Privatleben gegeben, so hätten wir uns mit Sicherheit hoffnungslos zerstritten.

Bouvier lag in einer Seitenstraße, die vom Memorial Park abzweigte – nicht gerade das Villenviertel, dafür aber ein sehr angenehmes, verschlafenes Nebensträßchen mit einem italienischen Restaurant und einer erträglichen Kneipe, dem Magnet, an seinem dem Park abgewandten Ende.

In der ersten Woche, die ich wieder da war, kam Geoffrey mittwochs in unser Büro und fragte, ob ich in Hawley End eine Begutachtung vornehmen könne.

»Eigentlich sollte Emma es machen, aber sie mußte zu der Auktion in Brighton. Dort werden jetzt auch der Eichentisch und die Stühle, von denen Emma soviel hält, angeboten, und sie möchte die Dinge im Auge behalten.«

»In Ordnung«, sagte ich. »Das mache ich gern.«

»Glückspilz«, meinte Jo scherzhaft.

Geoffrey sah sie an. »Möchtest du fahren?«

»Du machst wohl Witze!«

»Worum geht's?« fragte ich.

»So wie ich es verstanden habe, ist es ein ganz annehmbares Haus mit ein paar schönen Stücken – die alte Dame ist in ein Heim gezogen, und die Familie kümmert sich um das Mobiliar. Um ganz ehrlich zu sein, ist es sowieso eher eine Sache für dich als für Emma, weil es mindestens so wichtig ist, daß du mit den Leuten zurechtkommst, wie daß du die Stücke einschätzen kannst.«

Als er fort war, zog Jo ein Gesicht. »Du und deine soziale Ader – so ein Glück hätte ich auch gern!«

Da die Kunden mich um Viertel nach zwei erwarteten, verließ ich das Büro um die Mittagszeit und fuhr Helen besuchen. Sie war zu Hause und überarbeitete an einem Klapptisch im Wohnzimmer einen Posten Korrekturfahnen.

»Nein, nein«, murmelte sie als Antwort auf meine Bedenken, »komm rein! Es muß sowieso Zeit für eine Pause sein.«

Da ich keine Erwartungen in bezug auf die Beköstigung hegte, hatte ich mir an der Autobahnraststätte ein Sandwich gekauft, doch zu meiner Überraschung brachte Helen ein Graubrot zum Vorschein, an dem reichlich Körner wie Seepocken klebten, dazu einen fettarmen Brotaufstrich und ein schönes Stück frischen Bauerncheddar.

»Das ist alles, fürchte ich, aber bitte bediene dich.«

»Das sieht doch toll aus, danke!«

»Ich glaube, ich habe auch noch Cidre.«

»Noch besser.«

Der Cidre, der aus dem Laden im Dorf stammte, war flach, trüb und ziemlich kräftig. Er schien keinerlei Wirkung auf Helen zu haben, doch ich konnte nach einem halben Glas spüren, wie sich mein Gesicht erhitzte und meine Stimme meinem Gehirn immer leicht voraus war. Vielleicht war das der Grund, warum ich Clives Besuch erwähnte.

»Er hat nach dir gefragt, weißt du«, meinte ich zu ihr. »Ich habe ihm gesagt, daß ich bei dir war.«

»Und, was hast du ihm erzählt, wie es mir geht?« fragte Helen in jenem schleppenden Tonfall, der jemandem, der sie weniger gut kannte als ich, wie Sarkasmus vorgekommen wäre.

»Ich habe ihm die Wahrheit gesagt, aber nicht die ganze. Ich habe gesagt, du seist nicht besonders glücklich mit deiner Lage.«

»Hmm ...«, sinnierte Helen und hobelte etwas Käse ab. »Ich frage mich, ob das klug war ...«

»Was hätte ich denn sonst tun sollen?«

Sie seufzte. »Ach, ich weiß es nicht. Ich könnte es nur einfach nicht ertragen, wenn Clive hier auftauchen würde. Ich würde mich und alle Beteiligten nur blamieren, und es würde absolut nichts Vernünftiges dabei herauskommen.«

»Das macht er nicht«, versicherte ich ihr.

Irgend etwas an meinem Tonfall oder Verhalten erregte Helens Aufmerksamkeit, denn sehr viel schärfer sagte sie jetzt: »Wieso bist du dir da so sicher?«

»Er ist nicht selbstsicher genug, um eine solche Kühnheit zu wagen.«

»Gott sei Dank.« Sie sah mich an und blinzelte, als sähe sie mich zum ersten Mal wirklich. »Na dann erzähl mal, wie es bei dir läuft.«

Ich erzählte es ihr. Es dauerte nicht lange, denn ich war versiert in der Kunst der raschen Zusammenfassung. Helen zündete sich eine Zigarette an und fächelte mit der Hand den Rauch beiseite.

»Vielleicht sollte ich anfangen, Tennis zu spielen«, sagte sie unter trägem Husten als Antwort auf meine Bemerkung, daß ich reichlich zu tun hätte. »Was meinst du?«

»Warum nicht? Hast du schon mal gespielt?«

»In der Schule. Ich war zwar kein völliger Trampel, aber ich habe es auch nie soweit gebracht, daß ich in eine Mannschaft gekommen wäre.«

»Wenn du dich dafür interessiert, dann solltest du in ein bißchen Unterricht investieren«, schlug ich vor.

Sie verzog das Gesicht. »Das klingt viel zu anstrengend ... Ich habe mich noch nie so verausgabt, daß meine Adern vorstanden, und ich bin überzeugt, daß es unklug wäre, jetzt damit anzufangen.«

»Wie steht's mit dir und John?« fragte ich.

»Grandios und lächerlich«, antwortete sie und betrachtete ihre sacht zitternde Zigarette. »Aber was soll ich machen?«

Es war keine Frage, oder falls doch, dann war sie nur rhetorisch gemeint, daher sagte ich nichts, und sie fügte beinahe benommen hinzu: »Ich bin nicht ich selbst.«

Ich dachte an den armen, hingebungsvollen, verwirrten Clive und kam zu dem Schluß, daß er trotz meiner ungeschickten Versuche, Werbung für ihn zu machen, nicht die geringste Chance hatte.

Das Haus der Kundin entpuppte sich als schöner, ruhig gelegener Bungalow in einem Seitensträßchen, das von der Dorfstraße abging. Ein dicker Volvo blockierte den asphaltierten Parkplatz vollständig, also parkte ich auf der Straße. Die Haustür öffnete sich, als ich darauf zuging, und eine erschöpft aussehende Frau in den mittleren Jahren begrüßte mich.

»Hallo, sind Sie die Dame von Bouvier?«

Ich stellte mich vor.

»Jane Rymer«, sagte sie. »Ich freue mich so, Sie zu sehen. Wieder etwas, das ich von meiner Liste streichen kann. Klingt das furchtbar?«

»Nicht im mindesten.«

»Diese ganze Arbeit ist so nervenaufreibend und so deprimierend, und sie fällt immer auf die Frauen, nicht wahr?«

»So ist es wohl.«

Sie führte mich ins Wohnzimmer. »Eigentlich ist es das Haus meiner Schwiegermutter, aber Julian ist Einzelkind, und er mußte diese Woche in die Staaten, also hat es mich voll erwischt.«

»Sie Arme«, pflichtete ich ihr bei. »Das kann ich nachfühlen. Ich bin selbst vor kurzem umgezogen, und es bereitet einem ja schon Kopfschmerzen, seine eigenen Sachen auszusortieren, geschweige denn die eines anderen.«

»Na ja, ich weiß nicht ...« Sie war der Typ, der sich nicht unterkriegen ließ, und wollte nicht den Eindruck erwecken, als beklagte sie sich. »Eigentlich sollte ich kein Theater machen. Es ist nur ein kleines Haus, und Mutter hat sich schon ausgesucht, was sie behalten will.«

»Wo ist sie?«

»Whitegates.« Das war der Name eines georgianischen Steinhaufens auf halbem Weg zwischen Hawley End und Littelsea, der zu einem Altenheim umfunktioniert worden war. »Kennen Sie es?«

»Ich habe davon gehört. Es hat einen guten Ruf.«

»Ja, es ist uns von verläßlicher Stelle empfohlen worden, und das Personal ist sehr nett ... Entschuldigen Sie, wie unhöflich von mir – möchten Sie einen Kaffee oder so? Tee?«

»Nein, danke, ich mache mich besser an die Arbeit.«

»Sind Sie sicher? Es liegt daran, daß ich in einem fremden Haus bin, das bringt mich ganz aus dem Konzept.«

»Natürlich.«

»Also, wie hätten Sie es gern? Soll ich Ihnen die betreffenden Stücke zeigen?«

»Wenn Sie das machen könnten.«

Die alte Mrs. Rymer hatte schöne Sachen – eine zusammengewürfelte Ansammlung antiker Möbelstücke aus verschiedenen Epochen, die für den Bungalow viel zu groß waren, orientalisches Porzellan, jede Menge Silber, ein halbes Dutzend nette viktorianische Aquarelle und eine häßliche, aber modische Uhr aus derselben Zeit, deren Zifferblatt wie eine schüchterne Braut aus der Schwadron von Putten hervorlugte, die es umgab.

Unsere Runde dauerte nicht lange. Jane Rymer begleitete mich unter Ausrufen der Überraschung und Zufriedenheit, die manchmal echt waren, manchmal auch nur höflich, und machte sich ebenfalls Notizen. Obwohl sie im Augenblick ziemlich verwirrt war, wirkte sie so, als stände sie mit beiden Beinen fest auf der Erde und ließe sich nichts vormachen. Als wir fertig waren, erklärte ich ihr, daß ich ihr bis zum Ende der Woche eine Auflistung meiner Schätzungen schicken würde.

»Ausgezeichnet«, sagte sie. »Ich muß sagen, es ist wirklich erstaunlich, was man so im Lauf eines Lebens ansammelt. Mir wird angst und bange, wenn ich daran denke, was auf unseren Nachwuchs zukommt, wenn Julian und ich einmal abtreten. Möchten Sie vielleicht jetzt den Kaffee? Ich mache mir auf jeden Fall einen.«

Diesmal nahm ich an. Während sie in der Küche war, sah ich mir die Fotografien auf Mrs. Rymers Kirschholztischchen an. Ich erkannte Jane und den abwesenden Julian an ihrem Hochzeitstag, ihre Gesichter leuchteten vor Zuversicht. Ein anderes Bild zeigte sie ein paar Jahre später mit drei Kindern, zwei Jungen mit glänzenden Ponyfrisuren und Krawatten und ein kleines Mädchen mit einem Haarband und einem Kittelkleid. Julian war etwas kleiner als seine Frau, schlank und dünnlippig.

Im Hintergrund, halb versteckt hinter diversen anderen Gruppenfotos der Familie, stand ein oval gerahmtes Schwarzweißfoto eines jungen Mannes in Uniform, von dem ich annahm, daß es Mr. Rymer war. Selbst der alte Abzug mit den Feuchtigkeitsflecken und das staubige Glas konnten sein heroisches, gutes Aussehen nicht trüben.

Als meine Gastgeberin mit dem Kaffee zurückkam, wies ich auf das Foto.

»Was für ein attraktiver Mann!«

»Nicht wahr? Man ist versucht zu sagen, daß so etwas heute nicht mehr hergestellt wird.«

»Ist er… ich meine, ich nehme an, er ist Ihr Schwiegervater…?«

»Nein. Aber er hätte es sein können.«

Ihr Gesichtsausdruck lud mich zum Nachfragen ein. »Wie meinen Sie das?«

»Er war vor dem Krieg ein guter Freund, ein sehr guter Freund von Mutter.«

»Und sie hat sein Foto die ganze Zeit aufbewahrt?«

»Oh ja. Es war kein Geheimnis, daß er ihre große Liebe war.«

»Das klingt nach einer ziemlich ungewöhnlichen Frau.«

»Das ist sie in der Tat.« Sie hob das Foto auf und rieb das Glas an ihren Shorts, bevor sie es wieder hinstellte.

»Er war Deutscher.«

Nachdem ich die Schätzung ausgedruckt hatte, schrieb ich einen Formbrief an Jane Rymer und schickte ihr das Ganze wie abgesprochen an ihre Adresse in Beaconsfield. Dann verließ ich das Büro und ging nach Hause. Unterwegs legte ich einen Zwischenstopp im Supermarkt ein. Bei den indischen Spezialitäten traf ich Rick Shaw, der immer noch seinen Büroanzug trug – er arbeitete beim städtischen Planungsamt. Er lächelte mich schüchtern und herzlich an – Desma war ein Glückspilz.

»Ich habe gesagt, ich würde etwas mitbringen, was man nicht großartig kochen muß«, sagte er. »Was meinst du?«

»Mit Tikka Masala kannst du nichts falsch machen«, pflichtete ich ihm bei. »Etwas Pilawreis, ein paar Bhajis, und fertig ist das Essen. Die Leibspeise der Nation.«

»Genau das habe ich auch gedacht.« Mit bewundernswertem Mangel an Vorsicht stopfte er ein komplettes Festmahl in seinen Korb. Als wir uns trennten, warf ihm eine junge Frau in engen Jeans einen durchdringenden, abschätzenden Blick zu, doch dieser Leckerbissen von einem Mann war viel zu nett und zu bescheiden, um das zu bemerken.

Ben war wieder unterwegs. Ich nutzte die Gelegenheit, um einen Vorstoß in sein Zimmer zu wagen und die Cornflakesschüsseln und die Abfälle mitzunehmen, die die Ausbeute der letzten Woche darstellten. Bezüglich meiner Ausflüge in das, was die Zeitungen ›seine Sphäre‹ genannt hätten, hatten wir uns auf eine Politik diskreter Offenheit geeinigt. Ich ging straflos bei ihm ein und aus, um sauberzumachen, dafür machte er nicht den geringsten Versuch, etwas zu verbergen – wenn ich ungebeten in sein Zimmer ging, so befand er, dann bekam ich, was ich verdiente. Egal, was ich sah, ich enthielt mich jeden Kommentars.

Auch an diesem Abend war es das Übliche. Auf dem Nachttisch lagen jede Menge Zigarettenkippen und Bierflaschen, ein paar fragwürdige Zeitschriften und ein ungeöffnetes Kondom. Wie immer nahm ich alles mit, stapelte das Geschirr auf einem Tablett und warf den Abfall in eine Mülltüte, die ich vor die Tür stellte. Als ich in das Zimmer zurückging, um das Fenster zu öffnen, bemerkte ich, daß zwischen den Kissen und dem Kopfende des Bettes Bens alternder, von Haarausfall geplagter Stoffbär eingeklemmt war, das letze Überbleibsel längst vergangener Unschuld.

Gerührt zog ich den Bären – Algy – hervor und setzte ihn oben auf die Kissen. Dann ging ich in die Küche und stellte meine Spinat-Canneloni in die Mikrowelle.

5

»Sie ist hier«, zischte Sabine, die mich im Büro anrief.

»Und wie viele Köpfe hat sie?« fragte ich.

»Du machst dich darüber lustig, Eve«, sagte sie vorwurfsvoll, immer noch mit gesenkter Stimme, »aber es ist sehr irritierend, eine fremde junge Frau im Haus zu haben, wenn man nicht daran gewöhnt ist.«

»Du beruhigst dich schon wieder«, meinte ich. »Was macht sie denn im Moment?«

»Bis Montag gar nichts – *merde*!«

»Nein, ich meine genau in diesem Moment. Während wir telefonieren.«

»Sie ruft ihre Mutter an.« Beim letzten Wort wurde Sabine etwas leiser, so als sähe sie sich um. »Ich kann immer noch nicht glauben, daß sie hier wohnen wird.«

»Aber sie ist gar nicht so übel, oder?«

»Oh, wer kann das schon sagen«, erwiderte Sabine, als wäre das wirklich das Letzte, was irgendwie von Interesse wäre. »Rundes Gesicht, braunes Haar, tolle Stimme, typisch englisches Schulmädchen.«

Wenn ich an einige der Schulmädchen aus meiner Bekanntschaft dachte, dann erlaubte ich mir zu bezweifeln, daß Martins Tochter typisch war.

»Aber sie ist kein Schulmädchen, sie ist Studentin«, sagte ich.

»Nein, nein, das hier ist ein Schulmädchen, glaube mir.« Sabine konnte sich eindeutig nicht entscheiden, ob sie ihren Schützling so darstellen sollte, als machte ihr das Mädchen nichts als Ärger, oder so, als wäre sie zu langweilig, um irgendwelchen Ärger zu machen. »Ich benutze das Wort im weitesten Sinne.«

»Zumindest klingt es nicht so, als hätte sie vor, dir das Leben schwerzumachen.«

»Sie ist hier. Das ist schon schlimm genug.«

»Arme Sabine.«

»Lach mich nicht aus, Eve.«

»Tu ich gar nicht.«

»Doch. Du verstehst mich nicht.«

Sie meinte es ernst, also versuchte ich das auch. »Möglicherweise nicht, aber ich habe Fantasie. Ich glaube, du machst dich ganz unnötig verrückt. Es wird schon schiefgehen.«

»Was mir so gegen den Strich geht«, fuhr Sabine fort, als hätte ich nichts gesagt, »ist die Tatsache, daß sie Martins Tochter ist, aber ich diejenige bin, die den ganzen Aufwand hat.«

»Wieso?«

»Weil er unterwegs ist und ich hier bin!«

»Aber wird sie denn nicht auf der Farm arbeiten?«

»*Irgendwann*. Bis dahin muß ich mich mit ihr unterhalten, sie bei Laune halten, mit ihr zusammen essen, und es ist kein Ende in Sicht... verflixt, da kommt sie! Tschüs!«

Es war gar nicht so dumm, daß sie auflegte, weil ich diesmal laut lachte.

Es war Zeit für meine Mittagspause, und sobald ich den Hörer aufgelegt hatte, schaltete ich mein Diktiergerät aus und ging hinaus in den windigen Sonnenschein, um mein Sandwich auf der Promenade zu essen. Ich war schrecklich froh darüber, daß ich im Moment keine neunzehnjährige Fremde zu Hause unterhalten mußte, geschweige denn für die nächsten Monate. Das Mitgefühl, das ich für Sabine empfand, war herzlicher, als sie sich vorstellen konnte. Ich war spät zum Single geworden, und wie alle Bekehrten verteidigte ich meine Sache leidenschaftlicher als diejenigen, die nichts anderes kannten. Sabines Haus war so leer, so makellos, so perfekt und unverfälscht, und ihre Existenz war (Martin hin oder her) so vollkommen egozentrisch, daß ich mir ihre Verärgerung über diesen Eindringling nur allzu deutlich vorstellen konnte. Martins untadelige, in teuren Schulen erzogene Tochter mußte ihr wie ein einziger Alptraum vorkommen, der ihr die Freiheit raubte und sich in einem Schmutzrand in der Badewanne manifestierte. Was Sophie Drage auch immer war, es würde niemals das richtige sein. Das Mädchen, das Sabine gefallen hätte, existierte einfach nicht. Jemanden mit einer scharfen Zunge hätte Sabine als Konkurrenz betrachtet, ein hübsches Mäuschen als nichtssagend abgetan. So aber war sie einfach nur eine nette Tierärztin in spe. Doch auf all das kam es gar nicht an. Ihr schlimmstes, unverzeihbares Verbrechen bestand schlicht in der Tatsache, daß sie *da* war.

Doch ja, als ich am Ende des Tages in meine Wohnung zurückkehrte, konnte ich mich dazu durchringen, Mitgefühl für Sabine zu empfinden. Mein Freiraum gehörte mir allein, wenn man von Ben absah, der mein eigen Fleisch und Blut war und daher nicht zählte. Ich erinnerte mich daran, wie ich mich genau wie alle anderen danach gesehnt hatte, daß die Kinder so alt wurden, daß sie auszogen, doch seit Bens Rückkehr hatte ich entdeckt, welchen Trost man daraus ziehen konnte, einen anderen Erwachsenen um sich zu haben, einen, der wenig erwartete, keine Forderungen stellte und viel zu vergnügt um sich selbst kreiste, um mich zu kritisieren. Außerdem hatte die Tatsache, daß er aus freien Stücken hier war, etwas Anrührendes. Er hätte Nozz' Lockrufen nachgeben können oder – Gott bewahre – bei Pearl oder einer ihrer hoffnungslos verknallten Vorgängerinnen unterkommen können, doch er hatte sich dazu entschlossen, hier zu wohnen, bei mir, wo er Algy auf seinem Bett aufbewahren konnte, ohne Spott befürchten zu müssen. Ich war nicht völlig naiv; ich gab offen zu, daß dieser Umstand auch sehr viel damit zu tun hatte, daß es hier eine Waschmaschine, einen Trockner und einen gutgefüllten Kühlschrank gab, aber trotzdem …

Sabine rief gegen zehn noch einmal an und nahm ihren Vortrag nahtlos wieder auf, als hätte sie niemals aufgelegt.

»Sie ist ins Bett gegangen! Kannst du dir das vorstellen? Es ist kaum zehn, und sie ist nach oben gegangen!«

»Ich hätte gedacht, das würde dir gefallen.«

»Aber welche Neunzehnjährige geht denn um diese Uhrzeit ins Bett? Das ist doch nicht normal.«

Ich überhörte diese Bemerkung und beantwortete die Frage: »Eine, die gesund lebt?«

»Eve ... hättest du Lust auf einen Drink?«

»Tja, also, ich weiß nicht ...«

»Bitte, ich brauche einen Erwachsenen um mich!«

»Wo ist Martin?«

»Er ist hier irgendwo, aber das spielt keine Rolle.«

Zwecklos zu erklären, daß ich das nicht gemeint hatte. »Es ist ein bißchen spät, Sabine.«

»Jetzt komm mir doch nicht so!«

»Ich meine, es würde ja halb elf, bis ich überhaupt da wäre ...«

»Nimmt der Schrecken denn gar kein Ende?«

»Okay, bis gleich.«

Sabine hatte ihren eigenen Salon voller hübscher, eleganter Einrichtungsgegenstände aus Frankreich, und hier schenkte sie jetzt zwei riesige Armagnacs ein und verkündete:

»Ich habe einen Entschluß gefaßt.«

»Oh?«

»Ich werde für sie eine Party geben.«

»Gute Idee«, bemerkte ich vorsichtig und fragte mich gleichzeitig, was sie darauf gebracht hatte. »Wen wirst du einladen?«

»Alle. *Le tout* Littelsea. Ich muß wieder die Initiative ergreifen.«

»Also hast du das Gefühl, daß Sophie sie dir entrissen hat ...?«

»Ohne einen Finger zu rühren. Verstehst du, was ich meine?«

»Vielleicht.«

»Martin hat Ende nächster Woche Geburtstag, also habe ich mir gedacht, ich könnte beide Anlässe verbinden.« Sie nippte an ihrem Armagnac und warf mir einen schnellen Blick zu. »Was meinst du?«

»Eine Party kann nie schaden. Solange du ...«

»Was?« Sie bedrängte mich ungeduldig.

»Solange du auch ein paar Leute in ihrem Alter einlädtst.«

»Ich wünsche keine Orgien in meinem Haus, zum Kuckuck noch mal! Ich hatte an Pimms auf der Terrasse gedacht, damit sie ein paar von den Kollegen und Freunden ihres Vaters kennenlernen kann. Und natürlich von denen ihrer Stiefmutter.« Sie ließ eine ihrer perfekt manikürten Hände mit der Handfläche nach oben in meine Richtung schlenkern. »Damit sie sich mehr wie zu Hause fühlt.«

Und um das arme Mädchen mit Nachdruck auf seinen Platz zu verweisen, dachte ich. Mein Gesicht muß etwas verraten haben, denn Sabine sagte scharf: »Du bist nicht begeistert.«

»Doch, natürlich bin ich das. Außerdem spielt es sowieso keine Rolle, was ich denke. Es ist nicht meine Entscheidung. Es ist Martins Geburtstag, und sie wird schon ihren Spaß haben.«

»Bestimmt.« Wir nippten einen Moment lang schweigend vor uns hin. »Oh! Wie ich das vermissen werde – in aller Ruhe mit einer Freundin etwas zu trinken.«

Sie war immer noch fest entschlossen, sich selbst als Verdammte darzustellen, doch die Idee mit der Party hatte sie aufgeheitert.

»Hast du Lust, dir den Tennisplatz anzusehen?«

»Ja, gern.«

Sabine hielt die Armagnacflasche noch einmal über unsere Gläser und führte mich durch die Glastür nach draußen. Der Himmel war klar, die Mittsommersterne waren im Aufgehen begriffen, und es war Halbmond, doch wir hätten sowieso gut sehen können, da jeder Hektar der Drages mit raffiniert versteckten Bodenleuchten ausgestattet war, die bei unserem Herannahen aufleuchteten und hinter uns wieder erloschen. Von der Terrasse aus überquerten wir eine Rasenfläche und folgten einem gewundenen Pfad durch hohes Gebüsch. Hier und dort streckte eine Statue ihre bleichen Muskeln durch das Laub. Wir befanden uns auf der Anhöhe, die Littelsea überblickte, einen knappen Kilometer vom Rand der Klippen entfernt. Da die Nacht still war, konnten wir das sanfte Rauschen des Meeres hören.

Am Tennisplatz angelangt, der durch Bäume von der Seeseite abgeschirmt war, betätigte Sabine einen Schalter, und es wurde taghell. Die Arbeiten waren mehr oder weniger abgeschlossen, mit Ausnahme der umlaufenden Veranda und des Sommerhauses. Wir gingen zur Aufschlaglinie, und Sabine klopfte mit der dicken Sohle ihres Turnschuhs auf den Boden. Er war so glatt wie ein Billardtisch.

»Das ist der beste Bodenbelag der Welt«, sagte sie zu mir. »Wir werden uns selbst nicht mehr wiedererkennen.«

Spitzbübisch meinte ich: »Vielleicht spielt Sophie ja Tennis.«

»Vielleicht.«

»In den meisten Privatschulen wird Tennis ganz großgeschrieben. Sie könnte womöglich richtig gut sein.«

»Wir werden ja sehen«, sagte Sabine abweisend. »Aber mit wem sollte sie spielen?«

Es war zwecklos. Was Sophie anging, so lebte Sabine in einem parallelen Universum, aus dem sie aus eigenem Antrieb und freiem Willen zurückkehren mußte.

Wir spazierten schweigend um den Tennisplatz und nippten an unserem Armagnac. Bei dem in Plastikplanen gehüllten Rohbau, der das Sommerhaus werden würde, blieben wir stehen.

»Es wird komplett eingerichtet«, erklärte sie mir. »Mit Kühlschrank, Stereoanlage … Bei dem Klima, das ihr hier habt, braucht man einen Unterschlupf.« Sabine hatte die Angewohnheit, ihre Wahlheimat ständig gegen ihr Herkunftsland auszuspielen. Schlechtes Wetter etwa war immer typisch für uns, Sonne für sie; schlechte Restaurants für uns, exzellente Restaurants ganz wie zu Hause, jede Art von Eleganz oder Stil war etwas, das die armen, umnachteten Briten von Sabines Landsleuten gelernt hatten, doch jede Art von Trunkenheit oder Schlamperei war – *naturellement* – auf ihrem eigenen Mist gewachsen.

»Das wird eine tolle Anlage«, versicherte ich ihr. »Vielleicht fängt Martin ja auch an, sich dafür zu interessieren?«

Sie verzog das Gesicht. »Das will ich nicht hoffen. Wenn es eines gibt, das ich nicht ausstehen kann, dann sind es diese fürchterlichen gemischten Doppel, bei denen Männer in den mittleren Jahren die Frauen anbaggern und verzweifelte Ehefrauen ihre Zellulitis zur Schau stellen, während sie mit fremden Ehemännern flirten.«

Man mußte sie einfach lieben. »Tja, wenn du es so betrachtest...«

»Das tue ich, Eve, das tue ich! Wollen wir weitergehen?«

Sabine schaltete das Flutlicht aus, und wir verließen den Tennisplatz. Ich folgte ihr gehorsam. Unter den versteinerten Blicken der Statuen gingen wir durch das Gebüsch zurück und umrundeten die Rasenfläche, so daß wir zur Südseite des Hauses kamen. Hier befand sich auf einer eigenen Terrasse der asymmetrisch abgerundete, wie eine Malerpalette geformte Swimmingpool der Drages. Glatt wie eine Glasfläche lag er in seiner Einfassung aus Terrakottafliesen, Lavendelstauden und wuchernden Pelargonien. Auf der anderen Seite stand der viktorianische Pavillon, dessen Überreste bereits hiergewesen waren, bevor Sabine und Martin ihn versetzt und zu weit mehr als seinem alten Glanz hatten wiederauferstehen lassen.

Wir gingen über die flachen Natursteinstufen zum Pool. Ich blickte am Haus mit seinen zahlreichen Giebeln und seinem beeindruckenden Wintergarten hinauf und fragte mich, wo die anderen waren. Hier und dort brannte Licht, doch das besagte nicht viel, da die Drages diverse Lampen mit Zeitschaltern versehen hatten, um die ahnungslosen Einbrecher zu entmutigen, die sonst auf frischer Tat von ihrer hochempfindlichen, zentralgesteuerten Alarmanlage erwischt würden. Es war eine seltsame Vorstellung, daß Martin und seine Tochter irgendwo da drinnen waren und uns vielleicht sogar – gemeinsam oder jeder für sich – beobachteten, während wir uns über sie unterhielten.

Das mögliche Vorhandensein unsichtbarer Zuschauer störte Sabine eindeutig nicht, denn als wir die untere Treppenstufe erreichten, fragte sie plötzlich: »Hast du Lust zu schwimmen?«

»Ich weiß nicht... Ich habe kein Badezeug dabei.«

Sie warf mir denselben Blick zu, der zweifellos auch Sophie bevorstand. »Eve – es ist mitten in der Nacht, und du stehst mitten in einem privaten Garten.«

»Natürlich, wie dumm von mir.«

»Also, ich gehe schwimmen.«

Sie legte einen Schritt zu und trank ihren Armagnac aus, während sie um den Pool herum zum Pavillon ging. Sie stellte ihr Glas auf den Tisch, schlüpfte aus ihren Schuhen und begann, sich Hose, Bluse und Trägerhemdchen auszuziehen, wobei sie die Tatsache preisgab, daß sie keine Unterwäsche trug und lückenlos und gleichmäßig gebräunt war. Neidisch und ein bißchen nervös sah ich zu, wie sie ins Wasser sprang. Ihr ebenmäßiger, schlanker, langgliedriger Körper verursachte kaum einen Spritzer, als er die Wasseroberfläche durchschnitt.

Sie tauchte ganz so wieder auf, wie es die Leute in Filmen tun, die sich silberne Tropfen im hohen Bogen aus Haaren und Gesicht schütteln, und strich sich das Haar mit ihren langen, braungebrannten Fingern zurück. Ihre Stimmung war jetzt vollkommen umgeschwungen.

»Komm rein, es ist toll!« rief sie, und ein Lächeln erstrahlte in ihrem feucht glänzenden Gesicht. »Sei nicht so schüchtern«, fügte sie hinzu. »Im Augenblick siehst du doch klasse aus.«

Wenn Sabine wirklich den Wunsch hegte, daß ich meine Schüchternheit überwand, dann hätte sie die letzte Bemerkung niemals machen dürfen, denn diese zeigte mir allzu deutlich, daß sie mich nicht erst seit kurzem, sondern schon monate- oder sogar jahrelang taxierte.

Sie bespritzte mich spielerisch mit Wasser. »Jetzt zieh schon die Klamotten aus, Eve!«

Ich zog mich in den Pavillon zurück, um mich auszuziehen. Wenigstens hatte ich Farbe, wenn auch meine Bikinizonen in peinlichem Weiß erstrahlten. Ich wußte, daß ich aufrecht und stolz hätte hinausschreiten sollen, doch das nutzte mir nichts – ich flitzte vornübergebeugt aus dem Pavillon und machte einen Bauchplatscher ins Wasser, wobei mir Sabines Gelächter im Ohr klang.

Sie lachte immer noch, als ich auftauchte, um Luft zu holen.

»Sei ehrlich, Eve – bist du jetzt froh, daß du ins Wasser gekommen bist?«

»Ja ...!«

Jetzt, wo ich ganz gemütlich im Bruststil auf das andere Ende des Swimmingpools zuschwamm, war ich froh. Ich war seit dem Urlaub nicht mehr schwimmen gewesen, und dort war das Wasser wunderbar kühl gewesen. Sabines Pool dagegen war in der abkühlenden Luft des englischen Abends so lau und beruhigend, als ließe man sich in Fruchtwasser treiben.

Sie wartete, bis ich sie eingeholt hatte, dann begann sie, neben mir herzuschwimmen.

»Hast du im Urlaub irgendwelche interessanten Leute kennengelernt?« fragte sie.

»Jede Menge.«

»Eve!«

Ich seufzte. »Du meinst, einen Mann?«

»Natürlich.«

»Es gab weiß Gott genug davon – so viele, daß es beinahe peinlich war, würde ich sagen. Aber keinen, der in der Weise, wie du es meinst, interessant gewesen wäre.«

»Wie schade!«

»Eigentlich nicht. Ich hätte mir sowieso nichts daraus gemacht.«

Sie biß sich auf die Lippe. »Was ist das denn für eine Einstellung?«

»Die einer Faulenzerin.«

Sie kicherte, als wir wendeten und uns auf den Rückweg machten. »Wenigstens bist du in dieser Beziehung ehrlich. Aber du darfst die Augen nicht vor guten Gelegenheiten verschließen, Eve.«

Meine Güte, war sie arrogant! Wäre ich auch nur ansatzweise ausländerfeindlich gewesen, hätte ich es auf das angeborene *hauteur* der Franzosen geschoben, aber sie war einfach nur Sabine, die alles über das Leben und seine Geheimnisse wußte.

»Hallo, ihr! Ist das hier eine geschlossene Gesellschaft, oder kann man sich anschließen?«

Es war Martin, der mit einem Handtuch über der Schulter vom Haus her die Treppe herunterkam.

»Geschlossene Gesellschaft, Schatz«, sagte Sabine todernst.

Martin beugte sich über den Beckenrand und sah mit übertriebener Anstrengung hinein. »Ist das Eve da drin?«

»Hallo, Martin.«

»Ich sehe schon, sie hat dich zum Nacktschwimmen überredet.«

»Unter Protest, wenn ich das sagen darf.« Ich bewegte mich von ihm fort, obwohl die Bemerkung nicht im mindesten anzüglich gewesen war.

»Mich wirst du nicht dabei erwischen – manche Dinge hält man besser unter Verschluß. Zumindest in meinem Fall.« Er setzte sich auf eine Bank vor dem Pavillon und ließ sein Handtuch auf den Boden fallen. »Heißt das also, daß ich nicht ins Wasser darf?«

»Ja. Eve und ich veranstalten hier ein ganz friedliches Frauenschwimmen«, antwortete Sabine.

»In diesem Fall würde ich nicht einmal davon träumen, euch zu stören.« Er war wirklich der großzügigste und toleranteste aller Ehemänner – kräftige Figur, zunehmende Glatze, selbstbewußtes Auftreten: eine unermeßlich beruhigende Präsenz. Andererseits machte er aber keine Anstalten zu gehen, sondern verschränkte die Arme und blickte zum Himmel auf.

»Was für eine Nacht! Erstaunlicher Sternenhimmel … Hast du da einen Ausflug in die Wüste gemacht?«

»Ja, das haben wir.«

»Das ist der Ort, wo man sich die Sterne ansehen muß, findest du nicht auch? Absolut wunderbar.«

Ich schwamm zum Beckenrand und ruhte mich dort aus, ein bißchen beschämt über meine zimperliche Reaktion von vorhin.

»Ich habe es nie geglaubt, wenn mir jemand erzählen wollte, daß grenzenloser Sand schön sein kann. Und was den Himmel angeht, so hast du recht – man hat das Gefühl, man könnte ihn berühren oder die Sterne durch bloßes Einatmen näher holen.«

»Worüber redet ihr beide gerade?« rief Sabine vom anderen Ende des Beckens.

»Wie man die Wüstensterne einatmet, Schatz«, antwortete Martin. »Erinnerst du dich an das Gefühl? In Marrakesch?«

»*Superb*«, stimmte sie zu. »Schade nur, daß Eve niemanden gefunden hat, der die Sterne mit ihr zusammen angeschaut hätte.«

»Das ist ihre Sache«, sagte Martin. »Wenn sie sich dazu entschließt, ein Angebot abzulehnen, dann ...« Er ließ die Bemerkung als angedeutete Schmeichelei ins Leere laufen. Was für ein netter Mann er doch war.

»Wie geht es deiner Tochter?« fragte ich.

»Soviel ich weiß, ist Sophie schon im Bett.« Sabine stieß im Wasser einen ungläubigen Ton aus, doch er fuhr fort: »Ich freue mich, daß ich einmal die Gelegenheit bekomme, etwas Nützliches für sie zu tun, das nicht einfach mit einem Scheck erledigt ist.«

»Was genau wird auf der Farm ihre Aufgabe sein?«

»Mädchen für alles, genau wie ihr Vater am Anfang.« Martin war berechtigterweise stolz auf seinen Status als *Selfmademan*. »Beim Vieh aushelfen, etwas über Buchhaltung lernen, Laufburschendienste versehen, sich über Brüssel beschweren und so weiter.«

»Es wird ihr wahrscheinlich den Spaß am Umgang mit Tieren für immer verderben«, sagte Sabine, die jetzt an meine Seite geschwommen kam.

»Wenn das so ist«, sagte Martin, »dann hat sie eine nützliche Lektion gelernt, und das geschieht besser jetzt als dann, wenn sie halb mit dem Studium fertig ist.«

»Igitt ...« Sabine erschauerte pikiert. »Ich verstehe sowieso nicht, wieso sich eine junge Frau so einen Beruf aussucht. Wir haben doch diese schrecklichen Sendungen im Fernsehen gesehen.«

»Sabine, mein Zuckerstückchen, sie wird sowieso in irgendeiner besseren Vorstadtpraxis enden, wo sie Katzen auf Diät setzt und Pudeln Placebos verabreicht. Wie auch immer, jedenfalls ist sie sich für keine Arbeit zu schade.«

»Ich freue mich darauf«, sagte ich, »sie auf der Party kennenzulernen.«

»Was für eine Party?«

»Die ich für Sophie gebe«, sagte Sabine. »In vierzehn Tagen. Zu deinem Geburtstag.«

»Ich verstehe! Und an was für ein Programm hattest du gedacht – Heavy Metal, Sex in allen Variationen und Glücksspillen in rauhen Mengen?« Martin hatte dem politisch korrekten Trend immer schon hinterhergehinkt, was einer seiner größten Vorzüge war.

»Martin! Nein, ich hatte an eine nette sonntägliche Cocktailparty gedacht, so daß sie ein paar deiner Freunde kennenlernen kann.«

»Warum zum Teufel sollte sie die denn kennenlernen wollen?« stellte Martin ganz unverblümt jene Frage, die zu stellen ich mich nicht getraut hatte.

»Es wird ein Anfang sein«, sagte Sabine mit einem frostigen, warnenden Unterton in der Stimme. »Sie wird ein paar Leuten vorgestellt, und wer weiß, was sich daraus noch entwickelt.«

»Ich beuge mich wie immer deinem überlegenen Urteilsvermögen.« Er stand auf, hob sein Handtuch auf und schleuderte es achtlos in den Pavillon. »Schlafenszeit. Aber weißt du was, Eve – du kennst doch ein paar jüngere Leute, warum bringst du sie nicht mit?«

Ich versuchte verzweifelt, mir vorzustellen, wie Pearl oder Nozz *chez* Drage Pimms schlürften, und das zu einer sonntäglichen Stunde, die sie kaum als Tag bezeichnen würden. »So viele kenne ich eigentlich nicht.«

»Aber du hast einen Spion im feindlichen Lager. Ben kann doch ein paar Freunde mitbringen.«

»Ich werde sehen, was ich tun kann.«

»Und haben die Chatsworths nicht Söhne?«

»Das stimmt – ja, ich frage sie.«

»Das ist nicht deine Aufgabe, Eve – Sabine, du lädtst doch die Chatsworths ein, nicht wahr? Und sie sollen ihre beiden Jungs mitbringen.«

Sabine tauchte unter, ohne ihn einer Antwort zu würdigen, doch Martin schien auch keine zu erwarten und verabschiedete sich mit einem knappen Winken.

Ich entschied mich dagegen, auf irgendeinem Umweg zu diesem Thema zurückzukehren, und machte mich daran, noch ein paar Bahnen zu schwimmen. Dabei bemerkte ich, daß Sabine in entgegengesetzter Richtung an mir vorbeischoß, eine bleiche, lautlose Gestalt unter der Wasseroberfläche.

Als wir genug geschwommen waren und uns wieder angezogen hatten, wäre ich gern sofort zum Auto gegangen, doch ich hatte meine Tasche samt Autoschlüsseln in Sabines Zimmer gelassen. Sie wartete in der Auffahrt, während ich sie holen ging.

Auf dem Weg durch den Flur hörte ich leise Schritte hinter mir, und als ich mich umblickte, stand ich plötzlich der Filmschauspielerin Helena Bonham-Carter gegenüber, die ein Nike-T-Shirt trug und ein Stück Baguette in der Hand hielt, das von Salatblättern umrahmt war und aus dem Mayonnaise tropfte.

»Tut mir leid«, sagte die Vision. »Nächtlicher Hungeranfall.«

»Geht schon klar«, sagte ich. »Ich kenne das Gefühl.«

Sie warf mir ein gerissenes Verschwörerlächeln zu und stapfte die Treppe hinauf. Ihre Rückenansicht gab dunkles Haar preis, das sie in einem dicken, unordentlichen Zopf trug, und anständige Beine, nicht von der unendlichen Sorte, die bis unter die Achselhöhlen reicht, aber straff und wohlgeformt. Ich hatte den Eindruck, große, dunkle, intelligente Augen gesehen zu haben, humorvolle, geschwungene Lippen und ein herzförmiges Gesicht, das einem typisch englischen Pummelchen so unähnlich war, wie es nur eben ging.

Als ich zum Auto hinauskam, dachte ich, daß es kein Wunder war, daß Sabine so aus der Fassung schien. Und beschloß ohne Umschweife, Ben zur Rettung der Party mitzubringen.

»Es macht mir nichts aus«, sagte er, als ich ihn fragte. »Ich probier's einfach.«

»Danke, du bist ein Schatz!«

»So ein richtiger Pfundskerl, nicht wahr?«

Es war Samstag morgen, und wir saßen in der Küche. Ben rauchte eine Zigarette und trank Kakao aus einer Plastikflasche, bevor er zur Arbeit ging, ich saß im Morgenmantel mit einer Tasse Tee und der Wochenendbeilage des *Telegraph* am Tisch. Jenseits des Durchgangs strömte blendendes Sonnenlicht ins Wohnzimmer. Ich hatte vor, früh an den Strand zu gehen, bis es Zeit zum Tennisspielen war, und nach dem Mittagessen ausgiebig am Kliff entlangzuwandern. Schlichte Vergnügungen, aber ich war süchtig danach.

»Also bist du ihr begegnet, nicht wahr?« fragte Ben ohne großes Interesse und warf die leere Kakaoflasche in den Müll.

»Nur flüchtig – wir haben uns nicht unterhalten.«

»Nett?«

Ich wußte, was er meinte. »Ich fand, schon. Ungewöhnlich.«

»Ich weiß nicht, ob das gut klingt.«

»Aber du kommst trotzdem – stell dir doch das arme Mädchen vor, wie es da oben eingepfercht ist und nur Sabine um sich hat!«

»Bis die Party stattfindet, treibt sie es wahrscheinlich längst mit Schafen, du weißt ja, wie diese Farmersleute sind.«

»Nein. Du?«

Der Zigarettenstummel folgte der Flasche in den Müll. »Ich habe in der Zeitung von ihnen gelesen.«

Während ich mich wieder dem Anzeigenteil zuwandte, dachte ich mit großer Genugtuung: Wenn der Junge wüßte, wie schief er gewickelt ist ...

Was das Tennisspiel anging, so sah ich es folgendermaßen: Es gab zwei Möglichkeiten für Sabine. Entweder würde ihre Verstörung sie dazu anstacheln, das Spiel ihres Lebens zu spielen, oder sie würde ihr Untergang sein.

Am Samstag war letzteres der Fall. Ihr unterliefen Patzer, sie schlug falsch auf, sie machte Doppelfehler, und die brodelnde Laune, die sie sowieso stets auf den Tennisplatz mitbrachte, kochte mit schönster Regelmäßigkeit über. Desma war so hartnäckig wie immer, doch da sich Sabine auf Selbstzerstörungskurs befand, konnte nichts ihr gemeinsames Spiel vor der völligen Niederlage bewahren.

Ronnie war bester Laune. »Natürlich bringe ich sie mit«, rief sie, während sie nach einem weiteren Spiel um des lieben

Friedens willen die Bälle zu uns herüberschlug. »Oder zumindest bringe ich Philip mit, er ist nächstes Wochenende da. Ich weiß nicht, was Simon vorhat, aber ich bin mir sowieso nicht sicher, ob ihr ihn dabeihaben wollt...!«

»Es war Martins Idee, das Jungvolk mit einzuladen«, sagte Sabine frostig. »Ich bin mir sicher, daß sie sich zu Tode langweilen werden.«

»Warum denn?« fragte Desma. »Es ist doch eine gute Idee, die Generationen zu mischen, und deine Stieftochter wird sich darüber freuen.«

Ich war im Begriff, dem zuzustimmen, fing dann aber Sabines Gesichtsausdruck auf, als sie zur Grundlinie schritt, um aufzuschlagen, und entschied mich gegen weitere ermutigende Bemerkungen.

»Kannst du noch mehr brauchen?« fragte Ronnie. »Ich bin mir sicher, daß wir noch ein paar auftreiben können.«

»Ist mir einerlei«, erwiderte Sabine und hob Schläger und Ball, um sich bereit zu machen. »Fertig?«

»Fertiger geht's nicht«, sagte Ronnie. »Fehler! Aber nur ganz knapp.«

Aus irgendwelchen Gründen gingen wir an diesem Tag nicht essen. Die Chatsworths wollten Dennis' Mutter besuchen, Desma mußte zu ihrer Schwester ins Krankenhaus, und Sabine plädierte auf extremen häuslichen Streß.

Als ich meine Wohnungstür öffnete, wobei meine Beine noch leicht zitterten von der Anstrengung, unmittelbar nach dem Tennis die Treppe hochzulaufen, erlebte ich eine jener plötzlichen und völlig unerwarteten melancholischen Anwandlungen: Ich war die einzige von uns vieren, die in eine leere Wohnung zurückkehrte – niemand erwartete mich, niemand erhob Anspruch auf meine Zeit, ich brauchte mich um nichts anderes als meine eigenen Angelegenheiten zu kümmern. Das war es, was mir an meinem Leben am besten gefiel, und doch besaß es die Macht, mich ab und zu und ganz unerwartet aus dem Konzept zu bringen.

Als hätte ich eine telekinetische Energie ausgeströmt, klingelte das Telefon.

»Hallo.« Es war Ian. »Ich hatte mit dem Anrufbeantworter gerechnet.«

»Ach was.«

»Ich dachte, du wärst mit den Mädels beim Essen.«

Es ärgerte mich manchmal, daß er soviel über mein Leben wußte und ich sowenig über seines. Meine Angewohnheiten waren in seinem Gedächtnis gespeichert, doch ich war viel zu stolz, um ihn zu fragen, wie er seine Wochenenden verbrachte.

»Nein«, sagte ich. »Heute nicht.«

»Hör mal«, sagte er, »hast du vielleicht Lust, nächste Woche in die Stadt zu kommen? Wir könnten zusammen zu Abend essen oder so etwas.«

»Warum?« fragte ich geradeheraus. Ich begriff, daß sich das unnötig grob anhörte, und fügte hinzu: »Ich meine, gibt es einen besonderen Anlaß?«

»Oh, wir könnten uns einfach mal unterhalten. Ich kann auch zu dir kommen, wenn es dir lieber ist.«

»In Littelsea wimmelt es nicht gerade von Vier-Sterne-Restaurants, wie du weißt.«

»Nein, aber wir könnten irgendwo hinfahren. Das überlasse ich dir.«

Ich wußte wirklich nicht, warum ich zögerte. Ein Abendessen mit Ian in der Stadt war nicht zu verachten, und es war nicht so, daß mein Terminkalender vor Einladungen überquoll.

Irritierend scharfsichtig sagte er ohne den geringsten Sarkasmus: »Ich möchte deinen friedlichen Lebensrhythmus nicht stören.«

»Das tust du nicht«, antwortete ich. »Ich würde gern kommen.«

»Gut – Donnerstag? Ich hole dich am Victoria-Bahnhof ab.«

»Schön.«

»Wie geht's Ben?«

»Gut. Im Moment ist er im Laden.«

»Na ja, grüß ihn von mir! Sag ihm, mit etwas Glück bekommt er Karten für das Kricketspiel am Kennington-Oval.«

Als ich meine Tennissachen in den Wäschekorb steckte und mir Jeans anzog, mußte ich zugeben, was für ein Glück es war, daß Ian und ich gut miteinander auskamen. Unsere Trennung war vollkommen einvernehmlich, und wir gingen immer friedlich und harmonisch miteinander um. Sein Anruf hatte mich aufgemuntert. Ich war kein bemitleidenswerter Trauerkloß: Mein Leben war erfüllt.

Derart versöhnlich gestimmt, rief ich Helen an, bevor ich mich auf den Weg machte. Ich wollte sie fragen, ob sie Lust auf einen Spaziergang hatte. Das Telefon klingelte mehrere Male, bevor abgenommen wurde und eine Männerstimme antwortete.

»Ja?«

Schockiert begriff ich, daß ich mit John Kerridge sprach, doch jetzt gab es kein Zurück mehr.

»Kann ich Helen sprechen?«

»Darf ich ihr sagen, wer dran ist?«

»Eve.«

»Oh, hallo, Eve, ich reiche Sie weiter.« Er legte mir gegenüber eine Vertraulichkeit an den Tag, die zu erwidern mir im Traum nicht eingefallen wäre. Wir waren uns einmal begegnet, und auch das nur flüchtig, doch mein Name war offensichtlich in irgendeinem Zusammenhang Gesprächsstoff gewesen.

Er hatte seine Hand für einen Moment über die Muschel gelegt, doch als er sie zurückzog, hörte ich das unmißverständliche Geräusch raschelnder Bettwäsche. Oh, Gott, sie amüsierten sich am Nachmittag, und ich …

»Eve.«

»Hör mal, Helen, tut mir leid! Ich wußte nicht, daß du Besuch hast. Ich rufe ein anderes Mal wieder an.«

»Ist schon gut, jetzt bin ich ja dran.«

»Es spielt sowieso keine Rolle, weil ich dich fragen wollte, ob du Lust hast, heute nachmittag etwas zu unternehmen.«

»Stimmt, ich kann nicht.«

»Keine Sorge …«

»Ein anderes Mal vielleicht …«

»Ja, ja, bis bald.«

Ich schwitzte, als ich den Hörer auflegte.

Ich folgte dem Weg, der direkt an der Klippe hinaufführte, über die Anhöhe und hinunter in die nächste Bucht, die man nur zu Fuß erreichen konnte. Unterwegs kam ich in ein paar hundert Metern Entfernung am Grundstück der Drages vorbei und fragte mich, was sie wohl an diesem herrlichen Samstag nachmittag machten. Es hätte mit Sicherheit keinen Zweck gehabt, Sabine zum Mitkommen einzuladen – in ihren Augen stellten Spaziergänge eine hirnlose Beschäftigung dar, die nur für die Briten und ihre Hunde gedacht war. Und was war mit Sophie? Amüsierte sie sich gerade zusammen mit ihrem Vater und ihrer Stiefmutter im Pool? Oder lagen sie nebeneinander in ihren Liegestühlen auf den sonnigen Steinplatten vor dem Pavillon? Oder hatten sie vielleicht *en famille* einen Ausflug unternommen? Irgendwie konnte ich mir das nicht vorstellen. Familienausflüge waren noch etwas, das überhaupt nicht nach Sabines Geschmack war.

Meine Frage wurde beantwortet, als ich an der Stelle haltmachte, an der der Fußweg die Fahrbahn kreuzte, und das Alltagsauto der Drages, ein grauer Range Rover, mit Martin am Steuer und Sophie auf dem Beifahrersitz an mir vorbeibrummte. Sie lächelten und unterhielten sich gutgelaunt, und sie sahen mich nicht. Natürlich – Martin führte sie aus und befreite seine Frau für den Nachmittag von der Last ihrer Verantwortung. Wie auch immer Sabine es darzustellen versuchte, dieser Schnappschuß erweckte ganz den Eindruck, daß Martin und seine Tochter sich wunderbar verstanden.

Der Fußweg führte in die Nachbarbucht hinab. Aus längst vergangenen Geographiestunden wußte ich, daß dies eine Spalte war, die ein Eisstrom vor Millionen Jahren geschaffen hatte, nicht einfach ein glatter, grasbewachsener Riß im kalkhaltigen Boden der Landspitze. Der Weg traf etwa fünfzig Meter oberhalb des Strandes auf den Grund der Spalte, doch es gab einen engen Kletterpfad entlang der Klippenwand, der durch Ginstersträucher und vom Wind zerzauste Brombeerbüsche führte, die nur winzig kleine, saure Beeren trugen.

Da ich den Weg wie meine Westentasche kannte, trabte ich ihn fröhlich bergab und versuchte, nicht über den langen, mühsamen Rückweg in der Abendsonne nachzudenken. Ich war in einer Minute am Strand. Ich zumindest betrachtete es als Strand, doch man hätte dort unmöglich einem normalen Strandvergnügen nachgehen können – kein Kricket, kein Volleyball, keine Sandburgen, keine Felsenbecken, in denen man träge herumtreiben konnte, keine Kopfsprünge in die Brandung. Dies war ein abweisendes Gewirr aus großen, glatten Steinen, die aussahen, als hätte Henry Moore sie ausgemustert, und noch genauso dalagen wie sie vor wer weiß wie vielen Jahrtausenden dorthin gefallen waren. Nach meinem wadenmordenden Abstieg mußte ich jetzt noch einige weitere Minuten lang ausweichen und klettern und schwanken und hüpfen, bevor ganz plötzlich die Steine unter mir abflachten und zur Ruhe kamen, so als vollführten sie einen versteinerten Diener vor der Macht der See.

Jetzt wurde ich für meine Mühen entlohnt. Hier, wo die hellen Steine mir zu Füßen lagen und die sanften, silbergrünen Hügel sich in alle Richtungen erstreckten, konnte ich mich hinsetzen und mir vorkommen wie Britannia, die die Wellen regiert.

Die Gezeiten wechselten gerade, als ich meinen üblichen Aussichtspunkt erreichte. Die Brandung ergoß sich seufzend über die Felsen und zog sich murmelnd zwischen ihnen zurück, wobei sie ein sich allmählich verbreiterndes, dunkles Band zurückließ, das anzeigte, bis wo sie gekommen war. Bei jedem Rückzug versanken Heerscharen kleiner, wieselflinker Krabben in den Kanälen aus körnigem Sand. Im Westen kreiste eine Schar Heringsmöwen wachsam am Himmel. Sie interessierten sich weniger für diesen einsamen Strand als vielmehr für das, was ihnen die Bewohner von Littelsea hinterließen.

Es war ein weiterer wolkenloser Nachmittag. Ich saß auf einem Felsen, den Rücken an einen anderen gelehnt, die Arme auf meine Knie gestützt, meine geschlossenen Augenlider von der Sonne rot durchleuchtet, und genoß es, ganz für mich zu sein.

Ich mußte eingedöst sein, obwohl die Steine so hart waren, denn als eine Stimme meinen Namen rief, drang sie in mein

Bewußtsein wie ein Blitzschlag, und ich war völlig desorientiert. Mein Nacken war steif und mein Hintern eingeschlafen.

»Eve, tut mir leid, wenn ich dich störe – ich bin's.«

»Wer …?« Ich blickte auf, vom plötzlichen Sonnenlicht geblendet. »Rick?«

Sein Oberkörper war nackt, er hatte Shorts und Wanderstiefel an und trug Bryony in ihrer Rückentrage.

»Ich treffe nicht oft jemanden hier unten, deshalb dachte ich mir, ich sage hallo zu einem Gleichgesinnten. Desma besucht ihre Schwester im Krankenhaus in Dorking«, erklärte er.

»Ja, das hat sie gesagt. Hoffentlich nichts Schlimmes.«

Er errötete. »Routinemäßige Frauensache, hat man mir gesagt.«

Ich erhob mich unbeholfen und lächelte Bryony zu, deren rundes, rosafarbenes Gesicht über die Schulter ihres Vaters lugte. »Hallo, Kleine!« Sie wandte den Kopf ab und klammerte sich an Rick wie ein Koala.

»Fremdelphase«, erklärte er. »Gehört zum Größerwerden, nehme ich an.«

»Klar.«

»Na ja – wir wollten dich nicht stören, wir kommen immer hier herunter und sehen uns die Wellen an. Dann gehen wir mal wieder.«

»Schön, euch zu sehen! Grüße Desma von mir, und ich hoffe, bei ihrer Schwester ist alles in Ordnung.«

»Das mache ich. Danke. Tschüs … Wink mal, Bryony!«

Doch sie hielt das Gesicht weiter abgewandt, also winkte er für sie. Ich setzte mich wieder auf meinen Felsen und sah zu, wie sie an der Klippe zum Weg hochkletterten. Er überwand die Steigung erstaunlich leicht, wenn man bedachte, daß er ein Kleinkind auf dem Rücken trug. Als er oben angekommen war, bewunderte ich ihn noch mehr, weil er sich nicht nach Littelsea zurückwandte, sondern in die entgegengesetzte Richtung, wo der Pfad ständig zu einer Reihe weiterer Anhöhen hin anstieg: Das war schon unter normalen Bedingungen eine ordentliche Wanderung.

Ich wartete, bis die See weitere zwanzig Meter zurückgewichen war und die Felsen bleich und trocken vor mir in der

Sonne lagen. Dann erhob ich mich, räkelte mich und begann den langen Aufstieg.

Als ich mit dem Abstieg nach Littelsea begann, schwitzte ich, und meine Beine waren bleischwer, doch ich glühte vor Vorfreude auf meinen wohlverdienten Gin Tonic und ein köstliches Nudelgericht zum Abendessen.

Als ich über die flachen Stufen auf den langgezogenen Bogen der Promenade zuhielt, dachte ich wohlwollend über meine Heimatstadt nach, nicht zu vergessen die vielen Freunde, die mir das Leben dort so durch und durch angenehm machten. Meine Betrachtungen gaben der Wendung ›seinen Platz kennen‹ eine neue Bedeutung. In dieser Stadt kannte ich jeden Platz und Stein, und ich kannte meinen Platz darin, und aus diesem Wissen zog ich meinen Seelenfrieden.

6

Ich genoß die einstündige Zugfahrt nach London immer sehr. Eigentlich genoß ich jede Zugfahrt. Vorausgesetzt natürlich, daß ich auf dem Bahnsteig keine Bekannten traf und in der Folge Konversation betreiben mußte, anstatt auf Autopilot umzuschalten. Autofahren war okay, aber man mußte sich die ganze Zeit konzentrieren.

Am Donnerstag abend rüstete ich mich für die Reise zu Ian mit einem Exemplar des *Brighton Evening Argus* aus, das ich am Ziel auf dem Sitz liegenlassen würde, und mit einem sehr schmalen, sehr ›heißen‹ Designerroman, den ich ebenfalls im Bahnhof gekauft hatte und der gut in meine Handtasche paßte. Ich trug ein langes Kleid von der Stange in mehreren Blautönen, das oben hell begann und am Saum zu Indigo überging. Es war nicht neu – ich hatte es vor meinem Aufenthalt bei Mel gekauft –, aber Ian konnte es noch nicht gesehen haben, und es war kühl und bequem. Außerdem gefiel ich mir darin. Es schmeichelte meiner Figur und betonte vorteilhaft meine Urlaubsbräune. Ich trug ein paar silberne Delphinohrringe, die Ben mir geschenkt hatte, und flache, silbergraue Sandalen.

Ich sah meinem Abend mit Ian ganz entspannt entgegen. Jetzt, wo die Bürde der Ehe von unserer Freundschaft genommen war, blühte diese auf. Er würde wie immer ein perfekter Begleiter beim Abendessen sein – aufmerksam, geistreich, amüsant und großzügig. Und jene Aspekte seines Charakters, die mir früher auf die Nerven gegangen waren, würden mir gar nicht auffallen – seine leichte Pedanterie, seine Tendenz, mich zu bevormunden, die Art, wie er beim Lachen schniefte. Warum sollte ich auch das geringste darum geben, wo sie doch jetzt nicht mehr mein Problem waren? Andererseits hatte ich mir genügend Achtung vor unserer Beziehung bewahrt, um immer noch Wert auf seine Meinung zu legen. Ich wünschte mir, daß er mir sagte, ich sehe gut aus, und ich wünschte mir – schon weniger ehrenwert –, daß Bedauern in seiner Bewunderung mitklang. Es gab kein Zurück, doch ich wünschte mir, daß die Vergangenheit in jenem rosigen Glanz erstrahlte, der ihr gebührte.

Am Ende las ich auf der Hinfahrt weder meine Zeitung noch mein Buch, sondern lehnte den Kopf zurück, blickte aus dem Fenster und sah zu, wie mein Spiegelbild über die warme, staubige, weite Landschaft des Südostens glitt. Der Zug war fast leer, da um diese Tageszeit die meisten Leute in die andere Richtung unterwegs waren. Bis jetzt hatte ich in dieser Woche nicht viel von meinen Freunden gesehen, und ich hatte im Büro viel zu tun gehabt. Aber ich vermutete, daß sich das ändern würde, wenn Sabine am Sonntag ihre Party gab. Sie hatte sogar Desma und Rick eingeladen, die normalerweise (zusammen mit allen anderen Eltern, die Kleinkinder hatten) auf ihrer schwarzen Liste standen, wenn es um Einladungen ging. Also war klar, daß sie niemanden ausgelassen hatte. Da sie sich der Ehre bewußt waren und wußten, was sich gehörte, hatten die Shaws Freunde gebeten, auf Bryony aufzupassen. Ronnie hatte sämtliche Erwartungen übertroffen, indem sie beide Söhne für den Anlaß zusammentrommelte, und Ben würde Nozz mitbringen. Zuerst hatte ich diesbezüglich meine Zweifel gehabt, doch Ben hatte mich darauf hingewiesen, daß Nozz großen Wert auf sein Aussehen legte und der Party einen Hauch von Boheme verleihen würde, den Sabine rückblickend sehr schätzen würde – selbst wenn sie erst einmal eine Augenbraue sarkastisch hochzog.

»Außerdem«, hatte er hinzugefügt, »müssen wir an das Mädchen denken. Es werden schon genug feine Pinkel da herumlaufen, ohne daß wir dazu beitragen.«

Und wenn ich an das Mädchen dachte, kam ich zu dem Schluß, daß er recht haben könnte. Dann also Nozz. Obwohl es schwer war, sich vorzustellen, was die gutbetuchten Freunde der Drages von ihm halten würden.

Bei Bouvier hatte ich den Großteil der vergangenen Tage damit zugebracht, den Transport, die akkurate Beschriftung und den bevorstehenden Verkauf von Mrs. Rymers Möbeln zu organisieren. Ich stellte fest, daß ich ziemlich oft an sie dachte, während ich diese Aufgabe erledigte, und zwar nicht so, wie sie jetzt sicher war – alt, konturenlos, zunehmend androgyn, vielleicht verwirrt, während sie den Rest ihrer Tage im Altersheim verbrachte –, sondern so, wie sie gewesen sein mußte, als sie das Herz des gutaussehenden Feindes gewann. Ich fragte mich, wie viele der anderen Heiminsassen auch nur die geringste Ahnung von ihrer waghalsigen, geheimen Vergangenheit hatte. Hatte sie ein Foto auf ihrer Kommode stehen, oder gab es nur das, was sie in ihrem Bungalow zurückgelassen hatte? Und wo war dieses Foto jetzt? Hatten ihr Sohn und ihre Schwiegertochter es ihr zurückgegeben, als sie das Haus verkauften? Oder hatten sie es mitgenommen, entweder weil sie ihre Wünsche achteten oder weil sie sie nicht achteten? Und wenn letzteres der Fall war, zeigten sie es stolz und offen, oder lag es mit dem Gesicht nach unten auf dem Speicher? Während ich die Besitztümer der alten Dame detaillierter untersuchte, mir Notizen machte und Antiquitätengeschäfte kontaktierte, hatte mich ein Anflug von Traurigkeit überkommen – ich hatte etwas gespürt, was sich gerade eben außerhalb meines Blickfeldes befand und dahinschmolz, sich auflöste und sich der Entdeckung verweigerte, wann immer ich versuchte, seiner habhaft zu werden. Die alte Mrs. Rymer, der ich nie begegnet war und über die ich kaum etwas wußte, hatte unwissentlich angefangen, eine Rolle in meinem Leben zu spielen.

Wenn Ian sagte, er werde irgendwo sein, dann war er immer da, ein paar Minuten vor der vereinbarten Zeit und ganz auf die bevorstehende Ankunft seiner Verabredung konzentriert. Nie traf man ihn in beiläufiger, distanzierter Pose an – beim Lesen der Zeitung, beim Telefonat per Handy, den Blick ins Leere gerichtet. Wenn Ian einen empfing, dann fühlte man sich auch empfangen. In den Anfangstagen unserer Beziehung hatte ich das charmant gefunden, da es zu besagen schien, daß ich allein auf der Welt am meisten zählte. Ein wenig später kam mir der Verdacht, daß nicht ich es war, die zählte, sondern das heilige Prinzip der Pünktlichkeit. Jedenfalls hatte ich nicht den geringsten Zweifel, daß Ian dasein würde, daß er bei meiner Ankunft ein paar Meter vor der Balustrade stehen und nach mir Ausschau halten würde.

Daher war ich ein wenig überrascht, als ich ihn nicht augenblicklich fand. Ich hatte das gute Dutzend der offensichtlich Wartenden schon abgesucht und ließ meinen Blick gerade etwas langsamer zurückwandern, als eine Hand erschien, die vor meinem Gesicht auf und ab fuhr, und seine Stimme sagte:

»Hier bin ich.«

»Oh – hallo! Warum habe ich dich nicht gesehen?«

»Keine Ahnung.« Er küßte mich auf die Wange. »Du hast ungefähr zweimal direkt durch mich hindurchgesehen.«

»Wirklich? Tut mir leid.«

»Denk dir nichts dabei.« Bevor ich ihm ausweichen konnte, ergriff er meinen Ellbogen und begann, mich durch die vorabendlichen Menschenmengen auf den Vorplatz zu führen. Glücklicherweise zwang uns ein Obdachloser vor dem Kiosk, uns zu trennen, und indem ich meine Tasche von einer Schulter auf die andere verlagerte, schaffte ich es, die Rückkehr der leitenden Hand taktvoll zu verhindern. Das war noch eine Angewohnheit, bei der mein Herz einst einen Satz gemacht hatte und jetzt nur noch zusammenzuckte.

Beim Hinausgehen sagte er: »Ich habe das Auto dabei – da drüben.«

»Du hast dir viel zuviel Mühe gemacht.«

»Unsinn. Jetzt, da ich ein waschechter Londoner bin, bin ich, offen gestanden, zu geizig für ein Taxi, und in unserem Alter wollen wir uns doch wohl nicht mit öffentlichen Verkehrsmitteln abplagen.«

»Nein …« Ich kannte Ian gut genug, um mich von seiner unbewußten, friedfertigen Anspielung auf mein Alter nicht irritieren zu lassen – aber aus irgendeinem Grund reizte mich der ›waschechte Londoner‹. Ach ja, war er das? Und was war ich dann – eine Provinzschnepfe?

»Na ja«, fuhr er fort, während er die Türen seines schwarzen Toyota entriegelte, »außerdem habe ich mir gedacht, bei diesem Wetter fahren wir lieber irgendwo hin. Ich habe einen Tisch im Boathouse reserviert.«

»Gut.«

Wie der Name schon sagte, lag das Boathouse am Fluß in Chiswick – ein absolut akzeptables Restaurant, das durch seinen Standort interessanter wurde. Doch es verstimmte mich ein wenig, daß wir hier zu Abend essen sollten. Anstelle des angesagten, heißen, geschäftigen großstädtischen Eßlokals, auf das ich mich gefreut hatte, führte der waschechte Londoner seine provinzielle Ex in eine Touristenfalle.

Für die Fahrt dorthin brauchten wir eine halbe Stunde, und nachdem wir ein paar Allgemeinplätze ausgetauscht hatten, legte Ian Musik auf. Erst als wir über die Brücke fuhren, wurde mir klar, warum ich ihn im Bahnhof nicht erkannt hatte. Es war das Hemd.

Natürlich war es mir aufgefallen, doch ich konnte mir erst jetzt einen Reim darauf machen. Es war so oder so ein verflixt schönes Hemd: schwere, weiche, seidige Baumwolle in einem dunklen Flaschengrün, weit geschnitten mit hängenden Schultern. Es war die Sorte luxuriöser Freizeitkleidung, die sich der alte Ian niemals gekauft hätte. Er gab eine Menge Geld für seine formelle Garderobe und seine Bürokleidung aus, in der er stets makellos aussah, doch ansonsten betrachtete er Kleidung als notwendiges Übel, welches es nicht wert war, daß man dafür ein Vermögen ausgab. Sein Schrank zu Hause hatte ein Bord voller billiger, verfilzter Sweatshirts, wenig vorteilhafter Shorts und bequem geschnittener Jeans enthalten. Das hier war etwas ganz anderes.

Außerdem trug er es richtig, die Ärmel halb auf dem Unterarm aufgerollt und lose an der Taille – normalerweise steckte er seine Hemden penibel in den Hosenbund. Ein schöner, schmaler, geflochtener Ledergürtel hielt Hemd und cremefarbene Hose in Position.

»Übrigens«, sagte er und sah mich an, als wir am anderen Ufer von der Brücke rollten. »Das habe ich ganz vergessen: Du siehst gut aus.«

»Danke«, antwortete ich. »Du auch.«

Man konnte im Boathouse draußen sitzen. Es gab eine geräumige Holzveranda mit einer lackierten Balustrade, und dahinter ragte ein Landesteg in den Fluß hinein, auf den man mit seinem Drink spazieren konnte oder wo man sich einfach nur auf das Geländer stützen und die Themse vorbeiziehen sehen konnte. Ian war so klug gewesen, einen Tisch auf dem überdachten Teil der Veranda zu reservieren, wo wir zwar ein Dach über dem Kopf, aber auch frische Luft hatten. Als wir nach dem Bestellen auf den Landesteg hinausgingen – ich hatte mich mit einem großen Gin Tonic bewaffnet –, fing ich an, mich wieder zu entspannen und darauf einzustellen, den Abend zu genießen. Ian hatte recht – wer brauchte an einem Abend wie diesem die Hitze und die Angeberei einer Brasserie im West End?

»Schön hier«, gab ich zu. »Gut gewählt.«

»Freut mich, daß du das findest. Ich wollte etwas Besonderes. Es ist zwar ein bißchen protzig, das weiß ich, aber es hat mir immer schon gefallen.«

»Ich habe mit Ben wegen des Kricketspiels gesprochen. Er würde gern mitgehen.«

»Toll! Wenn das so ist, besorge ich die Karten. Das Oval ist besser, da gibt es weniger Randalierer als auf dem Lordsfeld.«

»Das glaube ich dir gern.«

Er trank einen Schluck von seinem Bier. »Eve, was ich sagen wollte – tut mir leid, daß ich dir damals Clive zugemutet habe.«

»Schon in Ordnung«, log ich, »es hat mir nichts ausgemacht.«

»Nein, aber langsam wird mir sein gebrochenes Herz langweilig. Ich fürchte, ich habe mir nur ganz egoistisch jemanden gesucht, der mir einen Teil der Last abnehmen würde.«

»Ich weiß, aber das ist schon gut. Ich hätte es genauso gemacht.«

»Zu schade, daß er nicht einfach eine nette, sympathische Frau kennenlernen kann, die ihn uns ein bißchen abnimmt«, sagte Ian. »Ohne, daß ich ihn bevormunden wollte.«

»Ich bin absolut deiner Meinung, aber das wird nicht geschehen. In Clives Fall wächst die Sehnsucht mit der Distanz.«

»Das ist alles so trostlos!« rief Ian voller Ungeduld aus. »Wenn ich mir vorstelle, wie Clive in seinem Alter endlos Trübsal bläst. Und außerdem, wenn er sich einfach mit jemandem zusammentäte, würde Helen ihn vielleicht mit anderen Augen sehen.«

Ich schüttelte den Kopf. »Sie würde vor Erleichterung tief aufatmen.«

»Meinst du wirklich?«

Der Kellner kam und sagte uns, daß unsere Vorspeisen serviert waren. Auf dem Rückweg zum Tisch überkam mich die wilde Vermutung, daß Ian mich als die nette, sympathische Frau im Auge gehabt hatte, mit der Clive sich zusammentun könnte… Doch ich ließ den Gedanken als vollkommen lächerlich fallen.

Wir speisten mit Genuß und unterhielten uns über das Essen. Ian und ich hatten uns immer einen Spaß daraus gemacht, daß das Essen in Restaurants oft große Ähnlichkeit mit des Kaisers neuen Kleidern hatte und es die Pflicht des Speisenden war, die Extras wegzukratzen und herauszufinden, was dann noch übrigblieb und welche Temperatur es hatte, bevor er auch nur daran dachte, sich Gedanken über den Geschmack zu machen. Doch heute abend taten wir das nicht, weil dies eine Art Rendezvous war und es unhöflich von uns beiden gewesen wäre. Trotzdem wartete ich darauf, daß er das Sparring mit seinem gegrillten Ziegenkäse eröffnete (köstlich und reichlich), und war in der Lage, von ganzem Herzen mit meiner Polenta mit schwarzer Olivensauce (Bestandteile exzellent, Summe etwas verwirrend) zu kontern. Zusammen mit einem schönen südafrikanischen Sauvignon brachte uns das zum Lachen, und fast hätte ich gesagt, daß es ganz wie in alten Zeiten war, nur daß es besser war.

Bei den Lammkoteletts – zu rosig für Ians Geschmack, aber perfekt für mich, also ging das in Ordnung – wurde ich weich. Schließlich waren wir im Begriff, einander in einem neuen, sanfteren Licht wiederzuentdecken, etwas, das nicht vielen entfremdeten Paaren vergönnt ist.

»Und, was macht das Leben?« fragte ich. »Du siehst verteufelt gut aus.«

»Mir geht es auch verteufelt gut, danke der Nachfrage.«

»Und das Geschäft?« Ian war Mitgeschäftsführer von Inline, einer kleinen, aber angesagten und expandierenden Informationstechnologiefirma, die sich auf Unternehmenssoftware für Europa spezialisiert hatte. Er war mit Abstand der älteste Mitarbeiter dort, aber ich glaubte fest daran, daß nicht ein Tag verging, an dem der Rest der Mitarbeiter nicht dem Himmel dankte, daß es ihn gab.

»Geht gut. Wir haben gerade einen ansehnlichen Vertrag mit dem holländischen Arbeitsamt abgeschlossen. Haben ein paar ziemlich beeindruckende Mitbewerber geschlagen. Malcolm ist so zufrieden damit, daß er sogar an einen Umzug denkt. Und obwohl ich normalerweise die Stimme der Vorsicht bin, wie du weißt, glaube ich diesmal, daß er recht haben könnte. Unsere Lage am King's Cross ist nicht besonders vorteilhaft, wahrscheinlich kostet uns dadurch jeder Abschluß zehn Prozent mehr Mühe.«

»So viel?«

»Ganz bestimmt. Man kann es natürlich nicht messen, aber ich wäre bereit, darauf zu wetten. Präsentation ist nicht alles, aber sie gehört dazu, und ich glaube, daß wir einen Punkt erreicht haben, an dem wir uns selbst etwas Moderneres schuldig sind.«

»Und wo wollt ihr suchen?«

»Weiter im Zentrum. Ich würde ja eine Gegend wie Bloomsbury bevorzugen – ganz gegen meinen Charakter, wenn du so willst. Aber Malcolm wird wahrscheinlich aufs Ganze gehen wollen – du kennst ihn ja –, West End oder gar nichts.«

Wir lachten. Mit seinen dreiundvierzig Jahren war Malcolm im Vergleich zu Ian ein jugendlicher Hitzkopf, und sie lebten beide ihre Unterschiede nach Leibeskräften aus.

»Hast du …«

»Eve, ich …«

Wir hatten beide gleichzeitig gesprochen. »Mach nur weiter«, sagte ich. »Du zuerst.«

»Äh …« Er runzelte die Stirn und hielt inne, während der Kellner unsere Teller entfernte und mein Glas noch einmal füllte. »Wollen wir noch eine davon? Noch einmal dasselbe, bitte.«

Wäre er jemand anders als Ian gewesen, so hätte ich den Verdacht gehabt, daß er mich abfüllen wollte. »Ja?«

»Ich möchte das hier nicht überbewerten, es nicht unheimlich klingen lassen oder so …«

»Gott bewahre.« Ich zog ihn auf, aber er lächelte nicht. »Spuck's schon aus!«

»Ich wollte dir nur sagen, daß ich eine Bindung eingegangen bin.«

Wenn man bedachte, wie gut er sich diese Ankündigung überlegt haben mußte, so hatte er sich ganz schön merkwürdig ausgedrückt. So merkwürdig, daß ich ein oder zwei Minuten brauchte, bis ich begriff, was er meinte. Ich war längst noch nicht soweit, als ich mechanisch antwortete:

»Wirklich?«

»Ja.«

»Ich verstehe.« Sein Gesichtsausdruck flehte mich an, es zu begreifen. »Ich verstehe.«

»Obwohl sich unsere Lebensumstände geändert haben, wollte ich, daß du es von mir erfährst und nicht auf irgendeinem anderen Weg.«

»Schön.«

Er fingerte am Stiel seines Glases herum, bevor er mich mit jener Art von Direktheit ansah, die in aller Deutlichkeit sagt, daß man am liebsten irgendwo anders hinschauen würde. »Außerdem wollte ich natürlich, daß du es vor Mel oder Ben erfährst.«

»Natürlich.«

»Das findest du doch auch?«

»Ich denke schon.«

»Gut.« Er lehnte sich zurück und legte seine Hände auf die Tischkante, als wäre er im Begriff aufzustehen, dann beugte er sich wieder vor. »So – das ist eigentlich alles. Ich will dir nicht mehr aufbürden, als du vielleicht wissen möchtest.«

»Danke, wie nett.« Dieser kleine Seitenhieb war eigentlich völlig unangebracht, aber ich warf ihn trotzdem ein. Ian machte ein gequältes Gesicht.

»Tut mir leid, Eve, sieht so aus, als ob ich das hier nicht besonders gut mache.«

»Du machst das prima.«

»Es braucht nicht das geringste an unserer Beziehung zu ändern. Ich hoffe sogar sehr, daß es nichts ändert. Vielleicht ist das ja selbstgefällig von mir, aber ich finde wirklich, daß wir diese ganze Angelegenheit ungewöhnlich gut über die Bühne gebracht haben, mit minimalem Gefühlsaufruhr und ohne Blutvergießen. Ich für meinen Teil würde sogar sagen, daß unsere Verbindung ziemlich unzerstörbar ist ...«

Falls man meinen Ehemann überhaupt der Laberei bezichtigen konnte, dann laberte er gerade.

»Darum geht es heute abend also«, sagte ich beißend.

»Heute abend? Nein, überhaupt nicht. Nicht im geringsten. Ich hatte Lust, dich zu sehen – ich sehe dich überhaupt immer gern –, und es war höchste Zeit, daß wir uns mal einen schönen Abend machen.«

»Ah, einen schönen Abend.« Ich fuhr fort, meinen Mund aufzumachen und diese traurigen kleinen Sarkasmen herauskommen zu hören. »Wirklich schön.«

»Tut mir leid«, sagte er und ließ den Kopf hängen.

»Wieso?«

»Ich habe dich aus der Fassung gebracht.«

»Wir leben getrennt, du kannst machen, was du willst.«

»Das stimmt im Prinzip, aber ...«

»Aber was?«

»Aber die Situation ändert sich trotzdem, das ist mir klar.«

»Du hast gesagt, es würde sich nichts verändern«, beklagte ich mich bitter. »Daß du *hoffst*, es würde sich nichts verändern.«

»In unserer Beziehung, nein. Das habe ich auch so gemeint. Aber es bedeutet trotzdem eine Veränderung, und sei es nur eine neue Perspektive.«

»O bitte.«

Es schockierte mich, wie gehässig ich reagierte. Was auch immer er sagte, würde falsch sein. Schlimmer noch, je sorgsamer er seine Worte wählte, um so wütender würde es mich machen.

»Eve…« Der Kellner näherte sich mit der Dessertkarte, doch Ians geistesabwesender, leerer Blick veranlaßte ihn, sich nahezu augenblicklich wieder zurückzuziehen. »Eve, was ist los?«

Es hätte einem wie eine dumme Frage vorkommen können, doch in Wahrheit war sie so treffend, wie sie schlicht war. Denn was genau war denn los? Ich hatte es doch schließlich selbst gesagt, wir lebten getrennt, also konnten wir beide tun, was uns gefiel.

Zur Tarnung spuckte ich große Töne. »Ich hatte gedacht, das wäre offensichtlich.«

»Das ist es aber nicht.« Es klang ganz bescheiden, und seine Bescheidenheit brachte die Bestie in mir zum Vorschein.

»Du bevormundest mich, Ian! Du lädst mich nach London ein, arrangierst dieses Abendessen, tust so, als wäre es etwas, das wir uns selber schuldig sind, weil wir uns so mustergültig verhalten, und dann knallst du mir das hier vor die Nase.«

»Das war nicht meine Absicht, das schwöre ich dir.«

»So fühlt es sich aber an.«

»Vielleicht«, wagte er zu spekulieren, »hätte es sich in jedem Fall so angefühlt…?«

Ich spürte, daß er sich ganz unbewußt dem Kern der Angelegenheit näherte, und beeilte mich, ihm zuvorzukommen.

»Das glaube ich nicht. Ich benehme mich ganz vernünftig. Ich bin doch kein Vollidiot.«

»Alles andere als das.«

»Was dachtest du denn, was ich machen würde – dir eine Vase an den Kopf werfen?«

»Nein.« Er brauchte nicht mehr zu sagen, da es angesichts meines Verhalten in einem vollbesetzten Restaurant für uns beide völlig klar war, daß Vasenweitwurf unter anderen Bedingungen gar nicht so ausgeschlossen wäre.

»Das hier«, fuhr ich fort und deutete auf unsere Umgebung, »ist doch offensichtlich eine Bekanntgabe.«

»Möchtest du gern gehen?«

»Das möchte ich meinen – du nicht?«

»Ich kümmere mich um die Rechnung.«

Er sah sich um und gab unserem Kellner ein stummes Signal. Ich dachte: Verdammter Mist! Denn ich wollte nicht gehen. Ich schnitt mir selbst in den Finger, um das Gesicht zu wahren, und ich war viel zu stolz, um es zuzugeben. Was ich mir wünschte – was ich *brauchte* –, war, still sitzenzubleiben, bis der Drang, mir selbst weh zu tun, vorüber war, und dann ruhig und *freundlich*, zum Kuckuck noch mal, über diese neue Entwicklung zu reden. Genau wie Ian es vorgehabt hatte.

Doch nein, jetzt war die Rechnung im Anmarsch, und Ian griff nach seinem Stift und seiner Kreditkarte, und mir blieb nichts anderes übrig, als mich zu entschuldigen und zur Damentoilette abzurauschen.

Als ich zurückkam, stand er auf.

»Also dann«, sagte er, und sein Tonfall war beschwingter, als hätte er in der Zwischenzeit den dringend nötigen Stimmungsumschwung zustande gebracht. »Gehen wir.«

Im Auto fragte ich: »Und, wer ist sie?« Es hatte beschwichtigend herauskommen sollen, eine freundliche Nachfrage, doch es klang verdrossen und feindselig.

»Oh, ich habe sie auf einer Party kennengelernt.«

»Und was macht sie so?«

»Ihr Name ist Julia Kendal. Sie schreibt für das Krankenschwesternblatt.«

Ich glaubte, einen stolzen Unterton herauszuhören, den ich schnell erstickte. »Davon habe ich noch nie gehört.«

»Das kann ich mir vorstellen.«

Es war offensichtlich, daß für Ian jetzt Vorsicht angesagt war – ich würde jede weitere Information aus ihm herausquetschen müssen. Ich konnte mich ungefähr zwei Minuten lang beherrschen, bevor ich mit zusammengebissenen Zähnen knurrte:

»Wie alt ist sie denn?«

»Äh – um die Vierzig, glaube ich.«

Also wirklich! »Um die Vierzig?«

»Einundvierzig.«

»Aha. Danke.«

Wieder Stille. Einmal nahm Ian seine linke Hand vom Lenkrad und machte eine ruckartige, kleine, unvollendete Bewegung, bevor er sie wieder an ihren Platz legte. Vielleicht wollte er den Kassettenrecorder einschalten, hatte es sich aber anders überlegt. In der Zwischenzeit brannte ich vor erbärmlicher, bösartiger Neugier. Ich wollte alles wissen – wollte mich im kochenden Wasser meiner lächerlichen, irrelevanten Eifersucht suhlen.

»Ich nehme an, sie ist solo?«

»Ja.«

»Wie denn, geschieden?«

»Nie verheiratet gewesen.« Ian achtete sorgsam auf den entgegenkommenden Verkehr an einer Kreuzung und fügte hinzu: »Sie hatte bis vor zwei Jahren eine feste Beziehung, aber sie ging in die Brüche, daher …«

»Was ist passiert?« fragte ich.

»Ehrlich gesagt, kenne ich nicht alle Details. Sie wollte keine Kinder, und so, wie ich es verstanden habe, war das ein Problem … Aber ich weiß es nicht.«

Er sprach über sie, diese andere Frau, als wäre sie eine Bewerberin für einen Arbeitsplatz. Was sie vermutlich irgendwie auch war.

»Und ihr seid euch auf dieser Party über den Weg gelaufen?«

»Ja.«

»Wie denn? Haben sich eure Blicke quer durch das Zimmer getroffen?«

»Ich nehme es an, ja.«

»Und wie sieht sie aus? Auf einer Skala von eins bis zehn?«

»Ich glaube nicht, daß sie auf einer Schönheitsskala überhaupt auftauchen würde«, sagte Ian sanft. »Das tut auch nichts zur Sache.«

Diese wenigen Worte verwiesen mich auf meinen Platz und brachten mich zu Verstand. Meine cholerische Hitze wurde von der zurückhaltenden Kühle der Wahrheit gelöscht. Während ich durch einen brennenden Tränenschleier geradeaus starrte, streckte Ian seine Hand erneut aus, diesmal ohne zu zögern, und legte sie auf meine Hände, die verschränkt auf meinem Schoß lagen.

Am Bahnhof lehnte ich sein Angebot ab, mich zum Zug zu begleiten. Ich hatte mich gerade genug erholt, um meinen Stolz herunterzuschlucken und zu sagen: »Übrigens, das ist ein schönes Hemd.«

Er sah an sich herunter. »Gefällt es dir? Ich habe es mir in Bath gekauft.«

Bath? dachte ich, während der Zug durch die unregelmäßig bebauten Straßen südlich von Victoria ratterte. In meinem einigermaßen weitgereisten Leben war ich noch nie in Bath gewesen. Doch Ian mit seinem neuen Look und seine nicht schöne, aber gute Julia waren dort gewesen. Und im Lauf ihres Aufenthaltes hatte sie ihm ein Hemd gekauft. Denn eines wußte ich: Er mochte es bezahlt haben, aber der Geschmack war ihrer.

Ben lag auf dem Sofa und las vor dem laufenden Fernseher *Marie Claire*, als ich nach Hause kam.

»Hallo, war's schön?«

»Ja, danke.«

»War das Essen in Ordnung? Wo seid ihr gewesen?«

»Oh, Hammersmith – am Fluß. Ja, war ganz nett.«

Ich ging in die Küche. »Wasser kocht«, rief er.

»Ah, möchtest du einen?«

»Ich sag nicht nein.«

Ich machte zwei Tassen Tee. Als ich ins Wohnzimmer kam, zappte er sich durch das Fernsehprogramm.

»Prost. Wie geht's Dad?«

»Gut.«

Ben warf mir einen aufgeweckten, skeptischen Blick zu. »Besser denn je, was?«

»Nein, ich meine es ernst. Er kommt gut zurecht. Er besorgt die Karten fürs Kricket.«

»Cool.« Er griff nach der *Marie Claire* und schwenkte sie durch die Luft. »Ich habe gerade in diesem Artikel gelesen, daß immer mehr Frauen lieber allein leben.«

»Interessant?«

»Geht so.«

Dies war eine jener für Ben gar nicht ungewöhnlichen Unterhaltungen, in denen eine Bemerkung darauf hinauszulaufen schien, daß er mir eine Beobachtung mitteilen wollte, mit der er dann aber nicht herausrückte.

Ich setzte mich und zog meine Sandalen aus. »Und zu welchen Schlüssen kommt der Artikel über dieses Phänomen?«

»Nichts besonders Aufregendes. Die Autorin behauptet, daß Frauen keine Lust mehr haben, Socken zu waschen. So weit, so plausibel. Da ...« Er warf die Zeitschrift in meine Richtung. »Du kannst es ja selbst lesen.«

»Vielleicht mache ich das.«

Er räkelte sich und gähnte ausgiebig, ließ seine Füße um die Knöchel kreisen und streckte seine verschränkten Finger zur Decke.

»Na ja«, brachte er gähnend heraus. »Es steht sowieso nichts drin, was du nicht schon weißt, oder?« Beim letzten Wort entspannte er sich, schob sein Gesicht zurecht und grinste breit in meine Richtung.

»Wahrscheinlich nicht ...« Ich hob die Zeitschrift auf. »Wieso?«

»Du bist doch eine davon, oder?«

»Eine wovon?«

»Von den Frauen, die lieber allein leben.«

Ich fühlte mich unwohl. »Ich lebe nicht allein. Du wohnst hier.«

Er gähnte noch einmal und rieb sich das Gesicht. »Du weißt genau, was ich meine.«

»Nein. Ian und ich leben getrennt. Ich habe mir das nicht ausgesucht.«

»Keine Aufregung, Mama, wie du willst.«

»Ich verstehe nur einfach nicht, worauf du hinauswillst«, beharrte ich. Ich zwang mich, leise zu sprechen, und lächelte, doch ich konnte selbst spüren, daß es ein angespanntes, aggressives Lächeln war.

»Gar nichts, Mama, beruhige dich.«

»Sag mir nicht, ich soll mich beruhigen.«

»Was ist dir denn über die Leber gelaufen?« fragte er lächelnd. »Hatte Papa sein Portemonnaie vergessen oder so etwas?« Er küßte mich flüchtig auf die Stirn. »Reg dich ab.«

Ich war unfähig, mich ›abzuregen‹, wie er es formuliert hatte. Ich blieb viel zu lange auf, weil ich versuchte, mich mit Fernsehen abzulenken, und als ich schließlich doch zu Bett ging, konnte ich nicht einschlafen. Bens Frage traf den Nagel auf den Kopf: Was genau *war* mir über die Leber gelaufen?

Ian und ich hatten uns 1970 bei der Hochzeit gemeinsamer Freunde kennengelernt. Er kannte den Bräutigam, James Palmer, ich die Braut, Linda Price. Wir erblickten uns zum ersten Mal über den Mittelgang einer seelenlosen Kirche in Birmingham hinweg, als wir uns umdrehten, um zuzusehen, wie Linda am Arm ihres Vaters hereinkam. Die Hochzeit war eine luxuriöse Angelegenheit, bei der Mr. Price weder Kosten noch Mühen gescheut hatte, weil er mit einem Auge auf zukünftige Aufträge für seine Industriereinigungsfirma schielte. Es war schwierig, Linda, die schüchterne Sekretärin, mit der ich in der Rover-Filiale in St. John's Wood ein Büro teilte, mit dieser Versammlung zum Bersten vollgepfropfter Vormittagskleider, hochroter Gesichter, zuckermandelfarbener Boucléanzüge und todschicker Hüte auf Glasgespinstfrisuren in Verbindung zu bringen.

Linda war ein etwas pummeliges Mädchen mit schwer zu frisierendem Haar. Ich hatte das dumpfe Gefühl, daß ihre Mutter, angetan mit einem kirschroten Kostüm mit Goldknöpfen und einem Saum, der – wie alle Kleider in jenem Jahr – ein Paar Knie preisgab, die man besser bedeckt gehalten hätte, wissentlich zugelassen hatte, daß ihre Tochter sich ein spektakulär unvorteilhaftes Hochzeitskleid aussuchte. Rückblickend nahm der weite Kranz aus Volants und Rüschen nur das Kleid vorweg, das Lady Diana Spencer etwa ein Jahrzehnt später trug, doch in einer Zeit, in der die Kleider entweder knapp und eng am Körper lagen wie herausgemeißelt oder mädchenhaft drollig waren, machte es einen geschmacklosen Eindruck. Lindas rosiger Teint sah blühend aus, ihr Haar – zu einer damals populären Frisur hochgekämmt, die aussah, als hätte man auf dem Scheitel mehrere gigantische Lockenwickler vergessen – war zu fein für das, was man von ihm verlangte, und sie hatte niemals mehr gestrahlt.

Ich wand mich um ihretwillen vor Verlegenheit, doch kurz nachdem sie an uns vorbeikam, erblickte ich Ian und schämte mich. Denn sein Gesichtsausdruck verriet nicht eine Spur von Kritik, sondern er war ernst und wohlwollend, fast zärtlich.

Genau wie heute hatte Ian schon damals das beruhigende, konservative gute Aussehen eines jungen Fernsehassistenten. Da er kein Freund von Veränderungen war, war sein Stil im Lauf der Jahre derselbe geblieben, abgesehen von seinem Haaransatz, der sich um den einen oder anderen Zentimeter verschoben hatte. Das bedeutete, daß es von ihm keine jener peinlichen Fotos gab, auf denen er aussah wie ein verrückt gewordener Elefant mit Pop-art-Unterhemd, langen Koteletten oder Straßenräuberjacke, welche andere Männer verfolgten, die sich zu jener Zeit für unwiderstehlich gehalten hatten.

Der Hochzeitsempfang fand in Mr. Prices Sportclub mitten im Spesenritterviertel von Solihull statt. Das moderne Ganztagsereignis, das im Gesellschaftstanz gipfelt, war noch nicht erfunden, doch dies war ein viergängiges Mittagsmenü, zu dem eine Kapelle der Königlichen Marine Hits aus diversen Broadway-Shows spielte, der Champagner in Strömen floß und es an der Bar alles umsonst gab, inklusive extravaganter Cocktails.

Man könnte mit Fug und Recht sagen, daß Ian mich im Sturm eroberte. Er hatte die Sorte Manieren, die ich immer schon besonders charmant gefunden hatte: konzentriert, großzügig, interessiert. Er war nicht einfach nur ein guter Zuhörer, er war ein kreativer Zuhörer. Bei ihm kam ich mir vor, als sei ich das einzige Mädchen im Raum, und (das entdeckte ich später, es war nicht sein Stil, Derartiges zu erwähnen) er hatte einen eisblauen Lotus Elan auf dem Parkplatz stehen.

Ich wurde ziemlich beschwipst, doch seine ritterliche Aufmerksamkeit ließ niemals nach. Wir lachten beide unbändig über meine Witze, und als ich ihn über den Bräutigam ausfragte, sagte er, er wäre nicht so gut mit ihm bekannt, doch er könnte seiner Meinung nach von Glück sagen, sich ein so offensichtlich patentes Mädchen wie Linda an Land gezogen zu haben. Daß er sie trotz ihres fürchterlichen Kleides so sah, ließ ihn mir noch mehr ans Herz wachsen. Wenn er in der Lage war, unter all diesen Rüschen und Volants die wahre Linda zu erkennen, dann mußte es auch die wahre Eve sein, die ihn anzog.

Sie war ein Geschöpf, das schwer zu finden war, die wahre Eve. Ich trug ein pinkfarbenes Gingham-Minikleid mit weit ausgestellten Armausschnitten und einem Reißverschluß auf der Vorderseite, eine helle Seidenstrumpfhose, rosafarbene Plateauschuhe und einen weißen Schlapphut, in dem eine rosafarbene Rose steckte. Auf den Fotos, die Linda uns später schickte und die ich immer noch in der Schreibtischschublade hatte, war es immer dasselbe. Ian sah so aus wie immer, nur jünger, ich war eine Vogelscheuche, die meine Kinder in respektloses Spottgebrüll ausbrechen ließ. Rocky Horror, so nannten sie mich auf diesen Fotos, während Linda auch nicht schlimmer aussah, als es später Tausende von Möchtegern-Dianas taten. Eine Lektion in Sachen Opfer der Mode.

»Ich muß sagen«, sagte Ian zu den Kindern, loyal, aber unfähig, sich das Lachen zu verkneifen, »daß eure Mutter unangefochten die Schönste auf dem Ball war.«

»Jetzt übertreib mal nicht so«, grollte ich.

»Das tue ich nicht. Wahrscheinlich warst du zu blau, um es zu bemerken, aber ich konnte mich der Konkurrenz kaum erwehren.«

»Du machst dich lustig, Papa.«

»Aber gewiß nicht. Und sie hat sich kein bißchen verändert.«

Ach ja, jene glorreichen Tage, in denen wir das glücklichste Ehepaar in unserem ganzen Bekanntenkreis waren. Zu glücklich, wie sich herausgestellt hatte, oder zumindest zu zufrieden. Zu zufrieden, um mitzubekommen, wie uns die Liebe zu entgleiten begann, und dann, als wir sie verloren hatten, jeder für sich insgeheim so schockiert, daß es uns fast auch noch unsere Freundschaft gekostet hätte.

Fast wäre es soweit gekommen, wäre Ian nicht gewesen. Wir waren an einem Punkt angelangt, an dem wir nur noch vorsichtig operierende Zimmergenossen waren, die ihr Leben separat (und man muß kläglicherweise sagen untadelig) lebten, den Blicken des anderen auswichen, darauf achteten, daß zwischen uns im Bett ein Abstand blieb, und uns von Liebesliedern in Verlegenheit bringen ließen. Wir durchlebten einen zermürbenden tagtäglichen Kleinkrieg unterdrückten Leidens, doch für alle, die uns kannten (und uns so viel schlechter kannten, als sie glaubten), waren wir Ian und Eve, die respektablen Piercys.

Ian war der Tapfere. »Meinst du nicht«, sagte er eines Sonntagmorgens, als die Sonne schien und die Kinder noch im Bett waren, »meinst du nicht, wir sollten aufhören, uns unsere Beziehung von dieser Ehe vermiesen zu lassen?«

Eine Woche lang weinte ich ununterbrochen. Ich dachte, meine Welt würde einstürzen und mein Herz zerbrechen, und das alles nur, weil er recht hatte.

Mein Mann hatte das Undenkbare ausgesprochen und uns die Freiheit geschenkt.

Doch jetzt war das geschehen. Es gab nicht länger nur Ian und mich, getrennt, doch im Grunde unverändert, immer noch durch einen gleichmäßigen, unzerreißbaren Faden aneinandergebunden. Wir wurden plötzlich und alarmierend auseinandergetrieben durch diese Gestalt im Hintergrund, die nach Bath fuhr und Hemden kaufte.

Die diskrete Julia vom Krankenschwesternblatt mit ihrer inneren Schönheit und ihrem guten Geschmack, was Hemden anging … Sie war es, die mir über die Leber gelaufen war.

7

Sabine und Martin waren berühmt für ihre Partys. Wie Ronnie sagte, besaßen sie Geld und Eleganz, und vor allem Sabine war geradezu geschaffen für diese Art von Protzerei. Außerdem besaß sie ein untrügliches Gespür für die Hierarchie gesellschaftlicher Ereignisse, und jeder, der ihre Partys einigermaßen regelmäßig besuchte, hatte gelernt, die Details auf der Drageschen Unterhaltungsskala richtig zu interpretieren.

Sabines Vierzigster beispielsweise war ein absolutes Spitzenereignis gewesen, ein georgianischer Ball mit Skulpturen aus frischem Obst, klimpernden Spinetten und einer scheinbar endlosen Prozession bis zum Rand mit Champagner gefüllter Kristallflöten, die von Lakaien in grün-weißer Livree auf Silbertabletts herumgetragen wurden. Allein das Gartenzelt mit seinen echten Türen und seinen zarten Goldmöbelchen mußte mehr gekostet haben als mehrere durchschnittliche Hochzeiten, und die Rockband, die den Spinetten folgte, war tatsächlich schon einmal in der Hitparade aufgetaucht, auch wenn Ben sie, als ich ihm den Namen sagte, als traurige Gestalten abtat. Und was die Gäste anging – wir waren wie verwandelt. Noch nie hatte *le tout* Littelsea so verlockend ausgesehen. Gepuderte Perücken, wedelnde Fächer, verführerisch zerknitterte Halsbinden und glatt anliegende Kniehosen verwandelten jedes Paar, wenn auch nur in der Fantasie, in Elizabeth und Darcy.

Anläßlich ihres Hochzeitstages gaben sie ein Mittagessen – Jazzband, amerikanisches Essen, Tische auf der Terrasse. Auch sehr nett, doch es gab uns zu verstehen, daß es ein Triumph war, mit Glanz und Gloria alt zu werden, wohingegen eine fünfzehnjährige Ehe mit demselben Mann etwas von einem perfekten Führungszeugnis hatte, das man mit einem Hauch von Ironie feierte.

Sophies Cocktailparty (Martins Geburtstag war ein wenig ins Abseits geraten) war nur eine *bonne bouche* – jene Art von kleinem Empfang, den Sabine mit verbundenen Augen organisieren konnte. Was nicht bedeuten soll, daß er nicht gut war – Sabine war immer eine herausragende Gastgeberin. Doch er war von einer gewissen Unbekümmertheit getragen, die es deutlich machte, daß er ganz spontan für das liebe Kind arrangiert worden war.

Es gab Pimms, Champagner und Passionsfruchtsaft sowie ein Sortiment modischer Flaschenbiere für die jüngere Generation (das war mein Vorschlag gewesen, Sabine interessierte sich nicht die Bohne für Bier). Unter der furchteinflößenden Schirmherrschaft von Clea, Sabines Malteser Haushälterin, bewegten sich die Kellnerinnen unermüdlich im Wintergarten und auf der Terrasse zwischen uns hin und her. Sie trugen Tabletts mit kunstvoll zubereiteten Krabbenhäppchen, in Speck gewickelten Backpflaumen und heißem Käsegebäck.

Der einzige Mißton – insofern, als es eine Spur *zu* geschmackvoll war – war die Harfenistin, eine junge Frau in einer wallenden, terrakottafarbenen Robe. Sie war sehr klein, und man wunderte sich weniger darüber, wie gut sie Harfe spielte, als darüber, daß sie es überhaupt tat. Bei jeder Tonkaskade beugte sie sich angestrengt vor, als trainiere sie auf einer Rudermaschine, und bei den leidenschaftlicheren Passagen hoben ihre Füße vollständig vom Boden ab.

»Sie spielt Pilot mit dieser Harfe«, stellte Ben fest. »Der Abflug steht unmittelbar bevor.«

Das war so ungefähr die einzige Bemerkung, die er an mich richtete, da sich ›die jungen Leute‹, wie üblich und von Sabine beabsichtigt, im Garten umeinander sammelten und es uns anderen überließen, das bekannte Terrain im Haus abzugrasen.

Ich stellte die lustige Karte, die ich Martin mitgebracht hatte, auf das Kaminsims und landete in der Nähe der Glastüren neben Dennis Chatsworth.

»Gut gemacht«, sagte ich. »Die ganze Mannschaft mitzubringen.«

Er zuckte mit den Achseln. »Sie waren nur zufällig beide am Wochenende zu Hause und hatten nichts Besseres vor. Kann mir nicht viel darauf einbilden.«

»Wo ist Ronnie?« fragte ich.

»Ihr geht's nicht besonders gut. Sie hat zu Hause die Beine hochgelegt.«

»Das sieht ihr aber gar nicht ähnlich.«

»Nein, das stimmt, aber vielleicht ist es das, was die Leute meinen, wenn sie sagen, jemand ist nicht er selbst.«

»Könnte sein.«

»Aber es ist nichts Ernstes. Wäre es sehr unhöflich von mir, zu sagen, sie ist in einem komischen Alter?«

»Das wäre es.« Ich lächelte. »Aber das sind wir alle, da gibt es kein Entrinnen.«

»Aber sie schickt Grüße, also nimm bitte zur Kenntnis, daß ich sie weitergegeben habe.«

»Meinst du, sie ist nächsten Samstag zum Tennis wieder auf den Beinen?«

»Liebe Güte, ja.«

Die Steinbalustrade der Drageschen Terrasse war bereits mit einer beträchtlichen Ansammlung von Bierflaschen und Gläsern verziert, und auf den Steinfliesen verteilten sich Zigarettenstummel und Häppchenreste. Zuerst konnte ich Sophie nicht sehen, doch dann erblickte ich sie am anderen Ende des Zimmers, wo sie sich ernsthaft mit einer hochgewachsenen Frau mit einem Pferdegebiß unterhielt, die ein Kittelkleid trug.

Warum in aller Welt schob Sabine sie nicht hinaus zu den anderen? Was für einen Sinn hatte es, sie mit dieser ziemlich langweilig aussehenden Damenbegleitung stranden zu lassen, während die Blüte der Jugend von Littelsea verpflichtet worden war, dem Mädchen ein herzliches Willkommen zu bereiten? Vor allem, wo Sophie mich auch auf den zweiten Blick nicht enttäuschte. Ihr dunkles, humorvolles gutes Aussehen, die Haarmasse, die man in einer formelleren Zeit sicherlich zu Löckchen eingedreht hätte, ihre sorglose Körperfülle... das alles war unverändert da und präsentierte sich heute eindrucksvoll in einer Art dunkelrotem Schlabberkleid, das einen unebenen Saum hatte und genausogut vom Trödelmarkt wie aus einer Designerboutique hätte stammen können – es war unmöglich zu sagen. Trotz meiner Zweifel mußte ich zugeben, daß sie bei ihrer Unterhaltung mit der Kittelträgerin einen absolut zufriedenen Eindruck machte. Aber vielleicht waren das nur ihre guten Manieren.

Philip, der ältere Sohn von Dennis und Ronnie, kam zu uns herüber. Zumindest, was das Äußere anging, waren die Chatsworth-Jungen von allen hier anwesenden Sprößlingen diejenigen, die man am ehesten überall mit hinnehmen würde. Philip war das Ebenbild seiner Mutter, hochgewachsen, heller Typ, offenes Gesicht, König der Ruderer in Radley und jetzt hoffnungsvoller Anwärter für den Cambridge-Achter.

»Wie geht's, Eve – also, wo ist sie?« fragte er.

»Frag mich nicht«, antwortete sein Vater. »Ich habe keine Ahnung, wie sie aussieht, und Sabine hat es unterlassen, sie uns vorzustellen.«

»Tja, wir sind durch ein Ausschlußverfahren zu der Erkenntnis gekommen, daß sie nicht da draußen ist.«

»Das ist sie«, meinte ich mit einem Kopfnicken, »da, an der Tür.«

Sensibel wie ich war, bemerkte ich das mikroskopische Aufflackern, als er sie taxierte. »Okay …«

»Nicht die Große«, sagte ich. »Die Dunkle.«

Auch sein Umdenken war kaum wahrnehmbar. »Okay.«

»Hübsches Ding«, sagte Dennis, der ohne großes Interesse zu ihr hinüberblickte.

»Warum gehst du nicht hin und erweist ihr die Ehre?«

»Ich denke, das mache ich auch.«

Wir sahen zu, wie Philip in Sophies Richtung wanderte. Ich konnte mir den Wunsch nicht verkneifen, daß es Ben wäre, der hier seinen ersten galanten Annäherungsversuch machte. Wo zum Kuckuck war er nur? Mit gekreuzten Beinen an die Terrassenwand gelehnt und im Gespräch mit Nozz vertieft, lautete die Antwort.

Martin stieß zu uns. Er nahm unsere Glückwünsche entgegen, dann wies er mit dem Kopf in Philips Richtung und warf Dennis einen liebenswert anzüglichen Blick zu.

»Du hast die Elitetruppen mitgebracht, wie ich sehe ...«

»Na, ich weiß nicht«, brummte Dennis.

»Wie kommt ihr denn klar?« erkundigte ich mich. »Es muß ja für euch drei eine ziemliche Umstellung sein.«

»Gut, gut, großartig!« verkündete Martin. »Ich bin ganz der stolze und treusorgende Vater.«

»Sie macht einen netten Eindruck.«

»Möchtest du sie kennenlernen?« Er ergriff meinen Arm. »Komm ...«

»Nein, nein, laß sie nur. Sie soll sich mit den anderen in ihrem Alter unterhalten. Außerdem habe ich sie schon kennengelernt«, versicherte ich ihm, »als ich neulich abends hier war.«

»Ein prima Mädchen«, verkündete Martin, »und kein Schlappschwanz, wenn es um Kühe geht.«

»Was meint er denn damit?« fragte Dennis, als Martin weiterzog.

»Sie will Tiermedizin studieren – arbeitet den Sommer über auf einem von Martins Höfen.«

»Mann! Beeindruckend. Wie eine von diesen Weltumseglerinnen, die aussehen, als würde der kleinste Windstoß sie umpusten, aber innerlich sind sie so zäh wie Schuhsohlen ...« Ich lächelte und wartete, da es so aussah, als wollte er noch etwas hinzufügen, doch er warf Sophie nur einen weiteren Blick zu und sagte: »Ganz außerordentlich.«

Die Shaws kamen an, und Desma schleppte Rick zu uns herüber, um sich mit uns zu unterhalten. Sie gehörten nicht zu jenen Paaren, die das Gefühl hatten, es sei ihre Pflicht, getrennte Wege zu gehen, sobald sie den Raum betraten. Das lag vielleicht daran, daß sie relativ jung waren.

»Hey, Eve«, rief sie. »Rick sagt, er hat dich unterwegs auf den Klippen getroffen – er führt ja ein richtiges Doppelleben. Ich hatte keine Ahnung, daß er mit Bryony an Bord so weit marschiert.«

»Tja, macht er aber«, sagte ich. »Ich kann es bezeugen. Und er ist den Hang wie eine Gemse hochgehüpft.«

Es gibt nicht viele Männer, die zum Erröten neigen, aber dies war das zweite Mal, daß ich sah, wie Rick dunkel anlief. »Ich finde es schön da oben.«

»Ich sage euch etwas«, fuhr Desma fort. »Kinderfreie Sonntagnachmittage sind so etwas Schönes! Es gibt nichts, was ich mehr liebe als Bryony, aber manchmal muß man sie einfach loswerden, oder?« Dennis und ich pflichteten ihr bei. »Natürlich habe ich erst spät angefangen«, fügte sie hinzu. »Wahrscheinlich könnt ihr euch an dieses Stadium kaum noch erinnern.«

»O doch«, sagte ich. »Allzu deutlich. Vor allem an Mel. Sie hat sechs Monate lang Zeter und Mordio geschrien.«

»O Gott«, hauchte Desma. »Wie schrecklich.«

»Du hast Glück«, bemerkte Dennis. »Wir durften unsere heute nicht zu Hause lassen, nicht wahr, Eve? Uns hat man instruiert, sie aus ihren Höhlen zu zerren und sie mitzuschleifen.«

»Wegen Sophie natürlich«, sagte Rick. »Und, wie ist sie so?«

»Sie steht direkt neben Ihnen, bevor Sie etwas Falsches sagen.«

Rick fuhr zusammen. Sophie stand in der Tat neben ihm, ein Glas in der Hand, und brachte nicht Rick, dafür aber uns andere mit ihrem kühlen, rätselhaften Lächeln aus der Fassung.

Doch es war der arme Rick, dem jetzt zum dritten Mal die Röte ins Gesicht stieg. »O Gott, es tut mir so leid, wie furchtbar rüde das geklungen haben muß, was kann ich sagen ...?«

»Es hat sich überhaupt nicht rüde angehört«, sagte sie. »Aber die Antwort hätte sich rüde anhören können, also habe ich mir gedacht, ich schalte mich lieber gleich ein.«

Wir lachten – ein nervöses Lachen, in dem die Erleichterung angesichts des Gedankens mitklang, wie dicht wir daran gewesen waren, ins Fettnäpfchen zu treten.

»Ich habe gehört, du bist Pferdedoktor, Sophie«, sagte Dennis. »Oder du wirst Pferdedoktor.«

»Ich hoffe es – Pferde unter anderem.«

»Du siehst viel zu hübsch dazu aus.«

»Danke schön.« Diese Runde ging komplett an Sophie, dachte ich, weil sie dieses sexistisch angehauchte Kompliment mit dem richtigen Sportsgeist angenommen hatte.

»Spielst du Tennis?« fragte Desma.

»Ja, aber ich bin eine komplette Null.«

»Jetzt müssen wir herausfinden«, sagte ich, »ob das falsche Bescheidenheit ist oder ob es stimmt.«

»Es stimmt – ich habe eine Menge Gründe zur Bescheidenheit, glauben Sie mir.«

Philip, der sich in ihrer unmittelbaren Nähe gehalten hatte, sagte: »Das kann ich mir gar nicht vorstellen.« Er machte seine Sache gut.

»Und, gefällt es dir auf der Farm?« fragte ich.

»Es ist kein Zuckerschlecken, aber es ist okay, ja.« Sie blickte in die Runde. »Kenne ich hier jeden?«

»Tut mir so leid«, sagte ich. »Wir beide sind uns ja schon begegnet, und ich …«

»Ja, Sie sind mit Sabine nackt baden gewesen.« Ich fiel in das allgemeine Gelächter ein und zog dabei den Bauch ein. »Sie sind mutig«, fügte sie großzügig hinzu.

»Ach nein, es war ein warmer Abend …«

»Ich meine nicht, daß Sie es überhaupt getan haben, sondern, daß Sie es mit Sabine getan haben.«

Das brauchte sie nicht weiter auszuführen – wir wußten alle, was sie meinte. Die Männer gluckstEN und betrachteten ihre Füße, Desma und ich wechselten einen Blick.

»Tja«, sagte ich, »darf ich vorstellen?«

Das tat ich, und sie schüttelte jedem fest die Hand und sah ihm dabei so ins Gesicht, als wollte sie es sich ins Gedächtnis prägen. Sie strahlte nicht nur Charme aus, sondern auch Intelligenz.

»Okay«, sagte Philip. »Ich schleppe dich jetzt nach draußen.«

»Schön.« Sie lächelte uns an. »Sieht so aus, als müßte ich los.«

Wir verabschiedeten uns im Chor.

»Eine beeindruckende junge Dame«, kommentierte Dennis. »Ich wette, sie wickelt Martin um den Finger.«

Ich sah zu, wie Sophie von einer Gruppe verschluckt wurde, zu der auch Ben gehörte. Da ich wußte, daß ich versucht sein würde, ihre weiteren Fortschritte zu beobachten, wenn ich hier stehenblieb, löste ich mich von den anderen und ging ins Zimmer zurück. Eine stählerne Hand, die meinen Arm umklammerte, verkündete mir Sabines Ankunft, noch bevor ich das nicht minder metallische Klirren ihrer Stimme hörte.

»Eve, wo willst du hin?«

»Ich mache die Runde.«

»Was für ein guter Gast du bist – so wohlerzogen –, dann will ich dir mal ein paar nette Gesprächspartner suchen.«

Ich wußte, was sie meinte: daß sie mich unter vier Augen sprechen wollte. Im nächsten Moment fand ich mich neben der Tür wieder, Sabines Gesicht zwanzig Zentimeter von meinem entfernt, das Gastgeberlächeln immer noch aufgebügelt, doch als sie den Mund aufmachte, entfuhr ihr ein dampfendes Zischen aufgestauter Neugier.

»Und, was meinst du?«

Ich brauchte nicht nachzufragen, was sie meinte. »Sie ist reizend.«

»Ganz schön aufgeweckt, oder?«

»Natürlich. Aber lieber das als ein Mauerblümchen, oder? So fällt sie dir weniger zur Last.«

»Ich weiß nie, was in ihrem Kopf vorgeht«, protestierte Sabine.

»Das ist auch viel besser so.«

»Wie meinst du das?«

Ich konnte sehen, daß nichts ihre grundlosen, vagen Befürchtungen beschwichtigen würde. »Tja, was du nicht weißt, macht dich nicht heiß.«

»Und du meinst, das würde es? Wenn ich es wüßte?«

»Sabine!« Ich verlor allmählich die Geduld. »Nein. Ich meine, sie ist ein nettes, hübsches, selbstbewußtes modernes Mädchen, und du brauchst dir um sie überhaupt keine Sorgen zu machen.«

»Hoffentlich hast du recht…« Sie schüttelte den Kopf, dann fing sie den Blick eines Gastes auf und begann erneut lebhaft zu lächeln. »Sie ist zweifellos attraktiver, als ich sie in Erinnerung hatte, aber ich finde sie seltsam unsympathisch.«

Ich fand das überhaupt nicht seltsam, aber ich war nicht so dumm, das zu sagen. »Lebe einfach dein Leben, Sabine, und laß sie ihres leben. Du verschwendest viel zu viele Gedanken an diese ganze Sache. Überlaß Martin das Notwendige. Er ist doch sowieso ganz außer sich vor Begeisterung.«

Bei dieser Bemerkung verfinsterte sich Sabines Gesicht vor Eifersucht, doch in diesem Moment näherte sich Martin persönlich vom Flur her in Begleitung eines anderen Gastes.

»Schatz – sieh mal, wer gerade hier eingelaufen ist!«

»Chuckie!« Ein echter Sonnenstrahl zerstreute die Sturmwolken. Der Spätankömmling breitete die Arme aus und umschloß seine Gastgeberin mit einer so durch und durch respektlosen Umarmung, wie sie nur ein typischer, breitschultriger Amerikaner erfolgreich zustande brachte.

»Stell sie wieder hin, Mann«, sagte Martin. »Und gib Eve Piercy brav die Hand.«

»Es wird mir ein Vergnügen sein«, sagte Charles McNally. »Ganz besonders, da wir uns schon begegnet sind.«

»Aber wann denn?« fragte Sabine atemlos, während Charles anderswo vorgestellt wurde. »Wo?«

»Als ich bei Mel zu Besuch war. Er hat im selben Hotel gewohnt.«

»Davon hast du ja nie etwas erzählt!« Das hielt sie eindeutig für ein verräterisches Ausweichmanöver meinerseits, und es brachte sie völlig aus dem Konzept, doch zumindest war Sophie damit aus der Schußlinie.

»Es gab nichts zu erzählen. Es war nicht mehr als ein Zusammentreffen.«

»Zusammentreffen?«

Ich lachte und schüttelte den Kopf. »Versuche nicht, etwas hineinzuinterpretieren, Sabine. Wir haben uns getroffen. Wir haben ein paar Nettigkeiten ausgetauscht, das war alles. Ich bin überrascht, daß er sich überhaupt daran erinnert.«

»Ah, aber das tut er. Und …«, Sabine tippte mir mit ihrem scharlachroten Fingernagel auf die Schulter, »… du tust es auch.«

Ich glaube, ich muß einen etwas peinlich berührten Eindruck gemacht haben, denn sie lachte vielsagend, bevor sie davonsegelte, einmal mehr in ihrer Stellung als Frau von Welt bestätigt. Das war ein Feld, sinnierte ich wehmütig, auf dem ich fast allen Frauen in meiner Bekanntschaft unterlegen war.

Ich unterhielt mich eine Weile mit zwei anderen Paaren, die ebenfalls der Drageschen Freimaurerloge des Geldes angehörten. Ererbt oder neureich spielte keine Rolle, es war der Zaster, der zählte. Auf ihren Partys konnte man deutlich erkennen, daß Reichtum die Menschen viel enger aneinanderband als Armut. All diese solidarischen Geschichten aus dem Reihenhaus waren nur Schönfärberei. Es waren die Reichen, die einander brauchten, um sich über Geld unterhalten zu können, ohne dabei verlegen zu werden. Darüber hinaus schienen sie im Umkreis von fünfzig Kilometern jeden Menschen mit einem vergleichbaren Einkommen riechen zu können. Tauchte eine palastartige Residenz auf dem Markt auf, so wurden sogleich die Antennen ausgefahren, und ihr Verkauf kam der Botschaft gleich, daß der örtliche Club der Millionäre neue Mitglieder bekommen hatte. Dies waren Leute, die niemals weniger als drei Autos und ebenso viele Häuser besaßen; Leute mit Personal, das unter ihrem Dach wohnte, und einem Chauffeur; Leute, die die Königliche Oper und das Ballett sowie ein paar handverlesene Wohltätigkeitsorganisationen sponserten, die die Verlobungsanzeigen ihrer Kinder in der *Times* veröffentlichten und deren Hochzeiten (gigantisches Partyzelt auf dem Rasen, viergängiges Menü, drei verschiedene Weine, zwei Tanzkapellen und Showeinlagen) mehr kosteten, als andere Leute für ihre Eigenheime hinblätterten. Leute, die trotz ihres auffallend verschwenderischen Lebensstils fit blieben, weil sie ihren eigenen Tennisplatz, ihren eigenen Pool oder ihr eigenes Fitneßstudio besaßen – oder alles zusammen. Leute, denen es verständlicherweise große Erleichterung verschaffte, mit anderen, ähnlich Gutbetuchten zusammenzutreffen, um darüber zu diskutieren, wie man sein Geld am besten und profitabelsten ausgab.

Die Paare, mit denen ich mich unterhielt, waren äußerst sympathisch. Warum auch nicht, hätte der Mißgünstige fragen können. Aber nein, sie waren charmante Leute, professionelle Partygäste und -gastgeber, die instinktiv wußten, daß ich anders war als sie, und sich entsprechend an ungefährliche, nicht vom Geld beherrschte Gesprächsthemen hielten. Von denen es überraschend wenige gab, wenn es hart auf hart kam. Je ungleicher das jeweilige Einkommen, desto penetranter drängte es sich ins Gespräch.

Jedenfalls schafften wir es, uns etwa fünfzehn Minuten lang zu unterhalten – was bei einer Cocktailparty ausreichte, um die politischen Ereignisse der letzten Woche zu besprechen –, und dann sagte ich, ich würde mich jetzt gern überzeugen, daß mein Sohn sich anständig benahm (sie lachten, aber ich meinte es völlig ernst), und ich machte mich davon.

Als ich auf die Terrasse trat, bekam ich zunächst einen Schrecken: Es war niemand da. Mir stand schon ein von Ben angeregter Massenexodus in die nächste Kneipe vor Augen. Doch die jungen Leute waren unten auf dem Rasen und lagen träge im Gras herum wie ein Rudel Löwen um die Beute. Anders als wir gesundheitsfanatischen Oldies rauchten sie alle und hatten sich ihre persönliche Mikroumgebung geschaffen, einen vergifteten Dunstschleier, der sie noch weiter von uns Älteren trennte. Ich versuchte, Ben darin auszumachen, doch es gelang mir nicht. Ein mysteriöser Generationenzauber ließ sie aus dieser Entfernung alle gleich aussehen.

»Neidisch?«

Es war Charles McNally, die Hände rechts und links von seinem Scotch auf die Balustrade gestützt, als wollte er gleich einen Pickup aus einem Straßengraben schieben.

»Wie meinen Sie das?«

»Möchten Sie noch einmal jung sein?«

»Sie machen wohl Witze!«

Er schüttelte langsam und kaum wahrnehmbar den Kopf. »Ich doch nicht.«

»Sie denn? Wären Sie gern noch einmal jung?«

»Klar.« Er drehte sich um und lehnte sich mit verschränkten Armen an die Mauer. »Ich würde sofort zurückgehen, wenn man mich ließe.«

»Und würden Sie vieles anders machen?«

»Hm, würde ich das ...?« Er hatte eine entspannte, gelassene Art, sich zu bewegen, und hatte mir bis jetzt kaum ins Gesicht gesehen. Mir fiel ein, daß Kinder Blickkontakt angeblich als bedrohlich empfanden – er mußte den diesbezüglichen Artikel auch gelesen haben.

»Ich weiß es nicht«, schloß er, »doch ich würde ganz bestimmt dafür sorgen, daß ich mehr Spaß habe. Na ja«, fügte er nach einer Pause hinzu. »Das hole ich jetzt alles nach. Tolle Party.«

»Absolut.« Ich konnte nicht wissen, ob er es ernst meinte, doch jetzt verriet er sich, indem er grinste und mich nachäffte: »Absolut!«

Ich lachte. »Nein, ehrlich!«

»Kennen Sie unsere Gastgeber gut?«

»Ziemlich. Sabine und ich spielen regelmäßig Tennis – wir sind eine ganze Gruppe –, und Martin habe ich später kennengelernt.«

»Martin ist einer von den Guten. Und das alles für seine Tochter – die ich übrigens noch gar nicht kennengelernt habe.«

»Sie ist da unten«, ich wies kopfnickend auf den Rasen zu unseren Füßen, »bei ihresgleichen.«

»Na ja, ich denke, so sollte es auch sein.«

Wir blickten eine Weile hinunter und konzentrierten uns gemeinsam auf die jungen Leute im Gras.

»Eines von diesen Prachtexemplaren gehört Ihnen?«

»Mein Sohn ist irgendwo da unten.«

»Und Sie haben diese clevere Tochter in den Vereinigten Arabischen Emiraten?«

Das überraschte mich. »Sie kennen Mel?«

»Ich bin ihr begegnet. Ankatex hat einen Empfang gegeben, als ich das letzte Mal drüben war.«

»Ah. Na ja – sie kannte Sie jedenfalls.«

Sobald ich das gesagt hatte, bedauerte ich es. Hatte es irgendwie anzüglich geklungen? Doch er schien es nicht bemerkt zu haben.

»Sie hat ziemlich was auf dem Kasten.«

»Nicht wahr?« pflichtete ich ihm bei. »Ich weiß gar nicht, wo sie das herhat.«

»Vielleicht von ihrer Mutter?« Er wandte den Kopf und sah mich direkt und höflich an.

»O Gott, das wohl kaum! Ich bin fast völlig desorganisiert, und meine Gehirnmasse kommt nur selten in die Gänge. Ich wurstele mich einfach nur so durch.«

Er machte sich nicht die Mühe, mit mir zu diskutieren, sondern lachte kurz, trank aus und deutete mit seinem leeren Glas auf das meine.

»Kann ich Ihnen etwas mitbringen?«

»Äh, das ist schon in Ordnung, es ist noch ein Tropfen drin«, schwafelte ich. Ich langweilte ihn mit meinem konstanten Bedürfnis, mich selbst schlechtzumachen. Warum sollte ich ihn noch weiter in Verlegenheit bringen, indem ich ihn zwang, mit einem Drink zurückzukommen?

»Na gut. Okay, wenn Sie mich entschuldigen?«

Es war eine Erleichterung, seine Rückenansicht – hochgewachsen, breit und gut gebaut – in der Menge verschwinden zu sehen. Die Sorte Männer, die mir heutzutage gefielen, waren harmlose, freundliche, kameradschaftliche Männer; Männer, die glücklich verheiratet waren (mir wurde klar, daß ich keine Ahnung hatte, ob er das war oder nicht); Männer, die mich gut genug kannten, um für eine entspannte Atmosphäre zu sorgen, aber nicht so gut, daß sie mir zu nah kommen konnten; Männer, die, wenn überhaupt, in gegenseitiger Hochachtung mit mir flirteten. Charles McNally war in jeder Beziehung eine unbekannte Größe. Seine ruhigen Fragen hatten bei mir einen ärgerlichen Mangel an Takt zum Vorschein gebracht, und ich befürchtete, daß genau das seine Absicht gewesen war. Er war, so rief ich mir ins Gedächtnis, einer von den Haien.

Ich wandte mich wieder dem Garten zu, gerade rechtzeitig, um zu sehen, wie Sophie gemeinsam mit Ben aus der Richtung des neuen Tennisplatzes und der Bäume, die diesen von den Klippen abschirmten, zurückkam. Sie unterhielten sich angeregt. Als sie wieder zu den anderen stießen, legte sich Sophie auf den Rücken und verschränkte die Hände hinter dem Kopf. Ben setzte sich lachend neben sie und stützte seine Arme auf die angezogenen Knie. Doch nach weniger als einer Minute legte auch er sich hin, und ich konnte ihre Gesichter nicht mehr sehen.

»Ich habe Ihnen trotzdem etwas mitgebracht.«

Ein volles Glas erschien vor mir auf der Balustrade.

»Oh – danke!«

»Gern geschehen.«

Er war zurückgekommen – wieso? Um überhaupt etwas zu sagen, platzte ich heraus: »Gerade habe ich meinen Sohn mit Martins Tochter gesehen.«

»Aha … Und – ich bitte um Verzeihung – ist das gut? Oder nicht so gut?«

»Ich bin mir nicht ganz sicher. Gut, glaube ich. Weil er ein ziemlicher Schwerenöter ist und sie wirklich einen netten Eindruck macht.«

»Und Sie hätten es gern, wenn er sich mit einem netten Mädchen abgibt.« Er formulierte dies als ein Mittelding zwischen Frage und Behauptung. Ich hatte den Eindruck, daß er die Antwort schon gefunden hatte, aber höflich genug war, diese Tatsache als Frage zu tarnen. Verärgert wählte ich meine Worte dementsprechend.

»Ich habe nicht einfach nur nett gemeint. Ich weiß nicht, was für ein Mensch sie ist, aber auf alle Fälle macht sie einen intelligenten Eindruck, und sie ist zweifellos attraktiv.«

»Hört sich gut an.«

Ich trank einen Riesenschluck von meinem neuen Drink und untergrub damit meine beharrliche Behauptung von vorhin, daß ich keinen brauchte.

Charles McNally sagte: »Ich habe keine Kinder, aber ich kann mir vorstellen, daß man sich dasselbe für sie wünscht, was man selbst auch gern hätte.«

»Ja. Gesundheit. Glück …«

»Liebe in rauhen Mengen?« schlug er vor.

»Liebe, ganz sicher.«

Er lachte wieder sein kurzes Lachen, ein kaum hörbares grunzendes Ausatmen.

»Was sagt denn Ihr Mann dazu?«

Das brachte mich aus dem Konzept. Da Ian und ich noch nicht geschieden waren, trug ich immer noch meinen Ehering und hatte zu dieser Gelegenheit auch meinen Memoire-Ring angezogen. Doch ich war es nicht gewohnt, mich mit jemandem zu unterhalten, der das nicht verstand, der mich nicht kannte – jemandem, der vielleicht mit Absicht einen Blick auf meine linke Hand geworfen hatte, um sich zu vergewissern, wie es um meinen ehelichen Status stand. Auch jetzt fiel es mir noch schwer zuzugeben, daß ich nicht richtig verheiratet war.

»Na ja – wir leben getrennt.«

»Und, was sagt er?« Er wiederholte die Frage, ohne mit der Wimper zu zucken, und das Ausbleiben seiner Reaktion hatte etwas Abfälliges an sich.

»Er wünscht sich natürlich das Beste für seine Kinder.«

»Natürlich. Inklusive des netten Mädchens.« Wieder eine dieser in der Luft schwebenden Frage-Aussagen, bei der es mir überlassen blieb, ob ich darauf einging oder sie ignorierte. Ich beschloß, daß es jetzt an mir war, die Marschrichtung vorzugeben.

»Wir sind keine restriktiven Eltern«, erklärte ich. »Und das sind wir auch nie gewesen. Ich habe nie von Hochzeiten in Weiß und Enkelkindern geträumt, und es kümmert mich nicht, mit wem meine Kinder ins Bett gehen, solange es legal ist und sie aufpassen.«

»Schön für Sie«, sagte Charles McNally. Er wies kopfnickend auf die Jugendlichen. »Der Körpersprache da unten nach zu urteilen, macht Ihr Sohn gerade wieder eine Eroberung.«

Im selben Moment, in dem er meinen Mutterstolz und meine mütterliche Neugier so angeregt hatte, daß ich gern einen Blick auf den Rasen geworfen hätte, hinderte er mich daran, indem er mir seine kräftige Hand hinhielt.

»Ich verabschiede mich jetzt. Ich muß noch mit Martin reden, bevor ich gehe.«

»Oh … auf Wiedersehen.«

»Nett, Sie wiedergesehen zu haben.«

Er umklammerte meine Hand so fest, daß sie sich klein und kalt anfühlte, als er sie wieder losließ. Ich kam mir vor, als wäre ich einer Prüfung unterzogen worden, aber ich hatte keine Ahnung, ob ich sie bestanden hatte oder nicht.

Die Jugendlichen folgten einem ihrer instinktiven Herdenimpulse und standen nacheinander auf und kamen wieder auf die Terrasse zu. Ich sah, daß Ben zuerst aufstand, daß aber Sophie, immer noch genießerisch hingestreckt, eine Hand hochhielt und er diese ergriff und sie hochzog. Die Gruppe sammelte die Gläser und Flaschen ein, und jemand mit einem Gewissen – einer der Chatsworthjungen – hob die Zigarettenstummel auf und ließ sie in ein Glas fallen.

Sie kamen auf der Terrasse an und infiltrierten das dahinterliegende Zimmer. Ben und Sophie kamen als letzte.

»Wir machen einen Spaziergang zum Strand«, sagte Ben.

»Jetzt?« fragte ich wie eine Idiotin.

»Klar.«

»Jetzt bin ich schon so lange hier und habe noch keinen einzigen Blick auf das Meer geworfen«, meinte Sophie als Erklärung. »Ich bin immer in die andere Richtung unterwegs.«

»Tja, erwarte nicht zuviel«, sagte ich. »Es ist nicht gerade die *Promenade des Anglais* da unten.«

»Ich mag grimmige Küstenstädtchen«, versicherte sie mir ein wenig zweideutig.

»Dann ist es ja gut«, sagte Ben. Sie verschwanden in der Menge der Gäste. Ihr Verhalten machte es unmöglich zu erkennen, ob das Feuer wahrer Leidenschaft in einem von ihnen entflammt war – Charles McNally konnte die Körpersprache besser interpretieren als ich. Ich ertappte mich dabei, daß ich mich fragte, ob Ben daran denken würde, sich bei Sabine und Martin zu bedanken, und ob Sabine einen ihrer unvergleichlichen Imbisse für ein paar auserwählte Gäste geplant hatte, und falls es so war, was sie dazu sagen würde, wenn der Ehrengast sich mit einem Kerl an den Strand verdrückte. Meine Beweggründe waren vollkommen egoistisch – ich hatte keine Lust, mich von Sabine in den Strudel ihrer Aufregung über ihre Stieftochter ziehen zu lassen.

Es stellte sich heraus, daß ich mich nicht hätte zu sorgen brauchen. Kaum hatte ich das Zimmer wieder betreten und begonnen, Dennis' ebenso angenehme wie anspruchslose Gesellschaft anzusteuern, da schnitt mir Sabine den Weg ab und fixierte mich mit glitzernden Blicken.

»Das Jungvolk ist auf dem Weg zum Strand«, informierte sie mich.

»Ich meine, gehört zu haben, wie so etwas besprochen wurde. Ich hoffe, es macht dir keinen Strich durch irgendwelche Pläne, sie denken immer nur an sich selbst...«, zwitscherte ich lahm.

»Es ist genau so, wie es sein sollte«, erklärte Sabine. »Ich hatte etwas zum Mittagessen arrangiert, aber es ist ja viel besser, wenn sie etwas mit Leuten in ihrem Alter unternimmt.«

»Bist du sicher?« fragte ich vorsichtig und bereitete mich auf einen bösen Seitenhieb vor.

»Natürlich! Dein Sohn ist so ein Charmeur«, fügte sie hinzu und berührte meinen Arm geradezu herzlich, »und jetzt kannst du Sophies Platz am Tisch einnehmen.«

Ich war viel zu erleichtert, um mir darüber Sorgen zu machen, daß Sabine mich ganz offen zur ersten Reserve erklärte und einfach fröhlich davon ausging, daß ich diese Rolle und den damit verbundenen Platz an ihrer Tafel einnehmen würde.

»Danke«, sagte ich.

Als sie weitergezogen war, ging ich zu Dennis hinüber und fragte, ob er zum Essen bleiben würde.

»Sie sind so freundlich gewesen, uns einzuladen«, sagte er, »aber da die arme Ronnie flachliegt, möchte ich wirklich nach Hause, also habe ich mich entschuldigt.«

»Grüß sie herzlich von mir«, sagte ich. »Ich hoffe, es geht ihr bald besser.«

»O ja, da bin ich mir sicher. Ich hoffe es jedenfalls«, fügte er mit einem ängstlichen Lächeln hinzu. Er war ein netter Kerl. »Es ist schlimm für sie, vor allem, wo sie doch sonst nie krank ist.«

Ich erinnerte mich an seine Bemerkung über das ›komische Alter‹, und sie schien nicht mit diesem Anzeichen echter Besorgnis in Einklang zu stehen.

»Ich besuche sie«, sagte ich, »im Lauf der Woche.«

»Das würde sie bestimmt freuen, auch wenn es ihr schlechtgeht.« Er sah sich um. »Ich trommele besser meine Mannschaft zusammen, bevor sie die Bar leertrinken.«

»Ich glaube, sie sind alle zusammen irgendwo hingegangen – an den Strand oder so.«

»Oh, na ja, egal. Falls dir zu Ohren kommt, daß sie mich schlechtmachen, weil ich sie nicht nach Hause gefahren habe, kannst du ja vielleicht ein gutes Wort für mich einlegen.«

Das Zimmer begann sich zu leeren. Sabine hatte Charles McNally am Arm und winkte mich zu sich, was das allerletzte war, was ich wollte.

»Eve, es ist so, daß Dennis nach Hause muß, und ich versuche gerade, Charles zu überreden, daß er seine Pläne ändert und zum Essen bleibt.«

»Was für eine gute Idee«, sagte ich in der – wahrscheinlich vergeblichen – Hoffnung, angemessen begeistert zu klingen.

»Eine tolle Idee, Sabine, aber das kommt nicht in Frage«, sagte er. »Ich bin schon spät dran, also muß ich leider nein sagen.«

»Du wirst Eve keine Gesellschaft leisten?« Sabine warf mir einen funkelnden Blick ›unter Frauen‹ zu, den ich nicht erwiderte.

»Nein«, sagte Charles McNally. »Nicht weil ich es nicht möchte, sondern weil es nicht geht. Wiedersehen, Sabine, und danke für die Einladung, es war nett.« Er hob die Hand in meine Richtung, da er sich von mir schon verabschiedet hatte, und war fort, die Anmaßung in Person. Martin begleitete ihn in den Flur. Vor der offenen Haustür sichtete ich einen tannengrünen Daimler, an dessen Steuer ein Fahrer im dunklen Anzug saß.

Sabine zuckte beredt mit den Achseln. »Tut mir leid, Eve.«

Sie konnte ja nicht wissen, mit welch herzlicher Aufrichtigkeit ich entgegnete: »Das braucht es nicht.«

8

Es war Viertel vor vier, als ich die Party der Drages verließ. Der Himmel hatte sich bewölkt, und der Wind hatte die Oberfläche des Meeres in eine graue Käsereibe verwandelt.

Ich fühlte mich ausnahmsweise unausgeglichen und hatte keine Lust, alleine nach Hause zu fahren (ich wußte ja, daß Ben nicht dasein würde) und mich mit der Sonntagszeitung auf die Couch zu legen. Ich hatte nur zwei Gläser getrunken – und vielleicht noch einen Absacker, aber stichprobenartige Atemtests kamen im Raum Littelsea nicht vor –, also schob ich Dolly Parton in den Kassettenrecorder und fuhr landeinwärts. Ich schlug die Richtung Hawley End ein, doch das hatte nichts zu bedeuten, denn es war die einzige Möglichkeit, wenn man nicht die Küstenstraßen oder die Autobahn nach London nehmen wollte. Die Tatsache, daß Helen Robinson mit ziemlicher Sicherheit ohne Ehemann oder Liebhaber in ihrer Kate herumfaulenzen würde, tat natürlich nichts zur Sache.

Unterwegs kam ich an der Einfahrt von Whitegates vorbei, und die alte Mrs. Rymer kam mir wieder in den Sinn. Ich fragte mich, ob sie wohl an diesem Sonntag nachmittag Besuch hatte. Es lag wohl an den zweieinhalb Gläsern, daß ich kurz entschlossen in die Einfahrt einbog.

Das Haus war ganz hübsch und stammte aus der Georgianischen Zeit, und die wenigen praktischen Ergänzungen – Feuerleitern, eine angebaute Küche an der Rückseite, eine Satellitenschüssel und so weiter – fielen nicht allzusehr auf. Die massivhölzerne Eingangstür stand offen, doch es gab eine runde Messingklingel mit einem Schild, das den Besucher anwies, vor dem Eintreten zu klingeln. Der Eingangsbereich erinnerte an das Wartezimmer eines Zahnarztes. Auf einem Tisch stand ein Topf mit einem Farn, daneben lag ein Haufen

Zeitschriften, zum Großteil Frauenzeitschriften und das Organ des Verbandes der Landhausbewohner. Eine große, wuschelige Schildpattkatze döste in der Sonne auf dem türkischen Teppich und ließ sich von meiner Ankunft nicht beeindrucken.

Eine junge Frau in einer grünen Uniform erschien. »Kann ich Ihnen behilflich sein?«

»Ja, ich weiß nicht… Ob ich wohl Mrs. Rymer besuchen könnte?«

»Oh wie schön«, sagte die junge Frau, so daß ich mir sehr tugendhaft vorkam. »Einen Augenblick, ich bin sofort wieder da.«

Sie durchquerte die Eingangshalle und öffnete die Tür zu einem Raum, der ein Büro zu sein schien und im Moment leer war. Sie kam mit einem großen Buch zurück, das sie auf den Tisch legte.

»Also, Mrs, Rymer…« Sie fuhr mit dem Zeigefinger über die Seite. »Oh, tut mir leid, sie ist heute nicht da.«

»Macht nichts. Ich war sowieso nur auf Verdacht gekommen. Ich war auf der Durchfahrt, also habe ich vorbeigeschaut.«

»Ja, aber es ist trotzdem schade«, sagte sie. »Sie bekommt nicht viel Besuch, aber sie ist mit ihrem Sohn zum Mittagessen gefahren. Soll ich ihr sagen, wer dagewesen ist?«

»Na ja, nur wird sie keine Ahnung haben, wer ich bin. Ich arbeite für das Auktionshaus, das sich um einige ihrer Sachen kümmert, und ich habe vor kurzem ihre Schwiegertochter kennengelernt. Ich dachte, ich stelle mich einfach vor und, Sie wissen schon, versichere ihr, daß wir uns gut um ihr Eigentum kümmern.«

»Natürlich, was für eine nette Idee! Und Ihr Name ist?«

»Mrs. Piercy, Eve Piercy. Und meine Firma heißt Bouvier.«

»O ja, davon habe ich schon gehört – sie hat einen guten Ruf.« Sie schrieb Bouvier neben meinem Namen in das dicke Buch, bevor sie es schloß.

»Das hoffe ich.«

»Kommen Sie doch noch einmal vorbei, ja?«

Ich versprach es ihr und ging. Als ich zur Straße zurückfuhr, freute ich mich, daß Mrs. Rymer mit ihrer Familie essen gegangen war.

Als ich vor Helens Haus ankam, trat gerade John Kerridge zum Tor heraus und zielte mit seinem elektronischen Schlüssel wie mit einem Colt auf seinen silberfarbenen Mercedes. Was wieder einmal bewies, wie man sich irren konnte. Ich fragte mich, wie er es vor Frau und Kindern entschuldigt hatte, daß er auf den Sonntagsbraten verzichtete und Helen in ihrem ländlichen Elendsviertel besuchte. Oder (ein unloyaler Gedanke, aber einer, der immer wiederkehrte) was ihn dazu trieb. Ich war die erste, die meiner Freundin Respekt zollte – als einer klugen, interessanten Frau –, doch es fiel mir schrecklich schwer, sie in der Rolle der *femme fatale* zu sehen, und ihre gegenwärtigen Lebensumstände boten nur wenig Annehmlichkeiten. Soweit ich das sehen konnte, war Kerridge kein Mann, der sich mit Graubrot und Cidre zufriedengab. Ich sah mich zu dem Schluß getrieben, daß es seine Vorteile hatte, wenn man Tag und Nacht zur Verfügung stand.

Ich hatte keine Lust, Nettigkeiten mit ihm auszutauschen, also fuhr ich vorbei, um etwas Zeit zu gewinnen, indem ich an der Kreuzung drehte. Doch er blickte auf, und unsere Blicke begegneten sich flüchtig. Irgend etwas wanderte in diesem Bruchteil einer Sekunde zwischen uns hin und her, ein Aufblitzen des Wiedererkennens und der Bestätigung, das mir die glühende Verlegenheit in die Wangen trieb. Obwohl es mir ein Rätsel war, wieso *ich* so verlegen wurde.

Ich wendete den Wagen, wartete einen Moment, fing mich wieder und fuhr zurück. Zu meiner großen Erleichterung war der Mercedes fort.

Helen kam in ihrem braunen Chenillemorgenmantel an die Tür, einem Kleidungsstück, das ihr schon seit Jahren Dienste tat und dessen Gürtel schon lange verlorengegangen und durch einen rot-grau gestreiften Gürtel ersetzt worden war, der vermutlich von einem von Clives Morgenmänteln stammte. Sie schien nichts darunter anzuhaben, und ihre langen, knochigen Füße waren nackt.

»Hallo«, sagte sie. »Hast du John noch getroffen?«

»Fast. Ich habe es vermieden.«

»Du hörst dich furchtbar streng an«, sagte sie auf ihre typisch desinteressierte Art und tapste vor mir her in die Küche. »Hältst du mir etwa eine Standpauke?«

»Natürlich nicht«, antwortete ich und begriff augenblicklich, daß ich genau das getan hatte.

»Nicht, daß es das geringste ändern würde…« Sie schob das Durcheinander vage herum und brachte eine zerknautschte Camel-Packung zum Vorschein, womit sie gleichzeitig klarmachte, daß ich nicht auf eine Erfrischung zu hoffen brauchte. Mein letzter Besuch war offensichtlich kein Präzedenzfall gewesen.

»Setz dich doch.«

Sie setzte sich auf einen der Kaffeehausstühle und schlug die Beine übereinander, wobei sie eine Sekunde lang ihr auberginenfarbenes Schamhaar preisgab – sie mußte in ihrer Jugend tizianfarbenes Haar gehabt haben. Sie hatte schöne Beine mit langen, schlanken Oberschenkeln, hohen Wadenmuskeln (völlig unverdient, da sie niemals Gymnastik machte) und wohlgeformten Knöcheln.

»Der Vorratsschrank ist leergeräumt«, merkte sie an. »John hat den letzten Käse gegessen.«

Und dafür, dachte ich, ließ er den perfekten Sonntagsbraten und die ganzen Beilagen sausen…? »Ich könnte dir Toast und Erdnußbutter anbieten«, schlug sie vor. »Und Wodka. Ich habe eine Flasche Smirnoff.«

Der Wodka klang verlockend, doch ich begriff, daß es höchst unklug sein würde, meiner Alkoholikasammlung noch mehr hinzuzufügen, und da Helen mit Sicherheit einen Wodka trinken würde, brauchte ich etwas, das mich ablenkte.

»Okay«, sagte ich. »Danke, ich nehme den Toast.«

Sie holte zwei Scheiben aus der Packung in der Brotdose und untersuchte sie, bevor sie sie in den Toaster steckte. Ich redete mir ein, daß die Hitze sämtliche Lebensformen, die sie möglicherweise beherbergten, umbringen würde.

»Du siehst sehr chic aus«, sagte sie und zündete ihre Zigarette mit einem Streichholz an.

»Ich komme von einer Party.«

»Gott, Partys … ich weiß gar nicht mehr, was das ist.«

Ich witterte eine Gelegenheit. »Du hast dich abgesondert, das ist das Problem.«

»Ich weiß.«

»Wenn ich eine Party geben würde, würdest du kommen?« Es waren die zweieinhalb Drinks, die aus mir sprachen. Ich wußte genau, daß in ein paar Stunden eine Party in meiner hübschen, ordentlichen Wohnung das allerletzte sein würde, das ich mir wünschte.

Helen hustete langgezogen und keuchend. Als sie sich erholt hatte, sagte sie: »Könnte ich John mitbringen?«

»Die Wahrheit?«

»Du meinst nein.«

»Ich habe sowieso keine Party geplant, also ist es eine rhetorische Frage.«

»Eine rhetorische Party«, sinnierte sie, »genau das richtige für mich. Eine Party für alternde Rhetoriker.«

Sie schien nicht auf Beschwichtigungsversuche aus zu sein, also unternahm ich auch keine. Rauchkringel begannen aus dem Toaster aufzusteigen, um sich mit dem Rauch ihrer Zigarette zu vermischen, und ein durchdringender Geruch erfüllte die Luft.

»Verdammtes Ding«, sagte sie. Dann zog sie den Stecker des Toasters heraus, stellte diesen auf den Kopf und zog den schwelenden Toast inmitten eines Hagels verkohlter Krümel heraus. »Ich habe kein Problem damit, den Grill zu benutzen, aber John hat darauf bestanden, mir einen Toaster zu schenken, also fühle ich mich verpflichtet …« Sie stellte die Scheiben auf einem Teller vor mich hin und stattete mich mit einem Messer, einem Töpfchen Sonnenblumenaufstrich und einem Glas Erdnußbutter aus.

»Bißchen arg durch«, gab sie zu, »aber Holzkohle ist gut gegen Blähungen.«

Diese Beobachtung kam ganz sachlich. Ich machte mich so gut ich konnte über den Toast her und klebte die schwarzen Splitter mit Aufstrich zusammen. Helen goß sich einen Wodka ein und starrte mich abwesend durch den Zigarettenrauch an.

»Was macht Ben?« fragte sie ganz unvermittelt. Es war so ungewöhnlich, daß sie sich für die Lebensumstände eines anderen, geschweige denn dessen Kinder interessierte, daß es mich völlig verblüffte.

»Ben?«

»Dein Sohn?« Sie runzelte die Stirn. »Er heißt doch Ben, oder?«

»Doch. Ihm geht's gut, danke.«

»Was fängt er so mit sich an?«

»Verdient sich ein paar Groschen im Plattenladen.«

»Geht er mit Mädchen aus?« Diese Formulierung, die man normalerweise für die ersten zögerlichen Begegnungen eines Teenagers mit dem anderen Geschlecht benutzte, erschien kaum angemessen für Bens gesellschaftliches Leben, aber Helen lebte nun einmal in einem parallelen Universum.

»Dauernd«, antwortete ich.

»Schön für ihn. Sieht er immer noch so gut aus?«

»Ich glaube schon, aber was soll ich auch sonst sagen?«

»Als ich ihn das letzte Mal gesehen habe, hat er gut ausgesehen, das hätte jeder gesagt.«

Ich strahlte vor Mutterstolz, doch sie verfolgte das Thema nicht weiter. Meine anderen Freunde kannte sie nicht – sie und Clive waren ihnen zwar vor langer Zeit einmal begegnet, doch sie konnte sich weder Namen noch Gesichter einprägen –, daher war es sinnlos, auf die Sache mit Sophie einzugehen.

Ich kaute, soweit ich konnte, und befreite dann meine Handflächen von den Krümeln, indem ich sie aneinanderrieb. »Danke, ich hatte wirklich etwas nötig, um den Alkohol aufzusaugen.«

»Ja«, stimmte sie zu, »es geht nichts über den guten, alten Toast. Was ist mit dir?« fragte sie. »Kommst du gut zurecht?«

»Ja«, sagte ich bestimmt. »Ich genieße mein Leben. Ich bin glücklich und zufrieden. Überraschend glücklich und zufrieden.«

»Ohne Ian.«

»Ich glaube, es hat sich herausgestellt, daß es so zu meinem Besten ist.«

»Hast du ein Glück …«, murmelte Helen und beugte sich vor, um ihre Asche in meine Toastkrümel fallen zu lassen. »Und Ian geht es genauso?«

»Soweit ich das sagen kann.« Sie fing an, mir zu nahezukommen, und ich versuchte, sie abzulenken. »Wir sehen uns nicht so oft.«

»Hat er eine andere?«

Ich fragte mich, woher in aller Welt diese unwillkommene Welle des Interesses kam. Ihr Verhalten war wie immer lakonisch bis ins Detail, doch trotzdem war dies eine unangenehm direkte Frage.

Obwohl ich mich meiner Falschheit schämte, sagte ich: »Nicht, daß ich wüßte.«

»Aber er wird bald eine haben, oder? Unvermeidlich«, sagte sie gedehnt. »Ich hasse die Vorstellung, daß es bei Männern etwas anderes ist, aber ich fürchte, es ist wahr.«

»Was?«

»Meine widerliche Mutter hat immer gesagt, daß die Frauen den Sex um der Liebe willen in Kauf nehmen und daß die Männer den Frauen Liebe in Aussicht stellen, um den Sex zu bekommen.«

Ich lachte, erleichtert, daß ich das Gespräch wieder in allgemeinere Bahnen gelenkt hatte. »Klingt ganz überzeugend. Siehst du euch auch so, dich und … John?« Es fiel mir immer noch schwer, ihrem Liebhaber die Akzeptanz zuteil werden zu lassen, die der Gebrauch seines Vornamens mit sich brachte.

Sie hustete ausgiebig – während sie gleichzeitig die letzte Camel aus der Packung fischte –, bevor sie antwortete: »John liebt mich nicht. Ich meine, sieh mich doch an …« Sie breitete ihre großen Hände auf Schulterhöhe aus. »Ich bin nicht gerade eine Sirene. Aber er sagt, ich genüge ihm.«

»Offensichtlich«, pflichtete ich ihr bei.

»Und natürlich bete ich ihn an, was dem Sex eine erstaunliche Qualität verleiht …«

Mir fiel ein, was sie mir beim letzten Mal gesagt hatte, daß sie nicht sie selbst sei. »Aber du liebst Clive doch«, erinnerte ich sie.

»Nein, das tue ich nicht.« Sie schüttelte langsam den Kopf und starrte an die Decke. »Nicht so.«

Auf dem Rückweg kam ich am Haus der Chatsworths vorbei, einer großen edwardianischen Villa im Außenbezirk von Littelsea. Ich bremste ab, weil ich hoffte, Ronnie zu sehen und ihr die verbale Entsprechung einer Tüte kernloser Trauben anbieten zu können. Es war nichts von ihr zu sehen, doch das Haus bot einen ruhigen, entspannten Anblick. Die Fenster und sogar die Haustür standen offen, und einer der Jungen – ich konnte nicht sehen, welcher – lag unter einem Campingwagen in der Auffahrt. Wieder spürte ich einen Sonntagnachmittagsstich der Sehnsucht nach dem erfüllteren Leben der lange und immer noch glücklich Verheirateten. Doch als Dennis in der Haustür erschien, fuhr ich augenblicklich weiter, verlegen über mein eigenes Verhalten. Es war eine seltsame Tatsache, daß wir, wäre ich mit Ian unterwegs gewesen, nicht eine Sekunde gezögert hätten. Im Gegenteil, Dennis' Erscheinen wäre für uns Anlaß gewesen, aus dem Auto auszusteigen und zu ihm zu gehen. Single, der ich war, hatte ich Angst, daß das an einem Sonntagnachmittag zu geschäftig und aufdringlich aussehen könnte; so, als hätte ich es nötig.

Als ich weiterfuhr, hoffte ich, daß Dennis mich nicht gesehen hatte.

Ben kam um acht nach Hause und ging geradewegs in die Küche, wo ich hörte, wie sich Geschirr- und Kühlschranktür öffneten und wieder schlossen und Wasser in einen Topf lief.

»War's schön?« rief ich vom Balkon, wo ich mich niedergelassen hatte.

»Klar«, antwortete er, als hätte ich eine Anspielung gemacht – diese Generation schien über ein ganzes Sortiment von Ablenkungsmanövern zu verfügen. »Komme gleich.«

Er kam auf den Balkon und lehnte sich an das Geländer, den Rücken zum Meer gewandt und eine Zigarette in der Hand. »Ich mache mir ein paar Nudeln – wie war's bei dir?«

»Sabine hatte ein tolles Mittagessen vorbereitet, war ganz nett. Und dann habe ich Helen Robinson besucht.«

»Ah, die Wildkatze.« Er hatte keine Ahnung, wen ich meinte.

»Und, wie hat dir Sophie gefallen?« fragte ich. Er würde mir niemals freiwillig Auskunft zu diesem Thema erteilen, also war eine direkte Frage meine einzige Chance.

»Sie ist okay«, sagte er, so als wäre er überrascht über seine eigenen Worte. »Anders als erwartet.«

Großes Lob. Jetzt war es Zeit, mich auf Umwegen weiter voranzupirschen. »Sie muß sich da oben sehr isoliert vorkommen, so ganz allein mit Martin und Sabine, und dann arbeitet sie die ganze Woche auf der Farm und ...«

»Keine Sorge, ich habe mich nicht zum letzten Mal mit ihr getroffen.«

»Wirklich?«

»Komm schon, Mama, sieh mich nicht mit so großen Augen an. Sie ist nett – nette Augen, nette Titten, nette Stimme, funktionstüchtiges Gehirn. Ich würde sie nicht vor die Tür setzen.«

»Ich wollte dir nichts unterstellen.«

»Nein, nein, nein! Als ob du so etwas tun würdest.«

»Oh, na gut«, gab ich zu. Er zog mich auf, und das war entwaffnend. »Ich behaupte ja gar nicht, mir sei nicht aufgefallen, daß sie ganz anders ist als Pearl.«

»Na, jetzt sei mal nicht so harsch mit Pearl. Sie ist zwar keine Raketenforscherin, aber das braucht sie bei diesem Körper ja auch nicht.«

Es war außergewöhnlich, wie wenig die Jugendlichen um die zeitgemäße politische Korrektheit gaben. »Du kannst Pearl gerne mitbringen – sie ist ein sehr nettes Mädchen«, murmelte ich, doch er verstand die Anspielung nicht.

»Wie kommt Sophie denn mit Sabine zurecht?« fragte ich. »Hat sie das gesagt?«

»Sie hat gesagt, anfangs war es etwas knifflig, aber es wird besser.«

»Ich frage mich, ob ihr klar ist, wie nervös Sabine das alles macht.«

»Das bezweifle ich.« Ben zog eine Grimasse und warf seine Kippe auf die Promenade. »Sabine? Nervös? Das möchte ich erleben.«

»Doch, das war sie«, drängte ich weiter, denn ich hatte das Gefühl, der Menschheit einen Dienst zu erweisen. »Und sie ist es immer noch ein bißchen. Es ist schließlich etwas völlig Neues für sie, ein Mädchen im Haus zu haben, und die Tatsache, daß es Martins Tochter ist, macht die ganze Sache noch komplizierter, weil sie nicht genau weiß, wie ihre Rolle aussieht oder wie sie sie spielen soll.«

»Sie scheint ganz gut zurechtzukommen. Sophie hat sie sogar ziemlich gern.«

»Es freut mich, das zu hören.«

»Ich weiß nicht, worüber sich die beiden Sorgen machen sollten«, fügte er hinzu. »Sie sind doch auf ihre unterschiedliche Weise ganz in Ordnung.« In der Küche klingelte die Zeituhr. »Da sind meine Spirelli! Möchtest du auch welche?«

Ich verneinte. Während ich so dasaß und mir sehnsuchtsvolle Gedanken über eine mögliche jugendliche Romanze machte (etwas, was man nur in der privaten Umgebung der eigenen vier Wände tun oder auch nur zugeben konnte), klingelte das Telefon.

»Hier ist Sabine.«

»Hallo! War das eine nette ...«

»Bist du allein?«

»Ja ... nein, quasi.«

»Ich rufe dich morgen an.«

»Sabine ...« Doch sie hatte aufgelegt.

Ben kam herein und trug einen Kunststoffteller mit Spiralnudeln, die er großzügig mit Tomatenketchup und geriebenem Cheddar bedeckt hatte.

»Wer war das?«

»Oh, es war nur Sabine, aber sie mußte weg.«

»Genau wie du«, sagte Ben. »Was dagegen, wenn ich mir *Für alle Fälle Fitz* ansehe?«

Bei Bouvier war es ruhig im August, denn es gab bis zum Anfang des kommenden Monats keine großen Auktionen. Wir verbrachten unsere Tage mit Einschätzungen und Hausbesuchen zur Wertbestimmung (weniger als sonst, da viele Leute im Urlaub waren), damit, unser Inventar zu aktualisieren und

Mindestgebote für die Stücke festzulegen, die im September zur Versteigerung anstanden. Emma und ich verbrachten fast zwei Tage damit, uns Gedanken über die Stücke der alten Mrs. Rymer zu machen.

»Dafür sollte sie ein ganz nettes Sümmchen bekommen«, merkte Emma respektvoll an, während sie ihre Finger über einen Sekretär aus Walnußholz mit Intarsien gleiten ließ. »Aber wie traurig, daß sie sich von all dem trennen muß.«

»Ich glaube, sie hat einiges mit ins Heim genommen«, sagte ich. »Und der Verkauf der restlichen Sachen wird ihren Aufenthalt dort finanzieren.«

»Der ist so hübsch!« Emma ließ die Klappe des Sekretärs herab, und die Stützen glitten seidenglatt aus ihren Schubfächern. »Wunderschön gearbeitet.«

Sie begann, die Fächer zu öffnen, indem sie die winzigen Griffe der puppenhausgroßen Türen und Schubladen mit Zeigefinger und Daumen anfaßte. »Ist das nicht reizend? Oh, sieh mal, es gibt immer etwas …«

Ihre suchenden Finger hatten einen Schlüssel gefunden, einen jener altmodischen schwarzen Schlüssel mit breitem Ovalgriff.

»Toll!« sagte Emma. »Wie in einem Märchen.«

»Ist es der Schlüssel der Klappe?«

»Sie schüttelte den Kopf. »Zu groß, aber ich versuche es – nein, zu groß. Ich denke, wir sollten ihn ihr lieber schicken.«

»Laß nur«, sagte ich. »Ich wollte sie sowieso besuchen. Ich nehme ihn mit.«

Wäre es einer der anderen Gegenstände gewesen, die wir häufig in Schubladen fanden – zum Beispiel ein Stift oder Kleingeld oder ein ganz normaler Schlüsselbund –, dann glaube ich nicht, daß er einen solchen Zauber ausgeübt hätte. Doch ein Schlüssel wie dieser schien eine Einladung und vielleicht sogar ein Versprechen zu beinhalten, schien mich herauszufordern wie die dreizehnte Tür im Märchen: Benutze mich, wenn du dich traust!

Emma gab mir den Schlüssel. Ich legte ihn in das Innenfach meiner Handtasche und zog den Reißverschluß zu – Fortunas Geisel.

Am Samstag stellte sich heraus, daß Ronnie sich zwar erholt hatte, sich aber immer noch ein bißchen ausgelaugt fühlte und nicht in der Stimmung für Tennis war. In diesem Fall, so sagte Desma, würde sie statt amerikanisch zu spielen, was nie so recht zufriedenstellend war, lieber auch passen, so daß Rick und sie mit der Renovierung des Badezimmers anfangen konnten – also blieb Sabine und mir nichts anderes übrig, als Einzel zu spielen.

Ich hatte keine großen Erwartungen, doch diesmal spielte Sabine für ihre Verhältnisse erbärmlich, und ihr unterlief eine nie dagewesene Anzahl unnötiger Ballabgaben und Doppelfehler, so daß ich den zweiten Satz tatsächlich gewann. Das brachte sie so aus dem Konzept, daß ich es im dritten auf sieben zu fünf brachte, und obwohl ich auch aus diesem Spiel als Verliererin hervorging, war es ehrenhafter als sonst.

Als wir uns über das Netz hinweg die Hände reichten, ging sie zwar nicht so weit, mir zu gratulieren, doch immerhin sagte sie: »Tut mir leid, ich habe heute einfach den Ball nicht gesehen.«

»Schon in Ordnung. Dein Nachteil war mein Vorteil.«

»Trinken wir etwas?«

»Natürlich.«

In der Kutter-Bar zündete sie sich eine Kingsize-Zigarette an und bestellte eine Flasche Sauvignon.

»Hast du etwas dagegen? Ich habe Lust auf etwas Alkoholisches.«

»Kein Problem.«

»Ich lade dich ein, Eve.«

»Danke.«

Ich war nicht so dumm, mit ihr zu diskutieren, obwohl wir beide unsere Autos unten auf der Promenade geparkt hatten. Es war klar, daß ich unter dem Limit bleiben würde (eine Formulierung, dachte ich, die gut mein Motto hätte sein können) und auf dem Heimweg nervös an mindestens einem Streifenwagen vorbeikommen würde, während Sabine bechern würde, soviel sie wollte, um dann einfach so in ihren Geländewagen zu springen und in ihr Refugium auf den Klippen zurückzuhetzen, ohne daß jemand Notiz von ihr nahm.

Sie seufzte ungeduldig wie eine Dampflok auf dem Nebengleis, während der Kellner uns beiden ein Glas eingoß. Sobald er fort war, trank sie einen großzügigen Schluck und verkündete:

»Unsere jungen Leute scheinen also eine *Liaison* eingegangen zu sein.« Sie sprach das Wort in korrektem Französisch aus, so daß allerlei erotische Möglichkeiten darin mitklangen.

»Ach ja?«

»Natürlich – Ben wohnt praktisch bei uns.«

»Wirklich?« Meine erste Frage war rhetorisch gewesen, die zweite entsprang echter Überraschung.

»O ja! Das hast du doch bestimmt gewußt – es muß dir doch aufgefallen sein.«

»Na ja, ich wußte, daß er Sophie mag, aber er ist so oft unterwegs... Um ehrlich zu sein, verfolge ich nicht so genau, wohin er geht.« Ich hörte, wie das klingen mußte, und fügte hinzu: »Ich hoffe, er fällt euch nicht zur Last.«

»Mir nicht!« antwortete Sabine fröhlich. »Ich kann natürlich nicht für Sophie sprechen.«

»Solange er dir nicht auf die Nerven geht.«

Eigentlich war es lächerlich, daß ich mich so um Sabine sorgte, die das ruhigste Leben führte, das man sich vorstellen konnte. Sie hatte genug Platz, genug Zeit, genug Geld und den passenden Ehemann, um sicherzugehen, daß ihr niemals jemand zu nahe treten würde. Andererseits war mir der Gedanke, daß Ben zu jeder Tageszeit im Château Drage ein und aus ging, um der liebreizenden Sophie nachzustellen, ein bißchen peinlich. Im Gegensatz zu mir war Sabine nicht an die brutale Offenheit gewöhnt, mit der die Jugend von heute ihre Liebesdinge einfädelte. Trotz ihrer Weltgewandtheit hatte ich das unangenehme Gefühl, daß ihre Vorstellungen davon, wie man jemandem den Hof machte, mit der durchdringend hormongesteuerten Realität nichts zu tun hatten.

Aber nein, sie lächelte nur. »Ganz im Gegenteil, Eve, es ist mir ein Vergnügen, ihn im Haus zu haben. Und wie du weißt, tut er mir sowieso einen Gefallen. Wenn Sophie glücklich ist, dann bin ich es auch. Ben hat die Last der Verantwortung von mir genommen.«

Das freute mich, auch wenn es mich überraschte. »Gut. Ich bin hoch erfreut.«

»Wer weiß«, sinnierte Sabine glücklich, »wo das hinführt?«

»Ich glaube nicht, daß wir es übertreiben sollten«, sagte ich und fügte mit einem gewissen schüchternen Stolz hinzu: »Ich fürchte, Ben hat einen bestimmten Ruf.«

»Das überrascht mich gar nicht, so wie er aussieht und wie er sich gibt...« Sie fuhr mit ihrer schlanken Hand durch die Luft, eine ebenso vielsagende wie unbestimmte Geste. »Ich glaube, daß dies für Sophie die perfekte Möglichkeit ist, etwas über die Liebe zu lernen. Ein junges Mädchen sollte eine Affäre mit jemandem haben, der mehr Erfahrung hat. Und wenn es jemand ist, der ungefähr in ihrem Alter ist, dann um so besser.«

»Wie kommst du denn darauf, daß Sophie unerfahren ist?« Ich war voller Interesse. »Neunzehn ist nicht mehr das Alter, das es zu unserer Zeit war.«

Sabine lachte wohlwollend. »Ich gebe zu, daß sie nicht so naiv ist, wie ich anfangs dachte, aber sie hat ein sehr behütetes Leben geführt, Eve. Martin ist ein altmodischer Vater.«

»Sie hat aber nicht viel Zeit bei ihm verbracht«, wies ich sie zurecht. »Wie ist denn ihre Mutter so?«

»Eine Frau vom Land mit einem dicken Hintern«, sagte Sabine. »Bitte. Ich möchte nicht darüber nachdenken.« Das Hinterteil einer Frau war für sie ein wichtiges Kriterium, eine Art körperliches Barometer dafür, wie akzeptabel jemand war, und ich schob meine eigenen vier Buchstaben befangen auf dem Sitz hin und her. Ohne zu bemerken, daß sie mich vielleicht in eine unangenehme Lage gebracht haben könnte, hob sie ihr Glas. »Auf die jugendliche Liebe!«

»Warum nicht?« fiel ich ein, und wir stießen an.

Als ich mit dem Einkaufen fertig war, mußte ich in die Bücherei, und mein Weg vom Parkhaus führte mich an Bens Laden vorbei. Obwohl ich mich Sabine und ihrer untypischen Begeisterung gegenüber kühl gegeben hatte, dachte ich an nichts anderes als an die Möglichkeiten einer Beziehung zwischen Ben und Sophie, und ich konnte der Versuchung nicht widerstehen, einen Blick in den Laden zu werfen und vielleicht meinen Sohn, den Herzensbrecher, zu Gesicht zu bekommen. Zufällig stand er an der Kasse beim Eingang und zog gerade eine Kreditkarte durch das Gerät.

»Hallo«, sagte er zu mir und »Bitte hier unterschreiben« zu dem Kunden.

Ich trat ein und wartete. Als der Kunde gegangen war, sagte ich: »Eigentlich wollte ich gar nicht hereinkommen, ich wollte nur in die Bücherei.«

»Du mußt aufhören, dich immer so maßlos zu verwöhnen, Mama.«

»Dabei habe ich gerade noch mit Sabine Tennis gespielt und etwas getrunken.«

»Unsere Französin – wie war's?«

»Sie hat gewonnen, aber nicht so überzeugend wie sonst.«

»Freut mich, das zu hören.«

Da er im Dienst war und mir nicht davonlaufen konnte, wagte ich hinzuzufügen: »Sie sagt, du bist in letzter Zeit ziemlich oft bei ihnen.«

»Ach ja? Tja, wenn sie das sagt, dann muß es ja wohl stimmen.«

»Ich wollte dir nicht nachspionieren.«

»Doch, das wolltest du.« Er warf mir einen Blick zu, der für seine Verhältnisse fast wütend war. »Es steht in deinem Arbeitsvertrag.«

Und es stand wohl in seinem Arbeitsvertrag, daß er mich des Ladens zu verweisen hatte, also ging ich.

»Ja, ja«, sagte Mel ein paar Tage später abends am Telefon. »Also bist du wieder mit Mr. McNally zusammengetroffen.«

»Liebe Güte, das hat sich aber schnell herumgesprochen.«

»So ist das in der Geschäftswelt. Wir sind schlimmer als eine Vorstadt, wo es ständig hinter den Vorhängen zuckt.«

»Wer hat es dir denn erzählt?«

»Ich bin mit seiner Privatsekretärin befreundet, und sie hat mir erzählt, der große Mann hätte meine Mutter auf einer Party in England getroffen.«

»Es war einer von diesen dummen Zufällen«, sagte ich leichtfertig. »Ich war auf einer Cocktailparty bei den Drages, und es stellte sich heraus, daß er mit ihnen befreundet ist, oder jedenfalls mit Martin.«

»Hat er dich sofort erkannt?«

»Sah so aus.«

»Und du?«

»Na ja, offensichtlich war er mir nicht völlig fremd.«

»Was für ein Glück.«

»Aber die *eigentliche* Neuigkeit ist, daß Ben sich mit Martins Tochter trifft.«

Mels recht harsches Lachen kam durch die Leitung geschnappt. »Armes Ding!«

»Nach allem, was ich gesehen habe, kann ich dir versichern, daß sie der Herausforderung absolut gewachsen ist.«

»Dann will ich dir das mal glauben.«

»Ich glaube, diesmal ist es ihm ganz ernst. Vor ein paar Tagen habe ich ihn darauf angesprochen, und er hat mir fast den Kopf abgerissen.«

»Okay. Und was ist mit Charles McNally, irgendwelche Pläne?«

»Natürlich nicht!« Ich merkte selbst, wie lächerlich meine Betonung klang, und auch Mel entging das bestimmt nicht.

»So dumm ist die Frage doch gar nicht.«

»Aber wir kennen uns doch gar nicht, die Frage stellt sich einfach nicht. Wir sind uns nur zufällig auf einer Cocktailparty begegnet. Außerdem ist er gar nicht hier.«

»Schön«, sagte Mel. Doch während sie mir dann von ihrer Reise nach Dubai erzählte, wußten wir beide, daß sie das letzte Wort gehabt hatte, und es war in Wirklichkeit nicht ›schön‹ gewesen.

Eines Tages ging ich nach der Arbeit Ronnie besuchen. Es war natürlich eine freundschaftliche Geste, aber auch eine egoistische – ich mußte mich vergewissern, daß sie wieder ganz gesund war. Es war ein Spleen von mir: Ich haßte Verluste, die der Gesellschaft meiner Freunde eingeschlossen. Sie brachten mich aus dem Takt. Daher sah ich genausosehr um meinetwillen wie um ihretwillen nach Ronnie. Ich ließ es so beiläufig wie möglich aussehen, tauchte in meinem Hosenanzug aus dem Büro bei ihr auf und ließ die Autotür offen, als ginge ich davon aus, sofort wieder hineinzuspringen.

Sie sah aus wie das blühende Leben und war hoch erfreut, mich zu sehen.

»Eve, komm rein! Tee? Einen Drink? Spät genug ist es ja.«

»Aber nur einen.« Ich ging zum Auto und schloß die Tür.

»Das ist nett von dir«, sagte sie, während sie in ihre große, bestens ausgestattete Küche voranging. »Ich bin es nicht gewohnt, krank zu sein. Ihr habt mir gefehlt.«

»Und bist du jetzt wieder fit genug zum Tennisspielen?«

»Ach du lieber Himmel, ja, ich kann es gar nicht abwarten. Aber ich bin furchtbar aus der Übung.«

»Das kann uns ja nur recht sein, dann sehen wir besser aus.« Ich nahm ein Glas Wein entgegen, und wir gingen hinaus in den Garten und setzten uns auf die verblichene Hollywoodschaukel. Ihr Haus war nicht annähernd so luxuriös wie die Dragesche Residenz, dezente Mittelklasse, und alles darin schien schon immer dagewesen zu sein. In Sabines Haus staunte man darüber, wie makellos durchdacht die Architektur, die Innenausstattung, das Mobiliar waren – an Ronnies schien kein Gedanke verschwendet worden zu sein.

»Wo sind die Jungs?« fragte ich.

»Philip ist gerade in die Türkei geflogen, und Simon ist in Cornwall, also ist alles friedlich, absolut friedlich. Apropos Tennis: Dennis und ich fahren in zehn Tagen für zwei Wochen in die Auvergne, also wäre es schön, vorher noch eine Partie zu spielen.«

»Das machen wir, unbedingt. Ich rufe die anderen an und mache einen Termin aus.«

Wir nippten an unserem Wein und schaukelten vor uns hin. Unsere Freundschaft war nicht besonders eng, aber angenehm entspannt und anspruchslos. Ronnie war eine zufriedene Frau, und ihre Zufriedenheit färbte auf die Menschen in ihrer Nähe ab.

»Deine Rosen sind wunderschön«, bemerkte ich.

»Es war ein gutes Jahr. Sie haben erstaunlich geblüht … und der Duft … Möchtest du welche mitnehmen?«

»Hier sind sie schöner.«

Wir schaukelten noch ein bißchen, dann sagte Ronnie: »Sabine hat mich angerufen. Sie war in Kupplerlaune.«

»Was du nicht sagst.«

»Ah, dann hat sie dir also auch nachgestellt. Was frage ich da – natürlich hat sie das!«

»Wegen Ben und Sophie, o ja.« Ich lächelte tolerant. »Es würde mich nicht überraschen, wenn sie das Partyzelt schon gebucht hätte.«

»Die junge Liebe stößt in der Tat auf Zustimmung im Hause Drage; sie hört gar nicht mehr davon auf.«

»Der Himmel weiß, warum. Es wäre nicht gerade eine gute Partie für Sophie. So wie ich Sabine kenne, wundert es mich eigentlich, daß sie Ben nicht der Erbschleicherei bezichtigt. Aber sie scheint ihn für die Antwort auf die Gebete einer jeden Jungfrau zu halten.«

»Das ist doch eigentlich sehr nett«, stellte Ronnie fest, während sie nach der Weinflasche griff und uns nachschenkte.

»Solange es nicht in Tränen endet.«

»Eve!« Ronnie seufzte humorvoll und schüttelte den Kopf. Sie tippte die Flasche an. »Sie ist halb voll, nicht halb leer.«

»Ein Drittel voll.«

Ronnie ignorierte das. »Ich sage dir etwas – sie scheint auch Hoffnungen in bezug auf dich zu hegen.«

»Was?«

»Ein gewisser Chuck? McDonald? McAlpine?«

»Charles McNally.«

»Der ist es.«

»Sie ist völlig schief gewickelt.«

»Na ja, es macht sie glücklich. Ich habe Sabine noch nie so freundlich erlebt.«

Ich war plötzlich unruhig. Ich stellte mein Glas ab und sagte: »Ich sollte fahren.«

Ronnie ließ die Schaukel mit einem Fuß weiter sanft schwingen, gerade genug, um mich zurückzuhalten. »Wie geht's Ian?«

»Gut.«

»Seht ihr euch zur Zeit ab und zu?«

»Manchmal. Wir sind immer noch Freunde.«

»Ich bewundere dich dafür.«

Ich spürte die Verlegenheit über meine Heuchelei in mir aufsteigen. »Es ist nicht besonders bewundernswert. Ich bin mir nicht einmal mehr sicher, ob es überhaupt noch wahr ist.«

»Warum das denn?«

»Er hat eine andere.«

Ronnies Ausdruck freundschaftlichen Interesses änderte sich nicht. »Das war doch zu erwarten, finde ich.«

»Ja ... ja, natürlich.«

»Dadurch bist du doch sozusagen frei, oder nicht?« meinte sie.

»So hatte ich das noch gar nicht gesehen.«

»Ich meine, du warst sowieso frei, aber jetzt hast du sozusagen die offizielle Erlaubnis.«

Ich verzog das Gesicht. »Ich kann mir aber nicht vorstellen, in Single-Bars zu gehen oder mich bei einem Partnerinstitut registrieren zu lassen.«

»Nein, nein, das wäre auch nicht das richtige für dich, Eve. Aber zumindest kannst du jetzt einen Schritt weitergehen.«

»Ja.« Ich wußte, daß sie recht hatte, aber am liebsten hätte ich geweint. Sie hörte unerwartet auf zu schaukeln und drückte meine Hand.

»Aber es muß schwierig sein.«

Sobald ich aus der Auffahrt fuhr, begannen mir die Tränen über die Wangen zu laufen. Schluchzend und prustend fuhr ich weiter, wischte mir ganz unelegant mit dem Ärmel über Nase und Wangen und hoffte, daß mich keine Bekannten so sehen würden. Eigentlich hatte ich keine Ahnung, warum ich weinte oder um wen, aber es tat so weh, daß ich daraus nur schließen konnte, daß ich um meiner selbst willen weinte.

Ich hatte mich fast wieder im Griff, als ich zu Hause ankam, und hatte mich soweit wieder unter Kontrolle, daß ich mir eine ausgedehnte Kliffwanderung vornahm. Man hatte mich in dem Glauben an die heilende Kraft von frischer Luft und Bewegung erzogen, eine Therapie, die zwar meine Probleme nicht löste, mir aber half, sie philosophischer zu sehen.

Als ich die Wohnungstür öffnete, roch ich Seeluft und merkte, daß ich die Balkontür offengelassen haben mußte, als ich aus der Wohnung ging. Erst als ich ins Wohnzimmer kam, sah ich Ben und Sophie auf dem Balkonboden sitzen und Flaschenbier trinken. Da sie die Wohnungstür gehört hatten, sahen sie beide in meine Richtung.

»Hallo!« rief ich und war mir meiner Maskara- und tränenfleckigen Erscheinung schmerzlich bewußt. »Moment mal. Ich muß mal dringend wohin.«

Ich ging ins Badezimmer, spritzte mir Wasser ins Gesicht, schminkte mir die Augen neu und betätigte vor dem Hinausgehen die Toilettenspülung. Sie saßen immer noch da, sahen aber nicht länger in meine Richtung. Ich ging zu ihnen hinaus. Sophie trug ihren Arbeitsoverall von der Farm, der ihr umwerfend stand. Jetzt, wo ich buchstäblich das Gesicht wiedergewonnen hatte, freute es mich, sie zu sehen.

»Schön, daß ihr da seid«, sagte ich. »Bleibt ihr zum Abendessen?«

»Das ist lieb von Ihnen, Eve, aber ich glaube, wir gehen aus«, erwiderte Sophie und warf Ben einen fragenden Blick zu, damit er die Verabredung bestätigte.

»Na, wenn das so ist, dann hole ich mir etwas zu trinken …«

»Ich mache das schon«, sagte Ben. Er richtete sich in einem Schwung auf, die Knöchel übereinandergeschlagen, die Arme vorwärts gestreckt, und ging an mir vorbei in die Küche, wobei er meinen Arm vertraulich und voller Zuneigung drückte. Diese kleine Geste verwandelte meine untröstliche Verzweiflung von vor ein paar Minuten in ein völlig unbegründetes Glücksgefühl.

Ich setzte mich auf einen meiner beiden schmiedeeisernen Stühle. Sophie fuhr wieder und wieder mit dem Finger um den Rand ihrer Flasche. Ich spürte, daß sie mich unter ihren Wimpern hindurch ansah.

»Was macht die Arbeit?« fragte ich. »Wie ist es so auf der Farm?«

»Ein Riesenbetrieb«, antwortete sie. »Ehrlich gesagt hätte ich mehr davon, auf einem kleinen Hof auf dem Land zu arbeiten, aber Vater hat sich vorgenommen, seinen Teil beizusteuern – was ich zu schätzen weiß«, fügte sie mit reuevollem Blick hinzu. »Also stehe ich es durch.«

»Es freut ihn offensichtlich sehr, dich in seiner Nähe zu haben«, sagte ich und fügte dann kühn hinzu, »und für Sabine ist es auch schön, noch eine Frau im Haus zu haben.«

Jetzt hoben sich die Wimpern, und jener dunkle, rücksichtslos offene Blick richtete sich auf mich.

»Hm ... kann sein.«

Die Ankunft meines Weinglases hinderte mich daran, sie in dieser Hinsicht weiter auszufragen. Als Ben mir das Glas gegeben hatte, legte er mir die Hand auf die Schulter und übte einen leichten, bedeutsamen Druck aus. Er war mir immer sehr zugeneigt gewesen und hatte dies viel offener gezeigt als seine ältere Schwester, aber diese zweite Berührung überzeugte mich, daß hier noch etwas anderes im Spiel war, daß eine Botschaft um Mitteilung rang.

Er setzte sich wieder, diesmal auf den anderen Stuhl, und Sophie rutschte zurück, so daß sie sich mit dem Rücken an sein Bein lehnte. Er strich ihr über das Haar und streichelte ihre Wange auf eine Weise, die mir das Herz erwärmte. Sollten sie doch ihren Spaß haben, dachte ich, ganz und gar und ohne sich um die Zukunft zu sorgen. Ich fühlte mich ruhig und wohlwollend, meilenweit von Sabines Intrigen und selbst von Ronnies gutmütigen Spekulationen entfernt. Jenseits der Promenade glitzerte die See bei Ebbe träge in der frühen Abendsonne, und ein Pärchen wanderte über den Kies. Der Mann hatte ein Kleinkind auf den Schultern.

»Ich habe auf dem Nachhauseweg bei Ronnie Chatsworth vorbeigesehen«, sagte ich. »Sie ist jetzt wieder ganz gesund.«

»Ich wußte gar nicht, daß sie krank war«, sagte Ben. In der weit entfernten Welt der Alten mußte man buchstäblich sterben, bevor er merkte, daß etwas nicht stimmte.

»Das konntest du eigentlich auch nicht wissen. Philip ist in der Türkei, sagt sie.«

»Ja? Heilt wohl sein gebrochenes Herz, was? Fortgereist, um zu vergessen?«

»Ich habe keine Ahnung. Wieso?«

»Er war in mich verknallt«, sagte Sophie. »Aber es sollte nicht sein.«

»Natürlich…« Ich erinnerte mich an die Party, Philips raschen Vorstoß, und Sophies darauffolgenden Richtungswechsel. Es war sehr unanständig von mir, aber ich war hoch erfreut. Ich hörte die schwachen Rufe von unten erst, als Ben sagte:

»Ich nehme an, du kennst diese Leute?«

»Bitte?«

»Sie scheinen dich zu kennen.«

Es war das Pärchen mit dem Kleinkind, das sich jetzt wieder auf die Promenade begeben hatte und als Desma und Rick zu erkennen war.

»Hallo!« rief ich überschwenglich. »Wollt ihr raufkommen und etwas trinken?«

»Bist du sicher?« rief Desma. »Wir haben das Kind dabei.«

»Ich weiß – schön – ich habe auch Saft.«

»Gut, du hast es so gewollt.«

Sie machten sich daran, die Straße zu überqueren, und Ben und Sophie standen auf.

»Ihr braucht nicht zu gehen«, sagte ich. »Sie sind furchtbar nett.«

»Das ist es nicht«, sagte Sophie. »Aber wir gehen sowieso aus, und ich muß nach Hause und mich umziehen.«

Ich begleitete sie hinaus und sah ihnen nach, als sie die Treppe hinuntergingen, wo ihnen die Shaws entgegenkamen. Es gab einen kurzen Wortwechsel, Sophie gab sich charmant, Bryony quäkte fordernd vor sich hin – und dann waren sie fort, und Desma schaute nach oben und sah mich.

»Gott, Eve, wann suchst du dir endlich etwas mit Aufzug?«

Ich lachte. Ich freute mich, sie zu sehen, doch unerledigte Fragen hingen verlockend in der Luft wie der Duft einer faszinierenden Unbekannten.

9

»Ich komme zu einem Geschäftstermin nach England«, sagte Mel. »Ende nächster Woche. Ich treffe mich am Sonntag mit dir.«

»Gut – toll!« sagte ich etwas begeisterter, als ich mich fühlte. Meine Tochter war so energisch und dominierend. In ihrem Familienleben kannte sie genausowenig Gnade wie bei der Arbeit. Sie kam gar nicht auf die Idee, mich zu fragen, ich wurde einfach vor vollendete Tatsachen gestellt. Wenn ich sie absolut nicht unterbringen konnte, dann mußte ich das sagen – sonst würde ich eben zurechtkommen müssen.

»Was machst du denn am Samstag?« fragte ich.

»Abends gehe ich mit ein paar Bekannten ins Theater, mittags gehe ich mit Papa und seiner Neuen essen.«

Die Erkenntnis, daß sie Bescheid wußte, schockierte mich. »Wer hat es dir erzählt?«

»Papa hat mir geschrieben. Er sagte, er hätte sich mit dir getroffen, und mit welcher Fassung du es im großen und ganzen getragen hättest. Hast du es mit Fassung getragen, oder hatte mein Vater seinen diplomatischen Tag?«

»Ich weiß es wirklich nicht. Ich habe es zur Kenntnis genommen, das ist alles. Mir blieb nicht viel anderes übrig.«

»Hast du sie schon getroffen?«

»Nein!« schnappte ich ziemlich heftig und änderte dann meinen Tonfall. »Was in aller Welt sollte das denn für einen Zweck haben?«

»Keinen, zugegeben. Aber da du dich mit Papa immer noch so gut verstehst, würde mich gar nichts wundern.«

»Mich schon.«

»Ich werde dir alles bis ins Detail erzählen, Mutter«, sagte Mel. »Keine Sorge.«

Ich redete mir ein, daß Details das letzte wären, was ich brauchte, doch natürlich verzehrte ich mich vor Neugier. Ab etwa elf Uhr am Samstag vormittag stellte ich sie mir pausenlos vor, Mel und Ian und Julia Kendal. Manchmal waren sie in einem edlen Restaurant, manchmal in einer Kneipe, manchmal in einem diskreten Hotel. Je nach Kulisse war Julia mal ein Vamp in einem engen schwarzen Hosenanzug und mit knallrotem Lippenstift, attraktiv lässig in verblichenen Jeans oder ganz und gar Landeleganz mit Perlen. Und egal wie sie aussah, die drei amüsierten sich prächtig, redeten ohne Unterlaß und brachen immer wieder in warmes, spontanes Gelächter aus. Mel war entspannter, als ich sie je zuvor gesehen hatte …

»Vorteil!« brüllte Ronnie, als ihr überrissener Aufschlag von der Linie abprallte und an meinem rechten Ohr vorbeizischte.

»Sorry!«

»Ich nehme an, du warst noch nicht soweit?«

»Natürlich war sie noch nicht soweit!« rief Desma, die das Unglück hatte, ausgerechnet an diesem Morgen meine Partnerin zu sein, an dem meine Konzentration ein Rekordtief erreicht hatte.

»Noch mal.« Ronnie gab sich fair und schlug einen neuen Ball auf. Selbst wenn sie aus der Übung war, konnte sie es sich erlauben, großzügig zu sein. »Okay?«

»Ja«, sagte ich. Sie schlug auf, und es passierte wieder, nur daß ich diesmal weit ausholte, der Ball aber nur gerade eben meinen Schlägerrahmen berührte und hoch über das Netz hinwegsegelte.

»As!« rief Sabine. »Toller Aufschlag.«

Das stimmte, aber ich war schon mit besseren Aufschlägen wirkungsvoller fertig geworden. Ich murmelte Desma eine Entschuldigung zu, und sie sagte, ich solle mir keine Gedanken machen. Desma verwies den nächsten Aufschlag zurück auf die Seitenlinie, was normalerweise bei Sabine gut funktionierte, weil sie eine schwache Vorhand hatte, doch diesmal fing sie den Ball ab wie einen Fußball und schleuderte ihn mir vor die Füße. Spiel und Satz waren verloren, und es gab keinen Zweifel, daß ich daran schuld war.

Wir reichten uns die Hände über das Netz hinweg, und ich entschuldigte mich noch einmal bei Desma, die mir verzeihend auf die Schulter klopfte.

»Keine Sorge, altes Haus, das kann selbst den besten von uns passieren.«

»Wir nehmen es dir nicht übel«, sagte Sabine mit der Großzügigkeit der Siegerin. »Das war ja ein Alptraum, Eve, du hast es uns heute morgen sehr leicht gemacht.«

Als Antwort zeigte ich ihr die Zähne. Ronnie ging zur Bank und machte sich daran, ihren Schläger einzupacken.

»Tut mir leid, ich kann heute nicht mit essen gehen, ich muß packen.«

»Viel Spaß«, sagte Desma. »Wirst du da Tennis spielen?«

»*Au contraire*«, erwiderte Ronnie. »Ich werde auf meinem Hintern herumsitzen und die örtliche Gastronomie und Lebenskultur studieren. Tschüs, *mes braves*.«

»Na Gott sei Dank«, sagte ich, als wir über die Promenade zur Kutter-Bar gingen. »Wenn sie im Urlaub ihr Tennisspiel weiter perfektionieren würde, dann müßte ich aussteigen.«

»Obwohl ich sagen muß«, wandte Sabine ein, »daß sie in bezug auf das Essen und den Wein in dieser Gegend vielleicht zu große Erwartungen hegt.«

»Sie hat gut gespielt«, gab Desma zu, »aber wir haben es ihnen auch leichtgemacht. Stimmt etwas nicht?«

Ich erzählte es ihr, während Sabine an der Bar mit Clay flirtete.

»Quäl dich doch nicht selbst«, war Desmas Rat. »Warum sollte es dich kümmern? Ian ist doch dein Ex-Mann.«

»Wir sind aber nicht ...«

»Geschieden? Dann wird es vielleicht höchste Zeit. Um es ganz brutal zu sagen, du willst ihn nicht zurück, also laß ihn gehen.«

»Das ist ziemlich genau das, was Ronnie auch gesagt hat.«

»Schön für Ronnie.«

Sabine stieß mit den Getränken zu uns. »*Salut*. Geht es immer noch um Tennis oder um etwas Brisanteres?«

»Ian hat eine Neue«, sagte ich, »und Mel trifft sich …«, ich blickte auf meine Armbanduhr, »… in diesem Moment mit ihr. Ich kann nicht aufhören, darüber nachzudenken.«

»Das ist doch ganz natürlich, meine Liebe«, merkte Sabine an, die zur Zeit voller Überraschungen steckte. »Werde sauer, dann vergiß es.«

»Das werde ich, natürlich werde ich das«, murmelte ich skeptisch. Sabine warf mir ihren erfahrensten Blick zu.

»Such dir selbst jemanden!«

»Leichter gesagt als getan.«

»Na ja, du mußt natürlich auch dazu *bereit* sein«, sagte Desma. »Aber vielleicht ist jetzt der richtige Moment.«

»Eigentlich fühle ich mich jetzt weniger bereit als je zuvor.«

»Du hast etwas gegen Veränderungen, Eve«, verkündete Sabine, während sie die Speisekarte entgegennahm. »Es ist ein typischer Frauenfehler, und du bist besonders anfällig dafür.«

Das waren mehr Weisheiten, als ich mir von Sabine anhören wollte. »Jetzt aber langsam«, sagte ich. »Ich bin schließlich meiner Ehe entkommen, oder?«

»*Exactement*!« Sabine sonnte sich in dem Triumph, ihr Argument bestätigt zu bekommen. »Du bist ihr entkommen – jetzt laß sie hinter dir.«

»Aber nicht auf leeren Magen.« Desma entwand Sabine die Speisekarte und legte sie vor mir hin. »Zeit, einen Entschluß zu fassen.«

Es hörte sich bei ihnen so einfach an. Und sie sagten nur die Wahrheit. Meine Qualen waren nicht nur selbstverschuldet, sondern irrational und unreif. Aber das zu wissen machte es nicht erträglicher. Schwester Julia vom Krankenschwesternblatt verfolgte mich an diesem Nachmittag bei meinen Bemühungen, die Wohnung zu putzen, und selbst Ute Lemper, die sich im Hintergrund über Kurt Weill hermachte, konnte die warme Unterhaltung nicht übertönen, die ich mir ausmalte, dieses verteufelt sorglose Lachen …

Schließlich gab ich mich geschlagen und rief im Altenheim an. Mrs. Rymer war da, so wurde mir gesagt, und sie erwartete niemanden, also kündigte ich meinen Besuch an. Der Schlüssel war immer noch in meiner Handtasche.

Mir wurde klar, daß ich völlig unvorbereitet auf das war, was ich möglicherweise vorfinden würde. Vielleicht war Mrs. Rymer ja senil und vollkommen schwachsinnig oder ein alter Hausdrachen – beides keine guten Vorzeichen für mein Eindringen in ihre Privatsphäre. Doch ich brauchte dringend Ablenkung, und heute nachmittag war das Los auf sie gefallen.

Die Heimleiterin, die ein gestreiftes Seidenkleid trug und makellos *à la* Thatcher frisiert war, begrüßte mich herzlich.

»Mrs. Piercy, wie schön, Sie kennenzulernen! Mrs. Rymer wird sich bestimmt freuen. Ihre ganze Familie ist im Moment verreist.«

»Wie geht es ihr denn?« fragte ich. »Ich meine, sie kennt mich überhaupt nicht, und sie könnte ein wenig nervös sein.«

»Mrs. Rymer? Nein.« Sie sah mich spitzbübisch an. »Da müßte schon Schlimmeres kommen als der Besuch einer Fremden, um sie nervös zu machen.«

Sie führte mich hinaus in den Garten, wo die Heimbewohner sich hier und dort unter Sonnenschirmen oder schattigen Bäumen niedergelassen hatten. Es gab drei kleine Gruppen und eine Einzelgängerin – Mrs. Rymer, die damit beschäftigt war, mit Hilfe eines Vergrößerungsglases die *Times* zu lesen.

»Ich überlasse Sie sich selbst«, sagte die Leiterin. »Wir haben ihr gesagt, daß Sie kommen.«

Schon als ich mich vorstellte, wurde mir klar, wie abwegig meine Spekulationen über die Frau gewesen waren, die ich hier besuchte. Erstens war sie auf jene Weise gutaussehend, die sich im Lauf der Jahre nur verbessert – ich vermutete, daß sie vor über siebzig Jahren eine hochgewachsene, ungeschickte Gans gewesen sein mußte, die sich durch ein in Fülle gelebtes Leben in diesen wunderschönen Adler verwandelt hatte. Die Römernase, die breite Stirn, der volle Mund und das kräftige Kinn, die ihr mit siebzehn das Leben zur Hölle gemacht haben mußten, waren jetzt besonders eindrucksvoll. Der Blick ihrer hochintelligenten grauen Augen, die Energie, mit der sie mir die Hand schüttelte, und der feste Klang ihrer

Stimme verrieten mir, daß sie vor allen Dingen ein Individuum war, das sich vom Alter nicht unterkriegen lassen würde und dessen angeborene Autorität sich im Lauf der Jahre höchstens vermehrt hatte.

»Ich hoffe, ich störe Sie nicht«, sagte ich und wies auf die Zeitung auf ihrem Schoß.

»Ich lebe, um gestört zu werden, Mrs. Piercy«, antwortete sie. »Was kann ich für Sie tun?«

Damit waren die Verhältnisse geklärt. Sie war höflich und aufmerksam, aber ich tat ihr keinen Gefallen, sondern war der Bittsteller.

»Als wir die Schubladen in Ihrem Sekretär durchgesehen haben, haben wir einen Schlüssel gefunden«, erklärte ich. »Er hat zu keinem der Möbelstücke gepaßt, die wir haben, daher dachte ich, Sie hätten ihn vielleicht gern zurück.«

»Dann zeigen Sie mal her.« Sie hielt mir ihre Hand hin, die so groß war wie die eines Mannes. Ich legte ihr den Schlüssel in die Handfläche, und sie ergriff ihr Vergrößerungsglas und untersuchte ihn. Sie trug eine Brille, und ihr Haar – dicht, gewellt und dunkel, kaum von stahlgrauen Strähnen durchzogen – war kurz geschnitten und aus ihrem Gesicht zurückgekämmt.

»Nein«, sagte sie knapp und gab mir den Schlüssel zurück. »Keine Ahnung. Tut mir leid.«

»Er gehört trotzdem Ihnen. Möchten Sie ihn nicht behalten – für alle Fälle?«

Das brachte sie zum Lachen. »Ganz bestimmt nicht! Ich habe hier nur sehr wenige Dinge, und keines davon ist abschließbar.«

»Na gut, wenn Sie sich sicher sind…« Ich steckte den Schlüssel wieder in die Handtasche. »Dann prüfen wir noch einmal nach, ob er auch bestimmt nicht zu einem der Möbelstücke bei Bouvier paßt.«

»Dann werfen Sie ihn doch ins Meer! Wünschen Sie sich etwas. Tun Sie etwas Symbolisches«, schlug sie vor.

Jetzt war es an mir zu lachen. Sie verstand meine Gefühle in bezug auf den Schlüssel.

»Vielleicht mache ich das«, sagte ich.

»Setzen Sie sich.« Sie tastete hinter sich nach einem Kissen und warf es ins Gras. Ich bemerkte, daß ihre langen Beine von den Knien zu den Knöcheln verbunden waren. »Tut mir leid, wenn ich Sie enttäusche.«

»Schlüssel sind etwas Faszinierendes, nicht wahr?«

»Dunkle Verliese, hohe Türme, verschlossene Särge – Märchen, ja.« Sie sah auf ihre Armbanduhr – eine große, praktische Uhr, deren dicke römische Ziffern ein Zugeständnis an ihr schwindendes Augenlicht waren. »Möchten Sie eine Tasse Tee?«

Rasch taxierte ich die Entfernung von hier zum Haus, den Zustand ihrer Beine, die Tageszeit.

»O, nein danke, ich habe eigentlich keinen …«

»Ich kann ihn herbeipfeifen.« Wie ein Zauberer brachte sie ein Handy zum Vorschein. »Ich verfüge über die nötige Technologie.«

»Na gut, wenn Sie sicher sind. Ein Tee wäre schön.«

Sehr bedachtsam hielt sie sich das Handy dicht vor das Gesicht und gab einige Zahlen ein. Während sie darauf wartete, daß jemand abnahm, zwinkerte sie mir zu, ohne eine Miene zu verziehen.

»Ah … ist da Arlette? Arlette, hier ist Mrs. Rymer … Gut, danke. Hören Sie mal, ich bin heute nachmittag auf der Wiese, und mein Besuch und ich würden uns sehr über eine Kanne vom Besten freuen … ganz sicher? Danke schön! Auf Wiederhören.«

Sie schaltete das Telefon mit einer schwungvollen Geste aus. »Meine verflixten Beine machen mir im Moment solchen Ärger, und ich habe begriffen, daß man hier nichts bekommt, wenn man nicht fragt. Und die Mädchen sind zum Großteil ganz in Ordnung, wenn man nett zu ihnen ist. Also, der Tee ist unterwegs.«

»Sieht so aus, als hätten Sie das System durchschaut.«

»Das habe ich allerdings. Das muß man auch. Ich spiele mit dem Gedanken, eine Schule für Spieler aufzumachen.« Sie meinte es vollkommen ernst. »Spielen Sie Karten?«

»Ich fürchte, nein. Ich habe Freunde, die Bridge-Profis sind, aber ich habe es nur bis zum Quartettspielen gebracht.«

Mir fiel auf, wie seltsam das klang, und sie mußte es bemerkt haben, denn sie sagte: »Sie haben Glück, daß Sie so weit gekommen sind, meine Liebe! Sie arbeiten also bei Bouvier – glauben Sie, daß mein Krimskrams viel einbringen wird?«

»Die Stücke sind sogar sehr interessant. Wir rechnen damit, daß sie sich gut verkaufen.«

»Sie beschreiben sie so, als wären es kluge, junge Studenten, die in die Welt hinausziehen, statt ein paar verstaubter Möbelstücke.«

»Fehlen sie Ihnen denn nicht?«

»Das ist doch nur Krempel«, sagte sie. »Nur Gegenstände. Meine eigenen vier Wände, die fehlen mir, aber der Bungalow war nichts Weltbewegendes, und ich bin dort allein nicht mehr zurechtgekommen, also geht es mir hier besser. Und sehen Sie sich das hier an –« Sie wies mit einer Geste auf den Garten. »Es wäre wirklich kleinlich von mir, wenn ich mich beschweren würde …« Sie betrachtete ihre Umgebung einen Augenblick lang wohlwollend. »Und was tun Sie, wenn Sie nicht bei Bouvier arbeiten?«

Angesichts einer solchen Frage kam ich mir plötzlich außerordentlich langweilig vor und fühlte mich mit meiner ordentlichen Wohnung, meinem Single-Status und meinem geordneten Frauenleben in die Defensive gedrängt.

»Ich spiele viel Tennis«, erzählte ich ihr. »Ich habe heute morgen noch gespielt, aber es scheint nicht mein Tag gewesen zu sein.«

»Einzel?«

»Doppel.«

»Ich habe früher auch viel gespielt«, sagte sie. »Mit meinem Galan, zwischen den Kriegen.«

Sie legte eine subtile, ironische Betonung auf das Wort ›Galan‹, so daß es, anstatt sich altmodisch anzuhören, eine ganze Heerschar von verruchten Möglichkeiten implizierte. Ich begriff, daß sie mir mein Stichwort auf einem Silbertablett gereicht hatte. Vielleicht hatte der Schlüssel doch seinen Zweck erfüllt.

»Sind Sie Partner gewesen?«

»In vieler Hinsicht, ja. Aber auf dem Tennisplatz haben wir Einzel gespielt, und zwar bis aufs Messer.«

Ich war beeindruckt. »Haben Sie ihn geschlagen?«

»Manchmal. Aber er war ein sehr, sehr guter Spieler. Später, als ich mit meinem Mann im Club gespielt habe, da haben wir alle möglichen Pokale gewonnen, und das war eigentlich alles Gerrys Verdienst.« Sie fing meinen Blick auf. »Sein Name war Gerhardt. Nicht besonders vorteilhaft, als die Feindseligkeiten ausbrachen, wie Sie sich vorstellen können. Jetzt erzählen Sie mir aber, was Ihr Mann macht.«

»Informationstechnologie. Aber wir leben getrennt.«

Sie gab keinen Kommentar ab, sondern sinnierte nur. »Wie so viele von uns aus irgendwelchen Gründen. Haben Sie Familie?«

»Einen Sohn und eine Tochter – beide erwachsen.«

»Kennen Sie meinen Sohn?«

»Nein, nur Ihre Schwiegertochter. Sie war in Ihrem Haus, als ich das erste Mal hingefahren bin.«

»Sie ist eine sehr liebe Frau«, sagte Mrs. Rymer. »Sie hat außerordentlich viel Energie, und es ist ein Glück, daß ich sie habe. Mir ist ständig danach, ihr zu sagen, Jane, komm zur Ruhe, dreh nicht durch, der Himmel wird schon nicht einstürzen, wenn du einmal zehn Sekunden durchatmest.«

»Man steht heutzutage sehr unter Druck, nicht untätig herumzusitzen.«

Mrs. Rymer überhörte das. »Sie muß ungefähr in Ihrem Alter sein. Vielleicht ein bißchen älter, oder sie achtet nicht so gut auf sich. Jedenfalls richtet sie sich zugrunde ... *Ihr* würde eine Trennung guttun.«

Die Ankunft des Tees überdeckte glücklicherweise mein Erstaunen über diese Meinung einer Schwiegermutter. Er kam auf einem dieser Tabletts mit Beinen, das Arlette auf dem Rasen aufstellte.

»Danke sehr, Arlette«, sagte Mrs. Rymer, dann zu mir: »Sie gießen ein, sonst dauert es den ganzen Abend.«

Dann fuhr sie fort: »Mein Sohn hält seine Kinder für Monster, was ich furchtbar schade finde. Sie kommen mir für heutige Verhältnisse völlig normal vor, und da sie inzwischen beide über einundzwanzig sind, sollte er aufhören, sich ihretwegen zu schämen. Wie sind Ihre beiden denn so?«

Ich beschrieb ihr Ben und Mel so knapp ich konnte.

»Ihre Tochter ist also auf dem besten Weg, ein Industriekapitän zu werden, und Ihr Sohn macht die Ausbildung zum Spielzeug einer reichen Frau«, faßte meine Gastgeberin kurz zusammen.

»So in etwa.«

»Und haben sie Liebhaber?«

Ich fing an, mich an Mrs. Rymers Gesprächsstil zu gewöhnen, aber diese Frage einer älteren Dame, die ich kaum kannte, war trotzdem heftig.

»Mein Sohn mit absoluter Sicherheit, meine Tochter behält so etwas lieber für sich.«

»Klug von ihr«, war Mrs. Rymers Kommentar.

Eigentlich wäre es nur fair gewesen, ihr jetzt eine ebenso direkte Frage in bezug auf Gerhardt zu stellen, aber weil ich alles wissen wollte, konnte ich die Frage nicht schnell genug formulieren.

»Mein Sohn«, fuhr sie fort, »hat es nie geschafft zu akzeptieren, daß seine Sprößlinge biologische Bedürfnisse haben. Wenn dieses Thema in meinem Beisein angeschnitten wird, sage ich ihm, er sollte einfach froh sein, daß das so ist, aber er scheint es für ein Kapitalverbrechen zu halten.«

»Ich nehme an, er möchte sie schützen«, meinte ich.

»Hm ... die Geschworenen beraten noch. In der Zwischenzeit wollen wir das Beste annehmen. Erzählen Sie mir, mögen Sie Ihre Arbeit?«

Ich erzählte ihr von Bouvier, und wir tranken unseren Tee. Sie war eine extrem aufmerksame Zuhörerin mit einem exzellenten Gedächtnis, da war ich mir sicher. Sie hörte mit gesenkten Augenlidern zu, so als wollte sie alle äußerlichen, visuellen Ablenkungen ausschließen. Wenn sie dann sprach, sah sie auf und starrte ihren Gesprächspartner mit ihrem intensiven, klaren Blick an, ohne mit der Wimper zu zucken.

Als ich mich erhob, um zu gehen, sagte sie: »Verzeihen Sie, wenn ich Sie nicht zum Ausgang begleite. Ich muß humpeln und mich aufstützen, und das mache ich lieber mit jemandem, der dafür bezahlt wird. Das Alter ist eine grimmige Angelegenheit.«

»Ja«, pflichtete ich ihr bei, »das glaube ich.«

Sie lachte trocken und sagte: »Vielleicht möchten Sie noch einmal kommen?«

»Gerne.« Mir kam ein Gedanke. »Oder möchten Sie gern einmal ausgehen? Meine Wohnung hat eine Million Treppenstufen, aber wir könnten irgendwo essen gehen, in einem Lokal oder …«

»Was für eine gute Idee, das würde ich gern tun«, sagte sie bestimmt und hielt mir ein weiteres Mal ihre achtunggebietende Hand hin. »Also sagen wir auf Wiedersehen, nicht Lebewohl.«

Als ich das Altenheim verließ, war mir leichter ums Herz, nicht weil ich eine gute Tat vollbracht hatte, sondern weil ich eine Freundin gewonnen hatte.

Ben begleitete mich, als ich am folgenden Morgen Mel vom Bahnhof abholte. Ich hatte nicht vorgehabt, ihn zu wecken, doch als er mich in der Küche hörte, mußte er aus dem Bett gesprungen und direkt in seine Jeans und Schuhe geschlüpft sein und erschien jetzt in der Tür, die Schatten einer langen Nacht deutlich ins Gesicht geschrieben.

»Ich komme mit.«

»Einverstanden.«

»Ist das Tee?«

Er hielt die Tasse in beiden Händen und trank in langen Schlucken, die Augen geschlossen, um sich ganz der wohltuenden Wirkung zu überlassen. »Danke.«

Es war ein kühler, feuchter Morgen, und die Flut unternahm wütende kleine Attacken gegen die Promenadenmauer. Der Wagen sprang nicht sofort an, doch Ben saß friedlich auf dem Beifahrersitz, immer noch im Halbschlaf, während der Motor ein paarmal heulend absoff, bevor er ruckartig ansprang.

Nach ein paar Minuten räusperte er sich und fragte: »Und, was hat die Melone so in der Stadt getrieben?«

»Du sollst sie nicht so nennen! Irgendein Geschäftstermin – sie hat mir keine Details gesagt.«

»Und was hat sie in ihrer Freizeit gemacht?«

»Ich weiß, daß sie gestern mit ihrem Vater beim Mittagessen war. Mit ihm und seiner neuen Freundin.«

»Okay«, sagte Ben. »Aber kein Mann in ihrem Leben, in dessen Existenz sie dich eingeweiht hätte?«

»Nicht, daß ich wüßte.«

Er schüttelte den Kopf. »Ich kapiere das nicht.«

Es wurde immer offensichtlicher, daß niemand meine Gefühle in bezug auf Schwester Julia teilte, geschweige denn meine Neugier darauf, was Mel von ihr hielt. Für alle anderen war es nur ein unvermeidlicher, wenig aufregender Schritt in die Zukunft, der niemanden besonders viel anging, am wenigsten mich. Doch als wir auf den Bahnhofsparkplatz fuhren, merkte Ben an:

»Ob er sie wohl zum Kricket mitbringt?«

»Oh, darüber habe ich gar nicht…«, setzte ich an, doch er war schon aus dem Wagen ausgestiegen, um Geld in den Parkautomaten zu werfen. Ich parkte rückwärts ein und empfand große Zärtlichkeit, als ich ihn zurückkommen sah. Er verstand mich.

Mels Zug hatte fünfzehn Minuten Verspätung und war fast leer. Sie stieg so energisch wie immer aus und vermittelte irgendwie den Eindruck, daß die Bahn noch ineffektiver gearbeitet hätte, wenn sie nicht persönlich eingegriffen hätte. Sie trug Jeans, Jodhpur-Stiefeletten, eine gestärkte weiße Bluse und einen blauen Blazer, und ihr einziges Gepäck war ein kleiner schwarzer Rucksack. Sie war denkbar lässig gekleidet, und doch kam ich mir neben ihr zerknittert und ungekämmt vor. Als ihre kühlen Lippen meine Wange streiften, roch ich einen leichten, frischen Mädchen-in-der-Großstadt-Duft.

»Guter Gott«, sagte sie und betrachtete Ben von oben bis unten. »Womit habe ich denn das verdient?«

»Ich hatte einfach Lust dazu. Hatte sonst nichts zu tun. Hattest du eine gute Reise?«

»Ja, ich habe einen Volltreffer gelandet.« Es war typisch für beide, daß er sich nach ihrer Reise erkundigte und sie ihm als Antwort von ihrer Arbeit erzählte.

Wir machten uns auf den Weg zum Ausgang. Ben legte eine Hand auf den Träger ihres Rucksacks. »Soll ich den nehmen?«

»Nein, danke. Das war einer meiner cleversten Schachzüge, daß ich ihn mir gekauft habe – damit kann ich problemlos überall übernachten.«

Ben blieb stehen, um sich eine Zigarette anzuzünden, und sie sah sich nach ihm um. »Das macht er doch wohl nicht immer noch.«

»Ich fürchte schon.«

»Ich hoffe, du verbietest es ihm in deiner Wohnung.« Sie nannte es nie ›Zuhause‹.

»Kann ich nicht behaupten.«

»Mutter – also ehrlich!«

Ben stieß wieder zu uns. »Worüber zankt ihr beide euch denn?«

»Das da.« Sie zerrte ihm die Zigarette aus den Fingern, ließ sie fallen und trat darauf.

»Hey, Mel, verzieh dich …« Er klang eher ein wenig traurig als wütend.

»Ich werde mich nicht ins Auto setzen und deinen Gestank einatmen«, sagte sie ruhig.

Er holte eine andere Zigarette hervor. »Dann rauche ich eben eine, bevor ich einsteige.«

»Wie du willst. Aber wenn du vorhast, Selbstmord zu begehen, dann gibt es billigere und weniger störende Arten, das zu tun.«

Als wir das Auto erreichten, stand ich kurz davor, in Tränen auszubrechen. Uns blieben nur vierundzwanzig gemeinsame Stunden, und Ben war extra aufgestanden, um sie zu begrüßen – wieso mußte sie sich da so benehmen, so kritisch, so arrogant? Ich redete mir ein, daß sie erwachsen sei, daß sie zu alt für meine Zurechtweisungen sei, doch in meinem feigen Herzen wußte ich, daß ich, sosehr ich meine Tochter bewunderte, doch auch ein wenig Angst vor ihr hatte. Bei Ben war das anders, und was ich mehr als alles andere fürchtete, war seine seit der Kindheit nicht mehr benutzte Fähigkeit, seine

Schwester zu verletzen. Ich wußte im Inneren, daß ihre ehrfurchtgebietende Kompetenz ein Schutzschild war, den sie gegen die Welt errichtet hatte – doch es war ein brüchiger Schutzschild, und ich fürchtete das, was zum Vorschein kommen mochte, wenn er zerbrach.

Fürs erste jedoch verflog der unheilvolle Moment zusammen mit Bens Zigarettenrauch.

»Hat dir die Aufführung gefallen?« fragte ich.

»Das Stück an sich war Unfug«, verkündete sie, »aber die Inszenierung und die Schauspieler waren so gut, daß es trotzdem Spaß gemacht hat. Es muß wohl einigermaßen unterhaltsam gewesen sein, weil ich es geschafft habe, die ganze Zeit wach zu bleiben.« Das war keine Schau; sie gehörte zu jenen übernatürlich geschäftigen Menschen, für die es einfach nur eine Gelegenheit zum Wiederaufladen der Batterien bedeutet, wenn sie stillsitzen und zusehen.

»Wie geht es Papa?« fragte Ben vom Rücksitz.

Ich starrte angespannt lächelnd auf die Straße vor mir.

»Gut«, sagte sie. »Wir waren nur in einem Weinlokal in der Nähe der Gloucester Road, aber sie hatten ein paar alte australische Weine, und das Essen war viel besser, als ich befürchtet hatte.«

»Tja«, kommentierte ich aufgesetzt fröhlich, »man sagt, daß man nirgendwo auf der Welt so gut essen gehen kann wie in London.«

»Aber hat sich der großstädtische Einfluß bis nach Littelsea ausgedehnt – das ist es, was ich gern wüßte«, sagte Mel. »Gibt es hier irgendein Restaurant, in das ich euch einladen kann, ohne daß wir alle an schlechtem Essen eingehen?«

»Na, jetzt mach mal halblang«, begann ich, doch Ben mischte sich wieder ein.

»Was ist mit der Frau?«

»Liebes«, sagte ich, »laß uns nicht …«

»Oh, nett«, erwiderte Mel. »Absolut normal und nett, Größe zweiundvierzig, hat noch alle Zähne.«

Ich rührte in der Gangschaltung.

Ben beugte sich vor, so daß sich sein Kopf neben meiner Schulter befand, doch er sah Mel an. Etwas in seinem Verhalten gab mir allerdings das Gefühl, daß er seine Schwester um meinetwillen verhörte. Was wohl auch stimmte, denn obwohl meine Fingerknöchel sich weiß gegen das Lenkrad preßten, bat ich ihn nicht, den Mund zu halten.

»Wie alt?« fragte Ben.

»Gott, ich weiß nicht – niemand sieht heutzutage so alt aus, wie er ist. Ungefähr vierzig?«

»Einundvierzig«, sagte ich.

»Blond, brünett?«

»Mittelbraun. Chic, aber nicht überwältigend. Hübsch, aber nicht aufgetakelt. Ein bißchen still...«

»Da blieb ihr wahrscheinlich auch kaum etwas anderes übrig«, sagte Ben und lehnte sich abrupt zurück, um der Ohrfeige seiner Schwester auszuweichen.

Also war Julia nett, hübsch, still, mittelbraun, Größe zweiundvierzig, ja? Ich hätte es mir denken können. Ihre absolute Durchschnittlichkeit, die Mel, wenn ich ehrlich war, unterschwellig als ein bißchen langweilig beschrieben hatte, ging mir völlig gegen den Strich. Was konnte das alles bedeuten? Daß unter diesem makellosen, ordentlich gebügelten Äußeren ein Vulkan unkontrollierbarer Lust und sexueller Erfahrung brodelte, das war es.

»Trägt sie eine Brille?« fragte ich.

»Nicht immer, aber sie hat eine aufgesetzt, um die Speisekarte zu lesen, genau wie du.«

»Oh.«

Das bestätigte meine schlimmsten Befürchtungen. *Nehmen Sie Ihre Brille ab, Miss X, und lassen Sie mich Ihr Haar lösen. Mein Gott, Sie sind ja wunderschön, und das war mir gar nicht aufgefallen...*

»Abgesehen von der Brille war sie dir überhaupt nicht ähnlich«, fügte Mel hinzu. »Und sie kam mir nicht wie ein Tennisgenie vor.«

In der Wohnung angekommen, sah Mel zu, wie ich meine beliebte gefüllte Lammschulter in den Ofen schob, und sagte, daß sie in diesem Fall a) die Idee fallenlassen würde, uns abends auszuführen, und b) daß sie einen kleinen Spaziergang am Meer unternehmen und auf dem Rückweg etwas Trinkbares aus dem Weinladen mitbringen würde. Sie vertauschte den Blazer und die Jodhpurs gegen Turnschuhe und ein Designer-Sweatshirt und steckte im Vorbeigehen den Kopf in die Küche.

»Alles klar, Mutter? Oder führe ich mich auf wie die Ratte im Sprichwort …?« Sie haßte Kochen und stellte sich nicht geschickt dabei an.

»Alles klar, Liebes. Mit dem komplizierten Teil bin ich sowieso schon fertig.«

»Wäre es sehr aufdringlich, wenn ich fragen würde, ob es hinterher Pudding gibt?«

»Das wäre es nicht, und den gibt es in der Tat.«

»Spitze! Und übrigens …«, sie kam zu mir und legte mir die Hand auf den Rücken, während ich die Zucchini schnitt, »*nach* diesem Festmahl werden wir zwei uns hinsetzen und uns ernsthaft unterhalten.«

»Ist das eine Drohung oder ein Versprechen?«

Sie überhörte das. »Ich nehme Ben mit; er sieht aus, als könnte er ein bißchen frische Luft und Bewegung vertragen.«

»Viel Glück.«

Er telefonierte gerade mit Sophie, legte aber fast sofort auf, und ich hörte ihn sagen: »Ist ja schon gut, aber nur, wenn ich rauchen darf …«

Dann aus der Küchentür: »Wäre es okay, wenn Sophie zum Essen kommt?«

»Klar – Haus der offenen Tür.«

»Prima, weil ich sie nämlich schon eingeladen habe.«

Sie gingen, und ich machte mir Kaffee – eine aromatische Mischung, frisch aufgebrüht, keinen Instantkaffee, weil ich all die Ratschläge aus den Zeitschriften beherzigen und mich verwöhnen wollte. Es war gut, daß Sophie kommen würde, weil es mögliche Spannungen zwischen Bruder und Schwester dämpfen würde und weil ich den Eindruck hatte, daß sie bestens in der Lage war, ihre Frau zu stehen, falls es nötig wurde.

Ungefähr eine Stunde später deckte ich gerade den Tisch und dachte mir, wie schön es war, das zu tun, und dann auch noch für vier Personen, als es klingelte.

Ich drückte im Flur auf den Knopf, konnte aber nur jemanden schwer atmen hören. Sexuelle Belästigung kam in Littelsea nicht besonders häufig vor (um so trauriger, wie Sabine gesagt hätte), vor allem sonntags morgens, doch manchmal spielten hier Kinder an den Klingeln herum, also sagte ich anstandshalber »hallo« und ließ dann wieder los. Augenblicklich klingelte es wieder.

»Ja? Wer ist da?«

Es folgte eine Reihe zunehmend hastiger Keuchlaute, die schließlich in dem Wort »Eve!« gipfelten.

»Wer ist da?«

Noch mehr Gekeuche. »Hier ist Clive ...!«

»Clive, um Himmels willen, alles in Ordnung?«

Das Keuchen ging in einen Hustenanfall über, welcher abschwoll, als Clive zurücktrat oder sich vornüberbeugte, und dann wieder anschwoll, bevor er krächzte: »Kannst du herunterkommen?«

»Bin schon unterwegs!«

»Eve ...«, er holte tief Luft, »Wasser!«

Ich lehnte die Wohnungstür an, eilte in die Küche, füllte ein Bierglas mit kaltem Leitungswasser und lief die Treppe hinunter, wobei ich das überschwappende Glas vor mir hertrug.

Als ich die Haustür öffnete, fand ich eine seltsame kleine Szene vor. Clive, der ein hellblaues, schweißdurchtränktes Trägerhemd und Shorts trug, stand vornübergebeugt mit den Händen auf den Knien da und hatte unübersehbar körperliche Beschwerden; seine Beine zitterten, und Schultern und Hals waren marmoriert. Ihm zur Seite standen Peggy Whiteley, die im Parterre wohnte und gerade aus der Methodistenkirche zurückkam, und Sophie.

»Der arme Mann«, sagte Peggy, die dabei war, Clive mit ihrer handschuhbekleideten Hand den Rücken zu rubbeln. »Er ist ja in einem furchtbaren Zustand.«

Sophie sprach langsam und deutlich mit Clive. »Eve ist hier und hat Wasser mitgebracht. Wie wäre es, wenn Sie sich hinsetzen?«

Er ließ es zu, daß man ihn so drehte, daß er der Stufe den Rücken zukehrte, und Peggy und Sophie schoben ihm tapfer ihre Hände in die Achselhöhlen, um ihm beim Hinsetzen behilflich zu sein.

»Hier«, sagte ich wie eine Figur in einer Seifenoper. »Trink das!«

Er nahm ein paar Schlucke, dann steckte er die Hand in das Glas und spritzte sich Wasser auf den Kopf.

»Der arme Mann«, murmelte Peggy noch einmal. »Meinen Sie, ich sollte einen Arzt rufen?«

Ich starrte Clive hilflos an, der körperlich immer noch nicht besser aussah, aber die Fassung wiederzuerlangen schien. »Ich weiß es nicht.«

Sophie setzte sich neben Clive und legte ihm den Arm um die Schulter. Sie sah mich an und flüsterte: »Wie heißt er?«

»Clive Robinson.«

»Clive«, sagte sie mit fester Stimme, »tut Ihnen etwas weh?«

Er holte tief Luft und schüttelte dann den Kopf, wobei Schweißtropfen auf Peggys Regenmantel flogen.

»Sind Sie sicher? Arme und Beine funktionieren?«

»Ja …« Er machte ein paar ungeschickte, ruckartige Laufbewegungen.

»Frieren Sie?«

»Ja.«

Im nächsten Augenblick war der Regenmantel ausgezogen und über ihn gelegt, und Peggy deutete in den Hausflur, wo jetzt ihr Mann, Bernhard, mit der *Sunday Times* und einem verblüfften Gesichtsausdruck stand.

»Bernhard, Schatz«, sagte sie drohend, »setz den Kessel auf, wir kommen herein.«

Bernhard schlurfte davon.

»Das ist sehr nett von Ihnen«, sagte ich. »Ich würde ihn ja mit zu mir nach oben nehmen, aber in seinem Zustand schafft er die Treppe niemals.«

»Wir gehen jetzt ins Haus«, sagte Sophie zu Clive. Peggy huschte an uns vorbei, wahrscheinlich heilfroh, ihre Bekanntschaft mit seinen Achselhöhlen nicht vertiefen zu müssen, und wir zogen ihn hoch. Er verlor einen Moment lang die

Farbe, und er schwankte benommen, bevor er sich aufrappelte und verkündete:

»Es ist keine Herzattacke … aber ich bin ein Trottel.«

Es blieb uns erspart, ihm beizupflichten, weil Mel und Ben nach Hause kamen. Sie hatten zwei Flaschen Rotwein und einen Sechserpack Cidre dabei. Ihre Gesichter spiegelten das Befremden darüber wider, mich in meiner Gorillaschürze, Sophie mit schwarzer Pumphose und nackter Taille und Clive in babyblauen Boxershorts und einem Damenregenmantel wie die drei Grazien in der Haustür vorzufinden.

»Mutter!« sagte Mel. »Und ich dachte, du führst ein ruhiges Leben …«

10

Am Ende aßen wir zu fünft zu Mittag. Die Lammschulter war nach Peking-Art geraten, wie Mel bemerkte, und zerfiel in dünne, trockene Streifen, während sich die Füllung – die Sultaninen enthielt – in etwas verwandelt hatte, das an Schafsköttel erinnerte. Das Gemüse dagegen, auf die schnelle in der Mikrowelle gegart, hätte gute Dienste als Munition in einem Revolver geleistet. Nur der Brotpudding, den ich in letzter Minute angerichtet und während unseres ersten Gangs gekocht hatte, war perfekt – leicht und sahnig mit einer knusprigen Kruste.

Trotz seiner Mängel war uns das Essen nach den Anstrengungen der vergangenen Stunde höchst willkommen. Wir waren bei den Whiteleys geblieben, während Clive sich erholte. Peggy hatte darauf bestanden, daß wir alle ein Glas Sherry tranken (»Tut mir leid, ihr jungen Leute, wir haben kein Bier«), und Clive nippte an einem großen Bovril. Bernhard, ein großer, birnenförmiger Mann, hatte einen Pulli mit einem Rautenmuster in Türkis und Zitronengelb und eine beigefarbene Hose mit Bügelfalte hervorgeholt. Clive sah in den Kleidungsstücken völlig deplaziert aus, schien damit aber ganz zufrieden zu sein. Ich ging davon aus, daß er sich nach Hause fahren lassen würde, doch als wir beiläufig erwähnten, er könnte ja zum Mittagessen bleiben, wurde er plötzlich munter und erklärte, er würde die Treppe schon schaffen, wenn ihm zwei attraktive junge Damen dabei helfen würden. Ich rechnete fest damit, daß Mel ihn für seinen Flirtversuch zurechtweisen würde, doch nichts dergleichen geschah, und da es schon halb drei war, überließ ich sie ihrem Schicksal und ging nach oben, um das Gemüse zu kochen und noch ein Gedeck aufzulegen.

Eigentlich war Clive genau das, was wir brauchten. Für einen Blitzableiter war er zwar ein wenig seltsam geformt und gefärbt, doch er spielte diese Rolle perfekt. Wir alle saßen da und hatten nur Augen und Ohren für ihn und hörten seinen Erklärungen zu. Es war eine Geschichte, in der wie bei allen guten Geschichten Tragik und Komik unauflösbar miteinander verquickt waren.

»Da ist dieses Mädchen in Sozialwissenschaft, mit dem ich mich angefreundet habe«, erzählte er und fügte dann hinzu: »Nur angefreundet, versteht mich nicht falsch, aber sie glaubt fest an den Zusammenhang von körperlicher und geistiger Gesundheit – sie macht Yoga, Feldenkrais, lauter Sachen, von denen unsereins nicht einmal träumt ... Ihr wißt ja, Helen und ich sind ... waren ...«, er errötete, »... nicht im mindesten am Sport an sich interessiert, aber Catherine strahlt diese rundum gesunde Aura aus, und ich mußte mich fragen, ob es nicht an Arroganz grenzte, die offensichtlichen Vorteile sportlicher Betätigung einfach so zu ignorieren. Ich meine, meine liebe Frau ist immer mit Schlankheit gesegnet gewesen, aber ich bin zu spät gekommen, als diese Gabe verteilt wurde ... Kurz gesagt, ich habe mich selbst angesehen und bin zu dem Schluß gekommen, daß ich einen ziemlich erbärmlichen Anblick bot, ein Mann am Ende der mittleren Jahre, im Begriff, seine Haare zu verlieren und einen Bauch zu bekommen, unfähig, einem Bus hinterherzurennen oder auch nur eine Treppe zu steigen, ohne oben reif für ein Arzneimittel zu sein. Übrigens, Eve, das ist köstlich ...«

Die anderen pflichteten ihm bei, ohne ihren Blick von ihm abzuwenden. Trotz seines Monologes aß er doppelt so schnell wie wir. Ich hatte mein Essen kaum angerührt, aber zwei Gläser Chianti und der Sherry der Whiteleys hatten eine verheerende Wirkung auf meine Selbstkontrolle ausgeübt. Ich mußte mein Kinn wiederholt in seine Position zurückzerren und meinen Blick erneut fokussieren.

»Na ja«, fuhr Clive fort. »Jedenfalls habe ich mich wohl mit Catherines unwissendem Zutun vom Saulus zum Paulus gewandelt und beschlossen, das eine oder andere für mein Herz-Kreislauf-System zu unternehmen. Ich hasse Tennis – tut mir leid, Eve –, und ich kann nicht schwimmen. Ich konnte mich nicht zu einer Sportart aufraffen, für die man eine Ausrüstung braucht. Ich habe mir ein Fitneßstudio angesehen, aber es hatte zu große Ähnlichkeit mit einer mittelalterlichen Folterkammer unter der Fuchtel einer schreckenerregenden Harpyie, die mehr Muskeln hatte, als ich mir jemals wünschen würde ... Daher schien Jogging meine Antwort zu sein. Also habe ich mir die Klamotten und ein Paar Schuhe gekauft, und hier bin ich nun.«

Er schob sich die letzte Gabel in den Mund und betupfte sich den Mund unter unseren gaffenden Blicken mit seiner Serviette.

»Ist das alles?« fragte Mel in unser aller Namen. »Denn wenn es so ist, dann würde ich gern diverse Anmerkungen loswerden.«

Clive schluckte und betupfte sich noch einmal. »Schießen Sie los!«

»Erst einmal«, sagte Mel, während sie ihn mit einem direkten, beinahe rüden Blick fixierte, »haben Sie da unten einen Schwächeanfall gehabt.«

»Kann sein, daß ich es ein bißchen übertrieben habe.«

»Wie lange laufen Sie denn schon?« fragte Sophie.

»Ungefähr eine Stunde, würde ich sagen.«

»Nein, ich meine nicht heute. Ich meine, seit Sie angefangen haben.«

»Ich habe die Frage schon verstanden.«

»Moment mal.« Ben zeigte mit seiner Gabel auf Clive und kniff die Augen zusammen. »Das war Ihr erstes Mal?«

»Ja.«

»Und Sie sind eine *Stunde* lang ... *gerannt*?«

»Na ja ...« Clive räusperte sich nervös. »Nicht nur. Wenn es bergauf ging, bin ich meistens gegangen.«

»Meistens. Bergauf«, äffte Mel ihn nach. Die Unterhaltung war dabei, sich in ein Hörspiel für vier Stimmen zu verwandeln, dessen Zuhörerschaft aus einer Person bestand.

»So ist es. Es gibt ein paar recht ansehnliche Steigungen zwischen hier und Brighton.«

Sophie schlug sich die Hände an die Wangen. »Haben Sie *Brighton* gesagt?«

»Äh – ja.« Clive ließ den Blick über die anderen Gesichter wandern, um abzuschätzen, ob er prahlen oder bescheiden sein sollte. Aber Prahlerei war noch nie sein Stil gewesen, und er fing an, seine Serviette umständlich zusammenzulegen. »Wahrscheinlich war ich zu ehrgeizig.«

Mel legte ihr Besteck zusammen und schob mir ihr Glas zum Nachschenken hin.

»Nein, das waren Sie nicht.«

»Meinen Sie nicht?«

Sie schüttelte den Kopf. »Nicht ehrgeizig, Clive. Sie haben völlig den Verstand verloren.«

Ich mußte mir auf die Zunge beißen, um sie nicht zur Ordnung zu rufen. Doch der liebe Clive war der am wenigsten von sich selbst eingenommene Mensch auf dem Planeten und sah uns alle nur ängstlich an.

»Ja, ich glaube, Sie haben recht.«

»Aber wie haben Sie das nur gemacht?« rief Ben aus und ließ seinen Stuhl nach hinten kippen. Er sah uns mit großen Augen an. »Wie hat er das nur gemacht?«

Sophie beugte sich zu Clive hinüber. »Wir möchten wissen, wie Sie das gemacht haben.«

Er runzelte entschuldigend die Stirn. »Das ist eine gute Frage«, sagte er. »Und die Antwort lautet: unter allergrößten Schwierigkeiten.«

Am Ende des Essens hatten wir ihn davon überzeugt, daß es ratsam sei, die Dinge Schritt für Schritt anzugehen. Während die anderen die Spülmaschine einräumten, saßen er und ich auf dem Balkon, und ich fragte ihn, was ich vor den anderen nicht hatte fragen wollen.

»Clive, warum hast du das eigentlich gemacht?«

»Na ja, wie schon gesagt, Catherine ...«

»Nein, warum wirklich? Ich meine, du und Catherine – läuft zwischen euch etwas? Ich frage nur«, fügte ich sanft hinzu, »weil es so schön wäre, wenn es so ist.«

Er schüttelte so heftig den Kopf, daß ihm fast die Brille herunterfiel.

»Absolut nicht, Eve. Tausendmal nein.«

»Aber ihr mögt euch doch«, meinte ich hoffnungsvoll. »Es könnte sich doch etwas ergeben.«

»Ich versichere dir, daß nicht die entfernteste Möglichkeit besteht. Erstens ist sie wahrscheinlich zwanzig Jahre jünger als ich …«

Ich faßte neuen Mut. »Das ist doch heutzutage kein Hinderungsgrund.«

»Für mich schon. Oder es wäre einer. Aber das eigentliche Problem ist, ich liebe meine Frau.« Er lachte kurz und tonlos. »Leider.«

Mel kam zur Tür. »Wollt ihr Kaffee?«

Wir verneinten.

»Das ist zwar traurig, aber ich glaube, anders, als du es meinst«, sagte ich, als sie wieder gegangen war. »Helen hat einen anderen, aber du bist doch ein sympathischer, intelligenter Mann, Clive, also tritt das Glück nicht mit Füßen.«

Er warf mir einen sehnsuchtsvollen Blick zu. »Willst du mir damit sagen, daß ich wieder lernen soll zu leben?«

»Etwas in der Art.«

»So seltsam das klingen mag, aber das versuche ich ja. Catherine sagt immer, ›es braucht gar nicht so zu sein‹. Zuerst dachte ich, das wäre einfach nur Naivität, aber vor ein paar Tagen habe ich plötzlich gespürt, welche Energie dahintersteckt. Ich brauche nicht dieser abstoßende, vorzeitig gealterte fette Mensch zu sein.«

»Clive, du bist *nicht* abstoßend.«

Er hatte mich nicht gehört. »Ich kann etwas dagegen tun, Eve! Und das habe ich fest vor. Ich bedaure es, daß Helen mich all diese Jahre ertragen mußte. Meine Frau ist hochgewachsen und wunderschön, und ich – ich bin ein Troll.«

»*Clive* …« Am liebsten hätte ich geweint. Ich streckte meine Hand aus, doch er winkte ab. Es war schrecklich zu sehen, wie er sich selbst verabscheute.

»Es kommt doch nicht nur auf das Aussehen an«, sagte ich lahm. »Vor allem, wenn es darum geht, was eine Frau für einen Mann empfindet.«

Er zupfte am Knie von Bernhards beigefarbener Hose herum. »Du kennst Kerridge doch, oder?«

»Na ja, ich habe ihn einmal im Vorbeigehen …«

»Damit ist der Fall ja wohl erledigt.«

Jetzt hätte ich bestimmt geweint, hätten Ben und Sophie nicht verkündet, daß sie nach Brighton fahren würden.

»Können wir Sie mitnehmen?« fragte Ben.

»Das wäre furchtbar nett. Sind Sie sicher, daß es Ihnen keine Umstände macht?«

»Natürlich nicht.«

»Was für nette Kinder du hast«, sagte Clive, als er die Plastiktüte aufhob, in die ich seine unglückselige Jogging-Ausrüstung gesteckt hatte. »Und gute Nachbarn. Ich bringe die Sachen zurück, so schnell ich kann.«

Ich nickte, da ich meiner Stimme nicht traute. Dann waren Ben und Sophie da, Ben nahm die Tasche, und fort waren sie in fröhlicher Ignoranz dieser kleinen Tragödie. Schon auf der Treppe blickte Sophie nach oben und winkte mir kurz zu. Für den Bruchteil einer Sekunde hatte ich wieder das Gefühl, daß mir eine Enthüllung bevorstand, und mir wurde leichter ums Herz.

Als ich die Tür schloß, rief Mel vom Balkon: »Komm nach draußen, das Wasser sieht so schön aus!«

Die diesige Kanalfeuchte des Morgens war dem Sonnenschein gewichen. Auf der Promenade glitzerten immer noch Pfützen, und das Meer, immer noch auf dem Weg nach draußen, war verspielt und voller kleiner, lebendiger Wellen. Ein Golden Retriever rannte ins Wasser, um einen Stock zu holen, und kam wieder heraus. Ein paar Jungen zogen ein Schlauchboot zum Wasser hinunter. Über dem Martello Tower stieg ein orangefarbener Drachen zerrend vor den weißen Klippen auf.

»Das ist ein richtiges Meer«, bemerkte Mel, als ich mich zu ihr setzte. »Anders als diese lauwarme Suppe, mit der man uns drüben abspeist.«

»Ja«, sagte ich, »ich habe großes Glück.«

»Unser Spaziergang heute morgen war sehr schön. Als er erst einmal in Bewegung war, hat er ihn genossen.«

»Schön.«

Sie legte ihre Füße auf das Geländer und sagte, ohne mich anzusehen: »Ich würde keine allzu großen Hoffnungen in diese Geschichte mit Sophie setzen, wenn ich du wäre.«

»Ich setze überhaupt keine Hoffnungen darauf«, log ich.

»Dann ist es ja gut. Ich glaube nämlich, daß sie nur gute Kumpel sind.«

»Wirklich?« Ich konnte meine Skepsis nicht verbergen. »So kommt es uns aber nicht vor.«

»Rosarote Brille, Mutter.«

»Verlaß dich nicht auf mich, hör dir lieber Sabine an.«

»Sollte ich das?«

»Sie sagt, er wohne praktisch bei ihnen. Und zu meiner großen Überraschung scheint sie von der ganzen Sache begeistert zu sein.«

Mel ignorierte diese Bemerkung so vollständig, daß ich mich nur fragen konnte, ob ich sie überhaupt geäußert hatte. Als sie das nächste Mal den Mund auftat, wechselte sie das Thema komplett.

»Und was ist mit Clive los?«

»Oh, ich kann es kaum ertragen, darüber … Er möchte ein Sexgott werden wie Helens Auserwählter, John Kerridge.«

»Ist Kerridge ein Sexgott?«

»Ein gewisser Typ von Sexgott. Adrett und gepflegt. Geht mit ziemlicher Sicherheit ins Fitneßstudio und spielt Squash oder vielleicht auch Fußball.«

»Klingt ja furchtbar.«

»Aber Helen hat keine Ahnung, woher er seine Muskeln hat, und es interessiert sie auch nicht. Sie weiß nur, daß er sie hat.«

Mel schnaubte verächtlich. »Eine Schulmädchenliebe.«

»Mel! Sie ist in meinem Alter! Sie ist deswegen zu Hause ausgezogen!«

»Mutter! Quod erat demonstrandum.«

»Aber Clive ist so nett – so intelligent und großzügig und durch und durch ehrenwert.«

»Dann ist das sein Problem.«

»Was?«

Mel stellte ihre Kaffeetasse ab und wandte sich mit anscheinend erzwungener Geduld am mich. »Keine Gefahr. Was sie an Kerridge anzieht, ist nicht sein Waschbrettbauch, es ist sein vollständiger Mangel an Großzügigkeit und Ehre.«

Ich schüttelte den Kopf. »Das ist viel zu vereinfacht –«

»Und Clives Lösung ist nicht zu vereinfacht?« Ich öffnete den Mund. »Hör mal. Ich bin ganz dafür, daß die arme Seele sich ein bißchen auffrischt und die Wabbelmasse unter Kontrolle bringt – es gibt hier viel zu viele Männer in den mittleren Jahren, denen die Bäuche über den Gürtel hängen. Aber wenn er glaubt, daß er damit die Dame wieder nach Hause holt, dann ist er schief gewickelt.«

Ich pflichtete ihr bei, wenn auch nicht ganz aus denselben Gründen. »Er muß etwas tun«, sagte ich, »und so fühlt er sich wenigstens besser.«

»Ja.« Mel lachte kurz. »Das konnte ich unten an der Haustür sehen.«

»Du weißt genau, was ich meine. Auf die Dauer gesehen. Wenn er es richtig anfängt.«

Mel antwortete nicht. Das brauchte sie auch nicht – ihr Gesichtsausdruck sagte alles.

Nach einer Weile schwang sie ihre Füße auf den Boden und sagte: »Sollen wir zum Strand hinuntergehen? Ich habe das unbändige Bedürfnis, den treibenden Ast da zu torpedieren.«

Es war schön, auf dem Kiesstrand zu sein. Ich hatte den Regiestuhl mitgenommen, den Ben mir geschenkt hatte und auf dessen Rücken DIE CHEFIN stand, und saß da wie ein Rettungsschwimmer der Küstenwache, während Mel barfuß am Rand des Wassers stand und das auf- und abtauchende Stück Treibholz mit Steinen bewarf. Nach einer Weile gab sie auf und hüpfte zurück, um sich neben mich zu setzen und mit einer Hand nach interessanten Steinen zu kramen.

»Hast du das Holz versenkt?« fragte ich.

»Beinahe, aber es ist immer noch Ebbe. Also, Mutter, und was ist mit dir?«

»Was ist mit mir?«

»Na ja, Papa hat seine Schäfchen ins Trockene gebracht, Ben langweilt sich auch nicht besonders. Wird es nicht Zeit, daß du auch jemanden in dein Leben läßt?«

»Ich bin nicht auf der Suche«, gab ich zurück, denn ich hatte genug von diesem Thema und von Mels obsessiver Besorgnis. »Es ist das letzte, woran ich denke.«

»Das glaube ich dir nicht…« Sie hielt einen Karneol hoch. »Der ist aber hübsch.«

»Das stimmt.«

»Habe ich dir erzählt«, sagte sie, während sie den Stein in ihre Tasche steckte und weitersuchte, »daß Charles McNally zur Zeit in London ist?«

»Nein, das hast du nicht.«

»Ist er aber. Und er hat sich nach dir erkundigt.«

»Wie höflich von ihm.«

»Ganz und gar nicht! Er war nicht höflich, Mutter, er war interessiert. Er *interessiert* sich für dich! Ich bin versucht hinzuzufügen, Gott weiß, warum, weil du in dieser Hinsicht so ein Spielverderber bist, doch unglücklicherweise kann man nicht ignorieren, daß du eine gutaussehende, gebildete, sympathische Frau im richtigen Alter bist und er nun einmal an dich denkt!«

Ich überlegte mir gerade eine neunmalkluge Antwort, als mir klar wurde, daß sie mir ein Kompliment gemacht hatte.

»Danke.«

»Gern geschehen. Und falls du es noch nicht bemerkt haben solltest, ist er robust, clever, reich und hat noch alle Haare. Und er ist Single, Mutter. Lies es mir von den Lippen ab. *Single*. Unabhängig. Er war noch nicht einmal verheiratet und hat keine Charakterfehler, die mir bekannt wären.«

Aus angeborener Skepsis sagte ich: »Das allein ist doch schon ein bißchen verdächtig.«

Sie ließ verzweifelt den Kopf auf die Knie sinken und sagte von dort aus: »Na ja, wenn es dich glücklich macht, dann ist er bestimmt vor langer Zeit als Teenie einmal verliebt gewesen. Ich werde sehen, was ich herausfinden kann.«

»Und was macht er in London?« fragte ich, hoffentlich mit dem korrekten Maß an weltgewandtem Desinteresse.

»Unter anderem eine Wohnung suchen.«

»Oh? Ich dachte, er ist in den Staaten zu Hause?«

»Er ist überhaupt nirgendwo richtig zu Hause. Ich habe dir doch gesagt, daß er beim Katastrophenschutz ist, also ist er überall zu Hause, wohin ihn seine Füße tragen. Aber jetzt, wo er bald fünfzig wird, nimmt man ihn aus der vorderen Linie, und ab Januar bleibt er für zwei Jahre in London.«

»Ich verstehe.«

Mel blickte zu mir auf. »Er hat gefragt, ob du manchmal in die Stadt kommst.«

»Und was hast du gesagt?«

»Ich habe ja gesagt.«

»Mel!«

»Direkte Frage, direkte Antwort. Ich habe ihm doch nicht deine BH-Größe oder so etwas verraten. Mensch, ich wünschte, ich hätte meinen Badeanzug dabei.«

Erschöpft meinte ich, sie könne sich meinen leihen.

Sie ging in die Wohnung zurück und kam mit meinem violetten Einteiler von Marks & Spencer unter ihren Jeans wieder. Ich sah zu, wie sie ins Wasser watete, hineinsprang und angriffslustig ins Meer hinausschwamm. Falls der Schock der frischen englischen See ihr den Atem geraubt hatte, würde sie mir das niemals zeigen. Als sie zweihundert Meter weit hinausgeschwommen und nur noch ein treibender Fleck auf der glitzernden Wasseroberfläche war, hob sie einen Arm, und ich winkte zurück.

Doch als sie endlich zurückkam, zitterte sie und zog sich mit beeindruckender Geschicklichkeit – für jemanden, der an die luxuriösen Umkleidemöglichkeiten eines Fünf-Sterne-Hotels gewöhnt war – ihre Kleider wieder an. Dann legte sie sich hin, die Hände hinter dem Kopf verschränkt, und schloß die Augen.

Ich glaubte schon fast, daß sie schlief, als sie plötzlich laut und deutlich sagte:

»Clive. Ist das zu glauben? Ich höre niemals auf, darüber zu staunen, was die Menschen alles aus Liebe tun.«

Abends wurde sie unruhig, wie ich vorausgesehen hatte. Meine Tochter gehörte nicht zu den Menschen, die von den kleinen Freuden des Lebens träumte, wenn man sie in Luxus einsperrte. Obwohl wir am späten Nachmittag reichlich gegessen hatten, hinterließen wir also Ben eine Nachricht und gingen aus.

Sie fuhr, den einen Ellbogen auf die Tür gestützt und drei Finger am Lenkrad, während ihre andere Hand leicht auf der Gangschaltung ruhte. Ich hegte zärtliche Gefühle für mein Auto, und zuerst trat mein Fuß pausenlos auf ein unsichtbares Bremspedal. Doch Mel war eine gute Fahrerin und beförderte uns ohne einen Moment der Unsicherheit zu einem Restaurant namens Saxon Mill.

»Liebes«, sagte ich, »dieses Lokal ist fürchterlich teuer, und soviel Hunger habe ich gar nicht.«

»Na, dann essen wir eben nur eine Vorspeise, und ich bezahle. Aber es macht mehr Spaß, die Welt an sich vorbeiziehen zu sehen.«

Ich war mir nicht sicher, ob man hier zwei Frauen, die nur Vorspeisen aßen, besonders herzlich willkommen heißen würde, sagte mir aber, daß Mel im übertragenen wie im wörtlichen Sinn am Steuer saß, also würde das ihr Problem sein.

Wir saßen im *faux* Salon, dessen Erkerfenster den Garten und den Mühlbach überblickten, als mich ein Hauch eines vertrauten Duftes ganz knapp vor der dazugehörigen Stimme erreichte.

»Eve! Und kann das wirklich Mel sein?«

»Hallo, Sabine!«

»Können wir uns zu euch setzen?«

»Bitte.«

»Vielleicht«, meinte Martin, »möchtet ihr euch lieber unter vier Augen unterhalten.«

Ich hätte wahrscheinlich nein gesagt – was bleibt einem auch anderes übrig –, doch Mels Antwort war viel deutlicher, als meine gewesen wäre.

»Du machst wohl Witze, Martin – das ist genau das, worauf wir gehofft hatten, nicht wahr, Mutter?«

Ich pflichtete ihr schwach bei, und sie setzten sich zu uns. Martin bestellte Getränke für sich und Sabine, noch einen Gin Tonic für mich und eine Cola Light für Mel.

»Schön!« sagte er und klatschte offensichtlich entzückt in seine kräftigen Hände. »Tut mir leid, wenn die Frage ein Klischee ist, aber kommt ihr oft hierher?«

»So gut wie nie«, sagte ich. »Mel hat mich eingeladen.«

»Und wir haben gedacht, du wärst da draußen in der Wüste«, sagte Sabine, »und würdest frühestens in einem Jahr zurückkommen.«

»Ich habe Freigang wegen guter Führung bekommen«, erklärte Mel.

Martin gluckste. »Dann wollen wir dir das mal glauben.«

»Wußtest du, daß Chuck McNally in London ist?« Sabines anzüglicher Blick glitt für den Bruchteil einer Sekunde über mich hinweg. »Er ist für eine Weile hier stationiert.«

»Ich hatte es«, sagte Mel, »schon durch die Buschtrommeln gehört. Er und ich bewegen uns nicht ganz in denselben Kreisen, aber was Gerüchte angeht, so ist die Ölindustrie schlimmer als ein englisches Küstenstädtchen.«

Martin lachte herzlich. »Sabine hofft, daß Eve für richtigen Gesprächsstoff sorgt.«

»Martin!« Sabine klang zwar vorwurfsvoll, aber auf eine kokette Art. Mel zog lakonisch die Augenbraue hoch: Sie brauchte gar nichts zu sagen. Und ich würde den Teufel tun.

Martin, der keinerlei Reue zeigte, ging rasch von einem brisanten Thema zum nächsten über. »Falls du dich wunderst, was aus deinem Sohn geworden ist, er ist bei uns.«

»*Comme toujours*«, sagte Sabine.

»Ja, das habe ich mir schon gedacht.«

Mel studierte die Speisekarte. »Sieht gut aus... Aber wir sind sowieso nur wegen der Kulisse hier, wißt ihr. Mutter hat zum Mittagessen das gemästete Kalb geschlachtet.«

»Eigentlich«, sagte ich, »war es drei Uhr.«

»Keine Sorge«, sagte Martin, »wir sind mit ein paar Kollegen verabredet, also werden wir euch nicht mehr lange behelligen – da sind sie ja schon, Schatz. Bill! Hey!«

Sabine erhob sich von ihrem Sitz, gertenschlank in einem buttermilchfarbenen Hemdkleid. Durch ihre Bewegung senkte sich eine weitere teure Duftwolke über uns wie die Blütenblätter einer Rose. Als sie uns sanft auf die Wangen küßte, wurde mir klar, was an ihr anders war. Sie war schon immer elegant gewesen, doch heute abend war sie hübsch.

Erstaunlicherweise sprach mich auch Mel darauf an, während wir unsere *assiettes de campagne* aßen. »Sie sieht gut aus, findest du nicht?«

»Das tut sie doch immmer.«

»Chic, ja, aber woher kommt dieses Strahlen?«

»Vielleicht erlebt ihre Ehe eine Renaissance?«

Einmütig blickten wir zum anderen Ende des Speisezimmers hinüber, wo die Drages und ihre illustren Freunde gerade ein schwindelerregendes Sortiment von Vorspeisen entgegennahmen.

»Vielleicht«, sagte Mel.

Ihr Flug ging am nächsten Tag um eins, aber sie mußte noch in die Stadt zurück, um zu packen und aus dem Hotel auszuchecken, daher war es sieben Uhr morgens, als wir uns auf dem Bahnsteig gegenüberstanden. Jetzt konnte sie es nicht mehr erwarten, von hier fortzukommen, den Abschied hinter sich zu bringen und zu ihrem aufregenderen Leben zurückzukehren, doch ich hatte nicht vor, sie so leicht davonkommen zu lassen. Um diese Tageszeit fühlte sich die Luft eindeutig herbstlich an, und Mel trat zitternd von einem Fuß auf den anderen und blickte mit unverhohlener Ungeduld am Gleis entlang.

»Es gefällt dir doch immer noch da unten, nicht wahr, Liebes?«

»Klar. Außerdem wollen wir ja nicht um den heißen Brei herumreden – in die Emirate läßt man sich schließlich nicht wegen der spirituellen Bereicherung versetzen, sondern wegen der Knete.«

»Das nehme ich auch an. Aber du fehlst uns, weißt du. Ich freue mich darauf, wenn du wieder richtig hier bist.«

»Mach dir keine allzu großen Hoffnungen, Mutter. Himmel…!« Sie atmete pustend aus und rieb sich die Oberarme. »Im Moment kann ich es gar nicht abwarten, wieder in die verläßliche Sonne zurückzukommen.«

»Aber du kommst doch Weihnachten nach Hause, oder?«

»Ich denke schon.«

»Das *hoffe* ich doch.«

»Ich versuche es auf jeden Fall, Mutter. Gott sei Dank, da kommt er.« Sie gab mir einen raschen Abschiedskuß. »Und vergiß nicht, es gibt jemanden, der sich Hoffnungen macht!«

Mein schläfriges Hirn versuchte immer noch, diese Bemerkung zu verstehen, als der Zug losfuhr, und er ging schon in die Kurve Richtung London, als ich begriff, daß sie Charles McNally gemeint hatte. Und wie immer hatte sie das letzte Wort gehabt.

An diesem Mittwoch fand die erste Auktion statt, die auch einige von Mrs. Rymers Stücken beinhaltete. Mit einer Ausnahme übertrafen sie alle Erwartungen, und die Ruskin-Vase, die gerade eben ihren Mindestpreis erbrachte, war Teil eines getrennten Paars, daher war es kaum überraschend. Neben der üblichen formellen Dokumentation für Mrs. Rymer junior schrieb ich ihrer Schwiegermutter eine Notiz, in der ich ihr die gute Nachricht mitteilte und ihr versprach, daß wir nach der zweiten Auktion zusammen essen gehen würden.

Am Donnerstag brachte Clive Bernhard Whiteleys Kleider zurück und kam mich besuchen. Es war ein stürmischer Abend, und wir tranken im Wohnzimmer Scotch, während der Regen über die Fenster peitschte und die Wellen ihre wilden Schaumkronen wütend in die vorzeitige, heulende Dunkelheit ergossen.

»Was macht der Sport?« fragte ich. Verständnisvoll lächelnd erwartete ich eine ganz andere Antwort als die, die ich bekam.

»Fortschritte«, sagte er. »Danke der Nachfrage. Ich habe meinen Irrtum eingesehen und angefangen, den Sportplatz der Uni zu benutzen.«

»Schön für dich!«

»Wie du weißt, scheue ich die Nähe von Menschen, die sportlicher sind als ich – und davon gibt es schließlich Tausende –, aber niemand sieht sich nach mir um. Alle viel zu konzentriert, nehme ich an. Und ich bin zumindest jemand, den auch der Schwächste überholen kann, also erfülle ich einen nützlichen Zweck.«

»Ich bin sehr beeindruckt«, sagte ich. »Ich dachte, deine erste Erfahrung würde dich für immer abschrecken.«

»Nein, nein, ich bin fest entschlossen.«

»Ich bin sicher, daß es dir auf die Dauer viel bessergeht.«

»Es könnte mir ja auch kaum schlechter gehen, Eve.« Er setzte ein reuiges Gesicht auf. »Tand, Tand, ist das Gebild ... Catherine, die gute Seele, ermutigt mich, wo immer sie kann.«

»Es hilft, wenn man moralische Unterstützung bekommt«, stimmte ich zu.

Er seufzte heftig. »Ich habe Helen bei einer Aufführung der *Troerinnen* getroffen ...«

Ich wartete. Er hatte die Lippen fest zusammengepreßt, doch in seiner Wange arbeitete es kaum merklich.

»Und wie war es?«

»Sie war erschrocken. Konnte es eigentlich nicht abwarten, von mir wegzukommen.«

»Das überrascht dich doch sicher nicht.«

Zu spät erkannte ich, daß man diese Bemerkung, die eigentlich tröstend gemeint war, auch mißverstehen konnte.

»Nein«, sagte Clive in einem Tonfall voll finsterer Ironie. »Es überrascht mich nicht.«

»So habe ich es nicht gemeint ...«

»Das weiß ich, Eve, du bist eine echte Freundin. Aber ich habe es so gemeint.«

»Wie wäre es mit Essen vom Chinesen?« fragte Ben am Samstag abend.

»Warum nicht?« gab ich zurück

»Ich bringe verschiedene Sachen zum Ausprobieren mit, ja? Ich lade dich ein.«

»Klar – ja. Schön! Wann gehst du aus?«

»Gar nicht.«

»Ach du lieber Himmel.«

Er fuhr mir mit der Hand durch das Haar. »Ich dachte, ich bleibe hier und leiste dem alten Haus Gesellschaft.«

»Und der Rest ...!«

»Nein«, sagte er, während er in seine kolossal vergammelte Lederjacke schlüpfte. »Sophie ist übers Wochenende zu ihrer

Mutter gefahren, warum sollte ich also nicht ein bißchen Zeit mit meiner verbringen?«

War es ein Wunder, daß ich ihn liebte?

Eine Dreiviertelstunde später kam er mit genügend Essen für ein halbes Dutzend Personen vom Lotuspalast zurück. Das Wetter war immer noch stürmisch, und er stolperte zur Tür herein wie ein moderner Rebell, das Haar in die Stirn geklebt, es tropfte von seiner Jacke, die Schuhe schlammverspritzt, die Beute im Arm.

Ich war auf ihn vorbereitet, hatte Teller vorgewärmt, die Warmhalteplatte eingeschaltet, kaltes Bier und Stäbchen auf dem Tisch.

»Okay«, sagte Ben. »Dann wollen wir mal.«

Während der ersten zehn Minuten aßen wir schweigend, nur unterbrochen durch genießerisches Grunzen und Schmatzen. So, dachte ich bei mir, konnte man nur mit der Familie essen. Mahlzeiten als Gelegenheit zum gesellschaftlichen Kontakt, bei denen Kinder und Eltern sich über ihre Gefühle und die Ereignisse des Tages unterhielten, waren nichts dagegen. Hier ließen wir uns einfach nur gehen, teilten großzügig aus und schaufelten uns voll. Anstelle von Servietten hatten wir eine Rolle Küchenpapier auf dem Tisch stehen, und wir tranken das Bier aus der Dose.

Wir beide wurden ungefähr zur gleichen Zeit langsamer.

»Der gute alte Palast«, sagte ich, »bringt's doch immer wieder.«

Wie um dieses Loblied zu unterstreichen, rülpste Ben. Seit frühester Kindheit besaß er die Fähigkeit, die Lautstärke, Tonart und Dauer seiner Rülpser so zu bestimmen, daß sie eine Art primitiver Musik darstellten. Ich bewunderte und mißbilligte dieses kleine Talent.

»Ben ...«, tadelte ich ihn, als er fertig war.

»Was? Ist doch wahr. Und Sophie mag kein chinesisches Essen, also war ich schon in Gefahr, Entzugserscheinungen zu bekommen.«

Das war die erste Bemerkung, die dem Thema nahekam, über das ich am liebsten geredet hätte, also sprang ich schnell darauf an.

»Und wie ist sie so?«

»Okay.«

»Mir gefällt Sophie.« Ich öffnete noch eine Dose. Ich empfand die Atmosphäre gemütlicher Zufriedenheit in der Wohnung als befreiend, während die Elemente erfolglos vor dem Fenster herumtobten. »Sie ist nett.«

»Ja.« Er schob seinen Teller beiseite. »Mama …«

Das Telefon klingelte, und ich stand auf. »Geh nicht weg.«

Er zündete sich eine Zigarette an, als ich den Hörer abnahm. »Hallo?«

»Eve, hier ist Sabine.« Ihre Stimme war warm und vibrierte vor Leben. Ich stellte mir vor, daß im Nebenzimmer ein zauberhaftes Abendessen in vollem Gange war. »Du denkst sicher, daß das eine sehr merkwürdige Frage für einen Samstagabend ist, aber ist Ben da?«

Ich sah zu seinem Platz hinüber. Er hatte die Ellbogen auf dem Tisch und schnippte Asche in die Überreste des Szetschuanhuhns mit Cashew-Nüssen. Es war sehr angenehm, in seiner Gegenwart über ihn zu sprechen, ohne daß er davon wußte.

»Ja, das ist er.«

»Oh, gut. Ich hatte gewettet, daß er da ist – jetzt wo Sophie fort ist. Ich nehme an, er geht gleich aus, oder?«

»Nicht, daß ich wüßte.«

»Eve, meinst du, ich könnte ein Wort mit ihm sprechen? Ich habe eine Nachricht für ihn von seiner Herzallerliebsten.« Sie lachte perlend und kehlig. Ihre gute Laune war ansteckend, und ich lächelte Ben zu, der mich nicht beachtete.

»Moment.« Ich hielt ihm den Hörer hin und sah ihn an. »Es ist für dich.«

»Wer denn?«

»Eine deiner diversen Frauen.«

Er brachte seinen Stuhl mit und ergriff den Hörer. Ich nahm mir noch Essen nach.

»Oh … klar. Okay … Gut, danke schön, Sabine. Sicher …« Er wandte sich mit hochgezogenen Augenbrauen zu mir und lauschte dem Telefon. »Möchtest du noch mit Eve sprechen? Ja, das mache ich … Wiederhören.«

Er legte auf und drückte seine halbgerauchte Zigarette aus. »Einen Moment, meine Liebe. Es stimmt, was man über chinesisches Essen sagt – zehn Minuten später kann man dasselbe noch einmal essen.« Er fing an, sich Eier-Fu-Yung auf den Teller zu schaufeln.

»Also, wie ist sie denn nun?«

»Du kennst doch Sabine – redet ohne Punkt und Komma.«

»Nein, nein – Sophie!«

»Oh, sie regt sich wegen irgendwelcher Notizen auf, die sie bei ihrer Mutter nicht finden kann, und jetzt meint sie, sie hat sie vielleicht doch mitgebracht. Ich fahre wohl zu ihnen hinüber und suche danach, damit sie ihre Ruhe hat.«

»Können sie das nicht tun?«

»Was, Sabine und Martin sollen in Sophies Zimmer herumstöbern? Bestimmt nicht.«

Das konnte ich verstehen. »Und – jetzt? Fährst du morgen zu ihnen? Heute abend ist es ekelhaft.«

»Ganz meine Meinung.«

Heldenhaft schafften wir es, das Essen fast aufzuessen, und ich überraschte mich selbst, indem ich noch ein drittes Bier trank, während Ben sein zweites kaum angebrochen hatte.

»Das hat wirklich gut geschmeckt«, sagte ich. »Danke, Schatz.«

»Wie wär's mit einem Kaffee? Tee?«

»Kaffee wäre schön.«

»Bleib, wo du bist!« Er streckte die Hand aus, um mich aufzuhalten. »Ich habe den Anfang gemacht, also mache ich auch den Rest.«

Ich rollte mich in einem Sessel am Fenster zusammen, machte es mir zwischen dem Sturm und der angenehmen Wärme der Wohnung gemütlich und hörte zu, wie Ben hin und her schritt und seine Sache gut machte, wenn ich auch wußte, daß es nicht brillant sein würde. Ich sagte mir, was ich auch schon zu Mel gesagt hatte, daß ich ziemliches Glück hatte.

Bens Hand erschien mit einer Tasse Kaffee vor meiner Nase. »Bitte schön!«

»Danke – trinkst du keinen?«

»Nein, ich verzichte.«

»Wirf mal einen Blick in die Zeitung! Ich glaube heute abend kommt dieser Film mit Robert de Niro, den wir beide im Kino verpaßt haben ...«

Ben hob die Zeitung auf und gab sie mir. Plötzlich wußte ich, was er als nächstes sagen würde.

»Hör mal, ich glaube, ich fahre doch noch rüber und sehe nach, ob ich Sophies Notizen finde.«

»Klar«, sagte ich nachgiebig und wiederholte schamlos Mels Bemerkung: »Ich höre niemals auf, darüber zu staunen, was die Menschen alles aus Liebe tun.«

Ich sah mir den de-Niro-Film an, und er war so lala: Ich schlief nur einmal ein und verpaßte kaum etwas, das für den Verlauf der Geschichte wichtig war. Um elf schaltete ich alles aus bis auf das Flurlicht (eine alte Angewohnheit) und trug meine Tasse in die Küche. Der Schwingdeckeleimer lief über vor Alufolie, fettigen Styroporverpackungen und Bierdosen – die Stäbchen lagen in der Spüle. Es sah aus wie nach dem Fußballspiel England gegen Holland: Ich mochte das unordentliche Bild von mir, das sich hier zeigte, selbst wenn es nicht typisch war.

Ich ging ins Bett, las eine halbe Seite eines faszinierenden neuen Romans zum Thema Inzest und schlief fest ein, ohne meine Brille abgenommen zu haben.

Als ich aufwachte, war das Gefühl behaglichen Wohlbefindens fort. Das Licht war immer noch an, meine Brille hatte mir eine tiefe Falte ins Gesicht gegraben, und meine Blase war von all dem Bier kurz vor dem Platzen.

Ich stolperte in den Flur und zur Toilette. Als ich heraustrat, kam Ben zur Wohnungstür herein. Er schloß sie ganz leise hinter sich und fuhr bei meinem Anblick sichtlich zusammen.

»Mama! Sorry, habe ich dich erschreckt?«

»Nein, das Bier und der Chinese.«

»Oh, okay ... dann gute Nacht.«

Er schaltete das Flurlicht aus. Auf dem Weg zu unseren Zimmern strichen wir aneinander vorbei. Ein Hauch von kalter Luft hing immer noch über ihm – ich erschauerte, als seine

Jacke meinen Ärmel streifte. Ich ging ins Bett und schaltete die Lampe aus. In der plötzlichen Schwärze waren die Ziffern auf dem Wecker hell und klar zu sehen: Es war drei Uhr nachts.

Ich wandte mich ab und schloß die Augen. In meiner kleinen Wohnung erklang kein Geräusch. Bens Heimkommen hätte eine Halluzination sein können, so vollständig war er verschluckt worden. Doch in der dichten, von Meeresrauschen erfüllten Dunkelheit flatterte ein Schwarm ungestellter Fragen herum wie Fledermäuse.

11

Als ich in den folgenden Tagen und Wochen anfing, auf diese Nacht zurückzublicken, verstand ich erst, was der Begriff Gezeitenwechsel wirklich bedeutete. Damals war ich mir keiner großen Verschiebung oder Veränderung bewußt, nur eines dumpfen Gefühls, als hätte jemand irgendwo weit hinten in meinem Kopf eine Tür offengelassen, durch die ein kalter, verstörender Luftzug hereinkam, und mit ihm diese Fledermäuse.

Erst rückblickend erkannte ich den entscheidenden Moment, nach dem nichts wieder so werden sollte wie früher. Teilweise hatte das mit einem Wandel meiner Wahrnehmung zu tun, einer anderen Sicht der Dinge, die mir die Ereignisse aufzwangen. Und doch fielen mir immer wieder die Worte von Clives neuer Freundin ein: »Es braucht nicht so zu sein.« Was sie meinte, war natürlich, daß es in seiner Macht stand, zu verändern, was ihm nicht gefiel. In meinem Fall hatten die Worte einen unheilvolleren Klang, eine grimmige Warnung vor der Selbstzufriedenheit.

Denn ich war selbstzufrieden, das sehe ich jetzt. Ich war praktisch betäubt vor Selbstzufriedenheit, geblendet. Direkt am nächsten Morgen verschloß ich meinen Verstand und diese klappernde Tür an seiner Rückwand vor den verstörenden Gefühlen der Nacht und machte so weiter, als ob nichts geschehen wäre.

Ich stand auf, badete und klopfte auf dem Rückweg in mein Zimmer an Bens Tür. Als ich sie aufschob, sah ich Algy, den Bären, in dem Durcheinander auf dem Fußboden liegen, und seine Stummelarme und -beine zeigten zur Decke. Ein süßer, alberner Hauch der Nostalgie überkam mich, und ich trat ein und hob ihn auf.

»Hey«, sagte ich, »Zeit zum Aufstehen, Dornröschen!« Ich schob Algy in Bens Schulterbeuge, doch er schüttelte ihn ab und vergrub stöhnend den Kopf in seinem Kissen. Lächelnd zog ich die Vorhänge auf und legte Algy an Bens Fußende.

Es war die übliche Routine. Während der fünfzehn Minuten, die ich brauchte, um mich anzuziehen und mich zu schminken, rief ich Ben noch ein halbes Dutzend Male erfolglos. Dann, als ich das Frühstück machte, war er plötzlich da – angezogen, gewaschen und (manchmal) rasiert. Wir bewegten uns in einer Art stummem Tanz durch die Küche und begegneten einander auf unseren vertrauten Wegen zum Wasserkessel, zum Kühlschrank, zum Spülbecken, zum Geschirrschrank. Anschließend setzte sich Ben mit seinem schwarzen Kaffee, seiner Banane und seinen Zigaretten auf die Sofakante und sah sich das Frühstücksfernsehen an, während ich mir im Radio *Today* anhörte und dazu Tee und Weizenflocken verdrückte. Zehn Minuten später waren wir zum Aufbruch bereit. Wir trennten uns auf dem Bordstein hinter unserem Haus. Ben ging normalerweise zu Fuß, denn es hatte keinen Sinn, den Käfer ins Zentrum mitzunehmen – und ich fuhr zu Bouvier.

An diesem Morgen wartete er, bis ich hinter dem Steuer saß, dann stützte er beide Hände auf das Dach und sagte: »Vielleicht sehen wir uns heute abend nicht. Sophie holt mich von der Arbeit ab.«

»Dann ist sie also wieder da?« fragte ich idiotischerweise.

»Sieht so aus.« Er richtete sich auf und hob eine Hand. »Bleib nicht meinetwegen wach.«

Das tat ich schon seit Jahren nicht mehr. Er brauchte das nicht zu sagen.

Ich rief Helen von der Arbeit aus an und fragte, ob sie Lust habe, auf einen Drink vorbeizukommen. Warum nicht, meinte sie, sonst stehe nichts im Terminkalender – Riesenbegeisterung für ihre Verhältnisse –, also verabredeten wir, daß ich sie abholen würde.

Als ich bei ihr ankam, stellte ich erstaunt fest, daß sie auf mich gewartet haben mußte, denn sie kam zur Tür heraus, noch bevor ich den Motor abstellte, und saß in der nächsten Sekunde auf dem Beifahrersitz.

Wir gingen in die am wenigsten verkommene Dorfkneipe, und ich bestellte ihr einen großen Malt und mir ein Ginger Ale mit Fanta. Wie üblich hatte sie darauf verzichtet, Geld mitzubringen. Obwohl sie so darauf gebrannt hatte auszugehen, schwieg sie beharrlich wie ein Trappist, und am Ende erzählte ich ihr leicht verzweifelt von dem de-Niro-Film, den ich am Abend zuvor gesehen hatte. Dabei betrachtete sie mich durch den Rauch ihrer Zigarette, als spräche ich eine Fremdsprache, die sie kaum verstand. Doch ich mußte ihr Interesse ein wenig geweckt haben, denn als ich fertig war, tat sie etwas Unerhörtes.

»Du hättest nicht zufällig Lust, jetzt ins Kino zu gehen, oder?« fragte sie und strahlte dabei eine derartige Erschöpfung aus, daß es einen Augenblick dauerte, bis ich begriff.

Ich sammelte mich wieder. »Gute Idee – möchtest du etwas Bestimmtes sehen?«

»Was gibt es denn?«

»Ich meine – Woody Allen? Tarantino? Disney?«

»Etwas Lustiges ...?«

Es stellte sich heraus, daß sie seit ungefähr dreißig Jahren nicht mehr im Kino gewesen war. Das Warner Multiplex versetzte sie vollständig in Verwirrung, und sie murmelte am laufenden Band »O mein Gott«, so als spazierten wir zwischen den Bordellen von Bangkok umher.

Meine Wahl fiel auf Steve Martin, den ich immer schon komisch gefunden hatte, und da der Film schon ein paar Wochen lief, war es leicht, an Karten zu kommen. Fest entschlossen, Helen die volle Dröhnung zu verpassen, kaufte ich auch noch Cola und Popcorn.

Sie saß mit dem ungeöffneten Popcornkarton auf dem Schoß im Dunkeln und umklammerte die Cola mit ihrem immer noch verpackten Strohhalm mit der einen Hand wie einen Talisman. Sie wandte den Blick nicht von der Leinwand ab, zeigte aber auch nicht das leiseste Aufflackern von Belustigung. Ich selbst dagegen brachte mich durch mein krampfhaftes Gelächter geradezu in Verlegenheit – ich war ein Herdentier, das öfter lachte, wenn andere das auch taten – und dämpfte es zu leicht überlegenem, gedämpftem Kichern ab. Doch am Ende sagte sie: »Das war ja richtig gut«, und ich hatte das Gefühl, einen Volltreffer gelandet zu haben.

Als wir aus dem Kinosaal herausschlurften, schleppte sie das Popcorn und die Cola immer noch mit, und ich sagte: »Das kannst du hierlassen, weißt du.«

»Unsinn«, erwiderte sie. »Ich habe dafür bezahlt.«

Ich verkniff es mir, sie daran zu erinnern, daß das nicht stimmte. Sie stellte sie vorsichtig in den Fußraum des Autos, während wir in eine Kneipe gingen und uns noch etwas zu trinken und ein Sandwich bestellten. Die ganze Angelegenheit hatte sich zu etwas entwickelt, das für Helens Verhältnisse definitiv ein toller Abend war.

Es schien nichts dagegen zu sprechen, direkt zur Sache zu kommen, also tat ich das, während wir uns über unseren Krabbencocktail auf braunem Toast hermachten.

»Ich habe gehört, du bist vor ein paar Tagen Clive über den Weg gelaufen.«

»Das stimmt.«

»Er hat es sich in den Kopf gesetzt, ein neuer Mensch zu werden, hat er dir das erzählt?«

»Nein.«

»Er hat angefangen ...«

»Ein neuer Mensch zu werden? Das hört sich aber nicht nach Clive an.«

»Tja, ich kann dir versichern, daß es so ist«, fuhr ich, durch ihr offensichtliches Interesse ermutigt, fort. »Er hat es tatsächlich auf den *corpore sano* abgesehen.«

»Es gab niemals irgendein Problem mit seinem Geist«, erinnerte mich Helen.

»Natürlich nicht.« Ich faßte einen schnellen Entschluß und fuhr fort: »Es sieht so aus, als wäre er dieser Frau begegnet, die sich sehr für die Zusammenhänge zwischen beidem interessiert, und das hat ihn zu der Überzeugung gebracht, daß ein bißchen Sport sein Leben verändern könnte.«

»Das klingt nach Catherine«, sagte Helen und hielt mit zitternden Fingern ein Streichholz an ihre Zigarette.

Ich war verblüfft. »Dann kennst du sie also?«

»Ich weiß, wer sie ist. Ich möchte nicht unbedingt mehr erfahren, aber ich bin mir sicher, sie ist genau die Richtige für Clive.«

»Sie sind nur befreundet«, versicherte ich ihr vielleicht ein wenig voreilig.

»Daran habe ich keinen Zweifel.«

Sie neigte beim Ausatmen den Kopf zurück und blickte zur Decke. Ihr Hals sah lang und weiß und verletzlich aus.

»Kerridge verliert übrigens das Interesse.«

Das war wie Mels »Es gibt jemanden, der sich Hoffnungen macht« – es kam so ohne Vorwarnung oder Einleitung, daß es einen Moment brauchte, bis ich begriff. Als der Groschen gefallen war, versuchte ich, mir mein Entzücken nicht anmerken zu lassen.

»O Helen …«

»Daß das passieren würde, war nie die Frage, höchstens wann.«

»Das trägst du ja wunderbar gefaßt.«

»Das würde ich nicht sagen.«

Sie schien fast zu lachen, doch als ich ihr ins Gesicht sah, glänzten ihre Augen verräterisch.

»Das tut mir so leid.«

»Das bezweifle ich, Eve. Wie auch immer, noch ist es ja nicht soweit. Es ist nur ein Zug in der Ferne, aber ich kann ihn hören, und ich weiß, daß es meiner ist.«

Das war wie Poesie, schön und traurig. »Ich habe es ernst gemeint«, sagte ich, »daß es mir leid tut. Es muß so furchtbar weh tun.«

»Noch nicht. Aber es kommt.«

»Kannst du die Dinge nicht selbst in die Hand nehmen?« Sie sah mich unverwandt an, als ich um meine Formulierungen rang. »Den Zug am Paß abfangen?«

»Ich werde es nicht beenden, falls du das meinst.«

»Ich denke nur an dich, Helen, daran, daß es weniger schmerzhaft sein könnte, wenn du die Initiative ergreifst.«

Sie schüttelte den Kopf. »Ich will ihn, solange ich ihn haben kann.«

Ich versuchte es mit einem anderen Kurs. »Aber was ist mit deinem Stolz?«

Sie deutete ein Lächeln an. »Dieser Begriff ist mir nicht vertraut.«

»Dann ist es vielleicht an der Zeit, dich damit vertraut zu machen. Ich verstehe nicht, wie du einfach so in Hawley End herumsitzen und darauf warten kannst, daß ein Mann dich fallenläßt, der, wenn ich das so offen sagen darf, es einfach nicht wert ist.«

Es folgte eine Pause, während der sie im Schankraum umherblickte. Ich merkte, daß ich den Atem anhielt. Als sie dann sprach, war es so leise und beiläufig, daß es genausogut ein Selbstgespräch hätte sein können.

»Das habe ich aber nichtsdestotrotz vor.«

Sie brachte mich wirklich in Rage. Nachdem ich sie wieder zu Hause abgesetzt hatte, stellte ich fest, daß ich mit zusammengebissenen Zähnen betete – wenn Kerridge das Interesse verlor, würde sich Catherine hoffentlich als sehr nützlich erweisen.

Es war eine Nachricht auf dem Anrufbeantworter. Ich setzte mich auf eine Stuhlkante und spielte sie noch einmal ab.

»Äh … hallo, dies ist eine Nachricht für Mrs. Eve Piercy … schätze, das ist wohl Ihr Sohn auf dem Anrufbeantworter. Hier ist Charles McNally, und ich rufe aus London an. Wenn Sie mal in die Stadt kommen, hätten Sie dann vielleicht Lust, mit mir zu Abend zu essen oder ins Theater zu gehen? Was Sie am liebsten möchten – ich bin neu in der Stadt. Rufen Sie mich an, wenn Ihnen danach ist. Ich wohne im Troughtons in der Vane Street.«

Die Nachricht endete mit der Nummer. Als ich sie mir dreimal angehört hatte, schaltete ich den Anrufbeantworter wieder auf Empfang um, stand auf und starrte auf das Meer hinaus. Der Wind war heute schwächer, doch es war immer noch bedeckt, und der Sonnenuntergang war eine trostlose Angelegenheit, die sich heimlich hinter den Wolkenbänken abspielte.

Der Ball war mir sauber zugespielt worden. Gott sei Dank, dachte ich, daß ich nicht zu Hause gewesen war, als er anrief. Andererseits hatte ich dadurch Zeit zum Nachdenken gewonnen, was mein Bedürfnis nach einer vernünftigen und wohlüberlegten Entscheidung verstärkte. Diese Verantwortung lastete schwer auf mir.

Ich war vollkommen ratlos. Nach unseren Gesprächen am Wochenende hätte man auf die Idee kommen können, daß meine Tochter hinter dieser neuen Entwicklung steckte, nur daß das völlig lächerlich war – warum sollte ein Mann in McNallys Alter und von seinem Einfluß sich auch nur im geringsten von einem knapp über zwanzigjährigen Neuling wie Mel beeinflussen lassen, selbst wenn man einmal annahm, daß sie tatsächlich die Dreistigkeit besessen hatte, ihn darauf anzusprechen. Es war unvorstellbar.

Ich schenkte mir einen Whisky ein und versuchte, vernünftig zu sein. Ich war ganz aus der Übung. Ich konnte nicht leugnen, daß ein kleiner Teil von mir geschmeichelt war, doch ein weitaus größerer Teil wollte einfach nur seine Ruhe haben. Ich hatte das alles nicht nötig, und ich war mir ziemlich sicher, daß es bei ihm genauso war. Er mußte doch den Großteil seiner Tage im Kontakt mit klugen, weltgewandten, unabhängig denkenden Frauen verbringen, die einen ähnlichen Lebensstil pflegten wie er.

Ich versuchte erst einmal mir auszudenken, was ich wohl gesagt hätte, wenn ich den Hörer abgenommen hätte.

»Charles – was für eine Überraschung! Wie geht es Ihnen? Hervorragend. Meine Tochter hat mir gesagt, daß Sie eine Weile in London sind. Ja, ich komme ganz selten in die Stadt. Aber es gefällt mir nicht besonders, ich bin gern hier unten am Meer. Wie lieb von Ihnen, was für eine gute Idee. Können wir die im Auge behalten? Wie gesagt, ich bin nur selten in der Stadt, aber sollte ich in absehbarer Zeit hinkommen, werde ich daran denken. Viel Glück bei der Wohnungssuche, Charles, ich beneide Sie nicht. Wiederhören.«

Davon träumte ich aber auch nur.

Ich zerbrach mir den Kopf nach einer anderen hilfreichen vorformulierten Antwort. Was, so fragte ich mich, hätte Sabine wohl unter diesen Umständen gesagt?

»Chuck, *mon cheri*, wann kommst du uns besuchen …?«

Halt, keinen Schritt weiter, sagte ich mir. Dieses ›uns‹ setzte Sabines Vorbildrolle ein Ende. Sie mochte die Königin der guten Umgangsformen sein, aber sie war immer noch – und soweit mir bekannt war, glücklich – mit dem begüterten Martin verheiratet.

Mir blieb nichts anderes übrig, ich würde meine Ausreden selbst erfinden müssen. Oder einfach nicht zurückrufen. Doch das veranlaßte ihn vielleicht, noch einmal anzurufen, um zu überprüfen, ob ich seine Nachricht erhalten hatte… Damit würde er sich allerdings eine Blöße geben, also würde er es vielleicht lassen …

Ich bangte um England. Ich stürzte meinen Scotch hinunter, ohne daß ich ihn spürte. Ich fragte mich, wie ich die Nerven haben konnte, abfällig von Helen zu denken, die im Vergleich zu mir ein Inbegriff der Entschlossenheit und des Selbstbewußtseins war? Ihre Affäre mochte vielleicht dabei sein, den Bach hinunterzugehen, doch ich hatte ja schon Angst, nasse Füße zu bekommen!

Eines war sicher, falls ich ihn anrief, brauchte ich eine vorbereitete Zeile, eine, die mich im besten Licht erscheinen ließ (immerhin war ich so eitel, daß seine gute Meinung für mich zählte), aber dennoch das gewünschte Ergebnis erzielte: Kommt nicht in Frage.

Als ich dasaß, kam Ben nach Hause und blieb im Flur stehen. Er sah zu mir herein, die Hände in den Hosentaschen.

»Wer ist gestorben?«

»Niemand.«

»Dann ist es ja gut. Hast du etwas dagegen, wenn ich ins Bett gehe? Ich bin erledigt.«

»Nein, mach nur.« Ich stand auf und ging in den Flur. Wir beide wichen einander ein wenig aus. Ich spürte wieder die beklommenen Fledermausflügel, die nichts mit meinem eigenen Dilemma zu tun hatten.

»Ben ...«

Er war schon fast an seiner Zimmertür angekommen und drehte sich auch jetzt nur halb um – es zog ihn immer noch von mir fort.

»Ja.«

Ich begriff, daß ich nicht wußte, was ich sagen sollte, nur, daß ich ihn einen Moment lang aufhalten wollte.

»Wie geht's Sophie?«

»Sophie?«

»Ja – du bist doch mit ihr aus gewesen, oder?«

»Oh, klar – ja, zuerst. Aber dann ist sie zurückgefahren, sie mußte noch arbeiten.«

»Aber es ist alles in Ordnung?«

»Klar.«

»Schön.«

Er stand immer noch in seiner leicht ungeschickten Haltung da, weder ganz bei mir noch ganz fort. Seine natürliche Unbefangenheit schien ihn in diesem Augenblick verlassen zu haben, und das machte mich unglücklich, so daß ich impulsiv hinüberging und ihn küßte.

»Gute Nacht, Schatz«, sagte ich. »Du riechst gut.«

Bildete ich mir das ein, oder wich er leicht zurück, ohne sich zu bewegen, indem er kaum wahrnehmbar in seiner eigenen Haut zusammenschrumpfte?

»Nacht, Mama.«

Als ich im Bett war, hörte ich ihn im Bad. Normalerweise erfolgte hastiges Zähneputzen, die Toilettenspülung ging, und dann klickte der Lichtschalter, als er herauskam. Diesmal erklang ein zusätzliches Geräusch – Wasser lief ins Becken, und er wusch sich heftig und ausgiebig. Noch vor ein paar Tagen hätte ich es sehr rührend gefunden, daß er sich so entschlossen vom Geruch eines Mädchens befreite. Doch heute abend starrte ich nur auf die Seiten meines Buches und brachte kein Lächeln zustande.

Am nächsten Morgen lief alles routinemäßig wie immer ab. Auf dem Weg nach draußen sammelte ich die Post ein, unter der sich auch eine Postkarte von Ronnie und Dennis aus der Auvergne befand.

»So ist das also mit dem geeinten Europa«, bemerkte Ben lakonisch. »Sogar Postkarten aus Frankreich kommen erst an, wenn die Leute schon wieder da sind.«

»Wie meinst du das?« fragte ich und schloß die Tür hinter uns.

»Die alten Chatsworths sind wieder da. Seit ein paar Tagen.«

»Bist du sicher? Ronnie hat gesagt, sie würden vierzehn Tage bleiben.«

»Ganz sicher. Simon ist aus Newquay zurück, er hat es mir in der Kneipe erzählt...« Seine Stimme wurde leiser, als er in Richtung Stadt ging.

Ich stieg ins Auto und betrachtete die Postkarte. Sie gab keinerlei Aufschluß. Das Bild zeigte sanfte, glatte, blumenübersäte Hügel. Ronnie hatte in ihrer großen, fließenden Handschrift einen Standardtext geschrieben: »Wir schlafen, wandern, essen und trinken. Wunderbarer Sonnenschein, der weiter anhalten soll. Weit und breit kein Tennisplatz, also werde ich Nachholbedarf haben, wenn ich zurückkomme, aber ich will mich nicht beschweren. Grüße, R und D«.

Ich beschloß, nicht bei ihnen vorbeizufahren. Wie auch immer die häusliche Katastrophe aussah, welche die Chatsworths verfrüht aus Frankreich heimgeholt hatte, es war wohl besser, es ihnen zu überlassen, sich zu melden. Auf der Fahrt zur Arbeit verdrängte ich auch meine vage Besorgnis um Ben. Ian – der stets dazu neigte, sich im beruflichen Bereich Sorgen zu machen, nicht aber im privaten – war immer dem Grundsatz gefolgt, daß es keinen Zweck hatte, sich über Dinge den Kopf zu zerbrechen, an denen man nichts ändern konnte, eine Theorie, die bewies, daß es ihm völlig an Verständnis für die Psyche des wahren Angsthasen fehlte. Ich mochte diese Sorgen zwar für den Moment vertrieben haben, doch ich wußte, daß sie so lange beharrlich an meine Tür klopfen würden, bis ich sie wieder hereinließ.

Vielleicht war es ein Glück für mich, daß ich eine dringendere Entscheidung zu treffen hatte – Charles McNallys Einladung betreffend. Getreu dem Prinzip, daß Außenstehende die besten Ratgeber sind, lud ich Jo zum Mittagessen bei Roots, einem Biorestaurant, ein und erklärte ihr die Situation.

»Das hört sich an, als hättest du ihn an der Angel«, war ihr erster Kommentar. »Dann laß mich die erste sein, die dir gratuliert.«

»Danke, Jo, nein danke.«

»Oh, ich verstehe. Du willst dich nicht auf ihn einlassen.«

»Nein.«

Sie stippte mit einem Stück in der Steinmühle gemahlenem Brot in ihrem Salatdressing herum. »Was genau ist denn das Problem?«

»Ich weiß nicht, was ich sagen soll.«

»Sag einfach nein«, meinte Jo unbekümmert.

»Aber ich möchte keinen unhöflichen Eindruck machen.«

»Du brauchst auch nicht unhöflich zu werden. Du mußt nur bestimmt sein. Es hat keinen Zweck, wenn du ihm Vorwände lieferst, denn irgendwann werden sie dir ausgehen. Und wenn du ihn niemals wiedersehen wirst, was für eine Rolle spielt es dann, was er von dir denkt?«

Darauf gab es keine Antwort – es war ein gutes Argument, verbesserte aber meine geistige Verfassung auch nicht.

Vom Roots aus gingen wir auf getrennten Wegen zum Büro zurück, weil Jo ihre Wagenzulassung verlängern lassen mußte. Als ich den Memorial Park durchquerte, sah ich erstaunt, daß Pearl und Nozz am Springbrunnen auf dem Rasen saßen. Ich tat so, als sähe ich sie nicht, weil ich mir sicher war, daß Pearl lieber sterben als mich grüßen würde.

Aber ich hatte meine Rechnung ohne Nozz' Liebenswürdigkeit gemacht.

»Wie geht's?«

»Oh, hallo.« Ich tat so, als wäre ich angenehm überrascht und ging zu ihnen hinüber. Pearl sah mich herablassend über den Rand ihrer Bierflasche hinweg an, die sie in ihren über und über beringten, mit grünem Nagellack verzierten Fingern hielt. »Hallo, Pearl.«

»Alles klar?«

Ich wandte mich wieder Nozz zu. »Machst du lange Mittagspause? Du hast dir einen schönen Tag dafür ausgesucht.«

»Man kann ja nicht nur arbeiten«, pflichtete er mir bei.

Pearl wies mit einem Ruck ihres Kopfes in seine Richtung. »Er nimmt sich ein Beispiel an Ben.«

»Ben?«

»Nichts als Arbeit und kein Vergnügen«, erklärte Nozz. »Ben läßt sich in puncto lange Mittagspausen nichts vormachen. Es ist die Lebensqualität, die zählt.«

Das stimmte unbestreitbar, wenn es mich auch ein wenig überraschte, es von Nozz zu hören, der mir nie besonders wie ein farbloser Lohnsklave vorgekommen war. Seine nächste Bemerkung überraschte mich noch mehr.

»Was macht die neue Beziehung?«

»Wie bitte?«

»Bens Neue.«

»Prima. Sie scheint ganz nett zu sein.«

Ganz am Rande fing ich Pearls giftigen Gesichtsausdruck auf.

»Nein«, sagte Nozz, als hätte er ihn auch gesehen. »Na dann alles Gute für sie. Sieht so aus, als hätte er die Richtige gefunden.«

»Meinst du wirklich?« fragte ich. Ich war geradezu mitleiderregend dankbar für diese unerwartete Nahrung, die er meinen Hoffnungen gab.

»Nur meine Meinung.«

Pearl enthielt sich jeden Kommentars, sondern löste nur ihre vollen Lippen mit einem feuchten ›Plop!‹ vom Flaschenrand. Da mich Nozz' Bemerkungen aufgeheitert hatten, beschloß ich, das nicht als Unhöflichkeit zu interpretieren. Schließlich hatte Ben sie sitzengelassen, warum sollte sie also ein Loblied auf seine jüngste Eroberung singen wollen.

Ich war als erste wieder im Büro. Als Jo auftauchte, kam sie direkt zu meinem Schreibtisch herüber.

»Hör mal«, sagte sie. »Ich habe in dieser fürchterlichen Warteschlange ein bißchen Zeit zum Nachdenken gehabt. Mir ist klar, daß derartige Angelegenheiten in der Theorie viel einfacher sind als in der Praxis. Erst einmal mußt du dir absolut sicher sein, daß du nein sagen willst.«

»Natürlich bin ich mir sicher.«

»Wenn das so ist, dann sag es auch.«

Am nächsten Tag, dem Tag, an dem Mrs. Rymers Sachen verkauft wurden, erzählte ich Ben während unserer gemeinsamen drei Minuten in der Küche, daß ich Pearl getroffen hatte.

»Und wie ging's ihr so?« fragte er in mißmutigen, ungeduldigem Ton.

»Sie lag mit Nozz im Park in der Sonne.«

»Pearl unter freiem Himmel? Jemand muß sie gezwungen haben.«

»Sie hat gesagt, sie würden sich ein Beispiel an dir nehmen.«

»Natürlich, ich bin ja auch ständig im Park.«

Er hatte schlechte Laune – das war untypisch für ihn.

»Nein«, sagte ich. »Nozz hat gesagt, du würdest gern lange Mittagspausen machen. Er hat es auf die Liebe geschoben.«

»Ach ja?« Ben griff nach seiner Kaffeetasse. »Was für ein Einfaltspinsel.«

Nach der Auktion war Mrs. Rymer um zweitausend Pfund reicher. Als ich mit dem Papierkram für ihren Sohn und ihre Schwiegertochter fertig war, schickte ich ihr eine handschriftliche Notiz mit dem Vorschlag, am Sonntag zusammen zum Mittagessen zu gehen. Als ich ihr schrieb, kam mir der Gedanke, wie überrascht sie sein würde, wenn sie wüßte, wie sehr ich mich auf unser Wiedersehen freute. Ich schrieb ihr, daß ich sie um halb eins abholen würde, falls ich nichts Anderweitiges hörte.

Am Abend rief Desma an und wollte sich zum Tennis verabreden.

»Lust auf ein Einzel?«

»Schon«, sagte ich. »Aber hast du gehört, daß Ronnie vorzeitig nach Hause fahren mußte? Also kann sie ja vielleicht.«

»Ja, das wußte ich, weil Rick sie beim Arzt getroffen hat, als er mit Bryony da war. Sieht so aus, als wäre die Arme mit diesem verflixten Virus rückfällig geworden. Sie hatte keine Chance, den Urlaub zu genießen, daher kam es ihnen vernünftiger vor, zurückzukommen und den Arzt noch einmal zu konsultieren.«

»Hast du mit ihr gesprochen.«

»Ja, sie war ziemlich sauer. Aber sie haben ihr irgendeine Therapie verordnet, also werden wir abwarten müssen…«

»Was ist mit Sabine?«

»Tja, das ist es eben. Sabine kann auch nicht spielen. Martin fährt mit Sophie auf eine Landwirtschaftsmesse, und sie muß zu Hause bleiben, weil ihr Pool gewartet wird. Es muß echt hart sein, wenn man reich ist. Jedenfalls heißt das für uns Einzel oder gar nicht.« Ich zögerte, sie wartete. »Bitte, Eve.«

»Ich spiele im Moment nicht besonders gut.«

»Das hört sich doch gut an! Hör mal, ich würde dich gern sehen, ich bin nicht wie die anderen. Tennis ist für mich jede Woche ein Lichtblick. Wir könnten einfach einen Satz spielen, oder soweit wir kommen, und dann in den Kutter gehen.«

Ich lachte. »Wenn du es so sagst.«

»Toll! Bis dann.«

Ich schickte Ronnie ein paar Blumen mit einer Karte, auf der ich ihr mein Mitgefühl über ihren verkürzten Urlaub ausdrückte und sie bat, sich zu melden, sobald ihr danach war. Am Samstag morgen bekam ich eine Nachricht von Mrs. Rymer, die meine Einladung annahm. Ben war immer noch im Bett, als ich Tennisspielen ging. Als ich ihn wecken wollte, hatte er grimmig geantwortet, er hätte diesen Samstag frei. Konnte es sein, so fragte ich mich, daß er Martin und Sophie zu dieser Landwirtschaftsausstellung begleitete? Das wäre der sichere Beweis seiner unsterblichen Leidenschaft, falls ein solcher nötig war.

Desma und ich beendeten das Spiel nach zwei kurzen Sätzen mit einem ehrenvollen Unentschieden. Unser Spiel hätte sowohl technisch als auch künstlerisch schlechte Noten eingeheimst, aber in puncto Knochenarbeit sehr gut abgeschnitten – wir beide stürzten uns auf die Grundlinie, rannten hin und her und lieferten uns eine Menge unkultivierter, arbeitsintensiver Aufschläge. Am Ende waren wir gut ins Schwitzen gekommen.

In der Kutter-Bar waren wir uns bei Bier und Sandwiches (ohne die anderen hielten wir es billig und fröhlich) einig, daß es sich doch gelohnt hatte.

»Außerdem«, fügte Desma hinzu, »muß ich meine Samstagsausflüge beibehalten, weil ich Rick so von der Straße fernhalte.«

»Und – ist das wichtig?« fragte ich vorsichtig, ohne mir anmerken zu lassen, daß ich auf die Antwort gespannt war.

»Im Augenblick ja. Ich glaube, daß er in Versuchung gerät, Eve, also ist das hier eine Kleinigkeit, die ich unternehmen kann, um ihn davor zu bewahren. Nichts erstickt eine illegitime Romanze besser im Keim als ein aufgewecktes Kleinkind.«

Ich war völlig verblüfft. »Desma! Das kann doch nicht dein Ernst sein?«

»Mein völliger Ernst.« Ihre Wangen liefen rot an, als sie einen Schluck von ihrem Bier trank.

»Aber das ist ja furchtbar.«

»Es ist ein ziemlicher Schlag, aber es überrascht mich, wie praktisch ich damit umgehe. Gib's zu, er sieht schließlich klasse aus.«

»Ja, das stimmt.«

»Und alle fragen sich, wie es kommt, daß er mir in die Schlinge gegangen ist, aber das ist er nun mal, und es bestand immer eine gewisse Wahrscheinlichkeit, daß jemand ankommen und ausprobieren würde, wie gut das Seil hält.«

Ich schüttelte ungläubig den Kopf. »Hast du eine Ahnung ...«

»Nein, und das will ich auch nicht. Ich mache mir keine Gedanken um sie, nur um uns. Vielleicht ist es ja noch gar nicht weit gediehen, aber mir ist jeder Schritt zu weit.«

»Hast du schon mit Rick darüber gesprochen?«

»Noch nicht. Es klingt albern, aber ich will nicht hören, wie er sich windet oder lügen muß. Ich will, daß das Ganze aufhört, bevor es soweit kommt.«

»Ist das nicht ein bißchen optimistisch?« fragte ich sanft. »Ich meine, wenn er glaubt, daß du nichts merkst oder daß es dich vielleicht nicht interessiert, und da er schließlich auch nur ein Mensch ist ...«

»Ah, aber ich kenne meinen Mann. Er ist nicht besonders mutig«, sagte sie unverblümt. »Wenn mir jemals ein eindeutiger Beweis unterkommt, dann stelle ich ihm ein Ultimatum, keine Sorge. Aber bis dahin liebe ich ihn, weißt du...« Sie holte kurz und tief Luft. »Und ich wünsche mir, daß er von sich aus das Richtige tut.«

»Natürlich«, sagte ich. Am liebsten hätte ich sie umarmt. »Viel Glück, Desma!«

Es war einer dieser seltsamen Zufälle, daß ich die Shaws höchstpersönlich am Strand sah, als ich mich an diesem Nachmittag zu einem Spaziergang auf den Weg machte (Ben hatte einen Zettel mit BIN WEG BALD ZURÜCK auf den Küchentisch gelegt). Sie wanderten über den weniger belebten Strandabschnitt jenseits unseres Hauses, gegenüber dem Kricketclub. Bryony tapste herum, bückte sich, fiel hin, tapste in ihren kleinen roten Gummistiefeln weiter. Ihre Eltern ließen sie nicht aus den Augen, waren aber gleichzeitig in ihre Unterhaltung vertieft. Rick hatte die Hände in den Taschen, Desma hatte den Arm durch den seinen geschoben. Sie gingen mit gesenkten Köpfen im Gleichschritt, und ihre Füße schwangen gemeinsam in einem langsamen, schleppenden Marschrhythmus durch den nachgebenden Kies.

Ich dagegen schlug ein schnelles Tempo ein und freute mich, an diesem klaren, sonnigen Nachmittag allein zu sein und morgen das Mittagessen mit Mrs. Rymer vor mir zu haben. Vielleicht, sinnierte ich, war man nie zu alt dazu, eine kluge, ältere Frau zur Freundin zu haben. Ohne es ausprobiert zu haben, hatte ich das Gefühl, daß ich ihr alles erzählen konnte und sie weder schockiert sein würde noch sich ein Urteil erlauben würde. Was natürlich angesichts ihres Alters Unfug war. Insgeheim war ich froh, daß sie im Altersheim wohnte und im Prinzip immer zu meiner Verfügung stand. Hätten ihre Beine sie immer noch getragen und wäre sie zu Hause immer noch zurechtgekommen, so hätte ich mich nicht hinter der Anmaßung verstecken können, etwas Gutes zu tun und einem einsamen, alten Menschen eine Freude zu machen.

Die Saison in Littelsea war fast zu Ende. Nicht, daß wir ein Ferienort waren, der die Leute zu Tausenden anzog, doch die

Einheimischen nutzten den Strand im Sommer gern, besonders in den Schulferien. Ich hatte mich an die menschliche Flutwelle gewöhnt, die sich im August vor meinen Balkon ergoß, doch wir Strandanrainer zogen ein besonderes Vergnügen aus dem Abflauen dieser Welle, zunächst, wenn die Kinder wieder zur Schule gingen, und dann, wenn die Tage fast unmerklich kürzer wurden und sich jener Wechsel des Lichtes vollzog, der ein Vorbote des Herbstes war. Wir, die wir hier wohnten, waren keine Leute, die sich nur bei schönem Wetter auf die Promenade wagten, sondern wir kannten ›unsere‹ See in all ihren Launen. Ich betrachtete sie jetzt, wie sie freundlich in der blassen Sonne glitzerte, und sagte mir, daß sie eine Menge würde anstellen müssen, um es sich mit uns, ihren wahren Freunden, zu verderben.

An diesem sonnigen Wochenendnachmittag waren ziemlich viele Spaziergänger unterwegs, doch sie wurden immer weniger, je mehr ich an Höhe gewann – es gab diverse, strategisch postierte Aussichtspunkte mit Bänken, welche von den weniger Entschlossenen als Zwischenstationen benutzt wurden, von denen sie dann aber nicht mehr weitergingen.

Als ich oben auf den Klippen ankam, verließ ich den Pfad und kletterte zum Rand der Landzunge, wo ich mich ins Gras setzte. Ein Schild in großen schwarzen Lettern warnte die ›Kletterer‹, daß am Rand der Klippe Erosionsgefahr bestand, doch es bereitete mir eine kindliche Freude, an einer Stelle zu sein, wo ich in alle Richtungen blicken konnte.

Zu meiner Linken lag Littelsea, das aus der Entfernung und im Glanz der sich neigenden Sonne beinahe hübsch aussah; vor mir das Meer, auf dem in der Ferne eine Kanalfähre diagonal auf den Horizont und auf Frankreich zufuhr. Steil unter mir lag rechts die kleine Bucht mit den übereinanderliegenden flachen Steinen, wo ich damals gesessen und Rick und Bryony getroffen hatte. Rückblickend fragte ich mich, ob er einen anstößigen persönlichen Grund gehabt hatte, mit seiner Tochter auf dem Rücken so weit zu gehen… vielleicht eine Verabredung? Doch Desma hatte sicherlich recht gehabt, als sie meinte, daß ein Kleinkind bei solchen Dingen eher abschreckend wirkte. Vielleicht war es so, wie sie hoffte, und er war tatsächlich höchstens in Versuchung und war ihr noch gar nicht untreu geworden.

Als ich mir die Möglichkeiten für den zweiten Abschnitt meines Spaziergangs überlegte, fiel mir ein, daß es eine gab, die ich nicht sehen konnte und daher auch nicht berücksichtigt hatte. Hinter mir auf der anderen Seite des Klippenpfades und jenseits eines sorgsam gepflegten Waldgürtels lag das Haus der Drages.

Je mehr ich darüber nachdachte, desto verlockender erschien es mir. Sabine würde allein zu Hause festsitzen, immer dankbar, wenn man ihr Gesellschaft leistete, ganz besonders, wenn die Handwerker sie in Rage brachten. Und wo Sabine war, da würde auch ein kalter, womöglich alkoholischer Longdrink und die eine oder andere Köstlichkeit in luxuriöser Umgebung nicht weit sein ...

Als ich meine Entscheidung getroffen hatte, schob ich diese Vergnügungen gern noch ein paar Minuten vor mir her und legte mich mit geschlossenen Augen zurück. Das kurze, drahtige Gras unter meinem Rücken fühlte sich wie der Pelz eines Tieres an, eines Tieres, das im Rhythmus des Meeres unter mir zu atmen und sich gelegentlich zu regen schien, wenn der allgegenwärtige Wind vom Kanal es weckte. Angesichts der Sonne, meiner zufriedenen Einsamkeit und der baldigen Aussicht auf gleichgesinnte Gesellschaft gab es keinen Ort auf der Welt, wo ich jetzt lieber gewesen wäre.

Ich schlief ein. Was mich aufweckte, war die Vorhut einer kleinen Wolkenflotte, die vor der Sonne entlangsegelte. Durch den plötzlichen Schatten bekam ich von der Brise eine Gänsehaut auf meinen heißen Armen und Beinen, und ich öffnete meine Augen mit einem unangenehmen Gefühl der Orientierungslosigkeit. Ich war sorglos wie ein Kind im Gras eingeschlafen, als ich aufwachte, war ich eine Frau in den mittleren Jahren, steif, verkühlt und befangen.

Glücklicherweise war niemand in meiner Nähe, der hätte beobachten können, wie ich mich ächzend aufrappelte und mir die Grashalme aus Kleidern und Haaren pflückte. Da ich wußte, wie ich neben Sabine aussehen würde, kamen mir im ersten Augenblick Zweifel über meinen Besuch, aber nur im ersten Augenblick – niemand sah jemals so elegant aus wie Sabine, und es würde ihr kaum auffallen oder etwas ausmachen, wenn ich noch ein wenig tiefer unter ihre unerreichbare Meßlatte gesunken war.

Ich wandte mich vom Meer ab, überquerte den breiteren Klippenpfad und beschritt den engen Weg, der sich zwischen den Ebereschen und Koniferen hindurch zum Hintereingang der Drages schlängelte. Der Wind wurde zunehmend stärker, und als ich den Wald betrat, wich das Meeresrauschen dem zischelnden Flüstern hoch oben in den Baumkronen. Meine Schritte fielen hier unten lautlos auf den federnden Mulch aus Laub und Kiefernnadeln. Es war ziemlich kalt.

Am Tor blieb ich stehen. Von hier aus sah ich das Haus von der Seite, die absteigenden, gepflegten Rasenflächen, die abwechslungsreichen Steingärten, die verschwenderischen Blumen- und Staudenbeete, die Ecke der Terrasse, wo ich mit Charles McNally gestanden hatte. Der Swimmingpool, der gerade gewartet wurde – ich konnte leise Musik hören –, lag außer Sichtweite.

Etwas weiter links oben lag der brandneue Tennisplatz in all seiner scharfkantigen, jungfräulichen Großartigkeit. Es würde schön sein, dachte ich, hier an kühlen, sonnigen Herbst- und Wintertagen zu spielen, ganz für uns und mit der Aussicht, uns später an Martins gutsortiertem Drink-Wagen laben zu können.

Ich öffnete leise das Tor, wobei ich mir bewußt war, daß ich ein Eindringling war, und schloß es sorgfältig hinter mir. Während ich über den Rasen ging, kam mir der Gedanke, daß die gesamte Wohnfläche meiner Wohnung bequem auf den Tennisplatz der Drages gepaßt hätte. Was mochte es wohl für ein Gefühl sein, fragte ich mich, soviel zu besitzen, Herrscher dieses kleinen, perfekten Königreiches auf den Klippen zu sein? Ich bewunderte es, aber ich war froh, daß ich kein solches Königreich mit allen sich daraus ergebenden Verantwortlichkeiten besaß. Dieser Gedanke hob meine Laune – vielleicht war ich ja doch die sorgenfreie Seele, die im Gras eingeschlafen war, die nichts um Besitztümer oder Äußerlichkeiten gab.

Als ich mich dem Haus näherte, konnte ich die Musik am Pool besser hören. Überraschenderweise war es Puccini, die Ouvertüre zu *Madame Butterfly*. Nur Sabine brachte es fertig, Handwerker mit einem solch anspruchsvollen Geschmack einzustellen – oder sich vorzunehmen, deren Ansprüche zu verfeinern.

Allmählich kam der Pool in Sicht. Die Musik schwoll an. Nichts deutete darauf hin, daß hier gearbeitet wurde – im Gegenteil, das Wasser war klar und saphirblau, der gekachelte Rand makellos, und es schwamm jemand darin. Oder zumindest war jemand im Wasser, in der entferntesten Ecke, vielleicht um zwischen den Bahnen eine Pause zu machen. Ich ging über den Rasen, denn ich wollte mich nicht zu erkennen geben, bevor ich sicher war, daß es Sabine war.

Als ich noch ungefähr fünfzig Meter entfernt war, sah ich ihren lindgrünen Lieblingsbadeanzug aufschimmern. Doch im selben Moment, als ich lächelte, die Hand hob, meinen Mund öffnete, um ihren Namen zu rufen, fuhr zwischen ihrem Körper und dem Beckenrand ein zweiter Körper aus dem Wasser, dunkel und glatt wie ein Otter zwischen ihren leitenden Händen.

Ich rannte auf demselben Weg zurück, den ich gekommen war, und mein Herz schlug so heftig, daß ich das Gefühl hatte, mir könnte plötzlich das Blut in einem heißen Strahl aus Mund und Nase laufen. Ich achtete nicht darauf, wo ich hintrat. Ich wußte nicht einmal, ob sie mich gesehen hatten. Ich war nicht nur auf der Flucht vor diesem Ort, sondern auch vor dem Wissen, vor meiner Entdeckung, vor der Veränderung. Am liebsten wäre ich so lange gelaufen, bis sich das Bild in meinem Kopf auflöste.

Ich war schockiert über die Panik, die ich empfand. Nichts hätte mich auf das vorbereiten können, was ich gerade gesehen hatte, geschweige denn auf die Heftigkeit meiner Reaktion.

Die Flut war da. Der Gezeitenwechsel war vollzogen.

12

Im nachhinein kommt es mir unglaublich vor, daß ich mehr als vierundzwanzig Stunden lang kein Wort zu Ben sagte. Und doch kann ich mir allzuleicht die Gefühle ins Gedächtnis zurückrufen, die mich daran hinderten, das zu tun.

Zunächst einmal kam er an diesem Abend gegen neun heim, und es war offensichtlich, daß er keine Ahnung hatte, daß ich dagewesen war und sie beide gesehen hatte. Er war in Hochform, so gesprächig und charmant wie nie. Er sei heute abend bei den Drages gewesen, erzählte er mir, und da Sophie und Martin von der Ausstellung zurück waren, war er zum Abendessen geblieben. Er schien nicht zu bemerken, wie still ich war, und von der Einladung zum Essen abgesehen, erwähnte er Sabine mit keinem Wort.

Ich gebe gern zu, daß sein Verhalten mich umwarf. Nicht nur, daß er kein sichtbares Kainsmal trug, sondern es gab auch keine Ausflüchte, keine gesenkten Blicke, keine Spur von der undefinierbaren Fremdheit, die er in letzter Zeit öfter an den Tag gelegt hatte. Im Gegenteil, endlich hatte ich den alten Ben wieder, der mir das Gefühl geben konnte, daß er und ich eine besondere Beziehung hatten, eine gemeinsame Art, die Dinge zu sehen.

Ich begann Zweifel an meiner Entdeckung zu hegen, an dem, was ich mit meinen eigenen Augen und intuitiv wahrgenommen hatte. Was hatte ich denn schließlich schon gesehen? Nur Sabine, eine flirtfreudige Natur, die in ihrem eigenen Pool eine Runde mit meinem Sohn schwamm, der regelmäßig in ihrem Haus zu Besuch war, der der Freund ihrer Stieftochter war, zum Kuckuck. Die Leute alberten nun einmal in Swimmingpools herum, das hatte nichts zu bedeuten, und ich war sowieso ein Eindringling gewesen, und genau wie Leute, die andere belauschen, bekommen auch Eindringlinge genau das, was sie verdienen.

Ich verstand jetzt, warum Frauen nicht immer schrien, wenn sie angegriffen wurden. Neben dem Schrecken und der Angst war noch eine ungläubige Reaktion vorprogrammiert – ist das ernst oder ein Scherz? Das kann doch nicht wahr sein? Entsprechend zögerte ich, ihm eine Szene zu machen, für den Fall, daß sich herausstellte, daß es eine perfekte, harmlose, vernünftige Erklärung gab.

All meinen natürlichen Impulsen zum Trotz schnürte mir also die Angst – und die Hoffnung –, ich könnte mich geirrt haben, die Kehle zu.

All meine Vorfreude auf meine Verabredung mit Mrs. Rymer war dahin. Hätte ich auf die Uhr geachtet, hätte ich sie sogar ganz egoistisch abgesagt, egal wie enttäuscht sie gewesen wäre. Doch es war elf am nächsten Morgen, als mich ihr Brief, der immer noch auf dem Eßtisch lag, wieder daran erinnerte, und da war es zu spät. Ich hätte wohl eine plötzliche, heftige Erkrankung erfinden können, doch andererseits wollte ich weg sein, bevor Ben aufstand – weg von ihm, weg von der Türklingel, dem Telefon und allen Menschen, die ich kannte.

Hastig zog ich mich um und schminkte mich, wobei ich ängstlich auf das geringste Geräusch aus Bens Zimmer horchte. Meine Hand zitterte, als ich Eyeliner und Lippenstift auftrug, und als ich fertig war, fühlte ich mich nicht verschönert, sondern grotesk verkleidet. Einmal weinte ich vor Anspannung über die Trostlosigkeit der ganzen Angelegenheit. Als ich die Wohnungstür hinter mir schloß, war ich mir sicher, daß ich hörte, wie sich seine Zimmertür öffnete, und ich raste mit einem Kribbeln im Rücken die Treppe hinunter. Zum zweiten Mal in vierundzwanzig Stunden floh ich vor meinem eigenen Sohn.

Mrs. Rymer wartete im Eingangsbereich auf mich. Sie hatte sich elegant zurechtgemacht und trug ein Kleid in gedämpften Grüntönen. Um die Schultern hatte sie einen rotgrünen Schal drapiert, der von einer großen, keltisch anmutenden

Brosche festgehalten wurde. Eine burgunderfarbene Rippstrumpfhose verdeckte die Bandagen an ihren Beinen. Eine der Pflegerinnen hielt sich im Hintergrund, doch sie hatte ihre Krücke dabei und schaffte den kurzen Weg bis zum Auto ganz problemlos. Sie stützte sich nur leicht auf meinen Arm, um die beiden flachen Stufen zu nehmen, die von der Eingangstür zur Auffahrt hinunterführten. Als wir im Auto waren, bemerkte ich, daß sie einen wunderbaren, intensiven Duft trug – nicht gerade ein Parfum, das man in einem Zerstäuber irgendwo im Drogeriemarkt kaufte. In meinem verletzlichen Zustand trieb mir der Duft die Tränen in die Augen.

Ich räusperte mich. »Ich habe nichts reserviert«, sagte ich. »Aber wenn Sie mit einer Gaststätte zufrieden sind …«

»Meine Liebe, ich werde schon im siebten Himmel sein, wenn wir nur herumfahren und die Aussicht genießen«, sagte sie.

Ich führte sie in eine Gaststätte namens ›Bug und Heck‹ (auch unter dem Namen ›Hau und weg‹ bekannt), die in der Nähe des Martello Tower am Meer lag, und wir setzten uns an einen Tisch mit Blick auf die Promenade und den Strand.

»Das haben Sie gut gemacht«, sagte sie. »Das ist genau das richtige.«

Sie trank ein Glas Weißwein, ich einen roten, und wir bestellten Seebarsch. Als ich mit unseren Getränken von der Theke zurückkam, bemerkte ich, daß sie mich auf ihre typische, intuitive Weise ansah, doch sie gehörte zu einer Generation, die persönliche Fragen für aufdringlich hielt. Wenn ich mir mehr von ihr wünschte als charmante, dankbare Gesellschaft, dann mußte ich auf sie zugehen.

Wir unterhielten uns über die Auktion und über Littelsea, über das Altersheim und über ihre Familie. Zumindest unterhielt sie sich, und das war genau, was ich wollte. Ich fürchtete, die Fassung nicht bewahren zu können, wenn das Gespräch auf mich kam. Da sie ihn bei unserer letzten Begegnung so freimütig erwähnt hatte, fragte ich sie nach Gerhardt.

»Was ist passiert, als der Krieg ausbrach?«
Sie winkte mit der Hand ab. »Aus und vorbei.«
»Das muß ja furchtbar gewesen sein.«
»Der ganze Krieg war furchtbar, was die persönliche Seite vielleicht relativiert hat. Man lebte eben weiter.«
»Haben Sie versucht, mit ihm in Verbindung zu bleiben?«
»Er hat mir ein paarmal geschrieben. Ich habe nicht geantwortet.«
Sie hielt inne. Es war kein Zögern, sondern eine bewußte Pause, und ich fragte mich, ob ich zu weit gegangen war. Jetzt war es an mir zu warten. Unser Essen kam, und die Pause wurde noch länger. Dann breitete sie ihre großen Hände zu beiden Seiten des Tellers aus und rückte mit den Fingerspitzen ihr Besteck zurecht, so als spielte sie Klavier. Als sie antwortete, war ihr Tonfall ganz sachlich.
»Er war ein Nazi, meine Liebe. Mit so etwas konnte ich mich nicht abgeben.«
Es hörte sich bei ihr so kristallklar an, so absolut praktisch und naheliegend. Und doch wußte ich, daß es nicht so gewesen sein konnte. Meine Bewunderung für sie war grenzenlos, doch als ich ihr das sagte, wollte sie nichts davon hören.
»Das sieht absolut köstlich aus«, sagte sie. »Darf ich loslegen?«
Es war gut, und wir aßen beide unsere Teller leer, sie mit Appetit und Genuß, ich vor allem aus Gewohnheit. Sie verkündete, daß sie keine Kaffeetrinkerin sei, also trank ich einen doppelten Espresso, während sie einen Toffeepudding und ein zweites Glas Wein verdrückte. Ich begriff, daß sich dieses angenehme Zwischenspiel seinem Ende näherte und daß zu Hause alles immer noch beim alten sein und auf mich warten würde. Ich konnte die eigentliche Katastrophe unmöglich erwähnen, doch ich hatte das Gefühl, daß sie vielleicht wie Jo eine unvoreingenommene Sichtweise auf mein Dilemma mit Charles McNally hatte.
»Darf ich Sie wohl um einen Rat bitten – es ist nur eine Kleinigkeit.«

»In dem unwahrscheinlichen Fall, daß ich Ihnen auch nur im geringsten behilflich sein kann, will ich das gern tun.«

»Ich glaube, ich weiß schon, was Sie sagen werden.«

»Natürlich.« Sie lehnte sich zurück, die Hände um ihr Weinglas gefaltet. »Wir bitten nur um Rat, um uns unsere eigene Meinung bestätigen zu lassen, meinen Sie nicht?«

»Vielleicht. Aber ich bin mir nicht sicher, ob ich überhaupt eine Meinung habe.«

»Sobald ich den Mund öffne, werden Sie eine haben. Los, erzählen Sie es mir.«

Ich skizzierte das Problem so beiläufig, wie ich konnte. »Ich habe ja gesagt«, schloß ich verlegen, »daß es trivial ist.«

»Oberflächlich ja«, pflichtete sie mir bei. »Aber die Tatsache, daß es Sie so mitnimmt, beweist, daß es das nicht ist, zumindest, was Sie betrifft.«

»Tja – nein.«

»Ich möchte nicht weiter nachfragen, aber vielleicht kann ich Ihnen auf die Sprünge helfen. Wenn Sie nichts unternehmen oder nein zu diesem Mann sagen, dann sind Sie zwar das Problem los, aber Sie werden nie erfahren, warum es so wichtig war. Und wenn Ihnen der Grund später einmal klar wird, dann könnte Ihnen das Kummer bereiten.«

Ich wartete wieder, denn ich war mir sicher, daß sie noch etwas hinzufügen würde, die andere Seite beleuchten würde. Doch sie tat es nicht.

Als wir die Gaststätte verließen, fuhren wir noch ein wenig herum. Als wir langsam an der Promenade entlangfuhren, kamen wir am Esplanade vorbei, und ich sah die Chatsworths – Ronnie, Dennis und die Jungs – an einem Fensterplatz beim Mittagessen sitzen. Natürlich bemerkten sie mich nicht – ich saß in einem der vorüberfahrenden Autos –, doch der Anblick ihres fröhlichen, geselligen Familienausflugs versetzte mir einen neidvollen Stich.

Ich nahm die Straße nach Brighton, fuhr dann in einer Kurve ein paar Kilometer landeinwärts und kam auf dem Rückweg durch Hawley End, ohne zu bedenken, daß ich damit vielleicht verstörende Assoziationen wecken würde.

Doch wenn es so war, dann ließ sie es sich nicht anmerken. Statt dessen starrte sie nachdenklich aus dem Fenster und sagte:

»Wissen Sie, dieser Ort fehlt mir überhaupt nicht.«

»Nein?«

»Nein. Ich bin hier nie in der Art zu Hause gewesen wie in den Häusern, in denen ich mit meinem Mann gelebt habe. Und zum Schluß war es hier sehr viel langweiliger als da, wo ich jetzt wohne.«

Im Heim brachte ich sie in ihr Zimmer.

»Ich kann Ihnen gar nicht sagen, wie schön das war«, sagte sie und schüttelte mir fest die Hand. »Ich wünschte, ich könnte sagen, daß ich den ganzen Tag nichts mehr essen werde, aber das wäre ein leeres Versprechen. Die Mahlzeiten hier sind die Höhepunkte des Tages.«

»Wir müssen das bald einmal wiederholen.«

Als ich nach Hause fuhr, konnte ich immer noch die stützende Berührung einer Generation spüren, die zwar nicht weniger leidenschaftlich, aber viel pragmatischer war. Sie hielt mein Problem mit Sicherheit für trivial – ich wünschte mir beinahe, ich hätte Ben erwähnt, um sie einmal richtig aufzurütteln –, und obwohl sie bereit war, es ernst zu nehmen, würde sie mir nicht eine Sekunde länger Nachsicht gewähren, als die Situation es verdiente.

Ich war auf mich selbst gestellt.

Auf dem Heimweg beschloß ich, direkt in die Wohnung zu gehen und Charles McNallys Nummer zu wählen. Jetzt, wo mein Leben von etwas so viel Wichtigerem überschattet wurde, würde genau der richtige Moment sein, einfach nein zu sagen.

Ben war natürlich nicht da.

Trotz meiner Entschlossenheit war ich schockiert, nur wenige Sekunden nach meinem Gespräch mit der Rezeption Charles' Stimme zu hören.

»McNally.« Er klang kurz angebunden und bestimmt, ganz und gar nicht nach Sonntagnachmittag.

»Oh – hallo. Hier ist Eve Piercy.«

»Eve, hallo.«

Sein Tonfall erwärmte sich kaum wahrnehmbar, doch er brach nicht gerade in ungebändigtes Entzücken aus. Aber das wollte ich ja auch gar nicht, also war es in Ordnung.

»Übrigens, danke für Ihre Nachricht.« *Übrigens*?

»Sie kommen nach London?«

»Ich weiß nicht.« Er hatte eine komplette Stufe des Wortwechsels übersprungen und ging davon aus, daß die Frage nicht ob, sondern einfach wann war.

»Okay.« Ich kannte diesen für alles offenen Tonfall von Ben und seinen Freunden. »Also, wie wollen Sie es halten?«

»Ich rufe an, wenn ich komme, okay?«

»Das würde mich wirklich freuen. Ich würde gern einmal in Ronnie Scotts Club gehen – mögen Sie Jazz?«

»Ich weiß nicht genug darüber. Ich kenne nur Acker Bilk.«

»Wen?«

»›Stranger on the Shore‹? Frühe Sechziger. Und Kenny Ball ...« Ich geriet in den Treibsand einer unzusammenhängenden Unterhaltung, aus der ich nie wieder herauskommen würde.

»Nie gehört. Es wäre mir ein Vergnügen, Sie zu bekehren, Eve.«

»Sie können es ja versuchen«, sagte ich törichterweise.

Ich glaube, er lachte. Sein Lachen war von der fast stimmlosen, kehligen Sorte, ansteckend, wenn man dabei war, aber verwirrend am Telefon.

»Okay ... Ich freue mich darauf, wieder von Ihnen zu hören, wirklich.«

»Wiederhören.«

Ich legte den Hörer auf und saß da. Es war alles ganz einfach gewesen, ganz freundlich, und ich war zu nichts verpflichtet. Warum hatte ich dann Herzrasen? Und warum konnte ich nicht sagen, ob ich in Hochstimmung oder enttäuscht war? Mrs. Rymers geheimnisvolle Worte kamen mir wieder in den Sinn: »... Sie werden nie erfahren, warum es so wichtig war.« Ich wußte es immer noch nicht.

An diesem Abend rief Ben an, um mir zu sagen, daß er bei Nozz übernachten werde. Ich hätte die Rückruffunktion benutzen können, um zu sehen, woher er anrief, doch ich beschloß, es nicht zu tun.

Am Montag meldete ich mich krank, etwas, das ich sonst nie tat. Meine Integrität bei der Arbeit war legendär, ich betrog Bouvier niemals auch nur um eine Büroklammer, geschweige denn um Arbeitszeit. Doch an diesem Morgen hatte die Integrität ihren Glanz vollkommen verloren.

Ich versuchte, nicht zu weit vorauszudenken, und fuhr den Hügel hinauf zu den Drages. Anders als bei meinem Gespräch mit Charles McNally hatte ich vor, mich bei diesem Zusammentreffen auf meinen Instinkt zu verlassen. Mein Gesicht, meine Hände und Füße waren kalt; ich gähnte vor Aufregung. Wenn ich mir jemals gewünscht hatte, Sabine ein paar Nummern kleiner zu machen, ihre berühmte Selbstbeherrschung zu erschüttern und sie aus dem Konzept zu bringen, dann hatte ich es mir bestimmt nicht so vorgestellt. Eigentlich hatte ich Angst vor dem, was ich im Begriff war zu tun, weil ich es uns allen antat: Ben, Sabine, ihrer Familie und meiner und allen unseren Freunden. Ich fühlte mich, als stünde ich davor, der Welt, wie wir sie kannten, ein Ende zu setzen.

Es versetzte mir einen Schock, ausgerechnet Sophie in der Auffahrt anzutreffen, wo sie in ihren Mini stieg. Sobald sie mich sah, kam sie herüber und lächelte breit.

»Hallo, wie geht's?«

»Geht so.« Wie konnte es sein, daß sie nichts merkte, daß sie nichts wußte?

»Wollen Sie zu Sabine? Sie ist im Haus und macht dem Zimmerpflanzenservice das Leben zur Hölle. Ich mache mich besser auf den Weg, ich bin spät dran.«

»Wiedersehen, Sophie.«

»Sagen Sie Ben, ich rufe an ...!«

Sie wendete in drei schnarrenden Zügen auf dem Kies und war fort. Der Mini beschleunigte beunruhigend auf seinem Weg bergab.

Die Haustür war nicht ganz geschlossen, und ich konnte Sabines Stimme im Flur beim Telefonieren hören. Ich schob sie auf und trat ein: wieder ein Eindringling. Doch diesmal sah sie mich, und ihre Augen weiteten sich zu einem Begrüßungslächeln, während sie den unschuldigen Gärtner weiter mit Beleidigungen überhäufte. Clea, die auf halbem Weg die Treppe hinauf die Blumen goß, lächelte mir in einer Mischung aus Höflichkeit und Nervosität zu.

»... nein, tut mir leid, ich bin *nicht* zufrieden, denn Ihre Lieferung entspricht nicht meiner Bestellung. Ich hätte gern, daß Sie bitte diese Pflanzen, die ich nicht bestellt habe, heute morgen mitnehmen und bis heute abend ersetzen, sonst werde ich mein Geld zurückverlangen, und es ist sehr zweifelhaft, ob ich Ihre Dienste noch einmal in Anspruch nehmen werde.« Sie winkte mir zu und hielt ihre Hand hoch, während sie mit gelangweilter Ungeduld den Entschuldigungen am anderen Ende der Leitung zuhörte. »Nein, nein, Sie hören mir gar nicht zu. Es ist ganz einfach. Ich möchte, daß die Angelegenheit bereinigt wird. Ich möchte bis heute nachmittag zwei Lorbeerbäume und eine Birkenfeige hier haben und hätte gern den restlichen Krempel entfernt. Anderenfalls möchte ich gar nichts und werde mir mein Geld erstatten lassen. Auf Wiederhören.«

Sie legte den Hörer auf und strahlte mich an. Sie sprudelte geradezu über – nichts war so gut für ihre Laune wie ein Streit mit den Handwerkern. Oder fast nichts, erinnerte ich mich verbittert.

»Was für eine nette Überraschung – hast du Urlaub?«

»Nein, ich habe mich krankgemeldet.«

»Komm und trink einen Kaffee mit.«

»Nein danke.«

»Stört es dich, wenn ich einen trinke, den brauche ich nach dem Ärger mit diesen Idioten ...« Sie entfernte sich in Richtung Küche, und ich folgte ihr, gewohnheitsmäßig unfähig, ihr selbstverliebtes Geplapper zu unterbrechen.

»Hättest du lieber einen Tee, Eve, ich habe Lapsang und Jasmin ...?« Ich schüttelte den Kopf. »Du kennst doch Mrs. Moss, oder?«

»O ja«, sagte Mrs. Moss, die gelegentlich bei Sabine aushalf und gerade das Silber polierte. »Wir sind uns schon begegnet.«

Mrs. Moss war eine Frau, die zwar sicherlich jünger war als wir, aber im Herzen alt zu sein schien. Die Formulierung ihrer Begrüßung war ominös, so als wüßte sie etwas über mich, das sie enthüllen würde, wenn der richtige Zeitpunkt gekommen war. Mir schoß der Gedanke durch den Kopf, daß sie vielleicht Bescheid wußte – doch nein, wenn es eines gab, das Sabine als absolut unantastbar betrachtete, dann war es die Trennungslinie zwischen ihr und den niederen Rängen. Es war bestimmt nichts passiert, solange sich ein *domestique* in Schnüffelweite befand.

»Mrs. Moss«, sagte Sabine. »Sind Sie soweit, daß Sie Teepause machen können?«

»Wenn es welchen gibt.«

Meine Befürchtungen, daß wir gezwungen sein würden, hier zu sitzen und Small talk mit Mrs. Moss zu betreiben, bis sie sich wieder an die Arbeit begab, waren von kurzer Dauer. Auf diesen Gedanken wäre Sabine nie gekommen.

»Komm mit, wir machen es uns gemütlich«, sagte sie.

Mrs. Moss holte ihre Zigaretten hervor. »Bis später dann.«

Unterwegs rief Sabine nach oben: »Ich habe den Teekessel aufgesetzt, Clea!« Sie lächelte mich von Frau zu Frau an, als wollte sie sagen, daß sie unendlich viel Verantwortung trug.

Wir gingen in den Wintergarten. Hier drinnen war alles weiß, cremefarben und aus hellem Holz, und ich war im Begriff, eine Schlammschlacht zu veranstalten.

Auch Sabine war in Weiß – eine weite Hose und eine ärmellose Bluse, die sie an der Taille zusammengeknotet hatte.

»Also, was ist denn mit dir los?« fragte sie lächelnd.

Erst viel später begriff ich, daß sie sich nach meiner Gesundheit erkundigt hatte.

»Ich wollte dich nach Ben fragen.«

»Was ist denn mit ihm?« Sie lächelte unverändert. Sie trank einen Schluck Kaffee.

»Nach Ben … und dir.«

»Wie bitte?« Das Lächeln war zwar immer noch da, aber jetzt war es papierdünn.

»Ich glaube nicht, daß ich mich irre.« Ich hörte meine Stimme aus einer Entfernung von Millionen Kilometern.

»In welcher Beziehung, Eve?«

Sie setzte meinen Vornamen genauso ein wie vorhin bei ihrem Telefonat das ›bitte‹ – als Waffe. Dieses eine Wort sagte mir über jeden Zweifel erhaben, daß ich recht hatte.

»In Beziehung auf das, was hier vorgeht.«

»Verzeihung?« Sie wandte sich zur Seite, um ihre Tasse abzustellen. Auf ihrem Wangenknochen zeigte sich ein Hauch von Röte.

»Ich glaube, daß zwischen dir und meinem Sohn etwas vorgeht.«

»Das ist ja lächerlich!« Sie schnippte an ihrer makellosen Hose herum. »Lächerlich!«

»Ja, das ist es. Das heißt aber nicht, daß es nicht wahr ist.«

Sie saß da und hielt den Kopf von mir abgewandt. Das Geräusch eines Staubsaugers, der in einem anderen Teil des Hauses eingeschaltet wurde, verstärkte die Stille nur. Ich hatte nicht die geringste Ahnung, was Sabine dachte oder fühlte oder auch nur, was für einen Ausdruck ihr Gesicht trug.

»Sabine?«

»Ja, es stimmt.«

Einerseits war es eine Erleichterung, das zu hören; eine Erleichterung nach all der Anspannung, aber auch ein schwindelerregender Sturz in einen unbekannten Abgrund.

Ich versuchte erfolglos, etwas zu sagen, doch mir fehlten nicht nur die Worte – welche Worte hätten diesen Tumult der Verwirrung und Verzweiflung ausdrücken können? –, sondern ich hatte auch die Stimme verloren, mit der ich sie hätte aussprechen können.

Um die ganze Angelegenheit zu verschlimmern, war Sabines Blick, als sie sich zu mir umdrehte, von kalt brennendem Trotz erfüllt.

»Es stimmt.«

Inzwischen glaube ich, daß wir uns vorstellen, unsere Familie und unsere Freunde existieren nur im Scheinwerferlicht unserer Wahrnehmung. Das Leben wäre die Hölle, wenn wir wüßten, wer sie sind, wie sie sich benehmen und was sie alles sagen, wenn sie nicht in unserer Nähe sind – was ja meistens der Fall ist. Sabines Worte bestätigten nicht nur, was ich bereits wußte, sondern ließen ihr anderes, eigentliches Leben erschreckend real werden. Und damit auch andeutungsweise das meines Sohnes. Mit anderen Worten, ich wußte fast nichts über alle beide.

Ich war es, die zuerst den Blick senkte. »Ich weiß nicht, was ich sagen soll.«

»Es gibt nichts zu sagen.«

»Oder zuviel«, sagte ich. »Ich weiß nicht, womit ich anfangen soll.«

»Bevor du jemanden anklagst«, sagte Sabine, »denk daran, daß Ben erwachsen ist.«

»Was?«

Sie breitete die Hände aus. »Wenn er nicht bei dir wohnen würde, wüßtest du nichts über sein Leben.«

»Was willst du damit sagen?«

»Er ist nicht auf Abwege geführt oder korrumpiert worden oder dergleichen. Er ist unsere Beziehung freiwillig eingegangen.«

Sie benahm sich mir gegenüber herablassend. Es war eine Zumutung.

»Sabine! Du bist eine meiner besten Freundinnen. Du bist eine verheiratete Frau. Weiß Martin davon? Und was ist mit Sophie? Ich dachte, Ben und Sophie ...«, ich suchte nach Worten, »... würden miteinander gehen?«

»Das tun sie auch.«

»Aber du und er ...« Wieder fehlten mir die Worte.

»Das ist nicht dasselbe.«

»Das sagst du! Was ist mit Martin?«

»Er weiß nichts davon.«

»Das sollte er aber! Ich hoffe, du erwartest nicht von mir, daß ich dein schmutziges Geheimnis für mich behalte, Sabine, denn ich sehe keinen Grund dazu.«

Ihre linke Augenbraue hob sich kaum merklich. »Es ist ja wohl nicht nur mein Geheimnis.«

»Ben ist halb so alt wie du – weniger als halb so alt –, die Verantwortung liegt bei dir.«

»Verantwortung wofür?«

»Für deinen Ehebruch mit jemandem, der jung genug ist, um dein Sohn zu sein – mit dem Freund deiner Stieftochter.«

»Er wollte mich, Eve.« Sie konnte das Schnurren der Genugtuung nicht unterdrücken. »Er hat mir nachgestellt.«

»Und das war alles, ja?«

»Nein, nicht alles. Dein Sohn ist hinreißend.«

Ich konnte sie nicht ignorieren, die verräterische Liebkosung der Schmeichelei. Und das machte mich noch wütender.

»Aber Sabine, es ist *falsch*. Hast du das nie zu ihm gesagt: Das ist falsch? Hast du nie an die anderen gedacht – an deinen Mann, an Sophie, an mich? Wie?«

»Oft. Aber nie im richtigen Moment.«

Sie rieb es mir auch noch unter die Nase, die selbstzufriedene französische Ziege.

»So redest du nicht mit mir«, fauchte ich.

Mrs. Moss erschien hinter uns im Wohnzimmer. »Das war's, alles fertig.«

»Oh, danke, Mrs. Moss.«

»Dann bis morgen.«

»*A demain. Au revoir*.«

Ich fragte mich, wieviel sie gehört hatte, als sie in ihren Turnschuhen durch den Flur schlich. Sabines Fähigkeit, Gesicht und Tonfall den Umständen anzupassen, war furchterregend. Was für eine Närrin ich gewesen war!

Wir warteten, bis sich die Haustür hinter Mrs. Moss schloß, dann sagte Sabine:

»Hast du schon mit Ben darüber geredet?«

»Noch nicht.«

»Warum nicht? Ich finde, du hättest mit ihm sprechen sollen, bevor du zu mir kamst.«

»Ich wollte es zuerst von dir hören.«

Wieder die Augenbraue. »Hattest du Angst, er würde dich anlügen?«

»Ich wollte ihn nicht einer Sache beschuldigen, ohne mir sicher zu sein.«

»Eve, du hast kein Recht, ihn irgendeiner Sache zu beschuldigen.«

Ihre Arroganz war atemberaubend. »Sag du mir nicht, welches Recht ich habe und welches nicht. Ben ist mein Sohn.«

»Aber er ist auch ein erwachsener Mann.«

»Ein *junger* Mann von einundzwanzig Jahren, der ein Verhältnis mit einer verheirateten Frau hat, die doppelt so alt ist wie er und zufällig meine Freundin ist – gewesen ist.«

»Das stimmt alles, aber es steht dir nicht zu, irgend jemanden anzuklagen.«

»Ich werde tun, was ich will.« Wenn ich doch so sicher war, daß ich im Recht war, warum klang ich dann wie ein hysterisches Kind? Und wenn sie doch so offensichtlich im Unrecht war, warum schaffte Sabine es dann, daß ihre Würde intakt blieb?

Ich stand auf, um zu gehen. Sie folgte mir langsamer. Als ich an der Haustür anlangte, stand sie mit verschränkten Armen in der Wohnzimmertür.

»Du wirst es Martin erzählen?« fragte ich.

»Das braucht dich nicht zu interessieren«, erwiderte sie beinahe sanft. »Aber du mußt mit Ben reden.«

»Hör auf, mir Ratschläge zu erteilen.«

Sie zuckte einseitig mit der Schulter. »Ich kann nicht für ihn sprechen.«

»Habe ich dich darum gebeten?«

Sie sah auf ihre Schuhe hinab. Ich ließ sie allein und schloß die Tür.

Nichts war so gewesen, wie ich es erwartet hatte. Mir war klar, daß ich es auf eine Szene angelegt hatte und sie mir verweigert worden war. Eigentlich hatte ich die schmutzige Explosion von Schuld, Reue und Selbstrechtfertigungen nicht befürchtet, sondern mich darauf gefreut. Sie hätte für klare Verhältnisse gesorgt. Statt dessen war die Atmosphäre drückender als zuvor. Hatte sie wirklich nicht vor, es Martin zu sagen? Und hatte sie es wirklich ernst gemeint, als sie sagte, Ben und Sophie wären immer noch zusammen? Konnte man diese Dinge trennen?

Sabine konnte es vielleicht, aber ich nicht.

Es war ein langer Tag. Ich verbrachte ihn damit, in der Wohnung herumzutigern, verzweifelt auf dem Bett zu liegen und einen Brief an Sabine zu schreiben, in der ich ihr zusammenhängender und viel detaillierter darlegte, was ich in bezug auf sie und Ben fühlte. Um halb sieben rief Jo an, um sich zu erkundigen, wie es mir ging. Ohne zu überlegen sagte ich: gut.

»Aha – also die Diplomatenkrankheit.«

»Gott, das hatte ich ganz vergessen. Ja.«

»Mein Schweigen ist nicht billig, weißt du … Eve? Alles in Ordnung?«

Ich riß mich zusammen. »Ein bißchen deprimiert, das ist alles.«

»Hast du Lust, etwas trinken zu gehen?«

»Das ist lieb von dir, nein danke. Ich wäre eine lausige Gesellschaft.«

»Das laß nur meine Sorge sein.«

»Nein danke.«

»Okay. Na dann – bis bald.«

»Morgen bin ich wieder da.«

Der nächste Anrufer war Sophie. »Ist er schon zurück?«

»Nein.«

»Können Sie ihn bitten, mich anzurufen?«

»Ich sage ihm, daß du angerufen hast«, sagte ich, obwohl ich wußte, daß es nicht dasselbe war. Dann legte ich auf.

Ich saß auf dem Sofa, umgeben von den handgeschriebenen Seiten des Briefes, als ich Bens Schlüssel im Schloß hörte. Ich schob die Blätter zusammen, und er kam herein, als ich gerade den Sekretär verschloß.

»Aha!« sagte er mit seiner verrückten Professorenstimme. »Das geheime Tagebuch, endlich weiß ich, wo du es aufbewahrst! Mama …?«

Ich hatte mich in Tränen aufgelöst.

»Hey, immer mit der Ruhe, was ist denn los? Komm schon …« Er legte die Arme um mich. Es war ein Übergangsritus – daß er mich so tröstete –, und es machte das, was ich zu sagen hatte, nicht einfacher.

»Alles in Ordnung … bitte …« Ich befreite mich und ging in die Küche, um mir ein Papiertaschentuch zu holen. Als ich zurückkam, Nase geputzt und Augen abgetupft, saß er auf dem Sofa, immer noch in seiner Lederjacke, und sah mich erwartungsvoll an.

»Tut mir leid«, sagte ich.

»Nicht der Rede wert.« Er klopfte auf das Kissen neben sich. »Komm, setz dich und erzähl mir alles – mir die Probleme anderer Leute anzuhören ist jetzt genau das richtige für mich.«

Ich setzte mich nicht neben ihn, sondern gegenüber auf den Sessel.

»Deine Körpersprache ist ein bißchen ominös«, sagte er lächelnd, immer noch bemüht, mich aus meiner Depression zu befreien.

»Ben«, sagte ich. »Ich möchte dir sagen, daß ich über dich und Sabine Bescheid weiß.«

»Oh.« Er machte keine Bewegung, doch das Lächeln erstarb und ließ sein Gesicht verkrampft und seltsam entblößt zurück, wie das Gesicht einer Frau, die sich gerade abgeschminkt hat.

»Wie hast du es herausgefunden?«

»Ich habe euch gesehen – Samstag im Swimmingpool.«

»Ich verstehe.«

»Und dann bin ich heute morgen zu Sabine gefahren. Sie hat es nicht geleugnet.«

Er wurde bleich. »Du warst bei Sabine und hast mit ihr geredet? Bevor du mit mir geredet hast?«

»Ich war wütend, Ben. Wütender als je zuvor, und ich bin es immer noch.«

»Ja, ich weiß genau, wie dir zumute ist …«

»Wie bitte?«

»Meine Güte!« Er sprang und sah auf mich herab. »Und ich dachte, wir hätten ein ziemlich gutes Verhältnis! Wie konntest du da hingehen und mit ihr reden, als wäre ich ein Kind?«

Mir fiel auf, daß das ziemlich exakt dasselbe war, was Sabine auch gesagt hatte.

»Du bist mein Kind!« brüllte ich zurück. »Und sie war meine Freundin!«

»Ach du Scheiße. Das glaube ich einfach nicht!« Er kochte vor Wut, und das machte mir angst. Genau wie Sabine reagierte auch er nicht so, wie ich es erwartet hatte. Ich hatte einen Gefühlsausbruch erwartet, aber nicht diese Explosion zerstörerischer Wut. »Und was zum Teufel hast du zu ihr gesagt?«

»Fluche hier nicht herum, Ben!«

»Was?«

»Daß ich mir sicher war, ihr beide hättet – wie auch immer du es nennen willst – eine Affäre, ein *Verhältnis*, und ...«

»Und? Und?«

»Und ich habe es mir verbeten! Ich war außer mir! Ben, wie konntet ihr mir das antun, ihr beide, aber vor allem du?«

»Verdammt!« Er schlug sich so fest mit der Faust auf die Stirn, daß sie ein rotes Mal auf seiner weißen Haut hinterließ. »Warum muß sich alles immer um dich drehen? Keiner von uns beiden hat dir etwas getan.«

»Wie kannst du das sagen?« Obwohl wir uns nicht berührten, fühlte ich mich, als führten wir eine körperliche Auseinandersetzung, als klammerte ich mich an ihn, als versuchte ich, ihn ruhig zu halten, so daß ich ihm in die Augen sehen konnte, wie ich es getan hatte, als er noch klein war, doch jetzt war er zu stark für mich und tat meinen Versuch, ihn festzuhalten, mit einem Achselzucken ab. Die Härte, die er dabei an den Tag legte, schockierte mich.

Es war wohl eine rhetorische Frage gewesen, doch als er nicht darauf reagierte, fühlte ich mich gedrängt, mich zu wiederholen.

»Wie kannst du das sagen, Ben? Ihr habt beide gelogen und betrogen, nicht nur mich, sondern auch andere ...«

»Wann habe ich dich angelogen?« Er beugte sich über mich, kalt und wütend, und zeigte mit dem Finger auf mein Gesicht wie mit einem Messer, mit dem er mich zu markieren drohte. »Los. Wann habe ich dir auch nur eine einzige Lüge aufgetischt?«

Ich brachte ein verbittertes, kleines Lachen zustande. »Du brauchtest mir keine einzige Lüge zu erzählen, Ben, weil du eine wandelnde Lüge gewesen bist.«

Er trat zurück und schob die Hände in seine Jackentaschen, eine schmerzende Geste der Selbstbeherrschung. »Ich verstehe. Du mußt alles wissen, nicht wahr?«

Es war eine Fangfrage, das war uns beiden klar. Ich zögerte, und er sah mich rasch und verächtlich an. Ich spürte gerade noch, wie sein Blick mich versengte, als er das Zimmer verließ, aus der Wohnung stürmte und die Tür hinter sich zuschlug.

13

Ich blieb bis weit nach Mitternacht auf, weil ich hoffte, noch einmal mit ihm reden zu können, wenn – falls – er nach Hause kam. Die stille Leere der Wohnung war eine Qual. Ich erkannte, wie sehr ich mich daran gewöhnt hatte, mich auf seine Rückkehr zu freuen, zu wissen, daß die unabhängigen Rädchen unser beider Leben sich zwar in unterschiedlichen Geschwindigkeiten und Rhythmen drehten, doch daß sie an ihren Berührungspunkten immer noch reibungslos ineinandergriffen. Inwieweit, so fragte ich mich jetzt, beruhte diese Reibungslosigkeit auf blinder Ignoranz?

Ich schlief auf dem Sofa ein, und als ich erwachte, stand er in der Tür, als wäre er die ganze Zeit dagewesen. Er hatte sich nicht umgezogen, und sein Gesicht war dunkel und unrasiert. Er trug eine alte Sporttasche mit kaputtem Reißverschluß, aus dem einige seiner Kleidungsstücke hervorquollen.

»Ich bin dann weg«, sagte er dumpf.

»Wohin?«

»Nozz hat noch eine Matratze frei.«

»Ben …« Ich setzte mich steif auf und fuhr mir mit den Fingern durch die Haare. »Ben, bitte geh nicht … *bitte.*«

»Du kapierst es einfach nicht, was, Mama?« Seine Stimme war kaum mehr als ein Flüstern.

Ich hätte ihn am liebsten umarmt, ihn angefleht zu bleiben, doch im selben Moment hinderte mich meine Wut auf ihn daran.

»Nein, Ben, *du* kapierst es nicht. Wenn du nicht verstehst, warum ich so außer mir war, warum ich so am Boden zerstört war, dann kann ich es dir auch nicht erklären.«

»Oh, das verstehe ich ja.« Er strich mir leicht über den Arm – das war schlimmer, als wenn er gar nichts getan hätte.

»Das ist ja das Problem. Sobald du hier hereinspazierst, weiß ich, wo du herkommst. Wir zwei haben schon viel zuviel Zeit miteinander verbracht.«

»Aber du kannst doch nicht einfach so gehen!«

»Na, dann paß mal auf.« Er machte Anstalten, auf die Tür zuzugehen. Ich folgte ihm fast im Laufschritt.

»Was wirst du anfangen, wegen Sabine?«

»Mama …« Er hatte die Tür aufgemacht. Jetzt stand er da und versperrte mir den Weg. »Bitte … laß das.«

Er schloß die Tür ganz leise hinter sich, doch der Schock war genauso groß, als hätte er sie zugeknallt. Ich stand stocksteif da und hörte seine Schritte leiser werden, als er die Treppe hinunterging.

Ich kochte mir Tee. Ich wusch mich und zog mich um. Ich rief Jo an und sagte ihr, diesmal wäre ich wirklich krank und würde mich ins Bett legen. Sie glaubte mir.

Man hatte mir unrecht getan, mich verletzt, mich gedemütigt. Es wäre nicht übertrieben gewesen zu sagen, daß meine Welt in Scherben lag. Und doch hatten Ben und Sabine, die Übeltäter, es gemeinsam geschafft, mich wie eine Hysterikerin dastehen zu lassen.

Ich rief Ian im Büro an.

»Ich muß dringend mit dir reden, es geht um Ben.«

»Schieß los!«

»Nein – nicht am Telefon.«

»Wie wär's mit Mittagessen?«

»Okay, soll ich kommen?«

»Ja. Eve …«

»Was?«

»Ich muß jetzt zu einer Besprechung. Aber ich wäre gern vorbereitet. Auf einer Skala von eins bis zehn, wie schlimm ist es?«

»Neun Komma neun.«

»Okay. Bis später. Sag ihnen, sie sollen mich rufen, wenn du ankommst.«

Diesmal fuhr ich mit dem Auto nach London, weil ich etwas zu tun haben wollte. Außerdem erlaubte mir das Auto, für mich zu sein. Ich konnte Musik auflegen, die zu meiner Stimmung paßte, an einem Tag, an dem jedes traurige Lied für mich geschrieben zu sein schien. Ich konnte weinen, jammern und mit den Zähnen knirschen, während die anderen Verkehrsteilnehmer nichts anderes sahen als einen metallicgrauen Toyota, der einen Tick zu schnell auf der Überholspur fuhr.

Natürlich änderte sich das, als ich in die Stadt kam. Jede Kreuzung und jede Ampel verfügte über ihre eigene Ansammlung gelangweilter Fahrer, die nichts Besseres zu tun hatten, als einen anzustarren. Ich drehte die Musik aus und führte mit Hilfe eines Papiertaschentuchs und des Rückspiegels die nötigen Reparaturarbeiten durch.

Ians Büro verfügte im Hinterhof über eine begrenzte Anzahl von Parkplätzen für die Angestellten, und er versuchte immer, es so zu deichseln, daß auch für mich dort Platz blieb. Trotz allem war ich gerührt, als ich entdeckte, daß er es wieder so gemacht hatte – Anthea, seine dienstbeflissene Privatsekretärin, mußte ihren Wagen auf seine Kosten auf einen bezahlten Parkplatz gefahren haben.

Die Empfangsdame sagte, er würde sofort unten sein. Trotz meines fleckigen Gesichtes begrüßte sie mich so charmant wie immer – Hut ab. Und ich mußte mir sagen, daß dies zum Großteil an Ians Beliebtheit in der Firma lag. Was er auch immer für private Probleme hatte, all seine Kollegen bei Inline schätzten ihn sehr.

Als er aus dem Aufzug kam, sah er blaß und angespannt aus, küßte mich auf beide Wangen (wie seltsam, daß zwei Küsse formeller sind als einer) und ergriff meinen Arm, als wir das Gebäude verließen.

»Ich habe Anthea gebeten, meine Anrufer zu vertrösten«, sagte er. »Laß uns einfach ins Joe's gehen, okay?«

Wäre ich mehr ich selbst gewesen, hätte ich es unerträglich nostalgisch gefunden, ins Joe's zu gehen. Dort waren wir immer hingegangen, wenn wir nicht genug Geld oder Zeit für etwas anderes gehabt hatten. Die Speisekarte mit ihrer Moussaka und ihren Pommes war seit zwanzig Jahren unverändert: Der Geruch, der uns beim Eintreten empfing, war die reine Zeitreise.

»Okay«, sagte Ian, als wir uns in einer Nische mit aufgesprungenen Ledersitzen niederließen. »Wir trinken einen Aufmunterer, wir bestellen, und dann kannst du loslegen und mir den Tag ruinieren.«

So war es. Innerhalb von zehn Minuten füllte ich mich mit einem gehaltvollen bulgarischen Roten ab, und meine Cumberlandwürstchen in Cidre lagen vergessen auf dem Teller und wurden kalt, während ich Ian die ganze traurige Geschichte erzählte.

Er hörte mir aufmerksam zu, schloß von Zeit zu Zeit die Augen und schüttelte den Kopf, schaffte es aber, wie ich bemerkte, seinen ganzen Risotto zu verdrücken.

»Das ist es also«, schloß ich. »Ein Alptraum. Ich komme mir vor, als wäre mir alles um die Ohren geflogen.«

»Es klingt nicht gut, das muß ich zugeben.«

»Nicht gut? Ian, was sollen wir tun?«

Er legte sein Besteck zusammen. »Tun?«

»Ja – ich weiß gar nicht, wohin ich mich drehen und wenden soll. Ich weiß nicht, wie ich mich verhalten soll, was ich mit meinem Gesicht machen soll – das macht mich völlig fertig ...« Mir versagte die Stimme, und er nahm meine Hand fest in die seine.

»Niemand hat angedeutet, daß es deine Schuld ist, oder?«

»Niemand hat das geringste angedeutet, ich nehme nicht einmal an, daß schon jemand davon weiß. Aber das kann ja wohl nicht mehr lange dauern ...«

»Wieso?«

»Weil Littelsea eine kleine Stadt ist und sich so etwas herumspricht! Ich glaube, seine fürchterliche Ex-Freundin weiß es schon, sie hat vor ein paar Tagen so etwas gesagt ...«

»Ich muß sagen«, meinte Ian, während er seine Hand zurückzog und seine zerknüllte Serviette auf den Teller legte, »daß mir die Meinung von Bens früheren Gespielinnen keine schlaflosen Nächte bereiten wird.«

»Wirst du mit ihm reden?« Ich hörte den bittenden Unterton in meiner Stimme und haßte mich dafür. »Vielleicht, wenn ihr euch, du weißt schon, von Mann zu Mann unterhaltet?«

»Natürlich werde ich das, wenn er es möchte.«

»Mir ist egal, was er möchte – es geht um das, was er tun sollte.«

»Eve ...« An der Neigung seines Kopfes erkannte ich, daß Ian meine Lautstärke peinlich war. »Eve, versteh mich nicht falsch ...« Mir sank das Herz in die Hosen. »Ich heiße es nicht gut, was Ben getan hat, aber ich verurteile es auch nicht. Und ich kann auch eigentlich nicht sagen, daß ich Sabine verurteile, was ich mir schon eher vorstellen könnte.«

»*Was*?«

Er neigte den Kopf noch stärker. »Sollen wir ins Büro zurückgehen, wo wir mehr unter uns sind?«

»Nein!«

»Wie wäre es mit einem Kaffee?«

»Nein. Danke.«

»Hör mal.« Ian räusperte sich, um einen neuen Anlauf vorzubereiten. »Es ist schon ein bißchen schockierend, das muß ich zugeben, aber ich glaube, wir dürfen nicht übertreiben. Die Tatsache, daß es unser Sohn und eine unserer Bekannten sind, macht uns natürlich betroffener, aber es macht die Sache an sich nicht schlimmer. Ich jedenfalls werde deswegen nicht in Sack und Asche gehen, und du solltest das auch nicht tun.«

Ich hatte den Eindruck, als fingen die Wände des Joe's mit ihren fröhlichen Picasso-Drucken an, sich einwärts zu neigen.

»Willst du mir damit sagen, daß du nichts unternehmen wirst?«

»Ich glaube nicht, daß einer von uns etwas unternehmen sollte, jedenfalls nicht in dem Sinn, wie du es meinst, nein.«

»Und du wirst nicht mit deinem Sohn darüber reden?«

Er schloß die Augen und übte sich in Geduld. »In Gegenteil, Eve. Ich bin mir ganz sicher, daß wir darüber reden werden. Es ist wohl kaum etwas, über das man einfach so hinwegsehen kann, wenn man es erst einmal weiß. Davon mal ganz abgesehen glaube ich, daß er selbst im Moment ziemlich unglücklich über den Stand der Dinge ist.«

»Mir kommen die Tränen!«

»Aber falls ... aber falls du erwartest, daß ich den gestrengen Vater spiele, dann ist die Antwort: ganz bestimmt nicht.

Es ist noch nie meine Art gewesen, und deine auch nicht, und jetzt ist der falsche Zeitpunkt, um das zu ändern.«

Alles, was er jetzt sagte, brachte mich mehr in Wut. »Wer hat etwas von Strenge gesagt? Du mißverstehst mich mit Absicht.«

»Ich habe dir nur meine Meinung gesagt.«

»Ich werde *nicht* zulassen, daß du hier einfach so mit deiner Freundin herumsitzt und den nachsichtigen Liberalen spielst, während ich mich unter Beschuß begebe und da unten in diesem Kaff die Drecksarbeit mache!«

Sein Gesichtsausdruck schien plötzlich verschlossen. Ich war zu weit gegangen, und wir wußten es beide. »Es täte mir sehr leid, wenn ich wirklich glauben sollte, daß es so ist, Eve.«

»Mir auch«, murmelte ich linkisch. »Und ich möchte nicht, daß es dazu kommt.«

Wir saßen einen Augenblick schweigend da, während der Kellner unsere Teller abräumte.

»Hast du deine Meinung über den Kaffee geändert?«

»Okay. Ich nehme einen Cappuccino.«

»Und ich einen doppelten Espresso bitte.«

Ian sah zu, wie ich mein Glas füllte, bedeckte seins aber mit der Hand.

»Jetzt laß uns mal einen Augenblick vernünftig sein«, sagte er. »Weiß Martin, was da vor sich geht?«

»Sabine hat gesagt, nein.«

»Darauf sollten wir uns nicht zu sehr verlassen. Er ist kein Dummkopf.«

»Und was willst du damit sagen?«

»Ich versuche nur herauszufinden, wo sich Schwierigkeiten ergeben könnten.«

»Die Schwierigkeit ist, wie ich mein Leben führe, während so etwas passiert.«

»Ja.« Ian räusperte sich. »Wenn du es so sagen willst.«

Unter dem Einfluß des roten Bulgaren begann die Wut einmal mehr dem Selbstmitleid zu weichen. »Ich will überhaupt nichts sagen, Ian. Bin ich denn der einzige Mensch auf diesem Planeten, der sieht, daß dies eine widerwärtige Situation ist, die wahrscheinlich noch sehr viel schlimmer werden wird, bevor sie sich bessert?«

Der Kaffee kam.

»Ich weigere mich«, sagte Ian, als der Kellner gegangen war, »aus einer Krise ein Drama zu machen.«

»Also gibst du zu, daß es eine Krise ist?«

»Das ist eine Art, es auszudrücken. Ich habe nicht vor, theatralisch zu werden.«

»Willst du damit sagen, daß ich das tue?«

»Eve – zum Donnerwetter noch mal.«

»Ich sehe, daß ich hier nur meine Zeit verschwende.«

»Eve!«

Ich stürmte erfolgreich zwischen den Tischen hindurch, doch die frische Luft setzte meinem großen Abgang ein jähes Ende. Ich stand immer noch benommen in der Tür, als Ian mich einholte, nachdem er zweifellos für den unberührten Kaffee ein reichliches Trinkgeld losgeworden war.

»Komm doch mit in mein Büro, und trink da in Ruhe einen Kaffee, ja?« schlug er vor. Ich ließ es zu, daß er mich dorthin zurückbegleitete. Anthea, die gute Seele, sagte einfach nur »Hallo, Mrs. Piercy« und fing an, die Kaffeemaschine zu füllen.

Durch den kurzen Spaziergang hatten wir beide einen anderen Gang eingelegt. Meine körperlichen Symptome waren jetzt viel stärker als die gefühlsmäßigen, und ich begann, mich über Ians geschmackvolle Schüssel mit Pfefferminzbonbons herzumachen, als seien sie das letzte Nahrungsmittel auf der Welt.

»Du Arme«, sagte Ian mitfühlend. »Du hast recht, es ist ein Hammer. Soll Anthea dir ein Sandwich holen?«

»Nein danke.«

»Ich muß allerdings sagen, daß ich nicht weiß, wie gut sich die mit dem roten Gesöff vertragen …«, meinte er.

»Entschuldigung.«

»Nein, bitte bediene dich, allerdings – ah, hier kommt Anthea.«

Sie war ein Prachtmädchen – sie hatte auch eine Kanne Darjeeling gemacht. Ich konnte jeden Mann verstehen, der sich mit seiner Privatsekretärin einließ, wenn sie wie Anthea war. Ich nahm drei Stücke Zucker. Anthea und Ian konferierten *sotto voce* über ein paar Mitteilungen, die für ihn eingegangen waren, und dann ließ sie uns allein.

Ian schlug die Beine übereinander und fuhr sich mit den Fingern über die Bügelfalte seiner Hose. »Alles, was ich auf meine ungeschickte Art sagen will, Eve, ist, daß du keine Schuld hast. Es ist keine Verschwörung gegen dich oder einen von uns beiden. Es wird sich schon von selbst auflösen: zweifellos mit großem Schlamassel, aber niemand wird daran sterben. Du darfst das wirklich nicht alles auf dich selbst beziehen.«

»Ich werde mir Mühe geben.«

»Und natürlich werde ich mit dem Knaben reden. Er kommt mich sowieso bald besuchen, und neutraler Boden ist immer am besten.«

»Ja.«

»Weißt du, wir sind immer für unsere beiden dagewesen. Aber so richtig wird man nicht dann auf die Probe gestellt, wenn seinem Kind etwas Schreckliches zustößt, sondern wenn das Kind etwas Schreckliches anstellt.«

Ich nickte.

»Apropos, Eve ...« Ich sah ihn beschwipst an – alles andere wurde langsam anstrengend. »Ich wäre nicht besonders glücklich, wenn du so autofahren würdest.«

Verdammt. Wie hatte ich so dumm sein können? Und wieso hatte Ian, der diese Dinge sonst so nervtötend genau nahm, nicht daran gedacht, mich daran zu erinnern? Weil, murmelte die entfernte Stimme meines Gewissens, er es nicht auch noch auf sich nehmen konnte, Benzin ins Feuer zu gießen, indem er mir das Trinken verbot.

»Das tue ich natürlich nicht.«

Er machte ein erleichtertes Gesicht. »Gut. Nimm den Zug, und wir kümmern uns morgen darum, wie du das Auto zurückbekommst.«

»Vielleicht bleibe ich über Nacht hier«, sagte ich trotzig. »Ich habe morgen frei.«

»Das ist eine gute Idee. Du könntest ins Theater gehen oder so etwas.«

»Das könnte ich.«

»Ich habe einen Vorschlag.« Er zog seine Schreibtischschublade auf und holte einen Schlüsselbund heraus. »Möchtest du vielleicht in meine Wohnung gehen und ein bißchen die Beine hochlegen? Dich ein bißchen frisch machen, es dir gemütlich machen, ein Nickerchen halten, wenn du möchtest? Es sind nur zwei Haltestellen mit der U-Bahn.« Er nahm einen Schlüssel vom Ring und schob ihn mir herüber.

»Überlege es dir, während ich einmal für kleine Jungs gehe.«

Es klang verlockend. Ians Wohnung würde mit Sicherheit sauber und ordentlich sein, und die Vorstellung, meine Schuhe auszuziehen und mich auf ein ordentlich gemachtes Bett fallen zu lassen, war enorm verführerisch. Ich beugte mich vor, um nach dem Schlüssel zu greifen, und bemerkte das Familienfoto, das er immer noch auf dem Tisch stehen hatte – es war ein paar Jahre alt und zeigte uns alle vier beim letzten Familienurlaub, den wir zusammen verbracht hatten. Der Urlaub war kein ungetrübter Erfolg gewesen, aber hier hatten wir für den hilfsbereiten Kellner unser Friede-Freude-Eierkuchen-Lächeln aufgesetzt.

Vor diesem Bild stand noch ein kleineres Foto. O ja, da war sie also. Ich hatte das Gefühl, als würde ich sie kennen. Sie war dunkel, rundlich, hübsch und machte einen patenten Eindruck.

»Julia.« Ian war wieder im Zimmer.

»Ja, das habe ich mir schon gedacht.«

Es folgte eine verlegene Pause. Er kam herüber und rückte beide Bilder ein wenig zurecht, womit er klarmachte, daß er das Recht hatte (ich kannte ihn so gut), sie beide hier stehen zu haben.

»Sie wird nicht in der Wohnung sein.«

»In Ordnung.«

»Sie ist zur Zeit in Bornemouth.«

»Schön.«

Ich wußte nicht, ob das bedeutete, daß sie in seiner Wohnung war, wenn sie nicht in Bornemouth war, oder ob die beiden Bemerkungen nichts miteinander zu tun hatten. Doch Ian (er kannte mich so gut) beantwortete meine unausgesprochene Frage.

»Ich wohne allein.«

»Okay.« Ich ergriff den Schlüssel. »Danke.«

»Gern geschehen. Und hör mal – ich bestelle dir ein Taxi, das geht auf Kosten der Firma.«

»Danke.«

Die Wohnung war funktionell und hatte nur unerheblich mehr Persönlichkeit als sein Büro. Wenn ich gehofft hatte, daß es hier etwas zu entdecken gab, dann wurde ich enttäuscht. Sie war etwa halb so groß wie meine Wohnung, und die Küche war winzig. In der Kühltruhe waren jede Menge Fertiggerichte für die Mikrowelle, doch es befand sich ein Salat im Kühlschrank, und auf dem Wohnzimmertisch stand eine Schüssel mit Äpfeln. Die Wohnung war untadelig und farblich übereinstimmend eingerichtet. Ich nahm an, daß er alles an einem einzigen Nachmittag gekauft hatte.

Ich wühlte nicht in seinen Schubladen, das wollte ich nicht. Und interessanterweise gab es hier keine Fotos. Offensichtlich war er nicht scharf darauf, daß wir alle von der Kommode herunterstrahlten, wenn er mit Julia zugange war – und wozu sollte er ein Bild von ihr brauchen, wenn er sie dauernd sah?

Das einzige, was ich brauchte, war Brot – wenn ich trank, zog das immer das zwanghafte Bedürfnis nach Kohlehydraten mit sich, und Ians Minzbonbons fühlten sich an, als trieben sie am Stück und unverdaut auf meinem inneren Weinsee dahin ... Ich sah mich nach einem Brotkasten um, doch es gab keinen. Es war Knoblauchbrot in der Kühltruhe, doch es aufzutauen ging wohl ein bißchen zu weit. Es gab auch keine Bananen. Doch er hatte ein großes Vorratsglas voll mit diesen knubbeligen Frühstücksflocken, die aussahen, als hätte jemand ein paar Dutzend Pfannkuchen mit einem Hammer zertrümmert. Ich aß ein paar Hände voll davon, und dann legte ich mich hin.

Genau wie man meint, Frischluft zu brauchen, wenn man betrunken ist, so glaubt man auch, man müßte sich hinlegen, obwohl einem das nur die Realität der Situation auf die unangenehmste Art und Weise vor Augen führt. Sobald mein Kopf auf Ians frisch bezogenes Kissen traf, sank ich in einen Zustand, der kein Schlaf war; es war eher ein paralleles Universum krassen Unwohlseins. Ich taumelte, ich drehte mich, ich überschlug mich, und mein Magen folgte immer eine halbe Umdrehung später nach. Mir war heiß, und mein Mund war ausgetrocknet, doch ich konnte mich nicht in jenen Zustand des vollständigen Bewußtseins aufrappeln, in dem ich mir ein Glas Wasser hätte holen können. In meinem Kopf wimmelte es von unruhigen Bildern von Ben, Sabine und Ian, die seltsame Dinge taten, zum Beispiel ritten sie oder tanzten die Gavotte (BBC I hatte vor kurzem eine Jane-Austen-Verfilmung gezeigt). Höllische Kopfschmerzen grollten wie entfernter Donner im Hintergrund und warteten nur darauf, über mich herzufallen, sobald ich etwas Überstürztes unternahm und etwa meinen Kopf vom Kissen hob.

Als ich das schließlich tat, kam das Erwachen der Tracht Prügel gleich, die ich so sehr verdiente. Die Kopfschmerzen, die Übelkeit, die Benommenheit und der Durst waren schlimmer als in meinen Alpträumen, und meine anfängliche Depression kehrte mit der Wucht eines Pianos zurück, das die Treppe herunterfällt.

Um das alles noch zu verschlimmern, hatte ich für einen langen Augenblick keine Ahnung, wo ich war oder auch nur, in welchem Teil des Landes. Es war fast dunkel, und bis ich begriff, daß Regen herabprasselte und der Verkehr auf nassen Straßen dahinzischte, dachte ich, es wäre mitten in der Nacht. Ich warf einen Blick auf meine Armbanduhr: Es war zwanzig vor sechs, spät genug. Der Donner, das entdeckte ich jetzt, war nicht eingebildet gewesen; er war direkt über mir, und das nächste Krachen – du lieber Gott! – fuhr mir als blitzender Pfeil direkt durch den Kopf.

Ganz langsam, im Schneckentempo wie eine Neunzigjährige, und wo möglich immer an der Wand entlang, schaffte ich es bis ins Bad. Ich konnte es nicht ertragen, das Licht einzuschalten, also tastete ich mich bis zum Waschbecken vor und beugte mich über den Wasserhahn. Ich trank ein paar Schlucke kaltes Wasser und bespritzte mir das Gesicht. Ich machte mir nicht die Mühe, nach einem Handtuch zu tasten. Das Wasser fühlte sich gut an, und ich wollte es dort trocknen lassen. Ich konnte keinen Arzneischrank sehen, aber irgendwo mußte Ian doch seinen Vorrat an Alltagsheilmitteln versteckt haben – Aspirin und etwas gegen Übelkeit, vielleicht sogar eine dieser Sprudeltabletten gegen einen Kater ... Ich würde zurückgehen und mich wieder hinlegen, diesmal auf die Kissen gestützt, und so viel Kraft sammeln, daß ich vielleicht in zehn Minuten einen erneuten Vorstoß bei voller Beleuchtung wagen konnte.

So kam es, daß ich gerade im Halbdunkel zurückschlich, barfuß und mit offenem Hosenbund, wassertriefend und mit abstehenden Haaren, als sich die Wohnungstür öffnete – und umrahmt von einem Lichtstrahl, der mich in voller Schönheit zeigte, stand Julia da.

»Ach du liebe Güte«, sagte sie. »Es tut mir so leid.«

Nicht halb so leid wie mir.

Natürlich benahm sie sich mustergültig. Genau wie ich sie erkannte, erkannte auch sie mich sofort, was ein wenig frustrierend war, wenn man meinen Zustand bedachte. Sie sagte, sie habe nicht vorgehabt zu bleiben, ich sagte, ich sei im Begriff zu gehen, und dann stellte sie ihren nassen Regenschirm draußen vor die Tür und zog sich ins Wohnzimmer zurück, während ich mich aufrappelte.

Als ich zurückkam, saß sie im Mantel da, aß einen Apfel und sah sich die Sechs-Uhr-Nachrichten an. Ein perfekt abgestimmter Cocktail von Botschaften – ich bin hier zu Hause, aber ich bin nur auf der Durchreise, ich bin eine Tatsache, aber keine Bedrohung. Sie hätte sich nicht zu sorgen brauchen. Die jüngsten Ereignisse hatten ihr einen großen Gefallen getan – im Lauf eines Tages war sie auf der Liste meiner Probleme mehrere Plätze abgestiegen, und im Augenblick fühlte ich mich zu mies, um etwas anderes zu tun als zu flüchten.

Sie legte das Kerngehäuse des Apfels hin und stand auf, wobei sie ihre Hände abklopfte.

»Haben Sie einen Schirm?«

»Nein, aber ich nehme ein Taxi.«

»Da müssen Sie aber Glück haben«, sagte sie, »bei dem Wetter. Nein, halt, vielleicht hier an der Ecke – sie lassen ihre Fahrgäste am Hotel heraus.«

»Ich komme schon klar.«

Ich ging zur Wohnungstür, und sie folgte mir. Dann begannen wir beide gleichzeitig zu reden.

»Tut mir leid, daß ich ...«

»Ich hoffe sehr, daß Sie ...«

»Sorry.«

»Ich bin froh, daß wir uns getroffen haben«, sagte sie. »Das habe ich mir schon lange gewünscht, aber ich wußte nicht, wie ich es anstellen sollte. Vielleicht war dies die einzige Möglichkeit.«

»Ja.«

»Dann auf Wiedersehen. Und alles Gute.«

»Danke schön.«

Ich ging hinaus, und sie schloß die Tür leise hinter mir.

Ich hätte direkt zum Victoria-Bahnhof gehen und den nächsten Zug nach Hause nehmen sollen. Das Dumme war, daß ich nicht in meine leere Wohnung zurückwollte, wo mir nur Probleme, die ich nicht lösen konnte, Gesellschaft leisten würden.

Ein Taxi hielt direkt neben mir, was mich in Verlegenheit brachte. Ich befand mich im Schutz seiner Wärme, bevor ich mich überhaupt entschieden hatte, wo ich hinwollte.

Der Fahrer sah mich abschätzend im Rückspiegel an. »Vielleicht um den Block?«

»Äh, nein, Moment ...« Ich faßte mir an die Stirn. Ich konnte spüren, wie mein Kopf unter meiner Hand vibrierte. Ach, was sollte es. In Ians Wohnung hatte ich doch gerade bewiesen, daß dies der perfekte Zustand war, um mit problematischen zwischenmenschlichen Situationen fertig zu werden, oder nicht?

»Kennen Sie das Troughtons Hotel in der Vane Street?« fragte ich.

Er grinste fröhlich. »Unterkunft der Reichen und Berühmten.«

Es sah nicht nach besonders viel aus, was mich zu der Überzeugung brachte, daß er wahrscheinlich recht hatte. Die absolute Diskretion ging so weit, daß es sich von außen nicht einmal als Hotel zu erkennen gab. Als ich die große, solide Eingangstür passiert hatte, fand ich vor der Schwingtür in der geheimnistuerischen Lobby ein Messingschild, doch auch dort tauchte das Wort ›Hotel‹ nicht auf. Das Foyer, von dem aus eine polierte Eichentreppe spiralförmig in die gedämpft beleuchteten oberen Gefilde führte, enthielt einen gigantischen Holzsessel und einen blankgewienerten Tisch mit einer Vase voller Lilien. Wie von Zauberhand erschien jedoch ein Mann in einem schwarzen Jackett und einer Nadelstreifenhose und fragte mich in einer wunderbar modulierten schottischen Stimme, was er für mich tun könne.

»Ich glaube, hier wohnt ein Mr. Charles McNally? Ob er wohl da ist?«

»Er ist hier, ja«, sagte der Mann. »Erwartet er Sie?«

»Er hat gesagt, ich solle vorbeischauen. Mein Name ist Eve Piercy.«

»Gut, Mrs. Piercy, er ist in zweihundertdreizehn, der Lift ist um die Ecke. Ich sage ihm, daß Sie unterwegs sind.«

»Danke.«

Die oberen Stockwerke eines Hotels sind immer still und ein bißchen wie im Traum, doch der zweite Stock des Troughtons war geradezu gespenstisch. Hätte nicht jemand das Gegenteil behauptet, so hätte ich geglaubt, ich wäre ganz allein im Gebäude.

Ich fand die Nummer zweihundertdreizehn, doch als ich die Hand hob, um anzuklopfen, öffnete sich die Tür.

Charles McNally war barfuß und trug eine graue Jogginghose und ein zerfranstes Sweatshirt. Sein Haar stand auf einer Seite zu Berge, als hätte er darauf gelegen. Ein Schwarzweißfilm flimmerte auf dem Fernseher mitten im Zimmer.

»Eve, jetzt haben Sie mich aber im Rohzustand erwischt …! Kommen Sie herein, entschuldigen Sie das Durcheinander, kommen Sie …«

Er ging in die Suite – sie war riesig – voran und schaltete den Fernseher aus. Überall lag Kleidung verstreut, der Tisch war mit Papieren bedeckt, und auf dem Boden stand ein Zimmerservice-Tablett mit Tellern. Von der Blendleiste der bodenlangen, rauchfarbenen Vorhänge hing ein lebensgroßer, bananengelber Spielzeuggibbon.

Mein Gastgeber kratzte sich am Hinterkopf und grinste nervös. »Das ist eine tolle Überraschung, Eve, aber wenn Sie angerufen hätten, hätte ich Ihnen all das ersparen können.«

»Es war ein spontaner Entschluß. Und es macht mir nichts aus.«

Und was jetzt? fragte ich mich. Ich hatte mit wohlgeordneter Ruhe gerechnet, mit vornehmem Wortgeplänkel, Drinks in der Bar (Tomatensaft für mich), dem Aufblitzen der goldenen Amex-Karte, einer Einladung zum Abendessen, die ich pflichtgemäß abgelehnt hätte, und einer Fahrt zum Bahnhof. Einer Begegnung zwischen zwei Erwachsenen, die mir Selbstbestätigung bringen würde und nach der ich mir bei meiner Rückkehr weniger wie eine Landstreicherin vorkommen würde und besser in der Lage sein würde, meine Probleme gemessen zu sehen.

»Setzen Sie sich doch.«

»Danke.«

Statt dessen sah es so aus – ich blickte mich um –, als hätte ich mir meinen ganz persönlichen Landstreicher angelacht.

»Gehen Sie nicht weg«, ermahnte er mich, indem er rückwärts ging und die Hand ausstreckte, als wäre ich ein Gespenst. »Ich bin sofort zurück.«

Ich saß da und wartete und wünschte mir, ich wäre nicht gekommen. Die Suite hatte einen distinktiven Geruch, nicht unangenehm, aber vertraut, und er erinnerte mich an etwas. Ich schnüffelte. Ich wußte, woran er mich erinnerte: Ben. O Gott, dachte ich, er haust wie ein Ferkel, ich fühle mich grauenhaft, das ist der schlimmste Fehler meines Lebens.

Er kam wieder ins Zimmer und hatte sich ein Paar Nikes und ein blaues Polohemd anstelle des Sweatshirts angezogen. Außerdem hatte er sich die Haare angefeuchtet, was ich sehr rührend fand, doch diese Maßnahme war nur teilweise erfolgreich gewesen, und hier und dort stand immer noch eine Strähne ab.

»Ich muß Ihnen sagen«, meinte er kleinlaut, »daß Sie toll aussehen.«

»Wirklich?« Ich konnte mich gar nicht mehr daran erinnern, was ich angezogen hatte. Der frühe Morgen, als ich es getan hatte, kam mir vor wie ein anderes Leben. »Ach das.«

»Es steht Ihnen wirklich gut. Also, Eve, was möchten Sie machen? Ich fürchte, daß meine innere Uhr im Eimer ist – wie weit sind wir? Nachmittagstee oder was?«

»Na ja«, sagte ich vorsichtig, »es ist ungefähr Viertel nach sieben, und ich bin eigentlich auf dem Nachhauseweg ...«

»Aber Sie müssen etwas essen. Wie wär's damit?«

»Nein!« sagte ich viel zu schroff. »Nein, danke, ehrlich gesagt fühle ich mich heute nicht besonders.«

»Okay«, sagte er, »ich weiß, was wir beide brauchen. Brandy und Soda, jede Menge Eis.«

»Ich weiß nicht recht ...«

»Vertrauen Sie mir!«

Er ging zur Minibar – sie befand sich hinter einem Paneel und war alles andere als mini – und mixte zwei kräftige Drinks in schweren, handgeschliffenen Gläsern. Ich versuchte einen sehr zögerlichen Schluck, doch zu meiner Überraschung ging das Gemisch aus Feuer und Eis gut herunter, und ich trank noch einmal.

Er setzte sich auf das Sofa und hob sein Glas. »Zum Wohl, Eve. Es ist großartig, daß Sie hier sind.«

Das stimmte nicht, und wir beide wußten es. Wenn es nicht das war, was ich mir in meinem benebelten Zustand vor Ians Haus vorgestellt hatte, wieviel weniger mußte es das sein, woran er gedacht hatte, als er mich anrief.

»Zum Wohl.«

»Ich bringe mal eben diesen Müll weg.« Er stand wieder auf und brachte das Tablett vor die Tür. Ohne seinen tollen Anzug, sein tolles Auto und die Aura des ruhmreichen Ölmannes kam er mir nicht nur kleiner, sondern auch jünger vor. Trotz meiner Benommenheit standen wir uns in puncto Selbstbewußtsein kaum nach.

»Ich habe dieses Zimmer den ganzen Tag noch nicht verlassen«, sagte er, »und ich fürchte, das kann man sehen.«

»Haben Sie schon ein Haus gefunden?«

»Ich sehe mir immer wieder welche an, aber der Gedanke, eines zu kaufen, bereitet mir eine Heidenangst.«

»Haben Sie in den Staaten eines?«

Er schüttelte den Kopf. »Eine Mietwohnung. Ehrlich gesagt würde es mir nichts ausmachen hierzubleiben. Ich liebe Hotels. Sie sind so gemütlich. Man kann allein sein, ohne einsam zu sein, das gefällt mir.«

»Ich hasse Hotels«, sagte ich. »Besonders, wenn ich allein unterwegs bin. Nach einer Nacht bekomme ich keine Luft mehr.«

»Aber Sie haben doch bei Ihrer Tochter gewohnt«, erinnerte er mich.

»Das war im Urlaub. Und sie war dabei.«

»Ich komme nicht oft genug vor die Tür«, sagte er. »Ich bin ein Trottel. Wer hat gesagt, Reisen erweitert den Horizont? Alles, was ich mache, wenn ich unterwegs bin, ist arbeiten und das örtliche Fernsehangebot studieren.«

Ich fand es seltsam, daß Charles McNally, weltreisender Junggeselle und furchtloser Katastrophenhelfer, eine Vorliebe für Hotels hatte, weil sie ihm ein Gefühl der Sicherheit gaben. Ich malte mir aus, wie er zu exotischen Orten auf der ganzen Welt reiste und in sein Zimmer hetzte, um das Bett zu zerwühlen, den Fernseher zu testen und den Bademantel anzuprobieren ... Es war bizarr.

»Was macht Ihre Familie?« fragte er. »Nein, eigentlich meine ich Ihren Sohn, weil ich Ihre Tochter ja ab und zu treffe.«

Geh auf Mel ein, dachte ich. »Ja, das hat sie erzählt.«

»Mel ist ganz schön clever.«

»Das finde ich auch.« Die Tatsache, daß er ihren Namen sofort parat hatte, überzeugte mich, daß er nicht nur dumm daherredete.

»Und Ihr Sohn?«

»Dem geht es gut. Ich sehe ihn nicht besonders oft.«

»Zu beschäftigt mit der neuen Liebschaft, was?« Ich spürte, wie sich mein Magen verkrampfte, und er fügte hinzu: »Unser gemeinsamer Freund Martin Drage hat mir erzählt, daß Ihr Sohn mit seiner Tochter geht. Ich kann mich daran erinnern, daß sie auf der Party gut zusammen ausgesehen haben … Wir haben sie von der Terrasse aus beobachtet.«

»O ja – ja.«

»Glückspilze.«

»Ja.«

Gab es denn kein Entrinnen? Ich war vollkommen erschöpft. Auch Charles schien ins Träumen gekommen zu sein. Der schlafende Riese meiner guten Manieren rührte sich unter meiner Erschöpfung.

»Was haben Sie sich im Fernsehen angeschaut?«

»›… woher der Wind weht‹ – kennen Sie den?«

»Ich erinnere mich daran.«

»Es ist einer meiner absoluten Lieblingsfilme, ein Klassiker. Er läuft im Hotelfernsehen. Diese Kinderdarsteller waren einfach klasse.«

»Hayley Mills.«

»Stimmt. Sie war herzerweichend in diesem Film.«

Ich konnte es kaum glauben, daß wir dieses Gespräch führten und er diese beinahe kindische Begeisterung für einen alten englischen Schwarzweißfilm an den Tag legte.

Ich wies kopfnickend auf den Fernseher. »Lassen Sie sich nicht aufhalten.«

»Du liebe Güte, Eve … Sie sind doch nicht den ganzen Weg gekommen, um fernzusehen.«

Und wozu genau, so fragte ich mich, war ich den ganzen Weg gekommen?

Ich zuckte mit den Achseln. »Machen Sie nur! Ich würde mir auch gern ein Stückchen ansehen – es wäre so nostalgisch.«

»Okay, wenn Sie meinen.«

Er schaltete wieder ein. Ich sah die sturmgepeitschte Landschaft des Nordens, die Kinder in ihren Gabardineregenmänteln und Gummistiefeln, Hayles blasses Gesicht mit den großen Augen, als sie mit dem Sträfling in der Scheune sprach, den sie für Jesus hielt … Und diese gespenstische Musik …

Ich weiß nicht, wer von uns zuerst eingeschlafen war, aber ich war die erste, die aufwachte. Der Film war zu Ende, und auf dem Bildschirm war das Hotelprogramm aufgelistet. Ich machte keine Anstalten, das Gerät auszuschalten, denn ich wollte Charles McNally nicht wecken, der wie ein Toter schlief. Er lag auf dem Bauch auf dem Sofa, und eine Hand hing auf den Teppich. Er hatte noch nicht gelegen, als ich ihn zuletzt gesehen hatte, also mußte er gesehen haben, wie ich eindöste, und es sich dann gemütlich gemacht haben. O Gott, hatte mein Mund offengestanden? Hatte ich geschnarcht? Mist – gesabbert?

Er seufzte schwer, und ich dachte, er würde aufwachen, aber er drehte nur den Kopf zur anderen Seite. Was für ein Musterbeispiel zwischenmenschlicher Beziehungen in den Neunzigern wir doch waren – vor der Glotze eingeknackt.

Ich sah mich in der Suite um, und im ersten Moment juckte es mich aufzuräumen. Doch dies war schließlich ein Fünf-Sterne-Hotel, ›Unterkunft der Reichen und Berühmten‹, wie der Taxifahrer es ausgedrückt hatte. Vorsichtig hob ich meine Tasche vom Boden auf, fand einen Kuli und eine leere Seite im hinteren Teil meines Kalenders und überlegte mir sorgfältig, was ich schreiben sollte. Zwecklos, mich fürs Einschlafen zu entschuldigen, schließlich hatte er dasselbe getan; genauso zwecklos, mich herzlich dafür zu bedanken, daß er mich inmitten seiner schmutzigen Wäsche hatte fernsehen lassen.

Am Ende schrieb ich: »Nett, dich gesehen zu haben, paß auf dich auf! Eve.«

Er regte sich nicht, als ich die Notiz unter die Fernbedienung auf der Armlehne des Sofas legte, und die Tür machte kein Geräusch, als ich sie schloß.

Für die Rückfahrt nach Littelsea kaufte ich mir eine Fahrkarte erster Klasse, um bequem und allein sitzen zu können. Ich fragte mich, wie um alles in der Welt ich das Auto zurückbekommen sollte. Da es nicht in Frage gekommen wäre, daß ich Ben anrief, selbst wenn ich Nozz' Nummer gehabt hätte, würde ich wieder ein Taxi nehmen müssen. Als ich ankam, wartete kein Taxi, und ich mußte telefonisch eines bestellen. Der Fahrer war aufdringlich, und der Preis war mörderisch.

Es waren vier Mitteilungen auf dem Anrufbeantworter. Die erste war nicht für mich: »Dies ist eine Nachricht von Sophie für Ben. Wo bist du? Nicht mehr lange, bis ich fahre, also ruf doch mal an, okay? Tschüs.«

Die beiden nächsten waren von Sabine, zuerst kühl. »Eve, hier ist Sabine. Es wäre schön, dich zu sehen.« Die zweite war fast im Befehlston. »Hier ist Sabine für Eve. Ruf an, wenn du nach Hause kommst.«

Die vierte Nachricht war nur ein kurzes Schweigen – ich nahm an, daß es wieder Sabine war, die langsam ungeduldig wurde. Sollte sie doch schmoren, dachte ich, und ließ den Anrufbeantworter an. Das Telefon klingelte noch zweimal, einmal, als ich mich abschminkte, und dann noch einmal kurz vor dem Einschlafen, doch beide Male hörte ich einzig und allein die Stimme meines Sohnes.

Am nächsten Morgen schlief ich nicht lange – Gewohnheit, nehme ich an –, doch ich blieb ewig im Bett liegen, unfähig, mich der nächsten Runde der Krisenbewältigung zu stellen. Die Stimme der Vernunft sagte mir, daß ich wieder zur Arbeit gehen und meinem Leben wieder eine Struktur aufzwingen sollte, doch sie hätte mir genausogut zu einem Sturm auf den K2 raten können.

Um zehn tauchte ich schließlich aus der Versenkung auf. Ich nahm ein Bad und zog Jeans und ein T-Shirt an, was an einem Werktag ein komisches Gefühl war. Der zweite der beiden Anrufe war von einer Londoner Nummer gekommen, die ich nicht erkannte. Es war ein sonniger Morgen, und ich ging hinaus auf den Balkon. Tapfer und ruhig, dachte ich – doch als es an der Tür klingelte, fuhr ich so zusammen, daß ich meinen Kaffee verschüttete.

»Hallo?«

»Mrs. Eve Piercy?«

»Ja.«

»Interflora für Sie.«

Es war so ziemlich alles, was Interflora zu bieten hatte, für mich allein. Der kleine Mann von der örtlichen Niederlassung sah aus wie ein wandelndes Treibhaus.

»Ich hoffe, daß Sie genug Vasen haben.«

Er überreichte mit vier Dutzend gelbe Rosen – ich zählte sie, als ich sie in die Badewanne legte. Dann nahm ich die Karte mit auf den Balkon zurück.

»Die Blumen können dir unmöglich sagen, wie leid es mir tut, aber ich hoffe, sie sind schön! Ich rufe an, wenn ich mir nicht mehr so sehr wie ein Mistkerl und ein Idiot vorkomme. Charles.«

Ich weinte, als hätte ich den Verstand verloren.

14

Später an diesem Morgen zwang ich mich, in Bens Zimmer zu gehen. Wie üblich herrschten dort Zustände wie im Dritten Weltkrieg, und ebenfalls wie üblich war die Tür unverschlossen. Verglichen mit seiner manischen Heimlichtuerei als Teenager, rührte mich sonst diese Offenheit, aber an diesem Tag empfand ich sie als bittere Ironie. Ich öffnete die untere Hälfte des Fensters, so weit es ging, und machte mich über das Zimmer her wie eine Besessene: Ich würde es wieder unter meine Kontrolle bringen. Dieses Zimmer war verdammt noch mal ein Teil meiner Wohnung, also hatte ich ein Recht darauf, daß es ordentlich aussah.

Ich sammelte alle Kleidungsstücke auf und schleuderte sie in den Flur. Ich würde alles waschen, aber ich würde keinerlei Rücksicht auf irgendwelche Markenetiketten nehmen. Dann zog ich das Bett ab und warf die Laken ebenfalls auf den Haufen, Algy eingeschlossen. Ich holte eine Mülltüte und füllte sie in Rekordzeit: Ich verlor keine Zeit damit, Entscheidungen zu treffen, und erklärte alles, was ich nicht augenblicklich anderweitig einordnen konnte, zu Abfall. Ich hängte das Federbett und den Bettvorleger aus dem Fenster. Ich saugte Staub und wischte und polierte und bearbeitete die Kanten des alten Fensterrahmens mit einer alten Zahnbürste. Ich legte den Bettvorleger wieder an seinen Platz und bezog das Bett neu. Dafür, daß es schlichte Hausarbeit war, fühlte es sich erstaunlich nach Vandalismus an.

Ich überlegte es mir anders und rettete Algy aus dem Gewirr schmutziger Laken und badete ihn in der Küchenspüle in lauwarmer Seifenlauge. Seine Perlenaugen starrten durch den dichten Schaum zu mir auf wie Glenn Close am Ende von *Eine verhängnisvolle Affäre*.

Ich suchte mir ein paar Vasen und stellte jede freie Oberfläche mit Rosen zu. Ich fragte mich, welche Bedeutung gelb hatte. Ich kannte gelbe Bänder, aber Rosen …? Vielleicht hatte er nur Rot oder Rosa, die Farben der Liebe, vermeiden wollen. Es war lange her, daß ich Blumen von jemand anders als meinem Mann bekommen hatte, und ich wünschte, ich hätte mich mehr darüber freuen können. Doch es war ein so seltsames, unbefriedigendes Zusammentreffen gewesen, und jetzt, wo ich zurück war und Bens Taten in ihrem ganzen Ausmaß über mir schwebten, konnte ich sehen, wie unmöglich es für Charles McNally sein mußte, auch nur die geringste Kleinigkeit von meinem Leben zu verstehen. Wir lebten auf unterschiedlichen Planeten, und nur der Rotwein und die Eifersucht hatten mich unklugerweise bewogen, den seinen zu besuchen.

Ich war gerade dabei, die abgeschnittenen Enden der Rosen in den Schwingdeckeleimer zu stopfen, als es wieder an der Tür klingelte.

»Mrs. Piercy – hier ist Anthea.«

»Wer?«

»Anthea – aus Mr. Piercys Büro.«

»Anthea!«

Ich betätigte den Türöffner und ging ihr entgegen. Wir begegneten uns auf dem zweiten Treppenabsatz, wo sie eine Atempause einlegte.

»Mann, wohnen Sie hoch …!«

»Tut mir leid. Kommen Sie auf einen Kaffee herein.«

»Sie müssen ja so fit sein …! Hören Sie, ich möchte Sie nicht stören, ich hatte eigentlich nicht damit gerechnet, daß Sie da sind, und hatte vor, Ihnen einen Zettel unter der Tür durchzuschieben, aber dann dachte ich, ich könnte genausogut – ach du meine Güte!«

»Was machen Sie denn hier?«

»Ich habe Ihnen Ihr Auto gebracht.«

Ich war peinlich berührt. »Anthea, das darf doch nicht wahr sein! Es ist doch so weit – ich komme mir schrecklich vor!«

Sie winkte ab, zu atemlos zum Sprechen, als wir eintraten. »Nein … wirklich …«

»Wie konnten Sie es starten? Ich habe doch den Schlüssel.«

»Glücklicherweise hat Mr. Piercy immer noch einen an seinem Schlüsselbund. Ich habe ihn dabei und möchte ihn Ihnen zurückgeben …« Sie reichte ihn mir.

»Das ist wirklich sehr lieb von Ihnen! Ich weiß gar nicht, was ich sagen soll.«

»O bitte, ich fahre gern, und der ganze Verkehr ist mir entgegengekommen. Mr. Piercy meinte, Sie wären ohne den Wagen aufgeschmissen, und er hat mich reichlich entlohnt; er hat mir heute frei gegeben.«

»Das möchte ich auch meinen.«

Als ich den Wasserkessel füllte, fragte sie: »Haben Sie etwas dagegen, wenn ich ein Taxi rufe, das mich zurück zum Bahnhof bringt?«

»Ich fahre Sie – das ist das wenigste, was ich tun kann.«

»Die Firma bezahlt. Mr. Piercy hat darauf bestanden.«

»Na ja, wenn Sie meinen … Das Telefon ist im Wohnzimmer, auf dem Block steht eine Taxinummer.«

Nach ein paar Minuten kam sie wieder herein, und ich reichte ihr ihren Kaffee.

»Danke, keinen Zucker! Das Taxi ist in ungefähr zehn Minuten hier. Was für wunderschöne Rosen Sie hier überall haben.«

»Nicht wahr?« Wir lehnten uns an die Arbeitsplatte. »Sie sind gerade heute morgen angekommen.«

»Wie hübsch – von einem Bewunderer?«

Wahrscheinlich beeinflußte die charmante Freimütigkeit dieser Frage meine Antwort.

»Ja«, sagte ich, »ich glaube schon.«

»Hübsch«, sagte Anthea noch einmal. »Sie Glückliche.«

Was ich brauchte, war jemand von meinem eigenen Planeten, bei dem ich mich aussprechen konnte. Mein Blick auf die Chatsworths beim Mittagessen *en famille* im Esplanade brachte mich auf den Gedanken, daß ihre verfrühte Rückkehr aus dem Urlaub etwas mit ihren Jungs zu tun haben könnte. Es würde – konnte – nicht vom selben Kaliber sein wie unsere

Situation, doch es hatte etwas für sich, wenn man seine Sorgen teilen konnte, und als Mutter zweier Söhne würde wenigstens Ronnie mich verstehen können.

Das ungewohnte Gefühl, an einem Morgen unter der Woche in meiner Wohnung zu sein, erinnerte mich daran, daß ich einen Brief vom Arzt bekommen würde, wenn ich mir noch mehr Zeit ließ. Ich rief in der Praxis an und ließ mir für den frühen Nachmittag einen Termin bei Dr. Edworth, der einzigen Ärztin, geben. Ich nahm mir vor, danach Ronnie besuchen zu gehen. Aus beiden Gründen war ich froh, den Wagen wiederzuhaben, und ich rief Ian an, um es ihm zu sagen.

»Gern geschehen«, sagte er. »Ich wußte, daß es Anthea nichts ausmachen würde. Ihr war es viel lieber, in der Gegend herumzusausen als hier mit mir festzusitzen.«

In einer jener seltsamen Zufallssituationen kam ich an Dennis vorbei, der gerade den Parkplatz der Praxisgemeinschaft verließ, als ich ankam. Er hatte seinen Büroanzug an und war in Gedanken versunken – er sah mich nicht. Oder zumindest hoffte ich, daß es das war und daß er mich nicht bewußt mied – ich war so nervös, daß ich stündlich damit rechnete, auf offener Straße gesteinigt zu werden. Während ich im Wartezimmer die längst überholten Bilder von der Hochzeit eines Fußballers anstarrte, versicherte ich mir selbst, daß ich eindeutig nicht bei bester Gesundheit war. Ich war gestreßt, und das in Kombination mit meinem Alter – also, ich brauchte ein paar Tage frei.

Dr. Edworth, die sowieso berühmt war für ihr weiches Herz, akzeptierte oft die Diagnosen ihrer Patienten.

»Keine anderen Probleme?« fragte sie, nachdem sie mir Ruhe und einen Vitamin-B-Komplex verschrieben hatte. »Keine neuen Beschwerden oder Schmerzen?«

»Nein …« Ich war versucht, etwas zu sagen, hielt mich aber zurück. Vielleicht hatte sie es sowieso schon gehört. »Nein.«

Sie warf einen Blick auf meine Karteikarte. »Es ist Zeit für eine Untersuchung beim Frauenarzt. Meinen Sie, Sie schaffen das?«

»Ja, natürlich.«

Sie schrieb mir die Adressen der nächstliegenden Praxen auf eine Karte und gab sie mir. »Ich empfehle Ihnen ein paar Tage frische Luft und Entspannung.«

Mein Lächeln muß ausgesehen haben wie die Grimasse eines steinernen Wasserspeiers.

Irgendwie überraschte es mich, daß Philip die Tür öffnete.

»Ja, ist sie – Moment.« Er ging zum Fuß der Treppe und rief nach oben. »Mama! Es ist Eve!«

»Komme schon ...«

»Kommen Sie rein«, sagte Philip. Wir drückten uns im Flur herum.

»Ich dachte, du wärst in der Türkei«, sagte ich.

»Ich war, aber mir ist das Geld ausgegangen, und Mama ging's nicht gut ...«

»Hat es dir gefallen?«

»Oh, ich kann Ihnen sagen ...« Sein Gesicht erhellte sich. »Toll. Ich möchte da noch einmal hin.«

»Ich war noch nie da.«

»Sie sollten wirklich einmal hinfahren! Ich dachte, in den Sechzigern hätte das jeder gemacht.«

»Ich habe ein sehr behütetes Leben geführt«, sagte ich ganz im Ernst, und er lächelte nicht.

»Was macht Ben? Den habe ich ja ewig nicht mehr gesehen.«

Mein Herz hämmerte. »Nein?«

»Nein – muß schon, ich weiß nicht, eine Ewigkeit her sein.«

»Eigentlich war er aber da.«

»Aber bei den Drages, oder? Diese Sophie hat eine ganze Menge auf dem Gewissen.« Er war genauso erleichtert wie ich, als Ronnie die Treppe herunterkam. »Da ist sie ja. Bis dann.«

»Ronnie«, sagte ich, »du siehst toll aus.«

Sie war schlank und umwerfend in ihren Jeans und einem weiten, aquamarinfarbenen Samthemd. »Findest du? Ich halte mich nicht unbedingt für einen Jeans-Typ, aber ich habe beschlossen, einmal auszubrechen, und Dennis hat mir das Hemd in Frankreich gekauft.«

»Ich habe Dennis gerade beim Arzt gesehen, aber er hat mich nicht gesehen.«

»Er hat ein Rezept abgeholt. Du bist doch nicht krank, oder?«

»Eigentlich nicht – aber ich simuliere auch nicht.«

Wir gingen ins Wohnzimmer und setzten uns. Philip steckte den Kopf ins Zimmer. »Ich habe Wasser aufgesetzt.«

»Eve?«

»Nein danke.«

Sobald er fort war, mußte ich meine Last loswerden. Ich glaube, ich fürchtete mich am meisten davor, daß sie es schon wissen könnte, oder noch schlimmer, daß sie etwas gehört hatte und es nicht glaubte. Doch ihre schockierte, entsetzte Reaktion war die erste, die der meinen ähnelte und mir wirklich Trost spendete.

»Oh, Eve, das ist ja schrecklich! Das tut mir ja so leid. Du Arme, was mußt du durchgemacht haben.«

»Die Hölle. Die absolute Hölle.«

»Was in aller Welt hat sich Sabine dabei gedacht?«

Ich zuckte mit den Achseln. »Es gibt keine Ausrede, Ronnie. Sie hat nicht einmal so getan, als wollte sie sich herausreden. Ich weiß, daß es sich altmodisch anhört, aber der einzige Ausdruck dafür ist schamlos.«

Ronnie schüttelte den Kopf. »Außerordentlich. Der arme Martin – meinst du, er weiß Bescheid?«

»Ich habe keine Ahnung. Mir graut davor, Menschen zu begegnen – ich komme mir vor, als würde schon die ganze Stadt darüber reden.«

»Nein, ich bin mir sicher, daß es nicht so ist«, sagte sie bestimmt. »Das ist das erste Mal, daß ich davon höre, es sei denn, die Jungs sind wider Erwarten verschwiegen – was sagt Ben denn dazu?«

»Nicht viel. Er ist unglaublich feindselig und trotzig. Als ich ihn zur Rede gestellt habe, hat er mich behandelt, als wäre ich diejenige, die einen Fehler gemacht hat.«

»Arme Eve. Das hast du nicht verdient.« Ronnie beugte sich vor und hielt mir ihre Hand hin. Ich ergriff sie. Sie war sehr glatt und kühl, als sie die meine rasch drückte. Ihre Freundlichkeit, ihre Stimme, ihre Berührung, all das half.

»Er ist fort«, brachte ich heraus, bevor ich in herzzerreißendes Schluchzen ausbrach. »Er ist einfach gegangen … O Gott, Ronnie, was mache ich nur …?«

Ich werde es ihr ewig anrechnen, daß sie diese Frage nicht beantwortete. Sie kam einfach nur herüber, setzte sich auf die Armlehne meines Sessels, legte mir den Arm um die Schulter und strich mir über das Haar. Entfernt hörte ich Philips Stimme durch den Strudel der Seufzer und spürte, wie sie ihn mit einem Wink wegschickte. Ich machte ein ziemliches Theater, aber ich konnte nicht aufhören, und Ronnie gab mir nicht zu verstehen, daß ich das sollte. Alles, was sie tat, war, uns beiden einen dicken Sherry zu holen, als mir die Puste ausging.

»Das Beste um diese Tageszeit«, sagte sie und setzte sich wieder in ihren Sessel.

»Danke, Ronnie«, sagte ich. »Du bist ein prima Kumpel.«

»Das will ich doch hoffen.«

»Was muß Philip denken?«

»Daß dich etwas aus der Fassung gebracht hat. Keine Sorge, er ist an Gefühlsausbrüche gewöhnt. Hör mal«, sie betrachtete einen Moment lang ihre Ringe, »was ist das Schlimmste, das passieren kann?«

Da sie es mir bereits bewiesen hatte, wußte ich, daß sie meine Gefühle verstand, sonst hätte ich sie im Verdacht gehabt, mich nicht ernst zu nehmen. So aber dachte ich ernsthaft über ihre Frage nach.

»Ich weiß es nicht. Im Moment habe ich das Gefühl, daß es das hier ist.«

»Ja, natürlich. Aber ganz im Ernst, Eve, das ist es nicht. Wovor hast du in deinem Inneren Angst?«

»Ich würde sagen … ich würde sagen, ich habe Angst, Ben zu verlieren. Ich habe schon Sabine als Freundin verloren, und vielleicht werden es noch mehr, aber daß Ben so etwas tun kann und dann einfach so davongehen und mich hassen kann … Das ist mehr, als ich ertragen kann. Es ist, als wäre mein Leben vor meinen Augen in die Brüche gegangen.«

»Tja.« Ronnie stand auf, um die Karaffe zu holen. »Wenn du Angst davor hast, daß Ben dich haßt, dann ist es meine unmaßgebliche Meinung, daß das nicht geschehen wird.«

Ich sah zu, wie sie mir nachschenkte. »Es ist doch schon passiert.«

»Unsinn.« Sie füllte ihr Glas nach, stellte die Karaffe neben sich auf den Tisch und setzte sich wieder. »Eve, du weißt genau, daß das nicht stimmt. Wenn jemals ein Sohn seine Mutter geliebt hat, dann ist es dein Ben – das kann doch jeder sehen.«

»Aber er war so kalt; er ist aus der Wohnung gestürmt – du hättest die Dinge hören sollen, die er gesagt hat.«

»Ja, aber er ist jung, und du weißt, was man über die beste Verteidigung sagt. Hast du ihn seitdem noch einmal gesehen?«

»Nein. Und er hat nicht angerufen, keine Nachricht hinterlassen – nichts.«

»Weißt du, wo er ist?«

»Ich weiß, bei wem er ist, aber ich habe weder die Adresse noch die Telefonnummer.«

»Ich bin sicher, daß wir die herausbekommen. Sollen wir das? Dann könntest du dich mit ihm in Verbindung setzen.«

Sie hatte mir so erfolgreich den Wind aus den Segeln genommen, als wäre ich gegen einen Laternenpfahl gelaufen.

»Ist es nicht an ihm, sich mit mir in Verbindung zu setzen?«

»Vielleicht, aber tun sie das jemals? Und ich vermute, daß sein Leben auch aus der Bahn geraten ist. Nachzugeben ist immer schwierig, und in diesem Alter fällt es ihnen noch viel schwerer, stimmt's?«

»Vielleicht mache ich das«, murmelte ich.

Ronnie beugte sich noch einmal vor und wiegte das Glas in ihrer Hand. »Eve, das willst du vielleicht jetzt im Moment nicht hören, aber ich muß es wirklich sagen.«

Ich sah sie argwöhnisch an. »Bitte.«

»Ben ist einfach so ein netter Kerl. Du hast großes Glück. Er hat vielleicht etwas sehr, sehr Dummes und Überstürztes getan, aber das macht ihn noch nicht zu einem schlechten Menschen. Er ist immer noch ein großzügiger, gefühlvoller, durch und durch netter Junge …«

»Anbetungswürdig, sagt Sabine.«

»Tja …« Ronnie lächelte reumütig. »Recht hat sie.«

»Ich habe nicht vor, ihr Verhalten zu entschuldigen.«

»Ich auch nicht, wirklich. Trotzdem solltest du weiterhin nur das Beste von Ben denken – er macht dir solche Ehre, Eve. Das ist nicht der echte Ben, es ist ein Ausrutscher.«

»Himmel! Wenn das ein Ausrutscher ist, dann hoffe ich, daß ich nie einen ausgewachsenen Sündenfall erlebe!«

»Das wirst du wahrscheinlich, natürlich wirst du es. Ich beneide dich sehr.« Sie klang nicht hämisch, sondern ein bißchen sehnsüchtig. Mir fiel auf, daß ich seit meiner Ankunft vor einer Dreiviertelstunde über nichts anderes als mich selbst geredet hatte.

»Bitte entschuldige, Ronnie. Wie war dein Urlaub? Ich habe deine Postkarte bekommen, aber ich glaube, da warst du schon zurück. Sah nett aus.«

»Das war es auch soweit.«

»Und dann bist du krank geworden?«

»Ja – dieser reizende Virus hat mir so gefallen, daß ich ihn gebeten habe, noch ein bißchen länger zu bleiben. Ehrlich gesagt ging es mir gar nicht so schlecht, aber es ist furchtbar lästig, wenn man dauernd rennen muß, und auf das Zeug, das der französische Arzt mir verschrieben hat, habe ich allergisch reagiert, also habe ich mit dem Kopf über dem Waschbecken gehangen, wenn mein Hintern nicht gerade auf dem Klo war …!«

»Das ist wirklich ärgerlich«, pflichtete ich ihr bei, doch sie erzählte es so komisch, daß ich mit ihr zusammen lachen mußte. »Was für ein Pech.«

»Stimmt, aber es war nicht zu ändern. Egal, ich nehme an, wir fahren später im Jahr noch einmal.«

»Und jetzt bist du über den Berg?«

»O ja – ich muß noch ein paar Untersuchungen und so über mich ergehen lassen, was bedeutet, daß mein Tennis entfällt, aber ich bin ganz optimistisch.«

»Untersuchungen?«

Sie seufzte und zog eine Grimasse. »Du weißt doch, wie sich die Quacksalber bei Dünnpfiff anstellen, vor allem, wenn man ihn aus dem Ausland einschleppt – ab ins Testlabor, wo sie einem Fernrohre überall hinschieben, wohin kein Fernrohr jemals vorstoßen sollte.«

Ich mußte zugeben, daß ich das nicht wußte, aber zumindest lachten wir beide, als wir in den Flur gingen. An der Haustür legte mir Ronnie beide Hände auf die Schultern.

»Siehst du«, sagte sie und küßte mich auf beide Wangen. »Es gibt ein Leben nach der Katastrophe.«

Während ich versuchte, nicht darüber nachzudenken, was ich da tat, wählte ich den Rückweg durch die Stadt. Falls ich einen Parkplatz auf der Straße erspähte, so sagte ich mir, dann würde ich ihn benutzen. Falls nicht, dann sollte es eben nicht sein. Ich glaube, daß ich mich unbewußt auf die Tatsache verließ, daß es in der Stadt niemals Parkplätze außerhalb der Parkhäuser gab.

Heute gab es natürlich welche. Es war später Nachmittag, die Flaute zwischen den Leuten, die tagsüber einkaufen gingen, und denen, die nach der Arbeit ihre Besorgungen erledigten. Beim ersten sagte ich mir noch, ich hätte ihn verpaßt, doch der zweite befand sich in einer Seitenstraße zwischen der Sortierungsstelle der Post und dem Einkaufszentrum, in dem sich der Plattenladen befand. Und es war nicht nur einer, sondern geradezu ein ganzer Block von Parkplätzen, eine direkte Herausforderung an meine Gabe, Entschuldigungen zu erfinden.

Ich stieg aus und näherte mich vorsichtig dem Geschäft. Ich wollte Ben sehen, bevor er mich sah, um abschätzen zu können, welche Laune er hatte und wie er sich benehmen würde. Doch er mußte im Lager oder in der Pause sein, denn er war nicht zu sehen.

Ich trat ein und ging auf Nozz zu, der an der Kasse stand.

»Tag, Madam«, sagte er. »Das Neueste von Boyzone?«

»Ist er da?«

»Erzählen Sie mir nicht, er hat es Ihnen nicht gesagt.« Nozz schüttelte in gespieltem Unglauben den Kopf.

»Was gesagt?«

»Tut mir leid, daß ich schlechte Nachrichten für Sie habe.«

»Nozz – was?«

»Er ist gegangen – genauer gesagt, man hat ihn aufgefordert zu gehen.«

»Sie haben ihn gefeuert?« Ich war weniger bestürzt, als daß ich mich vielmehr ins Unvermeidliche fügte.

Nozz setzte eine mitfühlende Mine auf. »Fürchte, ja. Es war ein ziemlicher Schlag ins Gesicht, weil er einfach alles verkaufen konnte, aber er hat in letzter Zeit ein paarmal gefehlt …« Nozz zuckte mit den Achseln. »Einmal zu oft.«

»Und die langen Mittagspausen …«, murmelte ich, mehr oder minder an mich selbst gewandt.

»Woher wissen Sie denn davon?«

»Du hast es mir erzählt.«

»Stimmt …«

»Okay«, sagte ich. »Danke, Nozz. Du weißt nicht zufällig, wo er ist, oder? Ich würde mich gern mit ihm unterhalten.«

»Sie könnten es bei mir versuchen.«

»Danke.«

»Wissen Sie, wo ich wohne?«

»Offen gesagt, nicht.«

Ohne das geringste Zögern schrieb Nozz seine Telefonnummer und Adresse auf die Rückseite eines Kassenbons und reichte ihn mir. Das machte mir Mut – offensichtlich hatten Bens Freunde nicht schwören müssen zu schweigen und waren auch nicht angewiesen worden, mich wie eine Aussätzige zu behandeln. Doch etwas wußte ich immer noch nicht.

»Nozz … du weißt nicht zufällig, warum er gefehlt hat, oder?«

»Keine Ahnung.«

Ich wählte meine Worte sorgfältig. »Es hat doch nichts mit seiner neuen Beziehung zu tun, oder?«

Nozz zuckte mit den Achseln. »Das bezweifle ich ernsthaft. Ich meine, Sie kennen doch Ben, das ist nicht sein Stil.«

»Nein, ist es wohl nicht.«

»Und ich hatte auch nie das Gefühl, daß Sophie der Typ dafür ist – nicht allzeit bereit wie Pearl. Sie war den ganzen Tag unterwegs und hat irgendwelche Rindviecher auf die ersten Zeichen von Wahnsinn untersucht. Nein, wenn Sie mich fragen, ist es ihm hier einfach zu langweilig geworden.«

In den vergangenen Tagen war ich überempfänglich für Ausreden und Zweideutigkeiten geworden. Ich war ein wandelnder Lügendetektor, aber ich konnte nichts in Nozz' Stimme oder Gesichtsausdruck ausmachen, was darauf hingedeutet hätte, daß er es nicht ehrlich meinte.

»Na ja«, sagte ich. »Egal. Es war sowieso nie ein Job für Gehirnchirurgen, nicht wahr?«

»Wenn es das wäre, dann würde ich hier nicht arbeiten.« Er winkte ab, als ich mich entschuldigen wollte. »Schon gut, ich weiß, was Sie meinen.«

Ich fand Nozz' Wohnung leicht – sie lag im Parterre eines edwardianischen Ziegelbaus in Bahnhofsnähe –, doch als ich sie erspäht hatte, verließ mich meine Entschlußkraft. An seinem Arbeitsplatz wären wir zu eingeschränkt gewesen, um uns eine Szene zu liefern. Hier würde es keine derartigen Einschränkungen geben. Schon mein bloßes Auftauchen in der Tür seines Rückzugsortes würde ihn kränken, auch wenn das nicht meine Absicht war, und zu allem Aufruhr in seinem Privatleben gesellte sich jetzt auch noch die Erniedrigung seiner Kündigung. Während ich im Auto saß und die Vorderfront des Hauses mit dem kleinen, teilweise durch Lorbeerbüsche verdeckten Erkerfenster anstarrte, öffnete sich die Tür, und Ben kam heraus.

Er sah völlig normal und gefaßt aus. Ich weiß nicht, was ich erwartet hatte – schließlich befand ich mich selbst in einem Gefühlsaufruhr und sah dabei fast genauso aus wie sonst. Er ging ein paar Meter, dann blieb er stehen, tastete in seiner Tasche herum und holte seine Schlüssel heraus. Jetzt erspähte ich den VW, der auf seiner Seite geparkt war und mir zugewandt stand. Er würde einsteigen und losfahren, genau an mir vorbei. Wenn er mich sah, ohne daß ich mich zu erkennen gegeben hatte, dann würde es so aussehen, als hätte ich hier gesessen und ihm nachspioniert.

Ich stieg aus und rief seinen Namen. Er war dabei, die Tür aufzuschließen, und obwohl er nicht aufsah, spürte ich, daß er mich gehört hatte. Ich machte mich daran, die Straße zu überqueren.

»Ben!«

Er stieg ein und knallte die Tür zu. Ich fing an, auf dem Bordstein auf ihn zuzugehen, fast zu rennen.

»Ben…?«

Jetzt gab es keinen Zweifel mehr, daß er mich bewußt ignorierte, denn er hielt den Blick unnötigerweise auf den Schlüssel gerichtet, als er ihn ihm Zündschloß herumdrehte. Ich kam an seinem Auto an und hämmerte, außer mir, an sein Fenster. Der kleine Motor des Autos sprang geräuschvoll an.

»Ben, bitte!«

Er wandte sich von mir ab und blickte beim Ausparken hinter sich auf die Straße. Ich blieb auf dem Bürgersteig zurück, und vor Schmerz und Wut liefen mir die Tränen über das Gesicht.

Es reicht, sagte ich mir, als ich zum Auto zurückeilte, um meine Tränen der Demütigung zu verbergen… Es reicht, als ich mir die Wangen abwischte und mir die Nase putzte. Es reicht! Es war unerträglich. Undank war wirklich der Welt Lohn. Sollte er doch kommen, wenn ihm das Geld ausging, wenn Martin ihm einen Kinnhaken verpaßte, wenn Sabine ihn verdammt noch mal fallenließ, was ohne Zweifel passieren würde – sollte er doch angekrochen kommen, dann würden wir ja sehen, wer hier der Erwachsene war!

Clive rief an, als ich gerade dabei war, ins Bett zu gehen – er war nicht spät dran, sondern ich war früh dran.

»Eve – ich hoffe, ich störe nicht.«

»Überhaupt nicht. Ich stehe hier gerade im Bademantel und versuche, mich zwischen Tee und Kakao zu entscheiden.«

»Ah, ha…«, lachte er nervös, offensichtlich unsicher, ob ich einen Scherz gemacht hatte, es ernst meinte oder gereizt war. »Hör mal, ich will dich nicht aufhalten…«

»Jetzt sitze ich.«

»Das hier ist nur eine Frage – hättest du vielleicht Lust, am Freitag in ein Konzert in der Melrose Hall zu gehen?«

Ich zögerte nur den Bruchteil einer Sekunde, doch er sprang sofort darauf an. »Ich gehe normalerweise auch nicht ins Konzert, aber ein Kollege hat mir diese Karten gegeben, weil seine Kusine da singt, und es ist ein Benefizkonzert, also dachte ich,

ich zeige meinen guten Willen. Ich würde mich über ein bißchen vertraute Gesellschaft freuen, jemanden, der mich gut genug kennt, um mich anzustoßen, wenn ich einschlafe.«

Es war sein Versuch, mir auf seine Akademikerart klarzumachen, daß dies kein Rendezvous war. »Danke«, sagte ich. »Gern.«

»Oh, gut, ich bin erleichtert. Soweit ich weiß, ist es eine bunte Mischung. Besagte Kusine ist eine Mittelklassesopranistin – wir haben noch nie von ihr gehört, aber sie scheint gut zu tun zu haben.«

»Clive, ich kenne doch sowieso nichts davon.«

»Dann treffen wir uns ungefähr um sieben an der Melrose Hall?«

»Ich bin da.«

Ich nahm den Kakao und warf auf dem Weg ins Bett einen Blick in Bens Zimmer. Die fürchterliche Ordnung versetzte mir einen Stich. Auf dem glatten, dicken Kissen saß Algy in all seiner handgewaschenen, maschinengetrockneten Glorie, die Stummelarme und -beine zu einer unerwiderten Umarmung ausgestreckt.

Am nächsten Tag, Donnerstag, faßte ich mir ein Herz und rief Sabine zurück. Zu meinem Entsetzen – es war zehn Uhr morgens – ging Martin ans Telefon. Beim Klang seiner Stimme wurde mir gleichmäßig heiß und kalt, und es wurde nicht besser.

»Eve, hab's eilig, bin auf dem Weg nach draußen. Wen von beiden möchtest du?«

»Wie bitte?«

»Wen möchtest du – meine Frau oder deinen Sohn?«

Im ersten Moment raubte es mir den Atem, und ich war hin und her gerissen zwischen Erleichterung und Erschrecken.

»Eve?«

»Ich wußte nicht, daß Ben da ist.«

»Eltern haben keine Ahnung. Das habe ich auch schon gelernt – warte, hier ist Sabine.«

Am anderen Ende hielt jemand kurz den Hörer zu, und dann sagte Sabine: »Hallo, Eve.«

»Ich rufe wegen deiner Nachricht an, aber das ist offensichtlich ein schlechter Zeitpunkt«, sagte ich voll eisigem Sarkasmus.

»Ja. Wollen wir zusammen Mittagessen gehen oder so etwas?«

»Ich fasse es nicht, daß Ben tatsächlich in diesem Augenblick bei dir ist.«

»Weißt du was – soll ich in die Stadt kommen, und wir treffen uns um zwölf vor deinem Büro?«

»Ich bin nicht im Büro. Komm zu mir nach Hause.«

»Das mache ich. *A tout à l'heure.*«

Sie war pünktlich und lief mit leichten, schnellen Schritten die Treppe herauf. Sie trug cremefarbene Jeans und ein pinkfarbenes Sweatshirt und hatte sich die Haare so spektakulär kurz schneiden lassen, daß es einer Demonstration gleichkam.

Ich marschierte vor ihr her ins Wohnzimmer und wandte mich ihr mit verschränkten Armen zu.

»Was hat Ben bei dir gemacht?«

»Er hat Sophie besucht.« Sie muß an meinem Gesichtsausdruck gesehen haben, was ich davon hielt, denn sie fügte hinzu: »Er fährt mit ihr ein paar Tage in den Norden.«

Das traf mich so, daß ich mich abwenden mußte. Ich drehte ihr den Rücken zu und sagte: »Du weißt, daß er seinen Job verloren hat?«

»Ja, das war schade, aber er findet schon einen anderen, besseren. Er ist ja nicht dumm.«

Sie war unglaublich.

»Und was ist mit Martin? Er weiß offensichtlich immer noch nichts.«

»Nein«, sagte sie. »Und was er nicht weiß, kann ihn auch nicht verletzen.« Ihre Stimme hatte einen warnenden Unterton.

»Ich habe nicht vor, etwas zu sagen.«

»Meine Güte, ich hatte nicht einmal davon geträumt, daß du das tun würdest, Eve. Du bist viel zu schlau, um so etwas Dummes zu tun.«

»Nein, das bin ich nicht«, schnappte ich. »Und es wäre auch nichts Dummes dabei, es Martin zu sagen. Es ist einfach nicht meine Sache, das zu tun.«

»Genau.« Sie sah sich um. »Darf ich mich hinsetzen?«

»Wenn du möchtest.«

Sie setzte sich auf das Sofa. Ich blieb weiter stehen und sah auf sie hinunter, doch anstatt mich überlegen zu fühlen, kam ich mir vor wie ein jugendlicher Übeltäter, der vor den Schuldirektor zitiert wurde.

»Keine Sorge«, sagte sie. »Das mit dem Mittagessen war nicht ernst gemeint.«

»Natürlich nicht, das hast du nur gesagt, weil Martin daneben stand.«

Sie überhörte das. Ihre schmalen Hände ruhten auf ihren Knien, die Finger locker ineinander verschränkt, die Handgelenke zusammen, so als wären sie von Handschellen umschlossen.

»Ich habe dich angerufen«, sagte sie, »weil ich möchte, daß du weißt, daß wir versuchen, eine Lösung zu finden.«

»Ganz einfach«, sagte ich verbittert. »Macht Schluß.«

»Es ist nicht einfach, es ist kompliziert«, fuhr sie fort, als hätte ich nichts gesagt. »Und wir tun unser Bestes. Ben ist jetzt eine Weile fort, und Martin und ich haben Zeit für uns. Wir werden sehen.«

»Was ist mit mir?« fragte ich. »Welche Rolle hast du bei dieser ganzen Sache der Mutter deines Freundes zugedacht?«

Sie sah unverwandt zu mir auf. »Es ist nicht meine Sache, dir zu sagen, welche Rolle du spielen sollst, Eve.«

»Aber du möchtest, daß ich den Mund halte.«

»Ich wüßte nicht, wieso du jemanden unnötig verletzen solltest.«

Das war zuviel. »Sabine, wenn du dich selber hören könntest! Deine Heuchelei! Die einzige Person, die du zu schützen versuchst, bist du doch selber!«

»Nicht die einzige. Aber ich habe Angst.«

»Gut. Das solltest du auch.«

»Ich gehe jetzt.« Sie stand auf. »Schöne Blumen hast du da.«

Ich antwortete nicht. Sie hatte schon die Hand auf der Klinke, als sie sagte: »Es könnte sein, daß Charles McNally am Wochenende hierherkommt. Er hat ausdrücklich gesagt, daß er dich sehen möchte.«

»Er hat ja meine Telefonnummer.«

»Dann wirst du bestimmt von ihm hören.«

Als ich die Tür hinter ihr schloß, zitterte ich. Ben war ›im Norden‹, und ich hatte es als letzte erfahren. Mir wurde übel bei der Vorstellung, daß es auch nur irgendwie in ihrer Macht lag, Einfluß auf meine Beziehung – wenn man es denn eine Beziehung nennen konnte – mit Charles McNally zu nehmen. Ebenso übel wurde mir durch ihre Gefaßtheit, ihre Selbstkontrolle, ihre Weigerung, sich zu entschuldigen – ich hatte das Gefühl, bis zu diesem Augenblick nicht gewußt zu haben, wie es war, jemanden zu hassen.

Am Freitag kam ich zu dem Entschluß, daß ich es nicht ertragen konnte, ein Konzert mit Clive durchzustehen. Ich rang mich sogar dazu durch, mich ans Telefon zu begeben, doch ich erreichte ihn nicht, und als es zwischendurch auf der zweiten Leitung klingelte, legte ich auf – es hätte ja Ben sein können.

Doch es war Desma, die Tennis spielen wollte.

»Ich weiß, daß Ronnie nicht kann«, sagte sie. »Sie muß am Sonntag zu diesen Untersuchungen. Aber was ist mit Sabine?«

»Sie kann auch nicht.«

»Also noch mal Einzel? Mir hat es großen Spaß gemacht.«

»O Desma, ich weiß nicht, mir geht es diese Woche auch nicht so gut ...«

»Dann ist es vielleicht genau das, was du brauchst.«

»Ich weiß nicht ...«

»Hör mal, wir einigen uns auf dieselbe Zeit wie üblich am selben Ort, und wenn du es wirklich nicht ertragen kannst, klingel kurz durch, okay?«

Jetzt, wo die Entscheidung bei mir lag, wußte ich, daß ich wahrscheinlich hingehen würde. Tennis war das letzte, wonach mir zumute war, ich fühlte mich ausgelaugt und erschöpft, aber wenn Charles McNally sich am Wochenende hier herumtrieb, dann wollte ich wenigstens den Anschein erwecken, daß ich ein erfülltes Leben führte. Daß er vor dem Fernseher einschlief, war in seinem Fall auf einen energieintensiven Job zurückzuführen – eine solche Entschuldigung konnte ich nicht vorweisen.

Aus demselben Grund sagte ich am Ende das Konzert mit Clive doch nicht ab. Ein Freitagabend mit mir selbst, an dem ich mich Bens wegen fürchterlich fühlte, war kein gutes Mittel, um meine Selbstachtung zurückzugewinnen. Und falls Charles heute abend ankam, dann sollte Sabine herausfinden, daß ich nicht ständig zur Verfügung stand, so wie sie sich das vorstellte.

Anders als erwartet stellte sich heraus, daß weder das Konzert noch die Tennispartie nur die Zeit totschlugen. Clive war in Hochform, und er war zwar noch wiederzuerkennen, doch er war eindeutig ein neuer Mann. Er sagte mir, daß er drei Kilo abgenommen hätte, doch es sah nach mehr aus, weil sein Gewicht jetzt deutlich anders verteilt war; er hatte das strähnige Haar, das sein Markenzeichen war, kurz schneiden lassen, was ihn weniger kahl erscheinen ließ, und seine sportlichen Anstrengungen hatten ihm eine selbstbewußtere Ausstrahlung verliehen. Er machte nicht die geringsten Anstalten, während des durchaus anhörbaren Konzertes einzuschlafen, und als wir in der Pause etwas tranken, war er fröhlich und amüsant.

»Das ist so nett, Eve – das sollten wir öfter machen.«

»Das stimmt.«

»Schließlich sind wir beide in einem ähnlich halb gebundenen Zustand. Obwohl«, fügte er hastig hinzu, »du dich natürlich auf die völlige Ungebundenheit zubewegst, während ich in die entgegengesetzte Richtung tendiere – aber du weißt, was ich meine.«

Mir fiel ein, was Helen mir bei unserem letzten Zusammentreffen über den Zug in der Ferne gesagt hatte.

»Hast du dich in letzter Zeit mit Helen unterhalten?«

»Nein, aber ich versuche gerade, die nötige Energie aufzubringen.«

»Das kann ich sehen!«

»Ach Eve ...« Er errötete, er war so ein netter Kerl. »Nein, seit ich mich selbst wieder besser unter Kontrolle habe, ist mir klargeworden, daß es nichts, absolut gar nichts Abstoßenderes gibt als Selbstmitleid. Dieses ganze Gejammere, auch du liebe Güte ...!« Er erschauerte. »Ich bin zweifellos das gewesen, was die Studenten einen armen Hund nennen.«

Wir lachten. »Wenn es so war, dann aber nicht ohne Grund.«

»Wie auch immer, genug ist genug. Wenn ich Helen das nächste Mal sehe, dann hoffe ich, ein sehr viel angenehmerer Gesprächspartner zu sein.«

Das bezweifelte ich nicht. Trotz allem war es ein netter Abend, und ich schlief besser als in den vorangegangenen Nächten.

Ich wachte mit dem Gefühl auf, daß Tennis vielleicht zumindest im Bereich des Möglichen lag, aber Desma war absolut unermüdlich. Sie flitzte auf dem Platz herum wie eine Fliege in einer Papiertüte. Sie machte mich in glatten Sätzen fertig und kassierte sogar den Fünfersatz ein, den wir am Ende noch anfügten.

In der Kutter-Bar sagte ich: »Tut mir leid, daß ich keine bessere Gegnerin war.«

»Ach was. Ich hatte einfach einen guten Tag«, fügte sie aufrichtig hinzu. »Das passiert einfach manchmal, nicht wahr?«

Wir teilten uns eine große Portion Pommes mit Mayo, und sie futterte sich mit beeindruckender Geschwindigkeit hindurch.

»Wie geht's denn so?« fragte ich. »Irgendwelche Neuigkeiten, was Rick angeht?«

Sie schüttelte den Kopf. »Aber er kennt meinen Standpunkt. Ich habe ihm gesagt, daß für mich Fremdgehen nicht in Frage kommt – für keinen von uns beiden. Dafür haben wir nicht geheiratet, und er soll ruhig wissen, daß ich sofort meine und Bryonys Sachen packen würde, wenn ich herausfände, daß er sich herumgetrieben hätte, und daß wir bei meiner Mutter wären, bevor er Scheidungsrichter sagen könnte.«

»Jedenfalls kann er dir nie vorwerfen, du hättest nicht deutlich mit ihm gesprochen«, sagte ich. »Unter welchem Vorwand hast du ihm das alles gesagt?«

»Es lief eine Dokumentation im Fernsehen – wie man eine funktionierende Ehe aufbaut, etwas in dieser Art. Eine wunderbare Diskussionsgrundlage.«

»Und hat Rick ... diskutiert?«

»Eigentlich nicht. Er hat jedem meiner Worte zugestimmt.«

»Meinst du immer noch, daß irgend etwas vorgeht?«

Desma leckte sich die Mayonnaise von den Fingern. »Ich bin mir sicher, daß da etwas war. Ich weiß nicht, wie es zur Zeit steht, aber ich glaube, es wird nicht mehr lange dauern. Rick dürfte eine Heidenangst haben.«

»Er will dich nicht verlieren«, stimmte ich zu.

»Vielleicht.« Sie knüllte ihre Serviette zusammen. »Aber Bryony will er *auf keinen Fall* verlieren, und ich fürchte, ich wäre mir nicht zu schade, unsere Tochter als menschlichen Schutzschild zu mißbrauchen.«

»Du bist wirklich tapfer«, sagte ich.

»Einspruch«, sagte Desma. »Ich bin nicht tapfer, ich bin keine Schönheit, und ich bin nicht übermäßig intelligent. Aber ich bin sehr, sehr praktisch veranlagt.«

Auf der Heimfahrt dachte ich über die Vorzüge nach, die es hatte, praktisch veranlagt zu sein. Doch als ich nach Hause kam, hätte mir nichts ferner liegen können, als ich mir Charles McNallys Nachricht auf dem Anrufbeantworter anhörte.

»Hallo, Eve. Es ist zwölf Uhr mittags, und ich habe gerade hier in diesem Hotel am Meer eingecheckt. Im ... äh ...« Ich konnte hören, wie er auf dem Block nachsah. »... Esplanade. Sabine hat mich eingeladen, aber eigentlich bin ich diesmal deinetwegen hier, und es kam mir nicht richtig vor, ihr Haus wie einen Schlafplatz zu benutzen. Wenn du am Wochenende irgendwann Zeit hast, wäre ich wirklich froh, wenn du mir die Gelegenheit geben würdest, mein idiotisches Verhalten in der Stadt wiedergutzumachen. Ich rufe später noch mal an. Bis dann.«

Wie seltsam, dachte ich, daß wir uns beide eine gute Stunde lang im selben Gebäude aufgehalten hatten – wahrscheinlich hatte er mir aufs Band gesprochen, während ich mit Desma in der Kutter-Bar saß.

Er übernachtete nicht bei den Drages. Er hatte mich nicht gebeten zurückzurufen. Er war meinetwegen hier. Mein Herz war tagelang schwer wie Blei gewesen, doch jetzt bewies es mir, daß es nicht verlernt hatte, schneller zu schlagen.

15

Das nächste Mal rief er an, als ich gerade unter der Dusche stand. Ich hatte den Anrufbeantworter eingeschaltet, und es war seltsam, erst Bens Stimme zu hören, dann seine – zu hören, wie sich die beiden Menschen, an die ich am meisten dachte, sozusagen auf dem Umweg über mich miteinander unterhielten.

Ich ergriff ein Handtuch und stolperte zum Telefon, um den Hörer abzunehmen.

»Charles?«

»Eve? Bist du das endlich?«

»Ich war im … Ich bin gerade erst nach Hause gekommen und hatte das Band noch nicht ausgeschaltet.«

»Hör mal, es ist so toll am Meer – wie wär's mit einem Spaziergang?«

»Gern.«

»Na dann komm runter – ich bin schon hier draußen.«

Ich zog das Telefon näher zur Balkontür, und da war er tatsächlich. Er stand an das Geländer der Promenade gelehnt und hielt sich ein Handy ans Ohr.

»Ich ziehe mich nur eben um.«

Fünf Minuten später überquerte ich die Straße. Er blickte jetzt in die andere Richtung, doch als ich näher kam, drehte er sich um.

»Eve – guten Tag!«

»Hallo!«

Eine Sekunde lang spürte ich seine Unsicherheit, wie er mich grüßen sollte – mit einem Kuß, einem Händedruck, beidem –, doch am Ende ergriff er meine Hand und umschloß sie kurz mit den seinen. Er trug ein Jeanshemd, eine marineblaue Fleeceweste, eine Kordhose und Camelboots, die amerikanische Nobelversion der passenden Aufmachung für einen Spaziergang am Meer, die eigentlich besser zu den Panoramafelsen und der Brandung Kaliforniens als zu Littelseas knirschendem Kies gepaßt hätte – aber mir gefiel es.

»Ich überlasse dir die Führung. Wohin sollen wir gehen?«

Das war nicht schwierig. Der schönste Spaziergang führte über die Klippen, aber die Erinnerungen, die diese Route mit sich brachte, waren noch zu frisch und zu schmerzhaft.

»Laß uns zum Martello Tower gehen«, sagte ich. »Das ist ein Turm aus der Zeit der Napoleonischen Kriege, und im Inneren ist ein kleines Museum untergebracht.«

»Klingt gut.«

Wir machten uns auf den Weg. Er sagte nichts, und ich wußte aus Erfahrung, daß er nicht einfach nur reden würde, um das Schweigen zu brechen. Aber Schweigen machte mich nervös.

»Die Rosen sind fantastisch«, sagte ich also. »Danke sehr!«

»Hoffentlich waren sie schön?«

»Und so viele – ich wußte ja kaum, wo ich sie alle hinstellen sollte.«

Er lächelte entschuldigend. »Sie hatten ja auch eine große Aufgabe zu erfüllen.«

»Eigentlich nicht«, versicherte ich ihm. »Ich bin doch schließlich auch fest eingeschlafen.«

»Das ist nicht dein Ernst.«

Entweder war er um Höflichkeit bemüht, oder er hatte wirklich nicht mitbekommen, wie mein Kopf wegsackte, als ich einnickte. »Wir waren beide völlig weg. Ich war nur zufällig diejenige, die als erste wach geworden ist.«

»Dann kann ich ja aufhören, mir wie der letzte Vollidiot vorzukommen, zumindest was das angeht.«

»Ganz meine Meinung.«

»Da bin ich aber erleichtert.«

Es folgte wieder ein kurzes Schweigen, das ich erneut brach. »Hattest du eine angenehme Fahrt?«

»Hatten wir. Ich sollte besser sagen, von meinem Platz aus wirkte sie ganz angenehm. Ich brauche nicht selbst zu fahren.«

»Nicht einmal am Wochenende?«

»Vor allem nicht am Wochenende. Unamerikanisch, ich weiß, aber ich fahre nicht gern Auto.«

»Das überrascht mich aber …«

Er zuckte mit den Achseln wie ein Komiker. »Der einzige Grund, warum ich ganz hoch hinauswollte, Eve – um es mir leisten zu können, daß jemand wie Marian mich durch die Gegend fährt.«

»Dein Fahrer ist eine Frau?« Ich erinnerte mich an die Gestalt im schwarzen Anzug am Steuer bei der Party der Drages.

»Verrückt, was?«

»So meine ich das nicht. Aber du mußt zugeben, daß es nicht besonders häufig vorkommt.«

»Sie ist toll. Ich merke gar nicht, daß ich mich fortbewege. Allerdings muß man, wenn man nicht selbst fährt, absolutes Vertrauen zu dem Menschen am Steuer haben.«

»Und ich nehme an, in deinem Beruf müssen alle anderen dir vertrauen«, sagte ich und schnitt ein Thema an, über das wir noch nie gesprochen hatten.

»Absolut.«

Ich wartete darauf, daß er noch etwas hinzufügte, ein interessantes Beispiel oder eine Anekdote, die seine Worte belegten. Es kam nichts, doch anders als es mir wohl sonst gegangen wäre, fühlte ich mich nicht vor den Kopf gestoßen – eher hatte ich den Eindruck, daß er keine Lust hatte, diese angenehme Unterhaltung mit Gesprächen über die Arbeit zu belasten. Ich begann, mich in seiner Gegenwart zu entspannen.

Unser Ausflug bestand, wie die Fußballexperten gesagt hätten, aus zwei Halbzeiten. Wir legten die zwei Kilometer bis zum Turm in ordentlichem Tempo zurück und unterhielten uns dabei ab und zu. Ich erzählte ihm von Littelsea – soweit es da etwas zu erzählen gab –, und er stellte mir zusätzlich Fragen oder machte freundliche Bemerkungen von der Art wie: »Ach, das ist so typisch englisch.« Im Gegenzug hatte er seine Heimatstadt Denver anzubieten. Anhand der unsortierten Informationen, die er mir gab, machte ich mir ein Bild von einer zweckgerichteten Kindheit mit Privatschule, Pferden, Skifahren und einem Gesellschaftsleben, das viel rigideren Spielregeln unterworfen war als alles, was mir bis jetzt im angeblich so klassenbewußten England untergekommen war.

Das war die erste Hälfte. Wir erreichten den Martello Tower und schlenderten in jenem ein wenig pflichtbewußten Spazierschritt durch das Museum, den man einschlagen zu müssen glaubt, wenn man so etwas gemeinsam mit einem anderen Menschen tut. Der Versuch, es durch Charles' Augen zu sehen, bestürzte mich ein wenig: Das Gebäude war kalt und muffig, es war weder sonderlich fantasie- noch liebevoll in ein Museum umgewandelt worden, und die Ausstellung war eher bescheiden. Ich hatte das alles sowieso schon gesehen – wenn ich Besuch hatte, war es ein Standard-Ausflugsziel – und war überrascht, wie sehr er sich für alles interessierte. Ich stellte immer wieder fest, daß ich ihn hinter mir gelassen hatte, während er über alten Landkarten oder Briefen brütete oder dastand und die Arbeiten hugenottischer Gefangener bewunderte... Irgendwann fing er an, sich mit dem Museumswärter zu unterhalten, einem pensionierten Marineoffizier, der bei der National-Trust-Stiftung angestellt war, und ich glaubte, wir würden hier nie wieder wegkommen, vor allem, weil sich sowieso nur eine Handvoll Besucher in dem Gebäude befanden und der Museumsangestellte es gar nicht erwarten konnte, mit seinem Wissen zu glänzen. Doch ich konnte einfach nicht ungeduldig werden – Charles war so sympathisch, und er war ein so guter Zuhörer. Ich verstand, daß es ein Vergnügen war (wie es der Wärter formulierte, als sie sich die Hand gaben), mit ihm ins Gespräch zu kommen.

Auf dem Weg nach draußen kamen wir an der Cafeteria vorbei. »Wollen wir?« fragte er.

»Wenn du möchtest.«

Anstatt einer Antwort ging er zur Theke hinüber. Das Café war leer, und die beiden Damen hinter der Teemaschine kümmerten sich rührend um uns. Wir bestellten eine Kanne Tee, und Charles nahm ein Stück Karottenkuchen. Der billige Resopaltisch wackelte gefährlich, wenn man sich aufstützte, doch nach dem ersten Bissen klopfte er anerkennend mit der Gabel auf seinen Kuchen.

»Der ist toll.«

»Er sieht auch gut aus. Ich glaube, er ist selbstgebacken.«

»Möchtest du auch ein Stück?«

»Nein danke.«

Er sah sich um und wandte sich an die Damen. »Haben Sie diesen Kuchen gebacken?«

»Leider nicht«, antwortete die beredtere der beiden. »Eine unserer Kolleginnen hat ihn gemacht; sie backt dreimal in der Woche.«

»Sagen Sie ihr, der Kuchen ist eine Wucht.«

Sie strahlten wie junge Mädchen. »Das machen wir, danke schön!«

»Du hast ihnen den Tag gerettet«, vertraute ich ihm an.

Er sah mich an. »Und du meinen.«

In dem kleinen Laden – wieder eine lächelnde Dame – kaufte er eine Anzahl Landkarten und Broschüren und ein großes, teures Buch über die Hafenstädte der Cinque Ports, das sie wahrscheinlich nur einmal pro Jahr verkauften. Ich stand schon vor der Tür, als ich erkannte, daß er schon wieder nicht mehr bei mir war. Als er herauskam, trug er noch eine kleine National-Trust-Geschenktüte, die er mir hinhielt.

»Dein ganzes Haus ist wahrscheinlich voll mit diesem Zeug«, erklärte er, »also sagen wir einfach, mir fällt sonst niemand ein, dem ich es schenken könnte.«

Es war ein Porzellanbecher, der mit einem der alten Seefahrerbriefe aus dem Museum verziert war und auf der anderen Seite ein Wappen mit dem Motto ›Fortitudine‹ trug. Es war ein hübsches Stück, aber mir war klar, daß es wahrscheinlich völlig überteuert gewesen war.

»So etwas habe ich noch nicht«, sagte ich, »und danke – er ist hübsch!«

»Hier«, sagte er und hielt seine Tragetasche auf, um mein Geschenk zu nehmen. »Laß mich das tragen. Können wir über den Strand zurückgehen?«

»Ja, natürlich. Man geht ziemlich beschwerlich auf dem Kies, aber wenn dir das nichts ausmacht …«

»Na dann los.«

Wir gingen die steile Treppe hinunter, und er führte mich bis fast an den Saum des Wassers, bevor er den Heimweg einschlug.

Das war der Punkt, an dem wieder ein Gezeitenwechsel geschah. Er hätte verschiedene Gründe haben können: die Tatsache, daß wir auf dem Kies langsamer und unregelmäßiger vorwärtskamen; das Anrollen und Seufzen der Wellen neben uns, die langsam sinkende Sonne vor uns, das undefinierbar andere Gefühl, auf dem Heimweg zu sein ... Doch was auch immer es war, wir fühlten uns gelöster, als hätten wir gerade eine Flasche Wein getrunken anstatt einer Kanne Tee, und wir begannen, über uns selbst zu sprechen.

Anders als ich es mir ausgemalt hatte, stellte sich heraus, daß er nicht etwa eine Prestigeschule *summa cum laude* abgeschlossen hatte, sondern der einzige Junge unter vier Geschwistern gewesen war, der sich erfolglos bemüht hatte, seine teure Schulbildung zu rechtfertigen und es seinen drei Schwestern gleichzutun, die alle Musterschülerinnen waren. Seine Kindheit war glücklich und privilegiert gewesen, und die geduldige Liebe seiner Mutter und seiner Schwestern hatte ihn vor jedem Gefühl der Enttäuschung bewahrt, bis er fast zwanzig war. Da seine Noten durchweg schlecht gewesen waren, hatte er sich mit seinem eher betrübten als wütenden Vater zusammengesetzt und war dann direkt von der High School zu Ankatex gegangen, wo er ganz unten angefangen hatte und sich einen gewissen Durchhaltewillen zugelegt hatte.

»Ich konnte sie nicht übertrumpfen«, erklärte er, »also hatte ich bestimmt nicht vor, mich auf ihre Seite zu schlagen. Das hatte ich bis dahin mein ganzes Leben lang mit meinen Schwestern versucht, und jetzt reichte es mir einfach. Wenn ich kein Allheilmittel für die gemeine Erkältung erfinden oder den Pulitzerpreis gewinnen konnte, dann mußte ich eben ein harter Typ werden – der härteste. Und den Anzug gegen einen Overall eintauschen.«

»Und jetzt trägst du wieder Anzüge.«

Er nahm meine Bemerkung achselzuckend hin. »Zeitweise. Ich bin einfach zu gut geworden.«

Ich stolperte und verlor für eine Sekunde das Gleichgewicht, und er sagte »Hoppla ...« und legte seinen freien Arm um meine Schultern, um mich zu stützen. Als wir weitergingen, ließ er seinen Arm einfach auf meine Taille hinabgleiten. Die Geste war eher galant als flirtend, doch ihr lag die Annahme zugrunde, daß ich nichts dagegen einzuwenden hatte. Einzuwenden? Ganz im Gegenteil. Ich selbst behielt meine Hände in den Taschen, doch plötzlich wurde mir auf großartige Weise bewußt, wie schön es war, den Arm eines Mannes um mich zu spüren, und nicht nur den eines beliebigen Mannes, sondern Charles McNallys ...

... der mich jetzt nach mir fragte.

Ohne ein großes Aufheben darum zu machen, erzählte ich ihm von meiner Trennung von Ian. Über den Unterschied zwischen unserem Eheleben in dem scheunenartigen Pfarrhaus und unserem neuen Leben als Wohnungsinhaber. Über unseren nach wie vor freundschaftlichen Umgang, der in meinem Fall durch Julias Auftauchen ins Wanken geraten war. Und über unsere Kinder – bis zu einem gewissen Punkt. Was Bens Abwege anging, so wäre es meiner Meinung nach nicht nur illoyal gegenüber Ben und unfair gegenüber Charles gewesen, jetzt schon darüber zu sprechen, sondern mir war auch nicht danach, einen Schatten über dieses glückliche, selbstvergessene Zwischenspiel zu werfen.

»Eve«, sagte er bewundernd, »du bist die Ruhe in Person.«

Ich mußte lachen. »Verzeihung, wie war das? *Ruhe*?«

»Dein ganzes Leben hat sich verändert, und doch bist du so gefaßt, hast du so eine positive Einstellung.«

Um Gottes willen, dachte ich. »Nicht immer.«

»Ich kenne Frauen, die ein Vermögen für einen Therapeuten ausgeben, nur um dahin zu kommen, wo du bist. Glaubst du an Gott oder so?«

»Eigentlich nicht.«

»Eigentlich nicht? Entweder man glaubt, oder man glaubt nicht.«

»Ich würde es wohl gern, aber ich tue es nicht. Du denn?«

»Nein.«

»Ich hätte gedacht, daß es im Katastrophenmanagement sozusagen eine notwendige Vorbedingung ist.«

»Ganz im Gegenteil«, sagte er, dann blieb er plötzlich stehen – und bremste uns damit beide –, um auf das Meer hinauszublicken. »Wenn ich das Gefühl hätte, gegen eine göttliche Macht anzutreten, dann würde ich morgens nicht aus dem Bett kommen.«

»Aber wenn du an die göttliche Macht glaubtest, dann würdest du doch davon ausgehen, daß sie auf deiner Seite ist.«

»Das stimmt auch wieder.«

Er lächelte, als er das sagte, und machte eine kleine, anerkennende Bewegung mit der Hand, die auf meiner Taille ruhte. Ich war froh, daß wir im Freien waren und uns die Brise von der See ins Gesicht wehte, so daß man nicht merkte, wie ich rot wurde.

Er ließ mich los, stellte die Tasche ab und hob einen Stein auf, den er geschickt über die Wasseroberfläche flitschen ließ. Der Stein prallte ein halbes Dutzend Mal vom Wasser ab wie ein fliegender Fisch.

»Das machst du aber nicht zum ersten Mal«, meinte ich voller Bewunderung.

»Darauf kannst du Gift nehmen ...« Er warf noch einmal. »Und ich kann dir gar nicht sagen, wie nützlich es bei Cocktailpartys ist.«

Lachend gingen wir weiter.

Als wir am Haus ankamen, stiegen wir wieder auf die Promenade. Es hatte sich bewölkt, und die Brise hatte sich in einen kühlen, lästigen Wind verwandelt.

»Möchtest du hereinkommen?« fragte ich. »Noch einen Tee oder so?«

»Ich würde gern sehen, wo du wohnst.«

»Dann komm.«

Ich bemerkte, daß ihm die Treppe keine Probleme bereitete, doch als ich die Wohnungstür aufschloß, sagte er: »Das erklärt die tollen Beine.«

»Wie bitte?«

Er wies mit dem Daumen hinter sich, als er eintrat. »Kein Aufzug. Hey, nett hast du es hier ...«

Er stellte seine Tragetasche auf den Tisch im Flur und ging ins Wohnzimmer und zum Balkon. »Was für eine Aussicht! Kein Wunder, daß so viele Leute ihren Lebensabend am Meer verbringen möchten.«

»Das war aber nicht unbedingt das, was ich mir dabei gedacht habe.«

Er lachte. »Natürlich nicht. Aber man kann so weit sehen ... das ist wie in der Wüste – viele Dinge werden bedeutungslos.«

»Und es ist beständig, verändert sich aber ununterbrochen.«

»*Plus ça change, plus c'est la même chose*«, pflichtete er mir bei. »Was für ein Glücksfund, Eve! Du mußt dich hier sehr wohl fühlen.«

»So ist es auch.« Ich deutete auf die drei Vasen mit den Rosen. »Sieh mal, wie schön sie sind – sie haben dir alle Ehre gemacht.«

Als Erwiderung berührte er sanft eine der Rosen, die ihm am nächsten standen, und die Berührung ließ mich erschauern, so als hätte sie mir gegolten.

»Und was gibt es hier sonst noch?« fragte er. »Bekomme ich eine Führung?«

»Nichts Besonderes. Da gibt es nicht viel zu sehen.«

»Ja, aber ich suche zur Zeit eine Wohnung, daher habe ich dieses plötzliche Interesse an Badezimmern und Wandschränken entwickelt.«

»Na gut – aber ich behalte mir vor, die Tür zu schließen, wenn es irgendwo durcheinander ist.«

»Eve!« Er folgte mir dicht, während ich voranging. »Du hast aber ein kurzes Gedächtnis. Du schuldest mir ein Durcheinander. Ach was, ich verlange ein Durcheinander, wenn ich mich jemals wieder in deiner Gesellschaft unbefangen fühlen soll.«

Das gestand ich ihm zu. Pflichtgemäß öffnete ich alle Türen und wies ihn auf das Offensichtliche hin, wie man es mit möglichen Käufern macht. Er machte einen ernstlich interessierten Eindruck und beschränkte seine Fragen taktvoll auf strukturelle Dinge. Ich fühlte mich unwillkürlich befangen – es gab mir ein Gefühl der Verletzlichkeit, meine Wohnung mit seinen Augen zu sehen, nicht weil sie unordentlich war, sondern weil sie sich jetzt, da Ben fort war, in geradezu altjüngferlicher Ordnung präsentierte.

Außerdem stand eine der Vasen mit den gelben Rosen auf meiner Kommode, umgeben von einem intimen weiblichen Durcheinander von Fläschchen und Gläsern. Glücklicherweise ließ er keine Bemerkung darüber fallen, obwohl Bens Zimmer ihm einen Ausruf entlockte.

»Hier schläft dein Sohn? Was ist er, ein Mönch?«

»Wohl kaum. Er ist zur Zeit nicht da, also habe ich die Gelegenheit zu einem Frühjahrsputz genutzt.«

»Ob er das wohl zu schätzen weiß…« Während er das sagte, ging er zum Bett hinüber und hob Algy auf. »Gehört der deinem Sohn?«

»Ja. Den würde ich nie wegwerfen.«

Charles zog an den Ohren des Bären, bevor er ihn sorgsam wieder auf das Kissen setzte. »Irgendwann verschwinden sie alle.«

Als wir wieder im Flur waren, gab er mir mein Geschenk. »Vergiß das nicht. Würdest du heute mit mir im Hotel zu Abend essen?«

»Furchtbar gern.«

»Kann man da gut essen? Das weißt du wohl besser als ich – also sei ehrlich! Wir könnten auch woanders hingehen, soweit ich weiß, hat Marian heute abend noch nichts vor.«

»Nein, das Esplanade ist in Ordnung. Und es ist gemütlich.«

»Und das spielt in unserem Alter eine große Rolle.« Ich konnte nicht sagen, ob er es ernst meinte oder nicht. »So um sieben in der Lobby?«

Als ich die Haustür schloß, sah ich auf meine Armbanduhr – es war fünf Uhr. Ich rühmte mich der Fähigkeit, mich in zehn Minuten fertigmachen zu können, doch plötzlich kamen mir zwei Stunden in Anbetracht der Verwandlung, die mir vorschwebte, wie nichts vor. Es war mir schrecklich wichtig, ihn zu überraschen, ihm eine Seite von mir zu zeigen, die er noch nicht gesehen und von deren Vorhandensein er wohl auch nichts geahnt hatte. Hätte ich innegehalten und darüber nachgedacht, dann hätte ich zugegeben, daß die Wirkung, die ich erzielen wollte, sexy war. Statt dessen ärgerte ich mich nur darüber, daß ich all meine kürzeren Röcke in die Kleidersammlung gegeben hatte, während ich in meinen Bademantel schlüpfte und die Wasserhähne aufdrehte. Ich hatte noch zwei von Mels Röcken im Gästezimmer, aber die waren Größe sechsunddreißig. Es war jetzt kühler, vor allem abends, also kam das blaue Kleid, das ich zum Abendessen mit Ian getragen hatte, nicht mehr in Frage.

Ich mußte die Suche aufgeben, weil das Bad beinahe überlief. Bis zum Hals im heißen Wasser (ein Ausdruck, der in meinen Ohren in diesem Moment verstörend doppeldeutig klang), fuhr ich fort, mich mit der Kleiderfrage zu befassen. Es war ein Klischee – ein voller Kleiderschrank, und nichts zum Anziehen. Mir wurde klar, daß ich unter normalen Umständen Sabine angerufen hätte, um sie um Rat zu fragen. Diese Erkenntnis führte mir vor Augen, wieviel ich durch die jüngsten Ereignisse verloren hatte und noch verlieren konnte. Auch Ronnies beruhigende Bemerkungen über Ben konnten nichts an der Tatsache ändern, daß er und Sabine nicht nur miteinander, sondern auch mit dem Vertrauen spielten, das eigentlich unter Familienmitgliedern und Freunden selbstverständlich war.

Als ich vor dem Spiegel saß, das Haar in ein Handtuch gewickelt, eine Handvoll Rosenblätter über die Kommode verteilt wie kleine Boote auf einem See, dachte ich sehnsüchtig, daß hier ein schwarzes Loch in meiner Freundschaft mit Charles McNally klaffte. Wie konnte ein überzeugter Junggeselle, der daran gewöhnt war, sich selbst über seine Arbeit zu definieren, Verständnis für die schwefelverseuchten Komplikationen meines Lebens haben? Ich konnte ihn in dieser Sache weder um Rat bitten, noch mich ihm anvertrauen. Doch indem ich das unterließ, hatte ich das Gefühl, alles andere als aufrichtig zu sein.

Ich brauchte eine Ewigkeit, mich so zu schminken, daß es natürlich aussah. Dann fönte ich mein Haar und bearbeitete es mit dem Lockenstab. Ich entleerte die alte Plastiktüte aus dem Supermarkt, die meine Nylonstrümpfe enthielt, und verbrachte weitere wichtige Minuten damit, mich unter zahlreichen Flüchen und Schimpfwörtern davon zu überzeugen, daß ich kein einziges Paar ohne Laufmasche besaß. Doch dieser völlig vorhersehbare Verlauf der Ereignisse löste zumindest die Rockfrage – ich würde eine Hose anziehen müssen. Und ich hatte eine schöne bordeauxfarbene Samtjeans, die ich im Februar im Ausverkauf erstanden hatte. Jetzt war ich schlank genug, um sie zu tragen, und ich konnte sie mit einer cremefarbenen Seidenbluse kombinieren, die zwar schon alt war, aber zu meinen Lieblingsstücken gehörte. Baumelnde Navajo-Ohrringe, die Mel mir letzten Sommer aus dem Urlaub mitgebracht hatte, vervollständigten ein Bild, von dem ich mir vorstellte, daß es lässige Eleganz und – ich öffnete einen weiteren Knopf – Weiblichkeit zeigte.

Ich traf fünfzehn Minuten zu spät im Esplanade ein und sah ihn rechts vom Eingang sitzen und mit seinem Handy telefonieren. Das enttäuschte mich ein winziges bißchen – gehörte er zu der Sorte Mann, die jede freie Minute mit Arbeit ausfüllen mußte? –, doch sobald er mich sah, schaltete er es aus und stand auf. In der Kleidungsfrage war er ziemlich genau zu demselben Schluß gekommen wie ich – er trug ein schönes salbeigrünes Jackett zu einem hellblauen Hemd und einer marineblauen Hose. Stilvoll, bequem – wir hatten ja auch eingeräumt, wie wichtig uns das war –, aber nicht zu aufgetakelt.

»Entschuldige das mit dem Telefon«, sagte er und steckte es in seine Brusttasche. »Ich muß es eingeschaltet lassen.«

»Wie ein Arzt, was? Für den Notfall.«

»Genau.«

Betörenderweise deutete sein Tonfall an, daß ihm klar war, daß seine Arbeit nicht denselben Stellenwert hatte wie die eines Arztes. Es fiel mir überhaupt nicht schwer, ihm zu verzeihen.

»Laß uns etwas trinken«, sagte er, während er wartete, bis ich Platz genommen hatte. »Was möchtest du?«

Als der Kellner gegangen war, bemerkte er: »Hübsch siehst du aus!«

Diesmal gab es keinen Seewind, der mir zu Hilfe kommen konnte: Ich wurde rot, und es muß zu erkennen gewesen sein.

»Danke«, sagte ich. »Ich wußte nicht, was ich anziehen sollte.«

Er zog eine Schulter hoch. »Wer weiß das schon.«

O Gott, dachte ich, o mein Gott, das kann doch nicht wahr sein – er ist so *nett*. Er benutzt Worte wie ›hübsch‹, er scheint zu wissen, was ich denke, es ist, als würde ich ihn schon ein Leben lang kennen.

»… einer der wenigen Vorteile, wenn man ein Mann ist«, sagte er gerade. »Man hat weniger Auswahlmöglichkeiten. Aber ich mag Kleider. In einem Haushalt voller Frauen aufzuwachsen, hat mir ihre Wichtigkeit nahegelegt. Sich zum Ausgehen fertigzumachen war bei uns zu Hause Volkssport. Ich muß als Kind Stunden damit verbracht haben, meinen Schwestern dabei zuzusehen, wie sie ihre Schränke geplündert, ihre Schubladen ausgekippt und sich eingenebelt haben, nur um am Ende in den Sachen auszugehen, die sie sowieso anhatten, und irgendeinem Kerl das Herz zu brechen.«

Ich hatte nicht vor zuzugeben, wie zutreffend dieses Bild war. Wir unterhielten uns ein bißchen über Mode, und das brachte ihn auf Mel.

»Sie ist das, was meine Mutter ›wie aus dem Ei gepellt‹ genannt hätte. Immer todschick.«

»Ja, so ist Mel, kein Härchen in Unordnung.«

»Weißt du, ich bewundere das. Man muß Charakter haben, um sich Tag für Tag soviel Mühe zu geben.«

Es erschien mir nur höflich (und, so hoffte ich, entwaffnend), den Unterschied zuzugeben. »Dazu bin ich noch nie in der Lage gewesen.«

»Das brauchst du auch nicht, Eve. Du hast wirklich eine tolle Tochter, aber sie hat nicht das, was du hast.«

Bei diesen Worten sah er mich nicht an. Zu meinem Glück kamen die Speisekarten.

Während des Essens bat ich ihn, mir mehr von seiner Arbeit zu erzählen. Rücksicht auf meine Unkenntnis war zweifellos der Grund, warum er nicht allzusehr ins Detail ging.

»Es macht süchtig«, sagte er. »Ich kann nicht leugnen, daß ich totale Entzugserscheinungen bekommen werde, wenn meine Zeit nächstes Jahr um ist.«

»Und was ist es, wonach du süchtig bist?« fragte ich. »Die Gefahr?«

»Klingt das prätentiös?«

»Nein.«

»Es ist die Gefahr, es ist die Unvorhersehbarkeit – die Tatsache, daß ich da hinein soll und etwas unternehmen muß, ohne Zeit zum Nachdenken zu haben. Ich nenne es den Ah!-Faktor.« Er atmete aus, als er Ah! sagte, so daß es klang, als stockte ihm der Atem.

»Was ist das denn?«

»Die Wucht der Elemente ...?« Er ließ es so klingen, als sei es zum Teil als Frage gemeint, als wollte er nicht arrogant klingen. »Du hast das Meer direkt vor der Haustür, du kennst das doch. Mich reizt die Wüste, Feuer und Öl, diese mächtigen Wutanfälle der Natur, die uns klarmachen, wie wenig wir eigentlich wissen. Und wenn ich ehrlich bin ...« Er hielt inne, weil der Kellner unsere Gläser nachfüllte. »Wenn ich ehrlich bin, dann hält es mich davon ab, über mich selbst nachzudenken. Hilft mir, ein bewegliches Ziel zu bleiben.«

Seine Wortwahl erschien mir seltsam. »Ziel? Wer ist denn hinter dir her?«

»Das Leben.« Er gluckste entschuldigend. »Das Erwachsensein?«

»Mir kommst du eigentlich ganz erwachsen vor.«

»Das ist alles ein Spiegeltrick, glaube mir.«

Ermutigt durch den Großteil einer Flasche Wein, sah ich mein Stichwort gekommen, die Frage zu stellen, die schon den ganzen Tag im Hintergrund lauerte.

»Bist du schon einmal verheiratet gewesen?«

»Nein, nie.«

»Irgendwelche besonderen Gründe?«

Er lachte, dann sagte er: »Na ja …«, als stelle er einen ganzen Katalog aus Gründen zusammen. »Nein.«

»Oh.« Ich fragte mich, ob ich zu weit gegangen war.

»All das Übliche, fürchte ich. Nie lange genug an einem Ort, nie der Richtigen begegnet, nie genug Mumm gehabt …«

»Also bitte!«

»Wirklich wahr. Lieber einen Großbrand als den täglichen Kleinkrieg.«

»Dazu muß es doch nicht kommen.«

»Das glaube ich dir, aber ich hatte nie Lust, es herauszufinden.«

Und doch, dachte ich, all diese Jahre … Ich konnte mir ein Leben ohne die familiären Übergangsriten überhaupt nicht vorstellen – Ehe, Babys, heranwachsende Kinder … Sogar Trennung und Scheidung.

Mit einer Leichtfertigkeit, die ich nicht fühlte, sagte ich: »Also genießt du die Vorzüge der Damen, und dann läßt du sie sitzen, was?«

Er schüttelte den Kopf. »Schön wär's. In allen Fällen außer einem haben sie mich sitzengelassen. Du sitzt dem erfahrensten Sitzenbleiber der zivilisierten Welt gegenüber.«

»Und was war mit der einen?«

Einen schrecklichen Moment lang befürchtete ich, er würde sagen, sie sei gestorben.

»Typisch«, sagte er. »Wir waren ernstlich in Gefahr, etwas Dauerhaftes einzugehen. Mir ist die Luft ausgegangen.«

»Ich dachte, du wärst süchtig nach der Gefahr.«

»Ja.« Er lächelte nicht, doch diesmal sah er mich an. »Aber nur mit dem Ah!-Faktor.«

Um elf Uhr begleitete er mich zurück nach Hause.

»Wo übernachtet Marian?« fragte ich.

»Im Hotel. Sie hat bestimmt die Beine vor dem Fernseher hochgelegt – sie ist der größte Fan dieser Krankenhausserien am Samstagabend.«

»Sie muß ja ein komisches Leben führen. Ist sie verheiratet?«

»Geschieden. Normalerweise arbeitet sie am Wochenende nicht. Und sie wird extrem gut bezahlt.«

»Das muß sie auch.«

Wir kamen an der Tür an. »Ich danke dir für heute abend«, sagte ich. »Es hat mir sehr viel Freude gemacht.«

»Mir auch. Mehr als ich sagen kann. Sehen wir uns morgen bei Sabine?«

Mir wurde heiß und kalt. »Ich glaube nicht.«

»Wirklich? Das glaube ich nicht – sie haben mich zum Mittagessen eingeladen; ich war davon ausgegangen, daß du auch dasein würdest.«

»Nein.«

»Warum nicht?«

Ich wünschte, er würde nicht weiter nachhaken. »Weil ich nicht eingeladen bin.«

Er runzelte die Stirn. »Das verstehe ich nicht, da doch Sabine wußte, daß ich deinetwegen hierhergekommen bin.«

Ich begriff, daß ich die Wahrheit sagen mußte, wenn auch nicht die ganze. »Hör mal, Charles, ich weiß, daß es albern klingt, aber Sabine und ich haben uns zerstritten.«

»Tut mir leid, das zu hören.«

»Ziemlich schlimm. Wegen einer Privatsache. Wir können nicht einfach so tun, als wäre nichts gewesen. Selbst Martin weiß nichts davon, also wäre ich dir dankbar, wenn du es nicht erwähnen würdest.«

»Das würde mir nicht im Traum einfallen. Ich wünschte nur, ich würde auch nicht hingehen.«

Von der Gästeliste der Drages gestrichen zu sein war ein geringer Preis dafür, ihn das sagen zu hören. »Du wirst dich schon amüsieren.«

»Ich muß morgen nachmittag nach London zurück... Wenn ich darf, rufe ich dich an.«

»Bitte. Und nochmals danke für den schönen Abend!«

Kühn und entschieden hielt ich ihm die Hand hin. Doch er schob sie sanft beiseite, und mit ihr meine Kühnheit, und statt dessen berührte er mein Gesicht. Es war dieselbe Berührung – sanft und voller Wertschätzung – wie vorhin bei den Rosen in meiner Wohnung.

»Danke, Eve! Gute Nacht.«

Ich sah ihm nicht nach, als er davonging. Doch ich konnte mich auch nicht daran erinnern, die Treppe hinaufgestiegen zu sein. Ich muß buchstäblich geflogen sein, denn als ich vor meiner Wohnung stand, bekam ich keine Luft mehr. Im Flur atmete ich einmal kräftig aus: Ah …!

16

Ich erlebte einen zwiespältigen Sonntag: immer noch kein Wort von Ben, und ich fand erst später heraus, daß Charles mich vom Auto aus angerufen hatte.

Offensichtlich hatte er zweimal bei mir zu Hause angerufen, mich aber nicht angetroffen – ich war nach Brighton gefahren, um nicht ständig an das Mittagessen bei den Drages denken zu müssen. Selbst mit Einladung hätten mich keine zehn Pferde dort hinbekommen, doch ich konnte es nicht verhindern, daß ich mich vor Abscheu wand bei dem Gedanken, daß er an Sabines reich beladener Tafel sitzen würde, ihr Komplimente über ihre Gastfreundschaft machen würde, sich scherzend mit Martin unterhalten und sich angenehm vollaufen lassen würde – wer würde das nicht, wenn er eine gutbezahlte Marian hatte, die ihn heimfuhr! Ich dachte mir, wie nett es gewesen wäre, wenn er die Verabredung einfach meinetwegen abgesagt hätte. Doch dafür gab es keinen Grund, denn die Drages waren seine Freunde, und was ihn betraf, so hatten sie nichts getan, um diese Freundschaft zu gefährden. Außerdem war er ein netter Mann mit guten Manieren, der wußte, was sich gehörte. Wenn er im letzten Moment nicht zum Essen gegangen wäre, und das ohne guten Grund, dann hätte ich vielleicht tief in meinem Herzen (ein Ort, den ich gerade kennenlernte) weniger von ihm gehalten.

In Brighton rief ich Clive an. Wir gingen etwas trinken, und danach schleppte ich ihn durch die Straßen. Genau wie Helen interessierte er sich nicht im mindesten fürs Einkaufen oder für diese winzigen, aber wichtigen Verbraucherentscheidungen, an denen ich solchen Spaß hatte. Man konnte keinen von ihnen bezichtigen, einen schlechten Geschmack zu haben, weil sie überhaupt keine Ahnung hatten, was Geschmack war.

Dennoch war er die Geduld in Person. In einem Geschäft brütete ich eine Ewigkeit über einer wundervollen Holzkiste mit altem Schmuck. Eigentlich war es nur Trödel, sonst hätte der wachsame junge Mann in Schwarz es niemals zugelassen, daß die Kunden darin herumkramten, doch meine Arbeit bei Bouvier hatte mich gelehrt, daß sich unter solchem Ramsch oft Schätze finden ließen. Clive wanderte zuerst durch den Laden, dann stellte er sich neben mich und sah mir zu. Er interessierte sich nicht für meine Suche, doch ich hatte keine Schuldgefühle, weil ich ihn hier aufhielt: Ich wußte, daß er ganz zufrieden damit war, mir Gesellschaft zu leisten.

Ich fand eine kleine Brosche aus Messing und Leder in Form einer Melone, die über einem Spazierstock hing.

Ich hielt sie hoch. »Was meinst du?«

»Das darfst du mich nicht fragen, Eve – was verstehe ich schon davon?«

Ich stieß ihn freundschaftlich an. »Ich habe dich nicht gefragt, was du verstehst – ich habe dich gefragt, was du meinst.«

Ich hielt sie ihm hin, doch anstatt sie zu nehmen, blinzelte er sie aus sicherer Entfernung an, als wäre die Brosche eine Giftspinne.

»Und?«

»Sie ist witzig.«

»Das finde ich auch.«

»Wo steckt man sie hin?«

»Ans Revers oder an den Kragen – vielleicht sogar an einen Hut. Ich nehme sie mit.«

Als ich die Brosche bezahlt hatte, stand Clive über die Kiste gebeugt, eine Hand auf dem Rücken, während er mit der anderen vorsichtig zwischen den Schmuckstücken herumstocherte.

»Hast du etwas gesehen, was dir gefällt?«

»Nein, nein!« Er klang ziemlich erschrocken, so als versuchte ich, ihm eine Falle zu stellen. Mir fiel etwas ein.

»Helen trägt gern Ringe, nicht wahr?«

»Ja, aber, äh … ich weiß gar nicht, ob ich ihr jemals einen geschenkt habe. Außer unserem Ehering natürlich, und der ist eigentlich auch nicht der Rede wert... Und überhaupt, im Moment...«

»Du solltest sie überraschen!« Ich packte ihn am Ärmel und zog ihn an der Ladentheke entlang zu einem Tablett mit schweren Ringen, die wie gemacht waren für Helens lange Bloomsburyhände.

»Ich habe aber keine konkreten Pläne...«

»Nein, aber wenn du welche hast.«

»Ich habe aber das dumpfe Gefühl«, sagte er und runzelte nervös die Stirn, »daß sie ein solches Geschenk lächerlich finden würde.«

»Warum sollte sie das tun?«

»Na ja – es paßt nicht zu mir.«

»Clive!« Ich wechselte einen verzweifelten Blick mit dem jungen Mann in Schwarz. »Du hast doch schon bewiesen, daß es stimmt, was Catherine sagt: Es braucht nicht so zu sein. Alles kann sich ändern. Wenn du Helen wiederhaben willst, dann versuch's einfach! Tauche in all deiner neuen Glorie bei ihr auf und umwirb sie.«

»Das finde ich auch«, sagte der junge Mann. Clive lief tiefrot an, forderte ihn aber anständigerweise nicht auf, sich um seinen eigenen Kram zu kümmern.

»Dürfen wir uns die einmal näher ansehen?« fragte ich.

»Natürlich dürfen Sie das!« Der junge Mann zog das Tablett hervor und legte es auf die Ladentheke. Taktvoll und ohne Kommentar deutete er auf ein oder zwei Ringe. Er selbst trug ebenfalls einen, mit einem großen, ovalen, rötlichen Stein, in den ein Vorstehhund eingraviert war.

Um Clives verlegene Unentschlossenheit zu überspielen, sagte ich: »Ihrer ist auch schön.«

Er hielt mir die Hand hin. »Er ist auch zu verkaufen.«

Die ausgestreckte Hand, der Ring – es war alles ein bißchen viel für Clive, der es trotz der Tatsache, daß er meistens von Studenten umgeben war, fertig brachte, ein sehr behütetes Leben zu führen.

»Es ist ein sehr ausdrucksvoller Siegelring«, erklärte der junge Mann, während er den Ring abzog und ihn auf die Theke legte. »Ein Signet, das man nicht alle Tage sieht – ich müßte ihn eigentlich am kleinen Finger tragen, aber er ist zu groß.«

»Herrlich, nicht wahr?« Ich hielt den Ring vor mir in die Höhe.

»Äh …«

»Hat Ihre Freundin eine große Hand?« fragte unser Helfer.

»Ja«, sagte ich.

Clive murmelte: »Eigentlich ist sie meine Frau.«

»Oh, dann kennen Sie ja ihren Geschmack. Die meisten von diesen Ringen sehen toll aus, wenn der Richtige sie trägt, aber man muß große Hände und lange Finger haben, damit sie richtig wirken.«

Ganz plötzlich und zu meiner großen Genugtuung war Clive Feuer und Flamme.

»Helen hat sehr schöne Hände«, sagte er.

Die Miene des jungen Mannes wurde nachsichtiger. »Die Glückliche. Darauf achte ich immer, auf die Hände. Augen und Hände.«

Clive wies kopfnickend auf den roten Ring. »Ich glaube, der ist ein bißchen zu auffällig.«

»Ganz recht.«

»Könnten Sie mir den Schwarzglänzenden zeigen …?«

Zehn Minuten später verließen wir den Laden. Ich trug meine Brosche, und Clive hatte den Gagatring in einer kleinen Schachtel dabei. Ich fragte mich, wieso ich ihn so bedrängt hatte. Normalerweise mischte ich mich nicht in die Beziehungen meiner Freunde ein – doch wenn Clive dabei war, sich selbst neu zu erfinden, dann wollte ich, daß er es richtig machte. Außerdem wünschte ich mir ein Happy-End.

»Du gehst sie doch besuchen, oder?« fragte ich bei Tee und Gebäck.

»Das würde ich gern.«

»Aber machst du es auch?«

»Ja … ja, das mache ich. Ich weiß nicht, ob sie recht hat, aber Catherine meint, ich sollte sie einladen, mit mir auszugehen, anstatt sie zu Hause zu besuchen.«

Anscheinend interessierten sich eine Menge Leute für diesen Fall. »Das ist eine gute Idee. Auf neutralem Boden.«

Er seufzte. »Ich bin keine gute Begleitung beim Abendessen.«

»Du bist eine gute Begleitung bei Konzerten«, erinnerte ich ihn. »Wir hatten doch einen schönen Abend.«

»Das stimmt, nicht wahr? Na ja, vielleicht …«

»Eigentlich ist es egal, was es ist, solange es euch beiden Spaß macht. Schließlich glaube ich nicht, daß sie besonders oft mit …« Ich bremste mich. »Ich glaube nicht, daß sie im Moment oft ausgeht.«

»Nein, wahrscheinlich nicht.«

»Euer gemeinsames Leben war ganz anders als das, was sie jetzt führt«, sagte ich, »und ich bin mir sicher, daß es ihr fehlt.«

Er sah mich zweifelnd an. »Meinst du?«

»Clive …« Ich legte ihm die Hand auf die Schulter. »Das tue ich.«

Es war meine eigene Gefühlsverwirrung, die mich so entschlossen gemacht hatte, Clive zu beeinflussen, doch dieselben Gefühle sorgten auch dafür, daß ich ihn vergaß, sobald ich meine Wohnung betrat.

»Eve – hier ist Charles. Ich habe ein paarmal bei dir angerufen, aber du warst unterwegs – du bist immer noch unterwegs, also hoffe ich, daß du dir einen schönen Tag machst. Sabine tischt gutes Essen auf, wie du weißt, aber sie und Martin waren ein bißchen gereizt, vielleicht haben sie also ein schlechtes Gewissen. Ich kann mir so schlecht vorstellen, daß sich jemand mit dir zerstreitet. Ich rufe dich bald aus der Stadt an, und vielleicht kommst du dann vorbei und läßt dich von mir zum Jazz bekehren. Jedenfalls möchte ich mich gern wieder mit dir unterhalten. Bis dann … Wiedersehen!«

Seine Anspielung auf Martin und Sabine verursachte mir einen weiteren Schauer des Zweifels – kein Wunder, daß er sich unseren Streit nicht vorstellen konnte, die ganze Angelegenheit lag jenseits seiner Vorstellungskraft. Ich fragte mich, ob die Gereiztheit der Drages bedeutete, daß Martin jetzt Bescheid wußte, und falls das so war, ob dies das Ende meiner Schonfrist bedeutete. Obwohl wir schon so lange miteinander bekannt waren, wußte ich nicht viel über Martin. Er war eben einfach Martin – groß, gutmütig, freundlich und aufgeschlossen. Und vor allem erfolgreich. Es war mir nahezu unmöglich, mir vorzustellen, wie er auf etwas reagieren würde, das er mit Sicherheit als Versagen interpretieren würde. Es konnte gut sein, daß er wie so viele joviale, extrovertierte Menschen ein vulkanisches Temperament besaß. Wenn er beschloß, Ben eine Lehre zu erteilen, dann konnte er ihm körperlich und emotional großen Schaden zufügen – und wie hätte Ben sich verteidigen sollen? Er hatte Martin praktisch zweimal betrogen – mit seiner Tochter und mit seiner Frau. Das Ausmaß der ganzen Angelegenheit – und meine Isolation mittendrin – überkam mich erneut, und ich sank auf das Sofa, den Kopf zwischen den Händen.

Mel rief an, als sie ins Hotel zurückkam – Sonntage waren für sie normale Werktage – und vertat keine Zeit, bevor sie zur Sache kam.

»Was in Gottes Namen hat der kleine Mistkerl angestellt?«

Mir sank das Herz in die Hosen. »Du weißt offensichtlich Bescheid.«

»Ja, aber was hat er sich dabei gedacht, Mutter?« Sie erhob wütend die Stimme, was mir in den Ohren schmerzte.

Ich zuckte zusammen. »Bitte, Liebes! Wie hast du es herausgefunden?«

»Ich habe mit Papa gesprochen. Ben ist in London und wohnt bei ihm.«

Meine Schockerlebnisse schienen kein Ende zu nehmen. »Ich verstehe.«

»Du wußtest das nicht?«

»Ich dachte, er wäre mit Sophie in Yorkshire.«

»Mutter, hältst du das für wahrscheinlich?«

Ich holte ein paarmal tief Luft. »Ich habe es schon lange aufgegeben zu entscheiden, was wahrscheinlich ist und was nicht. Vor ein paar Wochen noch hätte ich diese ganze Sache für so naheliegend gehalten wie die Rückseite des Mondes.«

»Soll ich rüberkommen?«

»Nein!« Mir wurde klar, daß ich mich ein wenig zu scharf angehört hatte, und ich fügte hinzu: »Das ist eine sehr liebe Idee, aber es gibt nichts, was du tun könntest.«

»Außer rabiat zu werden.« Ihre Stimme klang schneidend vor Verachtung. »Ich wette, das hat bis jetzt noch niemand getan.«

»Da hast du unrecht ...«

»Hat ihm denn schon jemand gesagt, daß *er* unrecht hat, und zwar klar und deutlich?«

»Ja.«

»Er hat sich scheußlich benommen. Halte mich ruhig für altmodisch, aber was ihm fehlt, ist, daß Martin es herausbekommt und ihn ordentlich vermöbelt!«

Da dies meinen schlimmsten Befürchtungen so nahe kam, trafen mich ihre Worte schwer.

»Mel, sei einmal zwei Minuten still!« Das tat sie. »Ich kann nicht für Ian sprechen, aber es ist nicht so, daß ich Ben verzeihe. Ich war einfach nur angewidert und wütend. Aber er schien es nicht akzeptieren zu können, daß er etwas Falsches getan hatte ...« Ich hörte sie angewidert schnauben. »Und er ist am selben Tag zu Hause ausgezogen. Seitdem habe ich ihn erst einmal gesehen, und wir haben kein Wort miteinander geredet. Also erspare mir bitte diesen Tonfall. Ich bin diejenige, die hier ist und damit fertig werden muß, und ich kann dir versichern, daß es kein Spaziergang ist.«

Ich wußte, daß sie sich nicht entschuldigen würde, aber es kam dem zumindest nahe. »Okay. Das akzeptiere ich. Ich bin nur so wütend.«

»Ich auch. Was hat denn dein Vater dazu gesagt?«

»Er hat gesagt, daß Ben da sei ...«

»Bei ihm und Julia?«

»Er hat ›bei uns‹ gesagt, also nehme ich es an. Er hat gesagt, Ben sei da, und hat mir einen kurzen Abriß der Ereignisse gegeben.«

Einen kurzen Abriß – das klang nach Ian. Ruhig, geschäftsmäßig, ohne voreilige Schlüsse zu ziehen. Doch bei dem Gedanken, daß Julia diese Familienkrise aus nächster Nähe mitbekam, begann ich mit den Zähnen zu knirschen.

»Mutter?«

»Ich finde, er hätte mir sagen können, daß Ben bei ihm ist.«

»Fairerweise muß ich sagen, ich glaube, er war gerade erst angekommen, und zwar unerwartet, wenn ich es richtig verstanden habe – also könnte es sein, daß er vorher doch bei Sophie war.«

»Schön zu wissen, daß ich wenigstens einmal recht hatte.«

»Oh, du Arme…« Zum ersten Mal hörte Mel sich mitfühlend an, aber nicht lange – ihr Augenmerk galt etwas anderem. »Er hat solches Glück, daß ich hier draußen bin – wenn ich ihn zwischen die Finger kriegen würde, würde ich ihm seinen egoistischen kleinen Hals umdrehen!«

Nachdem sie aufgelegt hatte, brauchte ich eine Stunde, um mich wieder zu beruhigen. Ich war nicht so begriffsstutzig, daß ich die Ironie der Situation nicht erkannte. Von allen Personen, mit denen ich über die Angelegenheit gesprochen hatte, war Mel die erste, die ohne Zweifel wütender war als ich, und doch war ich nach unserem Gespräch ein Nervenwrack. So wie es aussah, hatte meine Wut einen Januskopf.

Im Lauf des Abends erhob sich ein heftiger Wind vom Meer und heulte durch jeden Fensterrahmen und jede Tür. Ich zog alle Vorhänge zu, doch sie blähten sich immer noch im Luftzug. Unter diesen Wetterbedingungen verwandelte sich die Wohnung in einen Ort der Unruhe – ich konnte mir vorstellen, wie das viktorianische Fundament unter dem Sog des Kieses ins Schwanken geriet, der darunter auf- und ablief. Morgen würden die Fenster an der Seeseite mit Salz überzogen sein, und der Rost würde sich ein bißchen tiefer in die Balkonmöbel gefressen haben.

Gegen zehn rief ich Ian an. Die Welt war wirklich aus den Fugen, denn Julia nahm ab, und das hatte sie noch nie getan.

»Hier ist Eve, kann ich bitte mit Ian sprechen?« Nur ein ganz leiser, entfernter Skrupel hielt mich davon ab, ›meinen Mann‹ zu sagen. Im Hintergrund konnte ich Klaviermusik hören, etwas Romantisches, Gediegenes, vielleicht eine Chopin-Etüde. Was für einen Aufstieg der Blondie-Fan hinter sich hatte…

»Natürlich, einen Moment.«

Anerkennenswerterweise hielt sie nicht den Hörer zu, sondern sagte einfach nur: »Ian, es ist Eve.« Ich hörte ihn »Ach ja ...« sagen, und dann folgte eine kurze Pause, während der die Musik leiser gedreht wurde, bevor er nach dem Hörer griff.

»Hallo, ich hatte vor, dich anzurufen.«

»Hallo – wie ich höre, ist Ben bei euch.«

»Das ist er, ja.«

»Davon hast du mir nichts gesagt.«

»Ich hatte es vor, darum wollte ich dich ja anrufen. Er ist erst gestern abend hier aufgetaucht.«

»Kann ich ihn sprechen?«

»Na ja – ehrlich gesagt, schläft er in seinem Zimmer. Er war völlig fertig, als er hier ankam, und wir sind fast die ganze Nacht aufgewesen.«

»Und zu welchem Schluß seid ihr alle gekommen?« Ich war unfähig, den Sarkasmus in meiner Stimme zu unterdrücken.

»Zu gar keinem. Julia ist ins Bett gegangen, aber er mußte es loswerden, also habe ich ihm zugehört.«

»Wo ist er denn gewesen? Ich habe ihn seit Tagen nicht mehr gesehen.«

»Ich glaube, er war bei Sophies Mutter – aber das ist jetzt natürlich vorbei.«

Beinahe hätte ich eine geschmacklose Bemerkung über Sophies Mutter gemacht, aber meine rudimentären Skrupel meldeten sich wieder.

»Er ist ziemlich niedergeschlagen«, sagte Ian. »Ich war völlig schockiert.«

»Mel auch«, sagte ich. »Sie hat mich vorhin angerufen und wäre fast explodiert. Sie würde am liebsten kommen und ihm den Hals umdrehen.«

»Ich hoffe, du hast ihr das ausgeredet.«

»Ja, so ungefähr. Was hat er jetzt vor?«

»Ich weiß es nicht, und ich glaube, er weiß es auch nicht.«

Voller Sarkasmus fragte ich: »Ich nehme an, er hat nicht vor, nach Hause zu kommen? Seine Mutter zu besuchen, die ganz krank ist vor Sorge um ihn?«

»Das Problem dabei ist«, erwiderte Ian, »daß er in Littelsea zu Hause ist.«

»Irgendwann muß er sich der Situation doch stellen.«

Es folgte eine Pause, während der ich mir vorstellen konnte, wie Ian nachdenklich die Lippen schürzte, bevor er sagte: »Hör mal, Eve, wie wäre es, wenn du hierherkommst und ihn besuchst? Vielleicht ist es ja für uns alle einfacher, wenn wir uns ein bißchen vom Ort der Katastrophe fernhalten.«

Wie um seine Meinung zu bekräftigen, folgte ein heftiger Windstoß, der an der Balkontür rüttelte, und ich hörte einen der Stühle scheppernd zu Boden fallen.

»Na gut«, sagte ich. »Morgen nach Feierabend.«

»Schön«, sagte er in einem Tonfall, der andeutete, daß er Bedenken hatte, »aber Mittwoch wäre noch besser.«

»Mittwoch?« Ich war außer mir. »Bis dahin kann er sich doch längst anderswo einquartiert haben!«

»Das wird er nicht, glaube mir. Und wir hätten die Wohnung für uns – du könntest hier übernachten.«

»Wieso?« fragte ich schroff. »Wo ist Julia dann?«

»Bei ihren Eltern in Schottland.«

»Ich verstehe. Vielleicht fahre ich trotzdem nach Hause.«

»Das bleibt dir überlassen.«

»Na gut. Bis dann.« Ich ließ ihn beinahe auflegen, doch in letzter Sekunde rief ich: »Ian!«

»Was?«

»Sagst du Ben, daß ich angerufen habe?«

»Natürlich.«

»Und grüß ihn von mir!«

»Natürlich.«

»Danke. Dann gute Nacht.«

»Gute Nacht.«

Es wurde keine gute Nacht. Ich war völlig aufgedreht, und das Haus zitterte und stöhnte um mich herum wie eine ganze Busladung gequälter Seelen. Als zwei oder drei sturmgepeitschte Stunden im Schneckentempo verstrichen waren, gab ich auf, zog meinen Morgenmantel an, schaltete das Licht an und begab mich mit einer Tasse Tee wieder ins Wohnzimmer. Es war zwanzig vor eins. Der Wind machte keine Anstalten nachzulassen, und als ich den Vorhang teilte, konnte ich sehen, wie sich die See aufbäumte wie eine Herde wilder Mustangs, die das zerbrechliche Geländer der Promenade zu durchbrechen drohte. Ich erschauerte und ließ den Vorhang wieder sinken. Die Blütenblätter der Rosen hingen jetzt nur noch an einem seidenen Faden, und dann und wann löste der Luftzug eines ab, das dann zu Boden sank.

Vielleicht waren es die welkenden Rosen oder die wilde See oder der Mitternachtsblues, jedenfalls hatte ich keine Hemmungen, bei Troughtons anzurufen. Dort war man die Höflichkeit in Person, sagte mir aber, daß bei Mr. McNally besetzt sei.

»Sind Sie sicher?« fragte ich idiotischerweise.

»Ich fürchte, ja. Möchten Sie eine Nachricht hinterlassen?«

»Nein, schon gut ...«

Aus irgendeinem Grund brachte mich diese Feststellung mehr in Verlegenheit, als wenn ich ihn geweckt hätte. Offensichtlich war es für ihn überhaupt nicht spät, und er war immer noch kräftig dabei, das zu tun, was Männer im Ölgeschäft halt so taten.

Ich schaltete den Fernseher ein und sah zu, wie Peter Cushing und Vincent Price zu teuflischer Höchstform aufliefen, bis ich einschlief.

Nachdem ich die halbe Nacht durchwacht und die andere Hälfte mit verdrehtem Hals auf dem Sofa verdöst hatte, war es kein Wunder, daß ich am Morgen bei meiner Rückkehr ins Büro kein leuchtendes Beispiel für frisch gewonnene Energie und Entschlußkraft darstellte.

»Ach du liebe Güte«, sagte Jo in ihrer gnadenlos offenen Art. »Du siehst ja furchtbar aus – bist du sicher, daß du wieder arbeiten solltest?«

»Ganz sicher. Ich habe nur nicht gut geschlafen.«

»Vielleicht kannst du hier die eine oder andere Runde nachholen, wenn du es richtig anstellst; wir kommen nicht gerade um vor Überarbeitung« Sie sah, wie ich einen nervösen Blick auf meinen Schreibtisch warf. »Nein, keine Sorge, ich habe das meiste erledigt.«

»Jo, du bist ein Goldstück.«

»Nenn mich ruhig Superjo.«

Eigentlich fand ich es überraschend tröstlich, die alte Routine wiederzuhaben, und der Morgen, der von einer bescheidenen Portion Papierkram und ein paar Telefonaten zusammengehalten wurde, verstrich schmerzlos. Es war eine Erleichterung, mich an einem Ort zu befinden, wo mir die stacheldrahtigen Verwicklungen meines Familienlebens nichts anhaben konnten.

Doch vor denen anderer Leute, so stellte sich heraus, war ich nicht sicher. Um Viertel nach eins, als ich gerade ein Sandwich essen gehen wollte, rief mich die Zentrale an und sagte, daß ich Besuch hätte. Als ich aus dem Büro kam, stand Helen in einem großen beigefarbenen Bouclémantel da, in dem sie wie ein ziemlich verwaschener Grizzlybär aussah.

»Ich brauche kein Futter«, sagte sie und kratzte sich am linken Handrücken, der, wie ich bemerkte, schon trocken und wund war.

»Schön, aber ich. Komm mit und leiste mir Gesellschaft.«

Sie ging mit mir zu Roots und wartete mit starrem Blick am Tisch, während ich Kaffee und Sandwiches mit Bohnensalat besorgte – ich war rechtschaffen skeptisch, was ihre Erklärung in bezug auf das Essen anging. Aus demselben Grund bestellte ich den extra großen Kaffee: Wenn ich ihr eine Tasse bestellte, das wußte ich, dann würde sie ihn verächtlich beiseite schieben, doch wenn ich eine große Tasse vor mir stehen hatte, dann würde sie sich ganz freizügig bedienen, weil sie der Meinung war, daß das irgendwie nicht zählte.

Sie sagte nichts, bis ich meine Zähne in das erste wohlverdiente Sandwich gesenkt hatte, dann verkündete sie, den Blick unverwandt auf meinen Teller gerichtet: »Tja, er ist weg.«

Ich kaute hektisch und mit tränenden Augen, um meinen Mund soweit zu leeren, daß ich antworten konnte, doch sie war viel zu niedergeschlagen, um mich zu brauchen.

»Gestern nachmittag. Er hat eine Ansprache gehalten. Er hat gesagt, er wäre nicht gut genug für mich, was ich ziemlich lieb von ihm fand, bis mir heute nacht ungefähr um drei Uhr klar wurde, daß er das Gegenteil gemeint hat.«

Endlich schluckte ich. »Er mag vielleicht das Gegenteil gemeint haben«, sagte ich tapfer, »aber er hat die reine Wahrheit gesagt.«

»Hm.« Sie nahm sich ein Sandwich und biß herzhaft und geistesabwesend hinein.

»Es tut mir so leid, Helen! Es ist die Hölle für dich. Aber wenigstens warst du darauf gefaßt.«

»Oh, das war ich, das war ich … Ich habe wirklich großes Glück …«

Ihr Sarkasmus war unüberhörbar, aber die Tatsache, daß sie recht hatte, auch. »Und was hat er noch gesagt?«

Sie legte die Hände übereinander und dachte nach. »Ähem … Er hat gesagt, er könnte mich nicht länger so benutzen. Er könnte seine Frau und seine Kinder nicht verlassen – nicht, daß ich ihn jemals darum gebeten hätte – und daß ich etwas Besseres verdient hätte. Dann haben wir miteinander geschlafen. Dann kam die Stelle, wo er gesagt hat, er wäre nicht gut genug für mich.«

Ich war schockiert. »Du bist mit ihm ins Bett gegangen?«

»Warum nicht? Es wird nicht wieder vorkommen.«

»Es kommt mir nur so … ich weiß auch nicht …« Sie fuhr mit der Vertilgung meines Sandwiches fort, ohne Anzeichen des Genusses erkennen zu lassen. »Selbst da hat er noch bekommen, was er wollte.«

»Mm – ich habe es auch gewollt.«

»Du mußt ja am Boden zerstört sein.«

Sie klopfte sich die Hände ab. »Ich fühle mich taub.«

»Wahrscheinlich wirst du eine fürchterliche Depression bekommen. Möchtest du eine Zeitlang bei mir wohnen?« Ich hörte mich diese Einladung aus einer Art entsetzter Distanz aussprechen. Was sagte ich da? Doch in ihrem Fall war ich vollkommen sicher.

»Kommt nicht in Frage. Ich bin ja schon ein entsetzlicher Gast, wenn es mir gutgeht, und das ist jetzt nicht der Fall.«

Ich versetzte dem Teller einen Schubs, und sie nahm sich noch ein Sandwich. »Kommst du denn zurecht?«

»Das bezweifle ich, aber ich werde auch nicht den Kopf in den Gasofen stecken.«

Sie aß, und ich trank Kaffee. »Weißt du, wovor mir eigentlich am meisten graut?«

»Wovor denn?«

»Vor der Langeweile. Ich habe die Ekstase erlebt – was zum Teufel fange ich jetzt an?«

Während sie mein Mittagessen verdrückte, erkannte ich, daß ich darauf keine Antwort wußte. Der Gagatring hatte eine große Aufgabe vor sich.

In dieser Nacht schlief ich den Schlaf der am Boden Zerstörten. Es gab keine Nachrichten auf dem Anrufbeantworter, keine Anrufe und keine Stürme. Als ich aufwachte, war das Wetter diesig und still. Ein Passagierdampfer in der Bucht erinnerte an ein gemaltes Schiff auf einem gemalten Ozean. Alle Rosen waren schließlich verwelkt, und ich mußte sie in Zeitungspapier aufsammeln und draußen in den Müll bringen. Ich beschloß, mir morgen ein Hotelzimmer zu nehmen, anstatt bei Ian zu übernachten. Das würde mir zumindest die Gelegenheit geben, Charles noch einmal anzurufen, ihn vielleicht sogar zu sehen. Ich warnte meine Kollegen vor, daß ich am Donnerstag etwas später kommen würde, und versuchte, Jos fragendem Blick auszuweichen.

Im Lauf des Tages mußte ich ein nettes junges Pärchen besuchen, das ein paar häßliche Erbstücke aus dem frühen siebzehnten Jahrhundert loswerden wollte. Offensichtlich hatten sie deswegen ein sehr schlechtes Gewissen, und ich versuchte, sie zu beruhigen.

»Es muß Ihnen schrecklich vorkommen, ich weiß«, sagte die junge Frau, als ich ihnen meine erste Schätzung präsentierte. »Aber wir brauchen das Geld dringend.«

»Das ist doch nichts Schreckliches«, sagte ich zu ihr. »Sie haben die Möbel ja schließlich nicht selber gekauft – sie sind Ihnen einfach in den Schoß gefallen. Wer auch immer sie kaufen wird, wird das tun, weil sie seinem Geschmack entsprechen.« Bei dieser Analyse ignorierte ich die Möglichkeit, daß ein Händler die Stücke kaufen würde, aber es schien sie aufzuheitern.

Dieses Zusammentreffen erinnerte mich an Mrs. Rymer, und ich fuhr nach der Arbeit zum Heim, um sie zu besuchen.

Da es erst Viertel nach sechs war, saßen die Heimbewohner noch beim Abendessen, doch ich wartete im sogenannten Musikzimmer, und um halb sieben kam sie in Begleitung einer Pflegerin herein, die fragte, ob wir gern Kaffee hätten.

»Meine Freundin aus der richtigen Welt hätte wahrscheinlich lieber etwas Alkoholisches«, sagte Mrs. Rymer. »Was möchten Sie? Hier gibt es fast alles.«

Ich bat um einen Weißwein, und die Pflegerin brachte einen süßlichen, aber gut gekühlten Tropfen und eine kleine Kaffeekanne mit zwei Tassen.

»Ich hoffe, es stört Sie nicht, wenn ich hier einfach so auftauche«, sagte ich, »ohne Ihnen vorher Bescheid zu sagen.«

Sie schloß die Augen. »Meine Liebe, Sie haben ja keine Ahnung ... Alles, aber auch wirklich alles Unvorhergesehene ist für uns hier drinnen wie Manna, das vom Himmel fällt. Ist der Wein in Ordnung?«

»Ja. Genau das richtige.«

»Kommen Sie direkt von der Arbeit? Wissen Sie, ich war erstaunt über die Summe auf dem Scheck.«

»Gut. Ja, all Ihre Sachen haben sich sehr gut verkauft.«

»Und wissen Sie, ob sie ein gutes Zuhause gefunden haben?«

»Das weiß ich leider nicht.« Ich erinnerte mich an meine Unterhaltung mit dem jungen Pärchen, doch ich wußte, daß sie sich nicht so einfach abspeisen lassen würde. »Einige sind bestimmt an Händler gegangen.«

»Natürlich«, stimmte sie zu. »Damit sie ihren Weg in der Welt machen können. Und wie geht es Ihnen?« Ich muß kurz gezögert haben, denn sie fügte hinzu: »Haben Sie Ihr Dilemma gelöst?«

Diese einfache Frage, die unser letztes Zusammentreffen so bestimmt hatte, ließ mich erkennen, wieviel in kurzer Zeit passiert war. Ich mußte mich sammeln, bevor ich antwortete, und sie hakte noch einmal nach: »Ihr Freund?«

»Ja – es geht ihm gut. Ich habe mich mit ihm in Verbindung gesetzt, und wir haben uns danach ein paarmal gesehen.«

Mrs. Rymers Blick hing an meinem Gesicht. »Und wäre es indiskret, wenn ich frage, ob Ihre Freundschaft wohl wie eine Rose erblühen wird?«

Sie mußte diese Worte völlig zufällig gewählt haben, doch es war unheimlich, wie genau sie den Punkt traf – sie hatte wirklich alle beieinander, da gab es keinen Zweifel.

»Ich glaube, schon. Es ist schwer zu sagen.«

»Aber Sie hätten es gern.«

»Ja«, gab ich zu. »Ja, ich hätte es gern.«

»Na dann prost!« Sie hob ihre Kaffeetasse und hielt sie an mein Glas. »Viel Glück! Sie wissen ja gar nicht, wie ich Sie beneide.«

Wir stießen an. Da ich mich ein wenig davor scheute, mich ihr gegenüber noch weiter zu öffnen, erkundigte ich mich nach ihrer Familie.

»Sie gehen mir aus dem Weg«, erwiderte sie.

»Das kann doch nicht wahr sein.«

»Verstehen Sie mich nicht falsch! Sie kommen hierher, einzeln und oft, sie führen mich aus, sie rufen mich an – ihre Hingabe ist mustergültig, ich kann ihnen nichts vorwerfen. Aber ...« Sie trank einen Schluck Kaffee, Schauspielerin, die sie war, und ließ mich auf die Pointe warten. »Aber sie wollen nicht hören, was ich zu sagen haben könnte.«

Ich drang nicht in sie, weil es klar war, daß sie in Plauderstimmung war.

»Sie machen schwierige Zeiten durch, mein Sohn und meine Schwiegertochter«, sagte sie. »Sie glauben, ich weiß es nicht, weil ich mich hier außerhalb der Schußlinie befinde. Was sie dabei nicht bedenken, ist die Tatsache, daß jemand, der isoliert lebt, es lernt, jeden Besuch bis auf das letzte Gramm auszukosten. Und da ich immer am selben Ort bin, sehe ich sie unter Laborbedingungen. Ich bin immer schon eine gute Beobachterin gewesen, und jetzt bemerke ich jede kleine Schattierung, jede Nuance, jede noch so winzige Veränderung, und im Fall meines Sohnes und meiner Schwiegertochter sind die Veränderungen so offensichtlich, daß es zum Himmel schreit.«

Ich sagte vorsichtig: »Eine lange Ehe ist heutzutage eine schwere Aufgabe.«

Sie warf mir einen klugen und vielsagenden Blick zu. »Jede Ehe mit meinem Sohn wäre eine schwere Aufgabe.«

»Ach wirklich?« Ihre erschreckende Offenheit verblüffte mich nicht zum ersten Mal. »Wieso, hat er ...?«

»Er hat Affären. Das ist nichts Neues. Er ist ein altmodischer Schürzenjäger. Oder ein moderner, wenn Sie so wollen. Er hat schon ein paar Monate nach ihrer Hochzeit damit angefangen.«

»Woher wissen Sie das?«

Langsam und bedächtig stellte sie ihre Tasse ab. »Ich weiß es einfach. Sein Vater war ganz genauso.«

»Das muß ja schrecklich für Sie gewesen sein!«

»Eigentlich nicht. Aber es ist schrecklich für meine Schwiegertochter. Sie ist nicht dafür gemacht.«

»Wer ist das schon?«

»Eine Frau in ihrer Situation hat meiner Meinung nach drei Möglichkeiten«, sagte sie. »Sie kann gehen. Sie kann bleiben und es auch so machen. Oder sie kann so tun, als merkte sie nichts.«

»Und was empfehlen Sie?«

»Egal, solange sie sich ihre Selbstachtung erhalten kann – das ist doch eigentlich die Hauptsache, finden Sie nicht? Daß man in der Lage ist, erhobenen Hauptes durchs Leben zu gehen und es zu genießen. Was gibt es schließlich sonst noch? Ich gehöre keiner bestimmten Religion an, aber ich kann mir einfach nicht vorstellen, daß für Ehemärtyrer ein Platz im Himmel reserviert ist. Das wäre wie das ewige Zahnarztwartezimmer: der seelenloseste und deprimierendste Ort, den man sich vorstellen kann.«

Am liebsten hätte ich gelacht, aber ihre Bemerkung weckte bei mir unliebsame Erinnerungen. »Was ist mit Ihrer Schwiegertochter? Wofür hat sie sich entschieden?«

»Sie tut wohl so, als merkte sie nichts, aber es bringt sie fast um. Ihr einziger Wunsch ist es immer gewesen, über Heim und Herd zu regieren und die dazugehörige Sicherheit zu genießen. Jetzt steht sie mehr oder weniger allein da und sucht sich immer neue Beschäftigungen. Ich mache mir Sorgen, daß sie irgendwann ins Trudeln gerät und sich auflöst, die Arme.«

Sie konnte einen Hauch von Ungeduld in ihrer Stimme nicht unterdrücken. Ich konnte es ihr nachfühlen: Es gab nichts Unangenehmeres, als in seiner Loyalität hin und her gerissen zu sein.

»Das muß Sie doch in Verlegenheit bringen.«

Sie zuckte mit den Achseln. »Eigentlich nicht. Sie sind es, die damit leben müssen. Das bedeutet nicht, daß ich das auch muß. Ich habe nicht vor, in diesem Jahr schon abzutreten und auch im nächsten nicht, aber selbst bei sehr optimistischen Prognosen bleiben mir nicht mehr als fünf Jahre. Und die Tatsache, daß ich ganz im Heim lebe, hat den großen Vorteil, daß es mir überhaupt nichts bringt, wenn ich den Mund halte. Es dauert nicht mehr lange, da bekommt er seinen Teil ab, und ihr werde ich sagen, sie soll sich zusammenreißen.« Plötzlich grinste sie breit. »Und sie werden beide beleidigt sein – wer weiß? Vielleicht binde ich sie ja aneinander, indem ich sie gegen mich aufbringe?«

Ich blieb noch etwa zwanzig Minuten, und wir unterhielten uns über unsere aktuelle Lektüre und das Fernsehprogramm – sie war ein Sportfanatiker, und das Heim empfing den Sportkanal, daher war sie in der Lage, mich noch über die unwichtigsten Tennis- und Golfturniere auf dem laufenden zu halten.

Als ich aufstand, um zu gehen, hatte ich noch eine brennende Frage.

»Ich hoffe, es stört Sie nicht, wenn ich frage – aber was haben Sie getan?«

»In puncto Schürzenjägerei? Wir haben uns getrennt.«

Ich runzelte die Stirn. »Aber ich dachte, Sie hätten gesagt, Sie und Ihr Mann …«

»Nein, nein …« Kichernd erhob sie sich mühsam und ergriff meinen Arm. »Nein, nein, mein Mann war nicht Julians Vater. Das war Gerhardt.«

17

Diese widersprüchlichen Eindrücke gingen mir immer noch durch den Kopf, als ich am folgenden Abend im Zug nach London saß. Mrs. Rymers Pragmatismus hatte etwas Anspornendes und Einschüchterndes zugleich, weil sie die Betonung so eindeutig auf die Verantwortung des einzelnen legte. Trotz ihres Alters war ihre Auffassung überraschend modern, weil sie weniger darum gab, das Richtige zu tun, als darum, daß man sich selbst gerecht wurde. Und doch spürte ich in ihr eine starke, ganz persönliche Moralität, und der arglose Julian war nicht zu beneiden, wenn sie ihm die Meinung sagen würde.

Ich erreichte Ians Wohnung um halb acht, und Ben machte mir auf. Er sah furchtbar dünn aus, und sein Haar, das oft nicht nur ein Barometer der Mode, sondern auch seines Gemütszustandes war, war so kurz geschnitten wie bei einem Sträfling.

»Mama.«

Meine heftige, hochtrabende Rede blieb mir im Hals stecken. »Hallo, Schatz.«

Wir küßten uns, waren aber dabei auf der Hut. Ian rief aus dem Hintergrund: »Komm rein und nimm dir etwas zu trinken – ich bin an einem kritischen Punkt.«

»Was macht er denn da?« fragte ich.

»Er kocht das Abendessen. Was möchtest du?«

»Am liebsten Weißwein.«

Die Flasche stand schon entkorkt auf dem Tisch, zusammen mit einer Flasche Evian, zwei Dosen Pils und einer Ansammlung von Gläsern. In einer Vase standen Chrysanthemen, aus dem CD-Player erklang leise Klaviermusik. Das Ganze sah nach einer sorgfältigen Inszenierung aus, doch ich konnte ihnen das nicht vorwerfen. Im Gegenteil, sie – oder genauer gesagt, Ian – hatten sich Mühe gegeben, eine Atmosphäre zu schaffen, in der es einer Grobheit gleichkommen würde, sich schlecht zu benehmen.

Ben reichte mir mein Glas und goß sich selbst einen Orangensaft ein, den er mit Wasser verdünnte. Ich verzichtete auf jeden Kommentar über diese Enthaltsamkeit. Ian kam aus der Küche. Er trug ein dunkelblaues Hemd, das demjenigen aus Bath ähnelte – vielleicht hatten sie sie beide bei derselben Gelegenheit gekauft.

»Ich hoffe, du hast Hunger«, sagte er und küßte mich auf die Wange, »weil ich einen Fisch-Pie gemacht habe.«

»Riecht gut.«

»Dein Rezept, Mama«, sagte Ben.

»Na, das ist ja ziemlich bombensicher.«

Ian goß sich etwas zu trinken ein. »Das mag ja sein, aber ich muß das Gemüse rechtzeitig fertig bekommen, also lasse ich euch ein paar Minuten allein.«

Er zog sich taktvoll zurück. Ben setzte sich. Ich betrachtete ein Bild an der Wand. Das Problem war, daß mir jetzt, da meine berechtigte Wut verflogen war, der Antrieb fehlte.

»Wie geht es dir?« fragte ich.

»Ziemlich katastrophal. Ich kann nicht richtig schlafen. Wenn ich ins Bett gehe, schlafe ich sofort ein, und zwei Stunden später starre ich dann die Decke an.«

»Das ist schlimm. Am besten kämpfst du nicht dagegen an. Zwinge dich dazu, lange aufzubleiben. Und wenn du wach wirst, lies oder sieh fern …«

»Ja, ich weiß.« Offensichtlich hatte er das schon hundertmal gehört. »Ich werde es ausprobieren.«

Ich ging aufs Ganze. »Du bist mit Sophie weggefahren?«

»Für ein paar Tage. Wir sind nie mehr als Kumpel gewesen, weißt du, obwohl es uns keiner glauben wollte.«

Er zündete sich eine Zigarette an. Ich spielte mit meinem Glas. Wir redeten um den heißen Brei herum.

»Wieviel weiß sie?«

»Alles.«

»Gott …« Ich hielt mir die Hand vor die Augen. Die Wut regte sich in mir. Ich konnte sie beinahe schmecken. »Was muß sie von dir denken?«

Er gab keine Antwort. Als ich ihn ansah, starrte er den Teppich zwischen seinen Knien an und wippte unruhig mit einem Absatz.

»Und was sagt sie dazu?«

»Ihr ist klar, daß es ein Hammer ist.« Er rieb sich ungeduldig das Gesicht. »Hör mal, können wir darüber reden, ohne daß du mir Vorhaltungen machst, weil ich Schimpf und Schande über unseren Namen bringe und was wohl die Nachbarn sagen werden?«

»Das habe ich doch gar nicht getan.«

»Vielleicht hast du es nicht laut gesagt, Mama, aber deine ganze Haltung verrät es.«

Ich übte mich im Schweigen. Ian kam zur Tür. »Es dauert nicht mehr lange. Alles klar bei euch?« Keiner von uns antwortete, daher war er so vernünftig, sich zurückzuziehen.

Ben sagte: »Wenn ich dir wirklich sage, was passiert ist, hörst du mir dann zu?«

»Ja.«

»Und wirst du mir glauben?«

»Natürlich!«

»Und du läßt mich ausreden? Und erzählst mir nicht dauernd, wie es dir vorkommt oder wie es allen anderen vorkommen muß?«

»Versprochen.«

Er fing an, die rußgeschwärzten Streichhölzer im Aschenbecher zu zerbröseln. »Dir ist doch klar, daß du mich nicht einmal darum gebeten hast, es dir zu erzählen, oder?«

»Ich dachte, ich hätte kaum etwas anderes getan! Du bist abgehauen, falls du dich noch erinnern kannst!«

»Nein, das hast du nicht!« Je mehr er sich aufregte, desto blasser wurde er. »Ich bin abgehauen, weil du nur eines wolltest: daß ich vor dir im Staub krieche.«

»Ben …«

»Stimmt doch! Du hast nur dagestanden und herumposaunt, daß es das Ende der Welt ist und das Schlimmste, was dir je passiert ist. Du hast dir selber so verdammt leid getan!«

Die Tatsache, daß das stimmte, machte es auch nicht besser. Ich war außer mir.

»Und du hattest keine Sekunde lang vor zuzugeben, daß du etwas falsch gemacht hattest. Und das hat sich nicht geändert.«

Ian trug den Fisch-Pie herein.

»Könnte jemand die Bohnen holen …?« fragte er.

Das Abendessen war grauenhaft. Nicht das Essen – wie Ian betonte, war er absolut in der Lage, einem Rezept zu folgen, und der Rest war gesunder Menschenverstand –, sondern die Atmosphäre. Bizarrerweise machten wir beim Essen einen großen Bogen um das Thema, das uns am meisten auf der Zunge brannte. Ian, der hinter dem Fisch-Pie thronte, versuchte, den Ball des Gespräches ständig in der Luft zu halten. Sozusagen mit links handelte er das Kricketfinale ab (er hatte jemanden gefunden, der Bens Ticket haben wollte), das Neueste von Mel, was wir Weihnachten machen könnten und ob der Treibhauseffekt Littelsea in Saint Tropez verwandeln würde. Ich ließ mir nicht leicht den Appetit verderben, aber an diesem Abend konnte ich fast nur in meinem Essen herumstochern. Ben hielt sich etwas besser, aber da ich seine sonstigen Eßgewohnheiten kannte, war mir bewußt, daß es ihm beinahe wieder hochkam.

Gott sei Dank hatte Ian sich nicht noch mehr Mühe gemacht. Es gab Käse und Cracker und Obst zum Nachtisch. Ich lehnte ab, er sagte, er würde gleich noch etwas essen, und Ben holte sich noch eine Zigarette und saß mit hängendem Kopf auf der Sofakante.

Ian wich meinem Blick aus. Es sah so aus, als sei Neutralität seine Parole. Was ja in Ordnung war, sogar lobenswert. Warum ging es mir also so furchtbar auf die Nerven? Ich entschied, daß es daran lag, daß er sich in die Position des Mittelsmannes und Schiedsrichters begeben hatte, anstatt sich aktiv zu beteiligen.

Hauptsächlich weil ich den Gedanken nicht ertragen konnte, daß er seine Managerfähigkeiten in unsere Gespräche einbringen würde, eröffnete ich den Schlagabtausch mit Ben, bevor sein Vater aus der Küche zurückkehrte.

»Okay, ich bitte dich jetzt. Ich höre dir zu. Bitte erzähle mir die ganze Geschichte.«

»Sie ist nicht besonders lang. Ein paar Monate? Es ist erst nach dieser Party passiert, bei der ich Sophie getroffen habe. Wir haben uns so gut verstanden, und sie ist so clever – mir fällt kein Mädchen ein, mit dem ich mich je so gut verstanden hätte. Wir waren gern zusammen. Und plötzlich kamen mir ihre Eltern – na ja, Martin und Sabine – wie ganz normale Menschen vor. Du weißt, daß ich ihn immer für einen Fettsack gehalten habe und sie für ein Dummerchen, aber in Sophies Gegenwart fand ich sie in Ordnung. Sie waren lustig, ihre Tür stand immer offen, sie schienen sich wirklich über unsere Freundschaft zu freuen.«

An dieser Stelle kam Ian mit dem Kaffee.

»Ich habe nicht immer gewußt, wann Sophie zurück sein würde, also war ich ziemlich oft mit Sabine allein. Wir haben uns unterhalten. Und sie ist nicht dumm – na ja, das weißt du ja. Sie ist wirklich schlau und gewitzt. Und sie ist schön. Was soll ich sagen? Sie sieht toll aus, sie riecht verteufelt gut ... sie hat diese Art zu gehen. Ich fing an, sie so verführerisch zu finden, daß es weh tat. Ich habe schon einen Steifen bekommen, wenn ich nur auf das Haus zugegangen bin.«

Hier hustete Ian dezent, als er mir meine Tasse gab.

»Ich hatte ein blödes Gefühl deswegen. Irgendwie komisch und blöd. Ich habe es Sophie erzählt, und wir haben uns kaputtgelacht – schließlich ist Sabine nicht ihre Mutter, sie haben eine gewisse Distanz zueinander. Es schien ein Witz zu sein, unser kleines Geheimnis, etwas, das absolut unter Kontrolle war. Das war es auch, bis Sabine anfing, Interesse zu zeigen.« Er drückte seine Zigarette aus. »Eines Abends war ich da, und Sophie und Martin sind früh ins Bett gegangen, weil sie am nächsten Tag zu irgendeinem Bauernfest fahren wollten. Sabine hat mir einen Kaffee angeboten. Sie sah ... einfach umwerfend aus. Ich hatte ein ziemliches Problem mit der ganzen Sache, aber ich wollte auch nicht, daß sie zu Ende ging. Als es für mich Zeit war zu gehen, hat sie mich geküßt. Nicht auf die Wangen, sondern auf die Lippen. Das war's: Wir sind zusammen ins Bett gegangen, es war unglaublich ...«

Ian und ich saßen da wie zwei chinesische Kaminböcke und starrten ihn an. Obwohl Ian das alles natürlich schon einmal gehört haben mußte. Ich bekam eine Gänsehaut. Das Schweigen kam mir endlos vor, obwohl es in Wirklichkeit wohl nur fünfzehn Sekunden dauerte.

»Danach konnte ich nicht mehr aufhören, wir konnten es beide nicht. Wir haben es jedesmal gemacht, wenn ich zu ihnen gefahren bin, und wir haben uns immer weniger in acht genommen. Sophie hatte schreckliche Angst, daß Martin es herausbekommen könnte, und sie hat sich auch Sorgen um ihn gemacht. Aber sie hat unwahrscheinliche Nerven. Sie hat zu mir gesagt, ich sollte keine Lügen von ihr erwarten, falls ihr Vater jemals einen Verdacht äußern und sie direkt fragen würde. Das hätte ich auch nicht. Das Verquere ist, ich mag Martin, er ist ein netter Typ.« Er schüttelte den Kopf. »Wie auch immer, es war verrückt. Vollkommen verrückt. Ich konnte an nichts anderes mehr denken. Kann es immer noch nicht. Und ihr geht es genauso.«

Ich räusperte mich, aber meine Stimme klang trotzdem belegt. »Du bist in sie vernarrt. Du hast das Richtige getan, indem du weggefahren bist.«

Er lachte kurz. »Ich müßte eine ganze Ecke weiter wegfahren als bis Yorkshire, um darüber hinwegzukommen. Und das mache ich auch.«

»Was?« Er antwortete nicht, er schien in Gedanken versunken zu sein. Ich sah Ian an.

»Ich habe in unserer dänischen Filiale etwas für ihn gefunden«, sagte er.

Nach allem, was ich gerade gehört hatte, kostete es mich große Anstrengung, aber ich setzte mich neben Ben und legte den Arm um ihn. »Es ist zu deinem Besten, Schatz.«

Er sah mich nicht an. Seine Schultern fühlten sich hart und heiß an, unnachgiebig wie Metall. »Ist es das?«

»Ich weiß, daß es sich wie eine Floskel anhört, aber Zeit und Abstand heilen alle Wunden. Wenn du beides hast, wirst du schon darüber hinwegkommen.«

»Ich will aber nicht darüber hinwegkommen.«

»Nein, aber …«

»Ich liebe sie.«

Ich warf Ian erneut einen Blick zu, doch er zuckte mit den Achseln und setzte sein ›Frag-mich-nicht‹-Gesicht auf: Er kannte das alles schon – jetzt war ich dran.

Ich versuchte, Zeit zu gewinnen. »Bist du sicher?«

»Ja.« Seine Stimme war kaum mehr als ein Flüstern.

»Weil niemand dir vorwerfen würde, daß du ihr verfallen bist. Sie ist viel älter als du, und wie du sagst, ist sie sehr attraktiv …«

»Sie liebt mich auch.«

Mir kam die Galle hoch. »Sie hat dir etwas vorgespielt, Ben, das ist nicht …«

»Benutze diesen Ausdruck nicht!« Er funkelte mich an. »Er ist widerlich. Es war kein Spiel, wie du das nennst. Ich liebe Sabine, und sie liebt mich. Und warum sagst du ›ihr verfallen‹, als wüßtest du etwas, das ich nicht weiß? Ich weiß nicht, was der Unterschied ist – weißt du es?« Er wandte sich an Ian. »Du?«

Ian schürzte nachdenklich die Lippen. »Ich würde sagen, was wir mit ›verfallen‹ meinen, ist ein Gefühl, das überwältigend und obsessiv ist, das aber aus diversen Gründen nichts mit echter Partnerschaft zu tun hat. Vielleicht hat es mehr mit Befriedigung als mit Geben zu tun. Aber ich würde mich deswegen nicht schlagen … Und natürlich weißt nur du, was du wirklich fühlst. Wir versuchen nicht, uns da hineinzudrängen.«

Wenn ich wichtigtuerisch geklungen hatte, dann hatte Ian mir gerade – mit den besten Absichten – den Rest gegeben, das wußte ich. Aber wenigstens hatte er es versucht, und ich war dankbar, daß er ›wir‹ gesagt – dazu war er nicht verpflichtet gewesen – und sich hinter mich und meine schlecht gewählten Worte gestellt hatte.

»Ich verstehe«, sagte Ben. »Vielen Dank.« Er brauchte die Ironie nicht auch noch breitzutreten – wir waren uns ihrer nur allzu bewußt.

»Was sagt Sabine denn?« fragte ich.

»Daß sie mich liebt.«

Ich weiß nicht, warum, aber jedesmal, wenn er das Wort ›Liebe‹ aussprach, versetzte es mir einen Stoß, so daß ich den Atem anhalten mußte.

»Was will sie denn?« fragte Ian. »Ich meine, wie hat sie vor, mit dieser Sache umzugehen?«

»Sie möchte, daß wir zusammen sind. Das möchten wir beide.«

»Also hat sie vor, Martin zu verlassen?« Die Frage war zwangsweise brutal, doch er stellte sie sanft, das mußte ich Ian lassen.

Ich dachte, Ben hätte den Kopf geschüttelt – eine fast unmerkliche Bewegung –, doch Ian wiederholte die Frage. »Meinst du, sie verläßt ihn?«

»Nein!« Ben stand abrupt auf. Er wirkte, als stände er unter Strom. »Ich weiß es nicht, und ich wette, damit ist dein Tag gerettet, oder?«

Ich versuchte, seine Hand zu ergreifen, doch er wich mir mit der Beweglichkeit und der ängstlichen Heftigkeit eines wilden Tieres aus. Ian und ich saßen mit niedergeschlagenen Augen zurechtgewiesen da. Wir waren alle drei vollkommen still, doch es war keine friedliche Stille, nicht einmal eine nachdenkliche Stille. Es war, als sei das Zimmer voller Dornen und als vermieden wir die Schmerzen, indem wir uns reglos verhielten. Doch wir trugen die Stacheln auch in uns – ich wußte, was es bedeutete, wenn man sein Herz bluten fühlte.

Ben ging auf die Tür zu. Unter seinem neuen Haarschnitt war sein Hals dünn und jungenhaft. Es war Ian, der für uns beide die Worte fand.

»Ben ... bitte geh nicht!«

Er blieb stehen und drehte uns immer noch den Rücken zu.

»Bitte«, sagte ich. »Wir lieben dich doch.«

Er ließ den Kopf sinken und machte ein Geräusch, als bekäme er keine Luft. Ballte die Fäuste und hielt sie sich an den Kopf. Es war grauenhaft. All sein Stil, seine Gewandtheit und sein Selbstbewußtsein hatten ihn im Stich gelassen. Er schien Höllenqualen zu leiden. Ich erwischte mich dabei, wie ich tatsächlich betete, daß er nicht gehen würde, obwohl er das Gefühl haben mußte, daß es sein gutes Recht war – und doch würde es unvorstellbaren Mut erfordern, wenn er sich wieder umdrehte.

Doch genau das tat er. In einer Art trotzigem Stolz versuchte er nicht einmal, seine Tränen zu verbergen, und aus Respekt vor diesem Stolz machte ich keinen Versuch, ihn zu berühren oder zu trösten, als er sich auf einen der Sessel fallen ließ.

Er saß einfach nur da und weinte ein paar Minuten vor sich hin, herzzerreißende Schluchzer, die tief aus seinem Inneren kamen und ihn erzittern ließen. Seine Tränen fielen auf seine Jeans und auf den Teppich. Ian – der einzige Mann in London, der aus praktischen Gründen immer noch einen solchen Gegenstand mit sich herumtrug – brachte ein sauberes Taschentuch zum Vorschein und beugte sich vor, um es neben seinen Sohn zu legen. Und doch schienen die Dornen trotz dieses schrecklichen Weinens zurückgewichen zu sein. Ich wurde mir meines Atems und meines Herzschlags bewußt, als hätten beide stillgestanden und setzten sich jetzt wieder in Bewegung.

Nach diesen wenigen, langen Minuten nahm sich Ben das Taschentuch, trocknete sich die Tränen und putzte sich die Nase. Wir warteten. Er war zurückgekommen. Er würde mit uns reden.

»Also«, sagte er, »ihr habt das Recht auf eure Meinung. Ich kann euch genausowenig in meinen Kopf einladen, wie ich Sabine in den Kopf sehen kann. Aber als sie mir gesagt hat, daß sie mich liebt, habe ich ihr geglaubt. Ich bilde mir das nicht nur ein, ich glaube ihr.« Er wandte sich an mich: »Versteh mich nicht falsch, aber ich glaube, ich kenne sie besser als du.«

Ich unterdrückte den Impuls, ihm zu widersprechen, jedenfalls fast. »Du kennst sie anders.«

»Nein, Mama – besser. Vollständiger. Du brauchst meinetwegen nicht all ihre Fehler aufzuzählen. Ich kenne sie, und sie kennt meine. Es schien einfach, als wären wir liebenswertere, gütigere Menschen, wenn wir zusammen waren. Sogar aufrichtiger, auch wenn ich weiß, daß du das schwer zu akzeptieren findest. Wir hatten keine Geheimnisse.«

»Nur«, sagte Ian sanft, »uns gegenüber. Das mußt du doch einsehen.«

»Ja. Aber was sollten wir denn machen? Okay, ich weiß, ihr habt es schon gesagt – Schluß machen. Aber das ist nicht so einfach, wenn sich etwas so gut anfühlt. Wenn man so glücklich ist, dann denkt man immerzu, es muß einen Ausweg geben, der die anderen auch glücklich macht – oder wenigstens nicht unglücklich. Also macht man weiter und schindet Zeit und hofft das Beste. Und dann ist es uns aus der Hand genommen worden.«

»Von mir«, sagte ich.

»Ja, aber es hätte irgend jemand sein können. Es mußte so kommen.«

Er zündete sich noch eine Zigarette an. Es war ein Zeichen für Ians Zurückhaltung, daß er Ben nicht nur erlaubt hatte zu rauchen, sondern daß er sogar darauf verzichtete, aufzuspringen und den Aschenbecher zu entleeren. Wir gingen wie auf rohen Eiern.

»Und was jetzt?« fragte ich.

»Jetzt fahre ich nach Dänemark, verdammt.« Sein Tonfall war nicht aggressiv, sondern erschöpft.

Ich fing Ians Blick auf. »Es war Bens Idee«, erklärte er.

»Aber du hast gesagt, du willst nicht weg ... nicht darüber hinwegkommen«, sagte ich.

»Das will ich auch nicht. Aber ich kann Sabine auch nicht bitten, Martin einfach so sitzenzulassen. Und sie würde es auch nicht tun. Wir können nicht weitermachen, und wir können nicht Schluß machen. Und wir können ganz bestimmt nicht zurück. Also gehe ich, und sie bleibt ...«

»Wie lange?«

Er schien mich nicht gehört zu haben, doch Ian antwortete an seiner Stelle: »Der Einstiegsvertrag läuft über sechs Monate.«

»Das finde ich sehr tapfer von dir«, sagte ich.

»Es ist aber nicht tapfer.« Sein Ton war verächtlich. »Wir lieben uns. Wir wollen uns selbst wenigstens die Chance geben, das Richtige zu tun. Im Gegensatz zu dem, was ihr beide zu denken scheint, ist es nicht unsere Absicht, ein Blutbad anzurichten.«

»Tut mir leid.«

Er schüttelte den Kopf, die Augen geschlossen. »Nein, nein, es liegt an mir. Tut mir leid.«

»Und wenn die sechs Monate vorbei sind?«

»Dann schreibt sie mir. Sie weiß, was ich möchte, aber wenn es nicht sein soll, dann schreibt sie mir und sagt es mir.«

»Und das akzeptierst du dann?«

»Das bezweifle ich.« Vielleicht hatte er mein nervöses Erschauern gespürt, denn er fügte hinzu: »Aber ich werde mich daran halten. Wenn Sabine eine Möglichkeit gefunden hat, mit Martin glücklich zu sein, dann ziehe ich mich zurück.«

Ich konnte nichts sagen, mir war die Kehle zugeschnürt.

»Was wir noch nicht kennen«, sagte Ian nach einer Pause, »ist Martins Standpunkt in dieser ganzen Sache – oder ob er überhaupt davon weiß.«

»Ich wüßte nicht, woher er es wissen sollte«, sagte Ben, »es sei denn, jemand hätte sich die Mühe gemacht, es ihm zu erzählen. Und soweit mir bekannt ist, wißt nur ihr zwei und Sophie davon.«

»Und wir haben mit Sicherheit nichts gesagt«, erklärte ich ein wenig übereifrig, während ich daran dachte, wie sehr ich versucht gewesen war.

»Dann liegt es an Sabine, ob er es herausfindet oder nicht.«

Mir fiel noch etwas ein – daß ich mich Ronnie Chatsworth anvertraut hatte. Aber Ronnie gehörte zu den Leuten, die ein Geheimnis mit ins Grab nehmen würden.

Ich blieb noch ungefähr eine halbe Stunde, doch nach dieser emotionalen Achterbahnfahrt waren wir alle drei plötzlich erschöpft. Das Gespräch erstarb. Jemand erwähnte Kricket, und das war mein Stichwort.

Als ich Ben jetzt einen Abschiedskuß gab, schlang er beide Arme um mich, wie er es immer gemacht hatte. Er wußte, wie ich mich fühlte, und zum Trost rubbelte er mir kurz über den Rücken.

»Bis dann, Mama ... Nimm's nicht so schwer.«

»Wann fährst du?«

»Nächste Woche. Aber ich komme noch einmal vorbei und hole ein paar Sachen.«

»Dann sehen wir uns ja.«

»Klar.«

Ian kam mit mir nach unten, um mir Gesellschaft zu leisten, während ich mich nach einem Taxi umsah. Im Aufzug sagte er: »Es war gut, daß du gekommen bist. Es hat die Sache auf den Punkt gebracht.«

»Ich scheine so ungefähr alles falsch gemacht zu haben.«

»Ganz und gar nicht. Er hat sich in deiner Nähe immer schon lockerer gegeben. Er ist mehr er selbst gewesen. Ich finde, wir sind heute abend weitergekommen, du nicht?«

»Weiter, ja ... Ich weiß nur nicht, bis wohin.«

Die Aufzugtür öffnete sich, und wir durchquerten die Eingangshalle. Draußen auf dem Bordstein sah ich mehr oder weniger sofort ein Taxi. Der Fahrer saß geduldig da, während wir uns verabschiedeten.

»Meiner Meinung nach«, sagte Ian, »müssen wir irgend etwas richtig gemacht haben. Angesichts der Situation, finde ich, verhält sich Ben erstaunlich erwachsen. Er hat sich gerade großartig benommen.«

»Ja, das stimmt.«

»So was kann schon mal vorkommen, wie er sagen würde. So ist das Leben. Aber wie man damit umgeht – das ist Charakter.«

Ich ging nicht in mein Hotel, sondern zu Troughtons. Es war erst halb zehn, und ich würde den Rezeptionisten bitten, mich zu Charles durchzustellen. Dann würde ich vorschlagen, etwas trinken zu gehen. Ich befand mich bereits auf jenem emotionalen Scheitelpunkt, an dem die Hochstimmung in Verzweiflung umschlägt, sonst wäre ich niemals so mutig gewesen. Ich war beinahe in der Stimmung, jegliche Vorsicht sausenzulassen. Ich betrachtete die Tatsache, daß Charles nichts von meinen Problemen wußte, nicht länger als Problem, sondern als selige Erleichterung. Ich wollte jenes herrliche, besondere Vergnügen noch einmal erleben, das vollkommen losgelöst war von allen anderen Menschen, wollte diese Konzentration und die leichte Berührung noch einmal spüren, die nur für mich da war und nicht für meine Familie, wie ehrenhaft sich diese auch immer aufführen mochte.

Mir war fast schwindelig vor Vorfreude, als wir ankamen, und ich beglückte den Taxifahrer mit einem hoffnungslos überhöhten Trinkgeld.

»Oh, danke, Herzchen«, rief er mit liebenswertem Chauvinismus aus.

»Gewöhnen Sie sich nur nicht daran«, erwiderte ich kokett.

Es war niemand im Foyer, und diesmal erblickte ich eine Messingglocke, mit der ich vorsichtig klingelte. Sogleich erschien der nadelgestreifte Herr und entschuldigte sich ausgiebig dafür, daß er nicht gewußt hatte, daß ich da war (per Telepathie, nehme ich an), und nicht eher gekommen war.

»Ob ich wohl Mr. McNally sprechen könnte?« sagte ich.

»Es tut mir sehr leid, Madam, aber Mr. McNally weilt nicht mehr bei uns.«

Ich lächelte nervös, seine Wortwahl war so merkwürdig. »Wie meinen Sie das?«

»Er hat gestern abend ausgecheckt.«

Ich fühlte mich wie mit kaltem Wasser übergossen. »Oh ... Hat er gesagt, wohin er gegangen ist?«

»In die Emirate, glaube ich.«

»Ich verstehe. Wie lange?«

»Das weiß ich leider nicht.«

»Oh ...« Ich begriff, daß ich langsam den Eindruck einer traurigen Verzweifelten erwecken mußte, die den Laufpaß bekommen hatte, doch für Stolz war es jetzt zu spät. »Ich nehme nicht an, daß er irgendwelche Nachrichten hinterlassen hat ... für irgend jemanden?«

»Nicht, daß ich wüßte, aber ich sehe gerne nach. Sie sind Mrs. Piercy, nicht wahr?«

»Das ist richtig.« Selbst diese Großtat seines Gedächtnisses konnte mich nicht aufheitern.

»Ich lasse Sie nicht lange warten.«

Ich stand wie angewurzelt auf dem luxuriösen Teppich der Eingangshalle mit ihrer gedämpften Atmosphäre. Wie schon zuvor war sonst niemand zu sehen, weder Gäste noch Personal. Ich war ganz allein mit meiner schrecklichen Enttäuschung.

Mr. Nadelstreifen erschien wieder mit einem Ausdruck des stillen Mitgefühls. »Tut mir leid, daß es etwas gedauert hat. Nein, Mrs. Piercy – es liegen leider keine Nachrichten vor.«

Draußen auf der Straße zog ich zum ersten und letzten Mal seit siebenundzwanzig Jahren meinen Ehering ab und steckte ihn in meine Tasche.

Das Hotel, in dem ich ein Zimmer reserviert hatte, war ganz anders als das Troughtons. Es war hell, geschäftig, preiswert und in Reichweite der Bahnhöfe, von denen aus man nach Südosten fuhr. Mein Zimmer hätte sich in einer ähnlichen Kette in jeder Stadt der Welt befinden können. Mit anderen Worten, ich hätte mir keinen besseren Ort aussuchen können, um mir noch verlassener vorzukommen.

Mechanisch vollführte ich all die kleinen Rituale, die dazu dienen sollen, daß man sich heimischer fühlt. Ich zog die Vorhänge zu, schaltete die Nachttischlampen, den Fernseher und den elektrischen Wasserkessel ein, deckte das Bett ab, zog meine Schuhe aus und ließ mich mit der kleinen Kekspackung auf das Bett fallen.

Ich aß die Kekse auf, aber sie hätten genausogut aus Sägemehl sein können. Die Erschöpfung, die für kurze Zeit der Freude auf ein Wiedersehen mit Charles gewichen war, überwältigte mich wieder, doch eine zermürbende Depression hinderte mich am Einschlafen. Ich konnte nicht glauben, daß er einfach ohne ein Wort in die Vereinigten Arabischen Emirate zurückgekehrt war, obwohl er so darauf gebrannt hatte, mich wiederzusehen. Er mußte doch gewußt haben, daß ich versuchen könnte, ihn zu erreichen.

Oder war ich kolossal naiv gewesen? War es wirklich das Verhalten einer erwachsenen, vernünftigen Frau, spät abends im Hotel eines Mannes aufzutauchen, den ich kaum kannte? Er hätte doch sonstwo sein können – im Restaurant, im Club, bei Freunden, bei dem verflixten Jazz, auf den er so scharf war –, und das Ergebnis wäre dasselbe gewesen. Doch nein, es wäre nicht ganz dasselbe gewesen: Wenn man das Land verließ, dann mußte man Entscheidungen treffen und im voraus planen, und es bedeutete, daß man mehrere Tage weg sein würde, nicht nur Stunden.

Wie konnte er nur einfach ohne ein Wort gehen? Was meinte er denn, was am letzten Wochenende zwischen uns vorgefallen war? Hatte ich das alles so katastrophal mißverstanden? War er es nicht gewesen, der mir nachgestellt hatte, und nicht andersherum? Und – und das war am allerschlimmsten – war all diese Nachdenklichkeit und dieses ganze Interesse nur Fassade gewesen, gut einstudierter amerikanischer Mumpitz, reine Routine für einen Junggesellen mittleren Alters, der in jeder Großstadt eine Frau hatte? Vielleicht war Charles McNally doch nur einer von den Haien am Swimmingpool und ich nur ein kleiner Fisch, der ihm dummerweise zwischen die sanft lächelnden Kiefer geschwommen war ...

Ich erinnerte mich – ach, wie ich mich an seine kleine Geste erinnerte –, wie er die Rosen berührt hatte und später meine Wange. Es war diese Erinnerung gewesen, die mir in den vergangenen Tagen wieder Mut gemacht hatte. Es war nicht übertrieben zu sagen, daß sie mein alleiniger Antrieb gewesen war. Doch jetzt, wo mich der Masochismus überkam, konnte ich mir vorstellen, wie er diese Geste vor einem Spiegel übte ...

Um Mitternacht holte ich mir die kleine Champagnerflasche aus der Minibar und trank sie. Dazu aß ich eine Packung Cashewnüsse, womit ich dafür sorgte, daß ich noch zwei weitere Stunden nicht einschlafen konnte. Dies war, so dachte ich, das zweite Mal, daß ich in letzter Zeit eine Nacht in einem Hotelzimmer verbracht hatte, mit den Nerven am Ende und vom Alkohol deprimiert. Und bei keiner dieser Gelegenheiten war Charles McNally für mich dagewesen. Vielleicht war es an der Zeit, etwas aus dieser Erfahrung zu lernen.

Um halb vier wachte ich wieder auf, ausgetrocknet und mit einem Brummschädel. Ich holte mir Wasser aus dem Bad und kroch zurück unter die Bettdecke.

Als ich langsam in einen unangenehmen Schlaf zurücksank, widerfuhr mir plötzlich einer jener unerwarteten, zusammenhanglosen Geistesblitze. Plötzlich wußte ich, warum mich das Wort ›Liebe‹ auf den Lippen meines Sohnes so verstört hatte.

Als er von Liebe sprach, war Bens Kindheit endgültig vorbei.

18

Die Nachricht auf meinem Anrufbeantworter stammte von Marian, seiner Fahrerin. Sie hatte eine energische, unauffällige Stimme.

»Mrs. Piercy, dies ist eine Nachricht von Mr. McNally. Er ist zu einem Notfall an den Golf abberufen worden, also wird er einige Tage fortbleiben. Ich soll Ihnen Grüße übermitteln. Er wird sich melden, sobald wieder alles unter Kontrolle ist.«

Wie ein Arzt – ich hatte es selbst gesagt. Aber er hätte doch bestimmt – *bestimmt* – selbst anrufen können? Die Idee, daß ich zum Gesprächsstoff zwischen ihm und Marian gehörte, gefiel mir nicht. Ich war auf ein Stichwort auf seiner Mann-in-Eile-Liste reduziert worden. Die Nachricht komplettierte einfach nur meine Demütigung.

Am späten Vormittag kam Desma bei mir im Büro vorbei, um sich nach unserem Samstagstennis zu erkundigen.

»Sabine kann nicht«, sagte sie, »weil Martin sie übers Wochenende auf einen Luxustrip entführt, die Glückliche. Aber Ronnie steht wieder zur Verfügung, und sie sagt, sie würde gern spielen, wenn wir etwas Rücksicht nehmen.«

»Letztes Mal, als sie das gesagt hat und wir uns daran gehalten haben, hat sie uns in Grund und Boden gespielt«, erinnerte ich sie.

»Dann spielen wir einfach wie immer – wir müssen sowieso amerikanisch spielen, also ist es fair. Kannst du kommen?«

»Ja.«

Es schien jetzt keinen Sinn mehr zu haben, etwas anderes zu tun, als zum Status quo zurückzukehren. Ich hatte eine Wildwasserfahrt hinter mir und aufregende Augenblicke der Leidenschaft erlebt – meiner eigenen und der anderer Leute –, abstoßende Gefahren, lebensgefährliche Sprünge und Augenblicke reinen, atemberaubenden Hochgefühls. Aber jetzt, so sagte ich betrübt zu mir selbst, war ich in das seichte Gewässer zurückgekehrt, in das ich wirklich gehörte.

Ich begleitete Desma hinaus, und an der Tür hatte ich mich wieder hinlänglich aufgerappelt, um mich nach Ronnies Untersuchungen zu erkundigen.

»Sie sagt, sie haben etwas gefunden, aber offensichtlich kann man es behandeln.«

»Etwas gefunden? Du meinst… Was haben sie denn gefunden?«

Desma zuckte mit den Achseln. »Mehr hat Ronnie nicht gesagt. Aber sie schien sich keine großen Sorgen deswegen zu machen, und wahrscheinlich sollte man den Leuten in solchen Sachen einfach glauben.«

»Wahrscheinlich.«

»Übrigens…« Desma, die mit dem Rücken zur Straße stand, wies mit einer leichten Kopfbewegung hinter sich. »Sieh mal – hinter mir!«

Der Clio der Shaws stand mit laufendem Motor am Straßenrand, und Rick saß am Steuer. Er fing meinen Blick auf, winkte und lächelte mich auf seine liebenswerte, schüchterne Art an. Bryony war nicht auf dem Rücksitz zu sehen.

Desma zog grinsend die Augenbrauen hoch. »Ich bin zum Mittagessen eingeladen. Und Bryony bleibt bis sechs bei meiner Mutter, also habe ich den ganzen Nachmittag frei.«

Ihre Freude war ansteckend, und als ich sie umarmte, war ich ein kleines bißchen neidisch. »Viel Spaß.«

»Keine Sorge.« Sie sah zu Rick hinüber, dann noch einmal kurz zu mir. »Ist das Leben nicht großartig?«

Am Samstag war kein besonders gutes Tenniswetter. Es war grau und böig mit gelegentlichen kurzen, heftigen Schauern – genau die Bedingungen, unter denen es sich bezahlt macht, wenn man technisch versiert ist. Unser Dreier entwickelte sich zu einer Schlacht zwischen Ronnies Präzision und Desmas Unermüdlichkeit, wenn es darum ging, dieser die Stirn zu bieten. Wenn sie beide auf derselben Seite des Netzes waren, blieb mir nicht viel mehr, als aufzuschlagen und zuzusehen, wie der Ball zurückgeschwirrt kam. Ich versuchte, mich wie eine Erwachsene zu benehmen und mich nicht pausenlos zu entschuldigen, doch nachdem wir dreizehn Spiele gespielt hatten und ich mich fest in die Rolle des ewigen Verlierers gefügt hatte, fing es dauerhaft zu regnen an, und das benutzte ich als Vorwand.

»Hört mal, finde nur ich das, oder wird es hier ein bißchen ungemütlich?«

»Das wird es in der Tat«, sagte Desma. »Ab in den Kutter? Ich gehe das Auto holen – bei diesem Wetter will ja wohl keiner laufen.«

»Du bist unglaublich«, sagte ich zu Ronnie, als wir auf der Bank die Reißverschlüsse unserer Schlägerhüllen und unserer Jacken zuzogen. »Was braucht man eigentlich, um dir das Spiel zu ruinieren?«

Sie lachte. »Na ja, jedenfalls ganz bestimmt kein Gewächs in der unteren Etage.«

Ich fühlte mich von dieser fröhlichen Offenbarung wie vor den Kopf gestoßen. »O Ronnie, tut mir leid.«

»Nein, ich spuck's nur aus, weil es einfacher ist, das zu tun und es klarzustellen. Ich habe gute Chancen, daß sie es wegbekommen. Auf keinen Fall möchte ich, daß es mein Leben und das der anderen bestimmt.«

Wir machten uns auf den Weg zur Straße. »Also, wenn man nach deinem Tennis geht …«

»Da gibt es noch genug zu verbessern. Ich werde ein paar Stunden nehmen, solange ich noch gut klarkomme.«

Jedes Wort ließ mich zusammenfahren. »Wie meinst du das?«

Sie stupste mich an. »Ich meine, bevor ich ernsthaft mit der Therapie beginne und mich in ein Schrumpelweib verwandele, das nicht einmal mehr Flohhüpfen spielen kann, geschweige denn Tennis.«

»Ich verstehe.«

»Willst du mitmachen?«

»Klar, warum nicht?« Ich war nur zu gern bereit, mich von ihrem leichtfüßigen Optimismus mitreißen zu lassen. Es war eine ganz und gar egoistische Reaktion: Ronnie war die Gesunde, die Sportliche, die Glückliche, Zufriedene, Ruhige – sie war mein Prüfstein, und das mußte sie auch bleiben. Etwas anderes als eine vollständige Gesundung war undenkbar.

In der Kutter-Bar – na ja, es war ja auch nur eine Frage der Zeit – latschte Desma ahnungslos voll ins Fettnäpfchen.

»Vielleicht läßt sich ja nächste Woche unsere Modekorrespondentin dazu herab, sich uns wieder anzuschließen.«

Zu meinem Glück war Ronnie schnell von Begriff. »Ich nehme an, jetzt, wo sie ihren schicken eigenen Platz da oben haben, wird sie die öffentlichen Plätze nicht mehr ganz so attraktiv finden. Wahrscheinlich wären wir gut beraten, uns nach einem Ersatz für die Samstagvormittage umzusehen.«

»Aber Sabine ist unersetzlich!«

»Niemand ist unersetzlich«, sagte Ronnie bestimmt. »Und sie wird uns sowieso alle zu sich einladen. Also verlieren wir keine Mitspielerin, sondern wir gewinnen einen neuen Treffpunkt.«

Ich sah sie dankbar an. »Wie gut du das ausgedrückt hast!«

»Es stimmt doch. Hör mal, Desma, Eve und ich wollen Stunden nehmen – hast du auch Lust dazu?«

Um zwei Uhr erschien Dennis im Kutter, um Ronnie abzuholen.

»Ah, mein Chauffeur«, sagte sie und ergriff seine Hand, als er sich neben sie stellte. »Trinkst du ein Glas mit?«

Zu meiner großen Überraschung stimmte Dennis zu. Er bestellte sich ein alkoholarmes Bier und zog einen Stuhl vom Nebentisch zu uns herüber.

»Es ist ja furchtbar geworden da draußen«, sagte er. »Konntet ihr überhaupt spielen?«

»Sozusagen«, erwiderte Ronnie. »Bauerntennis, aber es hat Spaß gemacht.«

»Wo ist denn Sabine – konnte sie nicht?«

»Nein…« Ronnie klopfte ihm auf den Handrücken. »Ich habe dir doch gesagt, sie und Martin haben sich übers Wochenende auf einen Adelssitz im Lake District verdrückt.«

»Dumm gelaufen«, kommentierte Dennis fröhlich. »Wenn das Wetter da oben so ähnlich ist wie hier, dann stirbt sie in ein paar Stunden vor Langeweile.«

Ich fragte mich nichtswürdigerweise, ob Ronnie etwas von dem, was ich ihr erzählt hatte, weitergesagt hatte, und seine nächste Bemerkung war ein Volltreffer.

»Was macht denn Ben im Moment so? Ich habe ihn ja schon ewig nicht mehr gesehen.«

»Du gehst einfach in die falschen Kneipen, Dennis«, sagte Desma. Er lachte, ließ sich aber nicht abwimmeln.

»Nein, normalerweise kommt er vorbei... Arbeitet er immer noch in diesem Laden?«

»Nein, er fährt demnächst nach Dänemark und arbeitet ein paar Monate in einer von Ians Filialen.«

»Das klingt nach einer hervorragenden Idee. Er ist so ein sympathischer Junge, er kommt mir immer so vor, als würde er sich – wie sagt man – unter Wert verkaufen.«

»Dennis!« sagte Ronnie. »Das klang aber nicht besonders höflich.«

»Tut mir leid, Eve – es sollte ein Kompliment sein.«

»Das ist mir klar.«

Ronnie seufzte nachdenklich. »So lieb ich sie habe, manchmal wünschte ich mir, unsere beiden würden sich auch aufraffen und ein bißchen im Ausland arbeiten.«

»Nein, das wünschst du dir nicht«, sagte Dennis. »Nicht wirklich. Du würdest in Null Komma nichts unter Waschmaschinenentzug leiden.«

»Wollen wir wetten?«

Er stand auf und hielt ihr die Hand hin. »Im Augenblick ist es sowieso nicht sehr wahrscheinlich, daß sie verschwinden, oder?«

Als sie gegangen waren, ging Desma zur Toilette. Ich sah zu, wie Ronnie und Dennis den Parkplatz überquerten und zu ihrem dunkelblauen Rover gingen. Dennis hielt seiner Frau die Beifahrertür auf und steckte kurz den Kopf ins Auto, als sie saß. Ich hatte Ronnie immer für den größeren und interessanteren Partner gehalten. Dennis war still, verläßlich, ein furchtbar netter Mann, aber nicht übermäßig amüsant.

Heute fiel mir zum ersten Mal auf, daß er ein leises, ironisches Lächeln besaß und daß er in Wirklichkeit größer war als sie.

Da der Himmel so bedeckt blieb und es Anfang Oktober war, wurde es früh dunkel. Ich hatte meine reduzierten häuslichen Pflichten in der Wohnung bald erschöpfend erledigt und sah einen langen Abend voller Unruhe auf mich zukommen. Es fiel mir schwer, mich an jene Tage in nicht allzu ferner Vergangenheit zu erinnern, als diese Wohnung noch mein Nest war, das Symbol meiner gemütlichen, behüteten Unabhängigkeit, meine Zuflucht vor der chaotischen Welt der Beziehungsschlachten. Jetzt wanderte ich nervös von einem Zimmer zum nächsten wie die Heldin eines modernen Märchens, eingekerkert in einem Turm, den ich selbst erbaut hatte. Die ordentlich aufgetürmten Kissen schienen sich gegen mein Gewicht zu sträuben, die aufgeräumte Küche schien ein Echo entwickelt zu haben. Ich fühlte mich allein, aber beobachtet. Ich konnte einfach nicht zur Ruhe kommen.

Schamlos vor Verzweiflung rief ich Helen an.

»Leider nein«, sagte sie. »Ich kann nicht. Zu dumm.«

Dies war ihrem üblichen erschöpften Stillschweigen so unähnlich, daß ich sie darauf ansprach.

»Was machst du denn?«

»Du hörst dich erstaunt an.«

»Nein, nein, überhaupt nicht! Es ist nur …«

»Schon in Ordnung, du hast ganz recht. Mein Terminkalender gibt normalerweise keine besonders aufregende Lektüre ab. Aber Clive kommt vorbei und geht mit mir aus.«

»Wirklich?« Also gab es doch einen Gott. Ich war überrascht, wie sehr mich das freute.

»Ich kann mir gar nicht vorstellen, wieso ich mich damit einverstanden erklärt habe. Aber er war ungewöhnlich beharrlich.«

Ohne zu überlegen, fragte ich: »Hast du ihm von John erzählt?«

»Wohl kaum. Also wirklich, Eve!«

»Nein, das habe ich mir gedacht.«

»Kerridge ist jetzt eine Unperson – laß uns nicht von ihm sprechen.«

»Entschuldigung. Warum – entschuldige die Frage – warum ist es dann so sinnlos, mit Clive auszugehen?«

»Ach, ich weiß nicht…« Ihre Stimme verstummte zu etwas zwischen Murmeln und Seufzen. »Ich bin wohl ein bißchen verlegen.«

»Warum das denn?« fragte ich, obwohl es natürlich eine rhetorische Frage war, da wir beide den Grund genau kannten. Es war nur das erste Mal, daß Helen es zugegeben hatte.

»Hmm… wie auch immer…« Sie hustete leise und gedämpft.

»Wie wäre es mit morgen?« fragte ich.

»Wenn du Lust hast… aber mach dir keine Mühe.«

»Keine Angst.«

Tatsächlich beschäftigte mich sofort nach dem Auflegen die Frage, was ich am Sonntag zu Mittag kochen könnte. Es mußte annehmbar sein, aber so aussehen, als hätte es sich quasi von allein gekocht. Schließlich würde Helen nach ihrer Ermahnungsfloskel keinen weiteren Gedanken mehr daran verschwenden, wieviel Aufwand ich getrieben hatte. Ich ging in die Küche und brachte Schokomüsliriegel, Weizenflocken, einen Liter Milch und eine unglaubliche Ansammlung jener trockenen Zutaten zum Vorschein, deren Lebenszweck es ist, einmal benutzt zu werden und dann zielstrebig an ihrem Haltbarkeitsdatum vorbeizusegeln. Da meine Schränke leer waren, mußte ich sowieso in den Supermarkt. Es war ein trauriges Eingeständnis, aber es machte mir nichts aus – so würde ich etwas zu tun haben. Ich würde jetzt sofort gehen – der Supermarkt vor Ort hatte seit neuestem rund um die Uhr geöffnet, und ich stellte mir ein völlig anderes nächtliches Klientel vor, das auf der Suche nach Malt Whisky und Marlboros durch die Gänge kreuzte, bevor es die Stadt unsicher machte.

In Wirklichkeit schien es keinerlei Unterschied zwischen dem Publikum um zehn Uhr morgens und dem um zehn Uhr abends zu geben, einschließlich einer erstaunlichen Anzahl schlafloser Kleinkinder. Ich sagte mir, daß es ein Zeichen von

Altersverkrustung war, daß mir das auf die Nerven ging. Es stellte sich heraus, daß die einzige Person, die meinen Vorurteilen entsprach, keine Kundin war, sondern zum Personal gehörte. Denn keine andere als Pearl präsidierte über die Expreßkasse. Ihre Brüste drohten aus ihrem karierten Overall zu hüpfen wie zwei springende Delphine.

»Was macht Ben?« fragte sie, während sie die Barcodes meiner Einkäufe scannte.

»Er arbeitet jetzt eine Weile in Dänemark.«

»Ach ja? Wie kommt das denn?« Ihre Intuition war untrüglich – sie glaubte keine Sekunde lang, daß er nach Dänemark fuhr, weil er Lust dazu hatte.

»Ihm war es im Plattenladen zu langweilig«, sagte ich, »und es gab zufällig eine freie Stelle in der Firma seines Vaters.«

»Hat er immer noch dieselbe Freundin?«

»Sie ist wieder im Norden und geht aufs College. Das könnte auch ein Grund gewesen sein.«

Sie nickte. Ich suchte nach einer Andeutung von Schadenfreude, konnte aber nichts entdecken. »Grüßen Sie ihn von mir.«

»Das mache ich...« Ich gab ihr meine Kundenkarte. »Und wie geht es dir?«

Sie zog die Karte durch. »Ich bekomme Ende März ein Baby.«

»Pearl, wie schön! Wer...« Ich war im Begriff zu fragen, wessen Baby es war, aber es standen drei Leute hinter mir in der Schlange. »Du siehst gut aus.«

»Es ist von Nozz«, sagte sie und beantwortete die Frage, die ich nicht gestellt hatte.

»Er muß sehr stolz sein.«

»Ja, stolz wie Oskar.«

»Tja, meinen ganz herzlichen Glückwunsch für euch beide.« Ich nahm mein Wechselgeld entgegen. »Ich sage es Ben, wenn ich ihn das nächste Mal sehe.«

»Ja.« Sie wandte sich der nächsten Kundin zu. »Vergessen Sie nicht, ihn von mir zu grüßen.«

»Bestimmt nicht. Wiedersehen, Pearl.«

»Bis dann.«

Auf dem Heimweg verdaute ich die Neuigkeit. Noch vor ein paar Monaten, nein, ein paar Wochen wäre mir die Vorstellung, daß Pearl Mutter wurde, absolut lächerlich erschienen. Jetzt hatte ich überhaupt keine Probleme damit. Im Gegenteil, wenn ich sie so zum Bersten zufrieden in ihrem Overall dasitzen sah, dann kam sie mir vor wie der Inbegriff der fruchtbaren werdenden Mutter. Ich konnte mir gut vorstellen, wie sie und Nozz stolz ihren Buggy vor meinem Fenster über die Promenade schoben.

Die Zeiten änderten sich zweifellos – ich wünschte mir nur, ich würde mich mit ihnen ändern.

Ich kochte Lasagne mit Meeresfrüchten für Helen und mich, dazu gab es einen großen Salat und zum Dessert einen raffinierten Käse und Krustenbrot. Es mußte etwas sein, das warten konnte, weil ihre Unpünktlichkeit berüchtigt war und wir diesmal keine Zeit verabredet hatten, daher lag ihre geschätzte Ankunftszeit irgendwann zwischen elf Uhr vormittags und drei Uhr nachmittags.

Sie tauchte um Viertel vor zwei auf, und in ihrem spinatgrünen Tweedkostüm, das gut zu ihrem verblichenen Auberginenhaar paßte und gerade eben so unmodern war, daß es schon wieder stilvoll war, sah sie großartig aus. Zu meinem Erstaunen hatte sie auch eine Flasche Wein und eine Schachtel Pralinen dabei.

»Du bist ein Schatz«, sagte ich, während ich den Wein auf den Tisch stellte und ihr ein Gläschen aus meiner Karaffe reichte, »aber das wäre doch nicht nötig gewesen.«

Ohne darauf einzugehen, trug sie ihr Glas zur Balkontür. »Es ist wirklich schön, so am Meer zu sein.«

»Mir gefällt es auch«, pflichtete ich ihr bei. Sie hier zu haben und zu wissen, wie ungemütlich ihre Wohnung war, erweckte meine Vorliebe für die meine wieder ein wenig. »Jetzt, wo ich mich daran gewöhnt habe, glaube ich, daß ich mich anderswo klaustrophobisch fühlen würde.«

»Können wir nachher ans Meer gehen?« fragte sie wie ein Kind.

»Klar. Bei schönem Wetter ist jetzt die beste Jahreszeit dafür, weil nicht mehr so viele Leute da sind.«

»Ach ja, die Leute.« Sie lachte in trockenem Stakkato. »Wenn wir so ›die Leute‹ sagen, dann meinen wir immer alle außer uns selbst.«

»Du weißt, was ich meine.«

»Komm, wir essen!«

Wir setzten uns an den Tisch. Als ich die Lasagne austeilte, stützte sie sich auf den Tisch, das Kinn in den Händen, und beobachtete mich mit ihrem ziemlich leeren Blick. Ich bemerkte, daß sie den Gagatring am Mittelfinger der rechten Hand trug. Ich wußte, daß sie nicht von sich aus über ihren Abend mit Clive erzählen würde, doch ich betrachtete den Ring als gutes Zeichen.

Wir waren beim Käse angelangt, als ich mich von meinem Elend erlöste und fragte: »Und, wie war es gestern abend?«

»O … ja, es war ganz nett.«

»Wie ging es Clive?«

»Es schien ihm sehr gut zu gehen. Er hatte ganz leuchtende Augen und ein frisches Gesicht; er hat mich regelrecht beschämt.«

»Er ist auf diesem Gesundheits- und Fitneßtrip.«

Sie zog eine Grimasse. »Davon hat er nichts gesagt.«

Nein, dachte ich, ganz bestimmt nicht – er weiß, mit wem er es zu tun hat. »Aber ihr hattet einen schönen Abend?«

»Ja. Er hat mich zu einem Konzert in Brighton eingeladen, und dann sind wir indisch essen gegangen – weiß Gott, was das alles gekostet hat.«

»Ich bin mir sicher, daß das keine Rolle gespielt hat, Helen. Was für ein Konzert war es denn?«

»Nichts Klassisches – zwei aufgeweckte junge Männer und ein Klavier, sehr geistreich und gelackt.«

»Sweet and Sour?« half ich mit dem Namen eines populären Kleinkunstduos nach.

»Genau. Ganz mein Geschmack. Ein paarmal habe ich sogar laut losgelacht.«

Sie klang ein wenig erstaunt. Offensichtlich war der Abend ein voller Erfolg gewesen.

»Meinst du, du wirst Clive wiedertreffen?«

»Wahrscheinlich. Da wir nur ein paar Kilometer voneinander entfernt leben, ist es so gut wie unvermeidlich.«

»Gut!«

Sie streckte die Hand aus, um noch etwas Wein zu nehmen. »Er hat mir diesen Ring geschenkt.«

»O, das ist ja …« Ich beugte mich vor, um ihn zu bewundern. »Der sieht wirklich toll aus!«

»Ich muß sagen, ich fand das Ganze ziemlich alarmierend.«

»Alarmierend? Wieso?«

»Er hat mir so lange Bücher und Badesalz gekauft, daß ich ihn mir einfach nicht im Juwelierladen beim Ringkauf vorstellen kann.«

»Na bitte«, sagte ich und versuchte erfolglos, den triumphierenden Unterton in meiner Stimme zu unterdrücken, »er ist immer noch für die eine oder andere Überraschung gut.«

Sie leckte sich über den Finger, um ein paar Krümel aufzupicken. »Hmmmm …«

Clive war nicht der einzige, der für Überraschungen gut war, wie ich bald herausfand. Als wir den Tisch abgeräumt hatten, gingen wir aus dem Haus und überquerten die Promenade, um an den Strand zu gehen. Auf halber Strecke setzten wir uns mit dem Rücken zum Windschutz und tauschten dann aber die Plätze, so daß Helen mit ihrer Zigarette in meinem Windschatten saß.

»An solche Strände kann ich mich aus meiner Kindheit erinnern«, merkte sie mit zusammengekniffenen Augen an.

»Ein sehr britischer Strand«, meinte ich.

»Deshalb aber nicht zu verachten. Ich hatte ein schwarzes Badekostüm aus Wolle, das sich immer voll Wasser gesogen hat, und Leinenschuhe zum Schutz vor den Steinen.«

»Die hatte ich auch. Aber sie sind einem beim Schwimmen immer davongetrieben.«

»Stimmt. Und eine Badekappe. Weißes Gummi mit Druckknopf.«

»Genau, nur meine war blau. Es war eine Qual, sie auszuziehen – wie wenn man sich ein Pflaster von den Haaren auf dem Arm zieht.«

»Weißt du«, sagte sie, »meine Eltern sind nie geschwommen. Ich weiß nicht einmal, ob sie es überhaupt konnten. Mein Bruder und ich haben es in der Schule im Schwimmbad gelernt. Trotzdem haben Mutter und Vater dagesessen und gelesen oder Kreuzworträtsel gelöst, während wir bei jedem Wetter in den Wellen herumgetrieben sind, obwohl es für uns viel zu gefährlich war ...«

Daher hatte sie es also, dachte ich, dieses ausgeprägte, vertrauensvolle Treibenlassen.

»Gehst du hier manchmal schwimmen?« fragte sie plötzlich.

»Ja, im Sommer. Frühmorgens oder spätabends, wenn es am Strand nicht so voll ist.«

»Das würde ich auch gern einmal machen.«

»Dann mußt du es auch. Abgemacht.«

Sie war so mitteilsam wie seit Ewigkeiten nicht mehr, und ich wagte zu hoffen, daß ich den Grund kannte. Doch als ob sie meine Gedanken lesen konnte, sagte sie dann:

»Clive hat mich gefragt, ob ich zurückkomme.«

»Ach wirklich?«

»Ob ich darüber nachdenken würde – das waren seine Worte.«

»Und tust du es?«

»Ich brauche nicht darüber nachzudenken.«

Endlich kamen wir auf den Punkt. Ich bedrängte sie nicht. Wir saßen Seite an Seite und sahen auf das Meer hinaus, bis sie ein paar Sekunden später ihren Zigarettenstummel in den Kies drückte und sagte: »Es kommt nicht in Frage.«

Das überraschte mich nicht; ich hatte mit Widerspruch gerechnet, wenn auch nicht mit solchem Nachdruck. »Und wieso nicht?«

»Eve, es *ist* ...« Sie zündete sich noch eine Zigarette an. »Wir haben den richtigen Moment verpaßt.«

Das kam mir ein bißchen dick aufgetragen vor. »Wie kannst du das sagen? Kerridge hat sich verdrückt, genau wie du es vorausgesehen hast, und du sagst selbst, daß Clive ein neuer Mann ist.«

Sie zeigte mit den beiden Fingern, zwischen denen ihre Zigarette klemmte, auf mich. »Genau.«

»Was?«

»Er ist über mich hinweg, genau wie ich über ihn hinweg bin.«

»Ich verstehe ehrlich nicht …«

»Vielleicht weiß er es selbst noch nicht, aber es ist vollkommen offensichtlich. Er ist gestern abend nur aus Gewohnheit gekommen. Er braucht mich nicht mehr. Im Gegenteil, es wäre ein Rückschritt.«

Ich schüttelte ungläubig den Kopf. »Wozu diese Selbstlosigkeit? Was möchtest *du* denn?«

»Ich habe keine Ahnung. Aber jedenfalls nicht Clive. Wenn wir wieder zueinander zurückkehren würden, dann würde das nur bedeuten, daß wir uns rückwärts bewegen. Ich will ja nicht sagen, daß ich etwas von Kerridge gelernt habe, aber ich habe mich verändert. Und so wie es aussieht, mein Mann auch.«

»Aber ist das nicht etwas Gutes? Könntet ihr nicht – genau, zurückgehen und von vorne anfangen?«

»Ich glaube nicht.«

»Hast du ihm das alles gesagt?«

»Ja.«

Jetzt mußte ich ihr die Würmer wieder aus der Nase ziehen. »Und?«

»Erst hat er anstandshalber ein bißchen protestiert, aber dann hat er mir zugestimmt.«

»Er hat deiner Analyse zugestimmt?«

»Das hat er gesagt.«

»Ich verstehe.«

Ich weiß nicht, warum ich so enttäuscht war, denn ich wußte, daß ihre Ansicht vernünftig war. Wahrscheinlich war ich so verliebt in meine Vorstellung von einem Happy-End, und das hier war alles so trostlos und realistisch. Es brachte auch eine Sturheit in Helens Charakter an den Tag, die mir eigentlich noch nie aufgefallen war.

Sie hustete. »Jedenfalls ist der neue Clive nicht für mich bestimmt. Er gehört der reizenden Catherine.«

Sie klang ganz sachlich, aber ich platzte dennoch unüberlegt heraus: »Ich versichere dir, das hat er nicht gesagt ...«

Ich hielt schrecklich verlegen inne. Doch sie zog nur eine Augenbraue hoch, ohne mich anzusehen. »Helen, es tut mir so leid.«

»Was denn?«

»Was hast du denn jetzt ... hast du irgendwelche Pläne?«

»Nein. Fürs erste mache ich so weiter wie im Moment. Obwohl ich nichts dagegen hätte, aus diesem blöden Dorf herauszukommen.« Plötzlich grinste sie mich lebhaft an. »Vielleicht ziehe ich ja ans Meer.«

An diesem Abend rief Ben an und sagte, er würde am folgenden Abend vorbeikommen, um seine Sachen zu holen.

»Ist es in Ordnung, wenn ich bei dir übernachte?«

»Was für eine Frage – natürlich ist das in Ordnung.«

»Ich dachte, ich frage lieber. Nach dem letzten Mal.«

»Aber hier ist immer noch dein Zuhause, Schatz.« Ich dachte ein wenig schuldbewußt an meine Attacke auf sein Zimmer. »Daran ändert doch so eine dämliche Auseinandersetzung nichts.«

»Ich weiß nicht, ob sie dämlich war. Egal, es war höchste Zeit, daß ich da ausziehe. Du brauchst deinen Platz.«

Hatte er eine Ahnung! dachte ich. Mein Platz, wie er das nannte, war zu einer Art Einzelzelle geworden. Ich würde mich auf diesen großen Abschied gefaßt machen müssen.

Ich blätterte die Sonntagszeitung durch und sortierte die Teile aus, die mich nicht interessierten, bevor ich den Rest mit ins Bett nahm. Da fand ich auf der Titelseite des Wirtschaftsteils einen kleinen Artikel über Ankatex. Irgendeine Katastrophe brachte offensichtlich die Ankatex-Aktien ins Wanken. Doch man war dabei, den Ölbrand außerhalb von Karnesh in den Emiraten unter Kontrolle zu bekommen. Charles McNally, Ankatex' Katastrophenexperte, der kurz vor der Pensionierung stand, sagte, daß es zwar ein heftiges Feuer gewesen sei, aber glücklicherweise nicht zu heftig. Am Schluß des Absatzes empfahl der Arabienkorrespondent der Zeitung den Aktionären, die Nerven zu behalten – McNally sei berühmt für seine glückliche Hand.

Also war er gerade bei seiner Lieblingsbeschäftigung, dem Kampf mit dem Feuer. Ich ließ die Zeitung sinken und starrte auf das Meer hinaus. In dieser ruhigen Nacht war es nur eine dunklere Fläche zwischen den Straßenlaternen und den Sternen. Wenn ich ganz genau hinhörte, konnte ich das leise Zischeln der Wellen hören, die den Kies unter sich mitschleiften, als sie den Strand hochkrochen. Es war eine seltsame Vorstellung, daß die Grenze meines Horizontes nur einen Bruchteil der Entfernung ausmachte, die mich von Charles McNally trennte.

Ben war schon da, als ich am Montag um sechs nach Hause kam. Er begrüßte mich aus seinem Zimmer, als ich die Wohnungstür schloß.

»Hallo, ich bin hier drin!«

Sein Rucksack stand mitten im Zimmer auf dem Boden, und der Großteil seiner Kleidungsstücke lag auf dem Bett.

»Die Qual der Wahl«, sagte er.

»Findest du alles?« fragte ich.

»Klar – das Problem ist nur, was ich hierlassen soll.«

Ich trat ins Zimmer und setzte mich auf den Stuhl. Ich fühlte mich schüchtern. Es fiel mir schwer, mich an das unkomplizierte Kommen und Gehen unseres Zusammenlebens in der Vergangenheit zu erinnern. Wir hatten uns nicht einmal mit einem Kuß begrüßt.

»Wann fliegst du denn eigentlich?«

»Mittwoch – ich fliege nachmittags ab Heathrow.«

»Hast du schon eine Wohnung gefunden?«

»Alles erledigt. Ich komme bei einem Bekannten von Papa unter – niedrige Miete und ein bißchen Babysitten.«

Das erinnerte mich an etwas. »Ich habe Pearl neulich abends getroffen – sie arbeitet im Supermarkt.«

»Ach ja?« Sein altes Grinsen blitzte auf. »Wie geht's dem Perlchen denn?«

»Sie ist ein schwangeres Perlchen.«

Er setzte sich auf das Bett. Vielleicht zum ersten Mal seit Wochen war er ganz Ohr. »Du machst wohl Witze!«

»Überhaupt nicht. Und rate mal, von wem es ist.«

Er schüttelte langsam den Kopf, ohne den Blick von mir abzuwenden. »Ich passe.«

»Nozz.«

»Nozz, der Mistkerl…«, hauchte er. »Da hat er aber keine Zeit verloren.«

»Sie sagt, er freut sich wie ein Schneekönig.«

»Hat er vor, eine ehrbare Frau aus ihr zu machen?«

»Ich habe keine Ahnung. Da mußt du ihn schon fragen.«

Er fing an, sich Kleidungsstücke auszusuchen und sie in seinen Rucksack zu stecken. »Und wie ging es ihr?«

»Sie sah großartig aus. Das blühende Leben, ganz so wie es sein soll.«

»Glücklich?«

»Absolut. Aber sie hat darauf bestanden, daß ich dich herzlich grüße.«

Er lachte kurz und schüttelte noch einmal den Kopf, doch sein Gesichtsausdruck war voll echter Zärtlichkeit. »Sie gibt niemals auf.«

Wir versuchten, einen ganz normalen Abend miteinander zu verbringen. Schinken und Eier in der Küche, netter Unsinn im Fernsehen … Aber es war nicht normal, und wir wußten es beide. Ich wäre schrecklich gern ins Bett gegangen, um dieses Grauen abzukürzen. Nach den Neun-Uhr-Nachrichten schaltete ich den Fernseher aus und gähnte.

»Ich glaube, ich …«

»Mama, hast du vielleicht Sabine gesehen?«

»Nein.«

»Hast du eine Ahnung, wie es ihr geht?«

»Nein. Ich habe im Moment überhaupt keinen Kontakt zu ihr.«

»Vielleicht hast du ja etwas gehört.«

»Nein. Oder zumindest weiß ich, daß sie letztes Wochenende weggefahren sind, in den Lake District.«

Er hatte den Kopf abgewandt. »Sie sind zusammen gefahren?«

»Ja.«

»Ich wünschte, ich wüßte ...« Seine Stimme kam ins Wanken, er hielt inne und holte Luft. »Ich wünschte nur, ich wüßte, wie es ihr geht ... was sie empfindet.«

»Da kann ich dir nicht helfen.«

»Das ist mir klar. Aber es kommt mir verrückt vor, daß ich hier unten sitze und sie da oben, daß wir nicht miteinander reden, uns nicht berühren – gar nichts. Verrückt und verdammt noch mal *verkehrt*.«

»Es war dein Entschluß«, erinnerte ich ihn und versuchte, trotz meiner aufkommenden Panik ruhig zu klingen. »Abstand und Zeit, damit sie sich entscheiden kann, weißt du noch?«

Es folgte eine lange Pause. Seine Beine begannen vor Anspannung unkontrolliert zu zittern.

»Ja«, sagte er schließlich, »ich weiß.«

Unter dem Vorwand, die Küche aufzuräumen, blieb ich noch ein wenig länger auf, um ihn im Auge zu behalten. Zu meiner Erleichterung schien der Moment vorüberzugehen. Er schaltete den Fernseher wieder ein, und ich hörte ihn sogar über irgend etwas lachen.

»Okay«, sagte ich, »ich gehe ins Bett. Vergiß nicht, alles auszuschalten.«

Ich beugte mich über ihn und gab ihm einen Kuß, und er hob den Kopf, um mir auch einen zu geben, und legte mir kurz die Hand auf den Arm.

»Nacht, Mama.«

Ich war fast dabei, ins Bett zu steigen, als ich ihn aus dem Flur rufen hörte: »Ich gehe noch ein bißchen spazieren, aber ich bleibe nicht lange.«

»Okay ... ach, Ben?« Es war zu spät – die Wohnungstür schloß sich fest hinter ihm.

Ich schaltete tatsächlich meine Nachttischlampe aus und sah aus dem Fenster, doch er tauchte nicht auf der Promenade auf. Ich lag in höchstem Alarmzustand im Bett, und mein Verstand lief auf Hochtouren. Natürlich war er gar nicht spazierengegangen – er war die Klippen hinaufgefahren, um Sabine zu belagern und sich von Martin vermöbeln zu lassen ... Oder noch schlimmer, sie hatten sich verabredet und waren vielleicht jetzt schon dabei – o Gott … Oder am schlimmsten, sie waren auf dem Weg zur Nachtfähre, und ich würde ihn nie wiedersehen …

Keine fünfzehn Minuten später öffnete und schloß sich die Wohnungstür, und er ging ganz leise in sein Zimmer, um mich nicht zu wecken, während ich im Schweiß von Scham und Erleichterung gebadet dalag.

Ich hatte bereits beschlossen, am nächsten Morgen zur selben Zeit zur Arbeit zu gehen, wie er das Haus verließ. Auf diese Weise würden wir auf der Straße voneinander Abschied nehmen, wo die Gefahr geringer war, daß ich mich und ihn blamierte. Bis zu diesem Moment beschäftigten wir uns mit unseren üblichen Morgentätigkeiten, ohne viel zu reden – ich hatte im Schlafzimmer und in der Küche das Radio an, und die vertrauten Expertenstimmen überdeckten unser angespanntes Schweigen.

Er sagte nichts über die Tatsache, daß ich eine Dreiviertelstunde früher als sonst aus dem Haus ging. Als wir die Treppe hinuntergingen, erinnerte mich der Anblick seines Rucksacks an etwas Unwichtiges.

»Brauchst du keinen Anzug?«

»Wahrscheinlich. Ich kaufe mir drüben einen – Papa greift mir unter die Arme.«

»Aha.«

Der Tag war schön und kalt. Die Möwen, die zusammengedrängt auf den Dächern und Schornsteinen saßen, glänzten in der Sonne, aber im Schatten des Hauses war es frühmorgens kühl. Er lud den Rucksack auf die Rückbank des VWs, und dann gab es nichts mehr zu tun.

»Paß gut auf dich auf, Schatz«, sagte ich, »und ruf mich an, wenigstens um mir zu …«

»Mama.« Er umarmte mich stürmisch und mit aller Kraft und vergrub das Gesicht an meiner Schulter. Mein einziger Gedanke war, daß ich meine Gesichtszüge unter Kontrolle behalten mußte, damit ich nicht völlig die Fassung verlor, wenn er mich losließ. Doch als er das schließlich tat, sah er mich gar nicht mehr an. Er stieg hastig in den Käfer, wendete und fuhr davon.

Einen Teil der verbleibenden Zeit benötigte ich, um mich wieder zu beruhigen, also verließ ich Littelsea auf der Straße nach Brighton und wendete zu einem der Aussichtspunkte auf den Klippen ab. Auf dem Parkplatz stieg ich aus dem Wagen und begab mich an den Picknicktischen vorbei auf den breiten Weg zum Rand der Klippe. Da, wo der Pfad sich verlor, senkte der Boden sich leicht, daher sah ich das Auto erst im letzten Moment. Es war streng verboten, mit einem Fahrzeug so nah an den Rand zu fahren, und es überraschte mich zu sehen, daß es der Rover der Chatsworths war. Im Näherkommen konnte ich hören, daß Musik daraus erklang, und ich erkannte Elgars *Dream of Gerontius*, eine von Ians Lieblingskompositionen.

Es war gut, daß die Musik laut und ich zu Fuß war, sonst hätte mich Dennis womöglich noch gesehen – wo er doch die ausdrückliche Absicht zu haben schien, allein zu sein. Er saß ganz aufrecht auf dem Fahrersitz und hatte die Hände nebeneinander auf dem Lenkrad liegen. Es trug seinen dunklen Anzug – genau wie ich mußte er wohl auf dem Weg zur Arbeit sein. Doch genau wie ich war er auch mit den Gedanken woanders. Niemals hatte ich so bewußt gesehen, daß jemand sich in seiner ganz eigenen Welt befand. Sein Gesicht war gefaßt und bleich. Seine Augen waren auf etwas gerichtet, das nur er sehen konnte. Und seine Wangen waren tränennaß.

19

Bei meinem Versuch, meinem eigenen Unglück zu entkommen, war ich über ein viel größeres gestolpert. Dennis' Gesicht verfolgte mich den ganzen Tag. Bis zu diesem Moment hatte ich nur zu gern unter den breiten, warmen Flügeln von Ronnies Tapferkeit Zuflucht gesucht – wir alle hatten das getan. Doch Dennis lebte jede Sekunde mit der erbarmungslosen Wahrheit, der auch ich nicht länger entkommen konnte: Sie würde sterben.

Es war ruhig im Büro, und in der Mittagspause ging ich mit Jo essen. Sie war ein Naturtalent im Reden, so daß ich mich nicht sehr anstrengen mußte, doch selbst ihr fiel auf, daß etwas nicht stimmte.

»Na gut, Mrs. Piercy, heraus damit!«

»Was?«

»Sag es Tante Jo!«

»Entschuldige, bin ich so schlimm?«

»Du bist überhaupt nicht schlimm, aber du hast offensichtlich etwas auf dem Herzen.«

»Eigentlich viel zuviel – ich will dich nicht damit langweilen.«

»Und ich will dich nicht bedrängen – aber langweilen wirst du mich nicht.«

Sie war eine gute Kandidatin für meine Beichte, weil wir uns nur bei der Arbeit begegneten und sonst nichts gemeinsam hatten, also hatte sie den Vorteil, objektiv zu sein, und ich konnte mich mit dem Bewußtsein trösten, daß ich niemanden verriet. Doch auch so erwähnte ich Ben nicht – ich hätte mir selbst nicht über den Weg getraut.

»Na ja, es ist so«, erzählte ich ihr, »daß ich dachte, ich hätte Probleme, aber ich habe gerade erfahren, daß eine Freundin von mir sterben wird.«

»Das ist das einzige im Leben, was feststeht«, sagte sie völlig ernst.

»Ja, aber bald, in absehbarer Zeit. Ich habe gerade ihren Mann gesehen, und es war schrecklich.«

»Die Arme.«

»Wenn man sie ansieht, würde man niemals glauben, daß sie krank ist. Sie ist das blühende Leben – ich spiele Tennis mit ihr.«

»Viele Leute überleben den Krebs, weißt du. Wenn er früh festgestellt wurde und sie eine Kämpfernatur ist, schafft sie es vielleicht.«

»Ich weiß, aber ich glaube, in diesem Fall – ich glaube, ihr bleibt nicht mehr viel Zeit.«

»Knifflig«, sagte Jo in ihrer sachlichen Art. »Weil sie wunderbar tapfer sein kann und du nur traurig sein kannst.«

Sie hatte es haargenau getroffen. »Stimmt. Ich weiß nicht, wie ich mich verhalten soll. Ich habe das Gefühl, daß ich ihr eine lausige Freundin gewesen bin, weil ich völlig in meinen eigenen Problemen aufgegangen bin.«

Jo beugte sich vor. »Ich wette, sie ist dankbar dafür. Sie würde nicht wollen, daß du alle fünf Minuten mit einem selbstgebackenen Kuchen bei ihr auftauchst.«

Ich mußte lachen. »Stimmt, jeder Kuchen, den ich backe, würde das Ende nur beschleunigen.«

»Andererseits«, sagte Jo, »würde sie ja vielleicht gern darüber reden. Ich meine, Tapferkeit ist eine Sache, aber es ist etwas anderes zu glauben, daß man seine Freunde nicht belasten darf, weil es sich nicht gehört.«

»Aber wie um alles in der Welt – ich kann mir nicht vorstellen, wie ich ein solches Gespräch anfangen sollte.«

Jo öffnete eine Hand und legte den Kopf schief. »Indem du ihr ein paar Fragen stellst?«

»Das liegt eigentlich auf der Hand.«

»Am besten ignoriert man so etwas nie. Ich bin sowieso nicht besonders kompliziert; das Offensichtliche ist das einzige, was ich sehe.«

»Danke«, sagte ich. »Ich werde es versuchen.«

»Laß uns noch etwas trinken.«

Als sie mit zwei frischen Gläsern zurückkam, sagte sie: »Das war also deine Freundin. Und was ist mit dir?«

»Ach, nichts, zumindest nicht in derselben Größenordnung.«

»Zum Wohl! Vielleicht geht es nicht um Leben und Tod, aber wenn es dich bedrückt ... Liebeskummer?«

Ich dachte darüber nach. Hatte ich Liebeskummer? Der Ausdruck ging von einer festen Beziehung mit dem anderen Geschlecht aus, die ich einfach nicht hatte.

»Eigentlich nicht. Es gibt einen Mann, aber keine Liebe und keinen Kummer. Es sei denn, es zählt, daß er spontan verschwunden ist.«

»Klingt nicht besonders angenehm.«

»Ist es auch nicht.«

»Und was ist seine Erklärung?«

»Er ist Katastrophenexperte bei einer Ölfirma – er ist damit beauftragt, am Golf ein Feuer zu löschen.«

»Ich muß sagen, das klingt nach einer ziemlich guten Erklärung«, sagte Jo.

Natürlich hatte sie recht. Wieder einmal lag es auf der Hand: Es war eine gute Erklärung. Charles McNally hatte einen wichtigen Beruf, und er hatte gehen müssen, um ihn auszuüben, und das einzig Vernünftige, was ich tun konnte, war, weiterzuleben wie bisher, zu warten und es mit Fassung zu tragen.

»Danke, Jo«, sagte ich, als es Zeit war zu gehen, »daß du die Stimme der Vernunft gewesen bist.«

»Keine Ursache«, sagte sie, »ich bin zwar grundsätzlich ein bißchen schwer von Begriff, aber manchmal hilft das, die Möglichkeiten einzuschränken.«

Auf dem Rückweg fuhr ich zu einer Tankstelle. Als ich an den Rand des Vorplatzes gefahren war, um das Scheibenwaschmittel nachzufüllen, sah ich den Range Rover der Drages vorfahren. Beschämt und fasziniert sah ich zu, wie Martin in schwarzer Krawatte ausstieg und eine Ewigkeit damit verbrachte, den gigantischen Tank zu füllen. Ich konnte Sabine auf dem Beifahrersitz sehen, das Gesicht von einem ausladenden Pelzkragen eingerahmt.

Als er fertig war, sagte er etwas zu ihr und ging in den Laden. Ich machte mich daran, in meinen Wagen zu steigen, doch ich war etwas zu langsam – sie hatte mich gesehen und stieg aus.

Ich hätte natürlich einfach so tun können, als sähe ich sie nicht, und wegfahren können. Ich hätte in Sekunden aus der Gefahrenzone sein können. Doch aus irgendeinem Grund tat ich das nicht. Als sie auf mich zuzugehen begann, schloß ich die Wagentür und wartete. Mit ihrem schmalen, grauen, pelzbesetzten Mantel und dem glatten, kurzen Haar sah sie absolut großartig aus, wie eine Art-nouveau-Nymphe – großartig und sehr, sehr dünn. Zerbrechlichkeit gehörte nicht zu den Begriffen, die ich normalerweise auf Sabine angewendet hätte, doch heute abend sah sie zerbrechlich aus.

»Eve.«

»Hallo, Sabine.«

»Wie geht es dir?«

»Könnte schlimmer sein.«

Sie kam näher und begab sich auf meine Wagenseite, und ich konnte ihr Parfum riechen – dasselbe, das ich vor einer Million Jahren an Ben gerochen hatte.

Sie sagte: »Ist das mit Ronnie nicht furchtbar?«

»Ja. Kaum zu glauben.«

»Und Dennis ... und die armen Jungen.« Ihre Stimme zitterte; es gab keinen Zweifel, daß sie es ernst meinte.

»Sie will wieder Tennis spielen«, sagte ich. »Bis sie mit der Chemotherapie anfängt. Kannst du mitspielen?«

»Das würde ich gern tun.«

Die schwache Betonung, die sie auf das ›ich‹ legte, veranlaßte mich zu sagen: »Ich auch.«

Ich hielt ihr die rechte Hand hin, und sie ergriff sie mit der Linken. Sie trug Seidenhandschuhe, und ihre Hand fühlte sich so substanzlos und knochenlos an wie die eines Kindes. Wie Schulmädchen standen wir da und hielten uns an den Händen, empfanden zu viel, um zu sprechen.

Martin trat aus dem Laden und ließ die Brieftasche in seine Innentasche gleiten. Als er feststellte, daß seine Frau nicht im Wagen war, sah er sich um und erblickte uns.

»Eve – sei gegrüßt, Fremde!«

Er kam mit seinen typischen großen, wiegenden Schritten auf uns zu und strahlte über das ganze Gesicht. Wir ließen unsere Hände los, und er stellte sich zwischen uns und küßte mich herzlich auf beide Wangen. Er weiß nichts, dachte ich, und spürte, wie mich Erleichterung überkam.

»Ich habe dich viel zu lange nicht gesehen – wo hattest du dich versteckt?«

»Ich war ziemlich beschäftigt.«

»Sind das nicht scheußliche Nachrichten von Ronnie?«

»Wir haben gerade darüber gesprochen.«

Er legte den Arm um Sabine. Sie war wie ein schlanker Farn im Schutz einer großen Eiche: Er überschattete und behütete sie. Sie lächelte mir aus seiner Umarmung zu, doch ihre Augen waren dunkel.

»Sophie geht jetzt aufs College«, sagte Martin. »Findet es toll. Eine Zeitlang dachte ich letzten Sommer, sie würde unter die Haube kommen, aber die jungen Leute sind ja so was von wankelmütig!«

»Es ist aber die beste Zeit für Wankelmut«, sagte ich.

Er gluckste und klimperte mit den Schlüsseln in seiner Tasche. »Stimmt, dann tobt man sich aus, und wenn man sich schließlich häuslich niederläßt, ist man zu erschöpft, um untreu zu werden, nicht wahr, Cheri?«

»Absolut.« Sie lächelte. »Wir sprechen uns, Eve.«

»Wir sollten los.« Er begann, sie fortzuschieben.

»Habt ihr etwas Schönes vor?« fragte ich, denn plötzlich widerstrebte es mir, sie fortzulassen. »Ihr seht beide so elegant aus.«

»London«, sagte Martin. »Stinklangweilig, unvermeidlich. Bis bald!«

Sie sah mich über seinen Arm hinweg an, als sie davongingen – diese traurigen Augen, eine kleine Abschiedsgrimasse ... Ich stieg in meinen Wagen, wartete aber noch, um sie losfahren zu sehen. Sie unterhielten sich miteinander, und Martin lachte, während er den Schlüssel herumdrehte. Sabine hob die Hände in gespielter Verzweiflung, dann strich sie ihm über die Wange und hauchte ihm einen Kuß zu. Sie zielte daneben, doch es war trotzdem ein Kuß.

Als sie abfuhren, dachte ich an Ben und sein selbstgewähltes Exil, und mir krampfte sich das Herz zusammen. Die Zeit des Wartens würde lange und einsam werden. Sabine würde das Richtige tun.

Immer noch wund ums Herz, ging ich in sein Zimmer, als ich nach Hause kam. Es war noch so, wie er es hinterlassen hatte: Das Federbett war zurückgeschlagen, und die Kleidung, die er aussortiert hatte, lagen überall verstreut. Als ich das Licht ausmachte, hatte ich das Gefühl, daß etwas fehlte. Erst als ich mir in der Küche einen Drink eingoß, erkannte ich, daß er Algy mitgenommen hatte.

Um neun Uhr rief Mel an. Nach unserem letzten Gespräch bekam ich beim Klang ihrer Stimme eine Gänsehaut, doch diesmal war sie nicht wütend. Sie klang sogar für ihre Verhältnisse recht milde gestimmt.

»Ich dachte, du kämst dir vielleicht verlassen vor«, sagte sie.

»Warum?« fragte ich argwöhnisch.

»Na ja … der braunäugige Wunderknabe ist doch fort, oder nicht?«

»Ja.«

»Ist schon gut, Mutter, ich habe mich beruhigt. Es sieht ja so aus, als ob er jetzt das Richtige tut, auch wenn es ein bißchen spät ist. Schadensbegrenzung ist besser als gar nichts.«

»Dann hast du mit ihm gesprochen?«

»Er hat mich von Papas Wohnung aus angerufen. Wahrscheinlich hat Papa ihn dazu überredet. Ich war ziemlich wütend, wie du weißt, also habe ich ihm die Meinung gesagt. Aber er hat es wie ein Mann aufgenommen.«

»Ja«, pflichtete ich ihr bei. »Ian und ich haben das Gefühl, daß Ben die ganze Sache alles in allem ziemlich gut hinter sich gebracht hat.«

»Oho«, sagte Mel, »du meinst, er hat es hinter sich, ja? Ich habe ihn so verstanden, als könnte sein Aufenthalt *outre mer* sich nur als vorübergehende Unterbrechung erweisen.«

»Theoretisch ja. Praktisch glaube ich, daß es vorbei ist.«

»Ich verstehe. Aber was ist mit ihr?«

»Sabine? Sie scheint das Beste daraus zu machen.«

»Da bin ich mir sicher. Sie leidet an ihrem beheizten Pool mit ihrem Personal und ihrem Mercedes Coupé vor sich hin. Mir kommen gleich die Tränen.«

»Mel ... bitte.«

»Ich bin ja schon still. Was soll es auch bringen? Ich habe nicht angerufen, um mit dir diesen Kram durchzukauen. Hast du vielleicht in den letzten Tagen Zeitung gelesen?«

»Du meinst das mit dem Feuer? Ja, das habe ich zufällig im Wirtschaftsteil entdeckt.«

»Also weißt du, daß Charles McNally hier ist?«

»Ja.«

Es entstand eine Pause, denn sie schien darauf zu warten, daß ich noch etwas hinzufügte. Als ich das nicht tat, sagte sie: »Er ist der Held der Stunde. McNallys letzte Schlacht, so in der Art.«

»Ich kann es mir vorstellen.«

»Du kannst es dir vorstellen, aber eigentlich bist du nicht interessiert.«

Wie üblich war es meiner Tochter gelungen, mich da zu kratzen, wo ich am wenigsten gekratzt werden wollte. »Doch, ich bin schon interessiert. Ich glaube aber nicht, daß er es auch ist, also habe ich beschlossen, nicht weiter darüber nachzudenken.«

»Warum nicht?«

Ich holte tief Luft. »Mel, Liebes, du hast sicher mein Wohlergehen im Sinn, aber du zwingst mich, es zu sagen: Es geht dich wirklich nichts an.«

»Mutterherz – das stimmt.«

»Außerdem habe ich dir schon gesagt, warum nicht.«

»Weil du glaubst, daß er nicht interessiert ist?«

»Er ist sehr charmant und sehr freundlich, und er hat mir für kurze Zeit ein sehr erfreuliches Maß an Aufmerksamkeit gewidmet. Doch es ist und bleibt so, daß ich ihn kaum kenne, und dummerweise habe ich Charme und Freundlichkeit für etwas anderes gehalten. Er kommt irgendwann nach London zurück, und es kann gut sein, daß wir uns dann über den Weg laufen, wodurch ...«

»Du hast völlig unrecht«, unterbrach sie mich scharf. »Oder zumindest hast du in dieser Beziehung unrecht. Der Anfang stimmt. Er hat etwas für dich übrig, Mutter, laß es dir von jemandem gesagt sein, der es weiß.«

»Aber so gut kennst du ihn doch auch nicht! Nehme ich an«, fügte ich hinzu, weil es nicht meine Absicht gewesen war, unfreundlich zu klingen.

»Ich beobachte diese Dinge. Ich behalte sie im Auge. Außerdem liegt mir an dir, und ich würde dir nichts erzählen, was nicht stimmt.«

»Ach, Mel ...« Es tat mir leid.

Sie seufzte humorvoll. »Ehrlichkeit – sie ist mein Kreuz! Hör mir zu – wo wir gerade offen miteinander reden, habe ich dir einen Vorschlag zu machen.«

Ich stählte mich für den kaum verschleierten Befehl, der jetzt folgen würde. »Weiter.«

»McNally kommt am Samstag zurück ins Hotel. Es wird eine Feier geben. Warum bewegst du nicht deinen Hintern hierher und kommst auch?«

Ich stöhnte. »Liebes, mach dich doch nicht *lächerlich*!«

»Ich meine es ganz ernst. Überrasche ihn! Und dich selbst.«

»Das kann ich doch nicht machen.«

»Natürlich kannst du das! Kauf ein Ticket, spring ins Flugzeug, fertig ist die Kiste. Wenn du dir Sorgen über die Kosten machst, da kann ich dir helfen.«

»Lieber Himmel, das würde mir im Traum nicht einfallen, aber darum geht es auch nicht. Was ich gemeint habe ...«

»Oh, ich weiß, was du gemeint hast!« Sie klang verächtlich. »Du meinst, du bist ein Feigling.«

»Ich meine, es wäre unangemessen!« rief ich. »Was in aller Welt würde er denken?«

»Daß du ihn magst!« rief sie zurück. Wenn man sich mit Mel anlegte, bekam man es mit Zinsen zurück. »Daß du an ihn gedacht hast. Daß du keine langweilige, verklemmte Provinzschachtel bist, sondern ein denkendes Wesen, das sich nicht davor fürchtet, auch einmal einem wilden Impuls nachzugeben.«

Zwecklos, sie darauf hinzuweisen, daß es ihr Impuls war – aber ich tat es dennoch.

»Okay«, sagte sie in normalem Tonfall, »also gut, ich habe es vorgeschlagen. Aber jetzt bist du dran mit der Ehrlichkeit – würdest du es nicht gern machen?«

Ich war dermaßen aufgedreht, daß es mir Schwierigkeiten bereitete, darüber nachzudenken, was ich wollte. Es gab immer noch jede Menge Gründe, es nicht zu tun (was, wie mir klar wurde, nicht dasselbe war), und ich fing an, diese aufzuzählen.

»Wir haben doch überhaupt nichts gemeinsam, Mel. Er hält mich für diese gelassene Erdmutter, und wir wissen beide, daß das lächerlich ist, und soweit ich das überblicke, ist er ein arbeitsbesessener Beziehungsfeind, der ...«

»Du siehst wohl zu viele Talkshows.«

»... dem viel daran liegt, in Bewegung zu bleiben, ein bewegliches Ziel darzustellen, um es mit seinen Worten zu sagen.«

»Also ist er nicht perfekt. Und du gibst selbst zu, daß du es auch nicht bist. Also?«

»Also würde es nie funktionieren, deshalb werde ich es nicht tun, und damit basta!«

Als ich den Hörer auflegte, zitterte ich vor Wut und Enttäuschung, und Tränen brannten mir in den Augen. Warum mußte sie nur so sein, meine Tochter, die ich liebte und bewunderte und die ich anderen gegenüber in den höchsten Tönen lobte? Warum fühlte sie sich gezwungen, so regelmäßig und zielsicher an einen empfindlichen Nerv zu rühren? Aus der sicheren Entfernung ihres Luxushotels war sie wieder einmal zu weit gegangen – sie hatte den Stein ins Rollen gebracht und sich dann zurückgezogen und mich in diesem traurigen Zustand zurückgelassen: verlassen, verdrossen und verwirrt.

Ich wußte, daß ich eigentlich hätte verzaubert sein sollen, aber das gab ich nicht zu.

Der folgende Tag war wieder einer von denen, die sich entsetzlich in die Länge zogen. Jo war in der Geschäftsstelle in Brighton, also gab es niemanden, mit dem ich reden konnte. Ich freute mich, als Ian am Nachmittag anrief, um mir mitzuteilen, daß Ben heil weggekommen war, und um mir die Adresse und Telefonnummer der Familie zu geben, bei der er wohnen würde.

»Sind sie nett?« fragte ich.

»Natürlich sind sie nett! Sie werden ihn wahrscheinlich furchtbar verwöhnen. Eines ist sicher, er wird zunehmen – die Dänen gehören zu Europas größten Essern.«

»Er fehlt mir, Ian.«

»Ich weiß, und ich weiß, daß es nicht seine Stärke ist, sich zu melden, darum habe ich mir gedacht, daß du sicher gern die Adresse haben möchtest, damit du dich mit ihm in Verbindung setzen kannst.«

»Ich weiß es zu schätzen.«

»Ich habe gestern mit Mel gesprochen«, sagte er in einem lockereren Tonfall, der sogleich meinen Argwohn weckte.

»Ich auch.«

»Sie sagt, sie lädt dich noch einmal zu einem Urlaub ein.«

Ach, das hatte sie gesagt, ja? Daß sie mich einlud? »Ich weiß nicht, ob sie das so explizit gesagt hat.«

Er überhörte das. »Fährst du? Nach allem, was vorgefallen ist, klingt es doch nach einer tollen Idee! Das Wetter dürfte viel milder sein als bei deinem letzten Besuch, und vielleicht ist es genau das richtige für dich: ein bißchen mitfühlende Gesellschaft.«

Manchmal fragte ich mich, ob er Mel auch nur ansatzweise kannte. »Ich könnte weder den Urlaub noch die Kosten rechtfertigen.«

»Du hast doch bestimmt noch Anspruch auf eine Woche? Und du solltest dir keine Gedanken darüber machen, ihr Angebot anzunehmen – sie verdient da unten ganz gut, und ich bin mir sicher, daß sie es gerne tut. Weißt du noch, wie wir davon geträumt haben, daß unsere Kinder uns unterstützen? Tja, jetzt ist es soweit.«

Es war kein Zufall, daß Mel mit Ian über mich gesprochen hatte. Sie wußte, wie man eine Falle zuschnappen ließ. Falls ich zu feige war, auf ihren Plan einzugehen, dann würde mich vielleicht Ians alltäglicheres Szenario dazu bringen, das zu tun, was sie für meine geheimen Wünsche hielt. Sie war so leicht zu durchschauen.

Das Ärgerliche daran war, daß in meinem Kopf langsam eine Vorstellung entstand, eine Vorstellung, die ich weder verdrängen noch links liegenlassen konnte – die Vorstellung, wie es sich anfühlen würde, die Arme Charles McNallys, des Helden der Stunde, noch erhitzt vom Feuersturm, um mich zu spüren …

Natürlich verwarf ich diesen Gedanken. Ich kam mit dem Entschluß nach Hause, meinen Abenden wieder einen Sinn zu geben. Als ich gegessen hatte, setzte ich mich an meinen Schreibtisch, um ein paar Briefe zu schreiben. Ich mußte mich auf den neuesten Stand bringen lassen, meine Freundschaften wieder auffrischen. Auf dem Heimweg hatte ich eine witzige, geschmacklose Karte mit den besten Wünschen gefunden, die ich Ben zusammen mit einer Notiz schickte, von der ich hoffte, daß sie hinreichend gelassen war. Auf der Suche nach Briefmarken fand ich in einem der Schubfächer meinen ersten Brief an Sabine – sechs Seiten eng bekritzelten, linierten Papiers, die ich auf dem Höhepunkt meiner Raserei geschrieben hatte. Es bedurfte einer immensen Willensanstrengung, ihn nicht noch einmal zu lesen, doch ich schaffte es, und um auf Nummer Sicher zu gehen, zerriß ich ihn sogar in kleine Stücke, bevor ich ihn in den Papierkorb warf. Jetzt, so überlegte ich, war der Zeitpunkt, um noch einmal an Sabine zu schreiben. Ich fing an, wurde aber von der erschreckenden Möglichkeit gebremst, daß Martin den Brief sehen könnte. Dann hatte ich eine andere, bessere Idee. Ich schrieb eine Notiz, die ich an beide adressierte, und lud sie zum Abendessen ein. Auf diese Weise würde Martin sich mit eingeladen fühlen, und Sabine würde schon ihre persönlichen Rückschlüsse ziehen.

Als Termin gab ich Samstag abend in vier Wochen an, und dann schrieb ich noch eine Einladung für die Chatsworths.

Dann wandte ich Mrs. Rymer meine Aufmerksamkeit zu. Bei meinem letzten Besuch hatte sie mir gesagt, wie sehr sie sich über Post freute. Ich vermutete, daß sie einen Brief sehr genau beurteilen konnte, daher versuchte ich erst gar nicht, die Tatsache zu verheimlichen, daß ich ein wenig deprimiert gewesen war, und schrieb gleichzeitig, wie sehr ich es zu schätzen wußte, daß sie mich so freundlich aufgenommen hatte. Ich hätte auch sie zu dem Abendessen mit den Drages eingeladen, aber sie hätte es niemals meine persönliche Eiger-Nordwand hinaufgeschafft. Ich drückte ihr meine Hoffnung aus, daß ihr Sohn und ihre Schwiegertochter ihre Probleme zur allgemeinen Zufriedenheit lösen würden, und sagte ihr, daß ich mich darauf freute, wenn sie mich bei unserem nächsten Zusammentreffen auf den neuesten Stand bringen würde.

Inzwischen war ich in Fahrt gekommen. Ein starkes Mitteilungsbedürfnis hatte mich überkommen, und doch kommunizierte ich hauptsächlich mit mir selber. Ich schrieb Clive eine elegante Bouvier-Postkarte mit der Frage, ob nicht wieder einmal ein Konzert anstand, und zum Ausgleich schrieb ich auch eine an Helen mit den Worten, daß sie natürlich das richtige getan hatte und daß sie und ich uns unbedingt öfter treffen müßten.

Schließlich ging ich ans Eingemachte und schrieb an Mel. Doch während mir alle anderen Mitteilungen leicht von der Hand gegangen waren, fand ich diesmal nicht den richtigen Ton. Der Tonfall, den ich einschlagen wollte, war bescheiden, aber nicht entschuldigend, liebevoll, aber nicht aufdringlich – mit anderen Worten erwachsen. Ich hätte ihr gern meine Lage erklärt, mehr in Wut als in Trauer, und ihr klargemacht, wie unklug es sein würde, mit einer ebenso faulen wie bizarren Ausrede um die halbe Welt zu düsen, um einen Mann zu treffen, den ich kaum kannte …

Es war sinnlos. Ich brach den Brief an Mel ab, ließ ihn aber für den Fall auf dem Schreibtisch liegen, daß ich am folgenden Tag genialer veranlagt war. Die anderen frankierte ich und brachte sie in den Flur.

Es braute sich ein Sturm zusammen. Ich konnte den Donner am Horizont entlanggrollen hören, und ein paar Sekunden später wurde das Meer vom Gleißen eines Blitzes erhellt. Eine jener Hausfraueneingebungen, die mir zur zweiten Natur geworden waren, sagte mir, daß am Morgen die Müllabfuhr kam und daß ich meine Ladung besser jetzt nach unten trug, wenn ich nicht naß werden wollte.

Ich zog den Müllbeutel aus dem Schwingdeckeleimer und schleppte ihn zuerst ins Wohnzimmer und dann ins Badezimmer, um die Papierkörbe zu leeren. Der Donner grollte unheilvoll. Der Boden des schwarzen Plastiksacks hatte ein kleines Loch, weil die Kante eines Orangensaftkartons ihn angebohrt hatte, aber ich hatte keine Lust, mich auf den Kampf mit einem weiteren Beutel einzulassen. Ich mußte diesen hier nur die Treppe hinunterbekommen.

Als ich nach unten stolperte, die Oberkante des Müllbeutels in der einen Hand, während ich mit der anderen versuchte, den Boden abzustützen, dachte ich darüber nach, wie wahr doch die Platitüde war, daß das Leben weitergeht. Das Herz konnte einem in Scherben gehen, die Vergangenheit ein einziges Flickwerk und die Zukunft eine gähnende Wüste sein, aber der Hausmüll ging nie zur Neige.

Die ersten Tropfen des kalten Herbstregens prasselten zu Boden, als ich auf den Bordstein trat. Die Mülltonnen unseres Hauses standen in einer überdachten Einbuchtung, zu der man gelangte, indem man links der Eingangstreppe eine Rampe hinunterging. Dieser Bereich wurde allgemein lieblos das Schwarze Loch genannt. Während ich den Müllbeutel auf meinem Schuh abstellte, schaltete ich die einsame, staubverkrustete Glühbirne ein und hüpfte zu meiner Tonne. Einmal hochheben, und ich war befreit – und so war es auch, nur daß der Müllbeutel endlich den ungleichen Kampf aufgab und seinen übelriechenden Inhalt über den Boden ergoß.

Glücklicherweise landete das meiste in der Tonne, und indem ich verstohlen den Beutel obenauf legte, konnte ich den Eindruck erwecken, daß das Unglück in der Tonne passiert war. Ein paar Teile lagen zu meinen Füßen verstreut, und ich fing an, sie einzusammeln, während ich mir wünschte, ich hätte Handschuhe: Schinkenränder, Eierschalen, gebrauchte Kosmetiktücher, durchweichte Teebeutel, ein oder zwei ungeöffnete, saftdurchtränkte Werbepostsendungen – und noch etwas.

Im Schatten der Tonne stieß meine zaghaft tastende Hand auf etwas Festes, Zotteliges. Im ersten Moment dachte ich, es wäre eine Ratte, und fuhr mit einem kleinen Aufschrei zurück. Doch die Kreatur bewegte sich nicht, und jetzt konnte ich ihre hellen, blicklosen Augen sehen und ihre reglosen Stummelglieder, die hilflos nach oben griffen.

Einen langen Augenblick starrten Algy und ich uns an. Dann hob ich das alte Plüschtier ohne irgendwelche Gewissensbisse auf und warf es in die Mülltonne.

Als ich aus dem Schwarzen Loch hervorhuschte, fing der Wind an, ernst zu machen, und peitschte den stechenden Regen gegen die Eingangstür, als sie hinter mir zuschlug. Ich rannte die ganze Treppe hinauf. In der Wohnung schaltete ich das Licht im Flur und im Wohnzimmer aus – ich wollte das Meer sehen.

Aber heute abend war Sehen nicht genug. Ich wollte es auch spüren. Todesmutig öffnete ich die Balkontür. Obwohl der Wind vom Land kam, waren die Folgen dramatisch. Ein gewaltiger Wirbelsturm aus salziger Luft strömte herein. Die Vorhänge blähten sich wie Segel, und das Zimmer kam mir winzig und substanzlos vor, ein kleines Krähennest von einer Wohnung, das unsicher auf seinem Unterbau aus Ziegeln und Mörtel hockte. Das Dröhnen der Brandung wurde durch das zeitgleiche Scheppern von Donner und Blitz unterbrochen.

Mein Brief an Mel, der einsam auf dem Schreibtisch lag, wurde erfaßt und in eine Ecke gefegt. Es war mir egal – ich würde sie ja bald sehen.

20

Es war in den vergangenen Monaten mehrfach vorgekommen, daß mir Dinge, die ich nicht zu Ende gebracht hatte, nachstellten wie Gespenster, aber nie war es schlimmer gewesen als auf diesem erneuten Flug in die Vereinigten Arabischen Emirate. Seit meinem letzten Besuch war so viel geschehen, daß es mir vorkam, als wäre die Zwischenzeit das fremde Land gewesen und dies sei die Heimkehr, der Kreis, der sich schloß. Dieser Eindruck wurde noch durch die Tatsache verstärkt, daß das Flugzeug, in dem ich am Freitag nachmittag einen Platz ergatterte, zufälligerweise der gleiche Lufthansa-Flug war, den ich auch beim letzten Mal genommen hatte.

Als wir im Nieselregen in Heathrow abhoben, war ich ganz überdreht vor Müdigkeit. Ich wußte, daß ich besser nichts trinken sollte, doch ich bestellte mir trotzdem einen großen Gin Tonic und spürte, wie das warme Kribbeln des Alkohols meine Anspannung in Betäubung verwandelte.

Der Aufstieg des Jets auf seine vorgeschriebene Flughöhe war wie ein lange erwartetes Aufatmen. Ich war unterwegs.

Als ich meine Entscheidung einmal getroffen hatte – oder sie hatte treffen lassen –, war es unglaublich leicht, sie in die Tat umzusetzen. Bei Bouvier kam man mir gern entgegen, weil es nur ein verlängertes Wochenende war. Jo forderte mich mit geballter Faust auf, kein Frosch zu sein.

Als ich den Inhalt meiner Handtasche aussortierte, fand ich Mrs. Rymers Schlüssel in der Innentasche. Ich öffnete den Umschlag mit ihrem Brief, steckte den Schlüssel samt Brief in eine Versandtasche und fügte ein Postskriptum an: »Wie wäre es, wenn Sie den Ihrer Schwiegertochter geben? Vielleicht weiß sie ja, wozu er gut ist.«

Nachdem ich die Post eingeworfen hatte, setzte ich mich nur noch mit drei oder vier anderen Menschen in Verbindung. Einer davon war Ian, der viel zu großzügig war, um zu unterstellen, daß es sein Rat war, den ich befolgte.

»Das freut mich aber – warum denn nur für ein paar Tage? Da kommst du ja kaum über den Jetlag hinweg.«

»Das ist genau das richtige für mich, eine Ohrfeige für den Biorhythmus.«

»Das wird es, davon kannst du ausgehen! Wahrscheinlich läßt Mel dich nicht so früh weg.«

»Ach – das macht sie schon. Falls Ben anruft, grüße ihn von mir und sag ihm, daß ich am Donnerstag wieder da bin, falls er mich per R-Gespräch anrufen will.«

»Ich werde ihm sagen, wo du dich herumtreibst. Und was das Telefonieren angeht, wenn er das möchte, dann muß er es auch bezahlen.«

Der gute alte Ian, immer besorgt um die Bilanzen.

Ich schickte Mel ein Fax ins Miramar, um ihr mitzuteilen, daß ich kam und mit welchem Flug. Ich sprach ihre eigene nüchterne Sprache mit ihr. Ich hatte weder mit einer Antwort gerechnet noch eine bekommen, doch ich ging davon aus, daß sie mich am Flughafen abholen würde.

Drittens, und mit dem erstickenden Gefühl, daß dies vielleicht die einzige Gelegenheit war, hatte ich Ronnie besucht.

Ich fing mit den harmlosen Themen an und sagte ihr, daß ich nicht zum Tennis kommen könne und warum, fügte aber hinzu, daß Sabine Zeit habe.

»Du hast selbst mit ihr gesprochen?«

»Ich kann mir aber nichts darauf einbilden – ich habe sie zufällig an der Tankstelle getroffen.«

»Und dann was – habt ihr euch einfach so an der Zapfsäule wieder vertragen?«

»Nein, in Wirklichkeit war es beim Luft- und Wasserservice.«

Wir saßen bei einem Glas Wein auf der Fensterbank im Wintergarten, und sie klopfte mir auf den Rücken. »Gut gemacht, du. Das kann für euch beide nicht einfach gewesen sein.«

Es folgte eine Pause – die erste unangenehme Pause, die ich jemals in Ronnies Gesellschaft erlebt hatte. Sie schien das nicht so zu empfinden: Sie sah extrem hübsch aus, war geschminkt und kam frisch vom Friseur, trug einen Seidenschal in leuchtenden Grün- und Blautönen. Doch jetzt sah ich, daß ihr Hals und ihre Schultern unter den sanften Falten des Schals furchtbar dünn waren und daß ihr Make-up und ihre Frisur nur Fassade waren. Die alte, kerngesunde Ronnie hatte nie etwas um solche Dinge gegeben, weil sie es nicht nötig gehabt hatte.

»Eigentlich«, sagte ich, »hatten wir unseren Augenblick der Wahrheit dir zu verdanken.«

»Mir? Wie das denn, um Himmels willen?«

»Wir haben uns darüber unterhalten, wie traurig wir sind, daß du krank bist.«

»Ah ...« Sie lachte leise und selbstironisch. »Du meinst, es gibt immer jemanden, der schlechter dran ist als man selbst?«

»Das stimmt.«

»Also ist des einen Eule wirklich des anderen Nachtigall – um noch ein Klischee zu bemühen.«

»Wie kommst du denn zurecht?« fragte ich.

»Gott, Eve, ich glaube nicht, daß du das wissen willst ...« Sie sah mir direkt in die Augen, und ich konnte in den ihren eine erschreckend untypische Angst sehen. »Oder?«

»Sonst hätte ich nicht gefragt.«

»Na ja, da du fragst – es sind die Jungs. O Gott ... es sind die Jungs.« Ihr Mund verzog sich, und sie bedeckte ihn mit einer Hand, die Augenbrauen zusammengezogen.

»Es tut mir so leid.«

Was konnte ich auch sagen? Aber sie gewann die Kontrolle zurück und fuhr fort, als hätte ich nichts gesagt. »Dennis auch, natürlich, aber irgendwie hat man das Gefühl – habe ich das Gefühl –, daß er schon zurechtkommen wird. Er weiß, worum es hier geht, und er findet sich damit ab ... Aber sie sind so fest davon überzeugt, daß ich wieder gesund werde, und wenn nicht, dann betrachten sie es als eine Art kollektives Versagen. Simon ist wütend und grob, und Philip läuft Gefahr, ein Märtyrer der Hilfsbereitschaft zu werden. Eigentlich bringt es sie in Verlegenheit.« Sie lachte reuevoll. »Sie wollen und brauchen diese Verpflichtung zur Traurigkeit nicht. Sie wollen ihr Leben leben, ohne deswegen ein schlechtes Gewissen zu haben. Genau wie ich hätten sie gern, daß diese Krankheit Vergangenheit ist.«

»Aber sie lieben dich«, sagte ich, »und du kannst sie nicht vor dieser Traurigkeit bewahren.«

»Ich weiß.« Sie schüttelte den Kopf. »Ich weiß es. Ich wünschte nur, ich könnte die Zeit um ein Jahr zurückdrehen, Eve, als sie sich danebenbenehmen konnten und ich ihnen den Marsch blasen konnte, ohne daß daraus ein Staatsakt gemacht wurde.«

»Aber du meinst, Dennis kommt klar?«

»Mehr als das.« Ihr Gesicht nahm einen weichen Ausdruck an, den man nur als vollkommene Liebe bezeichnen konnte. »Er ist fantastisch. Es ist nicht einfach – ich bin nicht einfach –, und es wird ja noch schlimmer werden, aber er läßt sich nicht aus der Ruhe bringen. Es klingt schrecklich, aber ich habe nicht gewußt, daß er es so in sich hat.«

»Das ist ja schön«, sagte ich. Ich erinnerte mich an das Auto auf den Klippen, die Musik, den Ausdruck in Dennis' Gesicht. Er hatte es allerdings in sich, es wuchs genauso in ihm, wie es in ihr wuchs. Nur, daß sein Schmerz nicht mit ihrem Tod enden würde.

»Auf die Gefahr, kitschig zu klingen«, sagte Ronnie, »diese ganze Sache hat mich zu schätzen gelehrt, was ich habe.«

»Das glaube ich.«

Sie fing an zu weinen. »In dem unwahrscheinlichen Fall, daß man in den nächsten sechs Monaten ein Heilmittel entdeckt, werde ich meinen Mann nie wieder für eine Selbstverständlichkeit halten.«

Also hatten wir geredet, und es hatte uns beide erleichtert. Es schien, als hätte sie ein wenig von ihrer mutigen Verantwortung an mich weitergegeben und ich ein wenig von meinem Bedürfnis zu trauern an sie. Als ich gerade ging, kam Dennis nach Hause, und ich konnte ihm meine Hilfe bei den Fahrten zum Krankenhaus anbieten. Ich konnte nicht behaupten, daß dieses Leid nun geteilt war – wie hätte das auch gehen sollen? –, aber wenigstens hatte Ronnie es mir erlaubt, einen Augenblick lang neben ihr zu stehen und dem Schmerz direkt ins Gesicht zu sehen, und keine von uns war daran zerbrochen.

Da war noch etwas gewesen. Auf meinem letzten Kontrollgang durch die Küche vor meiner Abreise hatte ich die Puder-Bär-Postkarte vom Notizbord genommen und sie mir in die Handtasche gesteckt. Irgendwo über Österreich holte ich sie heraus, zerriß sie in mehrere Stücke und stopfte sie tief in die Tasche des Vordersitzes, wo das Kabinenpersonal sich damit befassen konnte.

So schlecht wie ich in letzter Zeit geschlafen hatte, war das letzte, womit ich rechnete, unter den beengten Verhältnissen eines internationalen Fluges einzudösen. Doch als die Tabletts mit dem Abendessen abgeholt worden waren und wir einige Kilometer hoch über Südeuropa hinwegdröhnten, schlief ich tief und fest ein wie ein Kind.

In Bahrain, das nur eine Stunde von unserem Zielort entfernt lag, tankte das Flugzeug auf, und man gestattete es uns, sich in der Transitlounge die Beine zu vertreten. In der winzigen Frischluftritze zwischen dem Flugzeug und dem klimatisierten Terminal spürte ich den pulsierenden Hauch der Wüste, auf den einen nichts vorbereiten konnte – auch wenn man es bereits erlebt hatte. Ich ging in die Garderobe, um mich zu waschen und aufzupeppen. Ich wollte Mel im Vollbesitz meiner Kräfte gegenübertreten; eine Frau, die aus ihren eigenen Gründen ihre eigene Entscheidung getroffen hatte.

Auf der letzten Etappe des Fluges fragte mich der Mann auf dem Nebensitz, der sich bis jetzt angenehm still verhalten hatte, über meine Reise aus. Ich erzählte ihm, daß ich meine Tochter besuchen wollte.

»Arbeitet sie bei einer der Ölfirmen?«

»Ankatex.«

»Ankatex, wirklich? Sie haben eine stürmische Zeit hinter sich«, merkte er an. »Aber so wie ich es verstanden habe, liegt der Rand des Abgrundes jetzt hinter ihnen.«

Während ich beobachtete, wie die ersten dünnen Fäden künstlichen Lichts die grenzenlose Dunkelheit unter uns durchzogen, dachte ich: Und ich bin zum Rand des Abgrundes unterwegs.

Mel hatte sich die beste Position an der Balustrade gesichert, sie war die erste Person, die ich sah, als ich herauskam. Sie sah tipptopp aus in ihrer ärmellosen weißen Bluse, ihren Khakishorts und den makellosen weißen Segelschuhen. Mir fiel auf, daß sie sich das Haar hatte wachsen lassen und es zu einem Zopf geflochten trug.

Wie erwartet, erwähnte sie unseren Streit am Telefon mit keinem Wort.

»Hallo«, sagte sie. »Die gute alte Lufthansa, auf die Sekunde pünktlich.«

Wir tauschten die üblichen gefaßten Küsse aus, und sie übernahm meinen Gepäckwagen. Als wir auf den Parkplatz hinaustraten, fächerte ich mir instinktiv mit der Hand über das Gesicht, und sie warf mir einen schelmischen Blick zu.

»Es ist doch wohl besser als letztes Mal, oder?«

»Du vergißt, daß wir zu Hause Herbst haben.«

Man hatte ihr einen Firmenwagen überlassen, einen weißen japanischen Jeep, den sie mit mörderischer Kompetenz fuhr. Als wir auf der baumgesäumten Überholspur in die Stadt dröhnten, wichen ihr Männer mit Goldschmuck in benzinschluckenden Cadillacs und in Schwarz gehüllte Damen am Steuer von BMW-Cabrios aus, und ich konnte es ihnen nicht verübeln. Nur manchmal hob sie arrogant zum Dank einen einzigen Finger.

Als wir innerhalb der Stadtgrenzen gezwungen waren, langsamer zu fahren, fragte ich:

»Wann kommt Charles an?«

»Morgen früh. Ich habe es arrangiert, daß du ihn abholst.«

»Du hast es arrangiert ...?« Mein Magen schlug einen Purzelbaum. »Ist das wirklich eine gute Idee?«

»Ich finde sie großartig, aber das ist selbstverständlich, oder?«

»Wie früh?«

»Mm – um sieben.«

Irgendwie war es in meiner Vorstellung abends gewesen, und ich hatte Gelegenheit gehabt, meine Gedanken zu sortieren, mich schön zu machen, mich vorzubereiten.

»Und wann müssen wir aufbrechen?«

»Um Viertel nach sechs mußt du los.«

Ich begriff, daß ich von einer idiotischen Vorstellung ausgegangen war. »Und wo bist du dann?«

»Im Bett, hoffe ich doch. Und später steigt die Wüstenparty. Morgen ist mein einziger freier Tag.«

In meinem Kopf drehte sich alles, doch ich tat mein Bestes, mir nichts anmerken zu lassen.

»Soll ich mir dann heute abend ein Taxi bestellen oder so etwas?«

Den Blick auf die Straße gerichtet, legte sie mir ihre kühle Hand auf den Unterarm. »Keine Panik. Es ist alles geregelt. Charles' Fahrer kann dich mitnehmen.«

»Marian?«

»Wer ist das denn?«

»Egal.«

»Sein Name ist Yussif. Er sieht aus wie Omar Sharif auf Speed und ohne die komischen Zähne.« Sie warf mir einen diabolischen Blick zu. »Wer weiß? Vielleicht vergißt du Charles McNally und wirst nie wieder gesehen.«

Die kühle, marmorne Eingangshalle des Miramar mit ihren Palmen, Spiegeln und ihrem plätschernden Springbrunnen war noch so, wie ich sie in Erinnerung hatte. Die Rezeptionistinnen begrüßten mich wie eine Offenbarung, doch Mel hatte es eilig.

»Meine Mutter hat heute abend keine Zeit zum Spielen«, sagte sie zu ihnen und begab sich zum Aufzug. »Sie muß früh los.«

»Diesmal übernachtest du bei mir«, sagte sie mir auf dem Weg nach oben. Seit ich das letzte Mal hiergewesen war, war sie eine Etage weiter nach oben gezogen, doch das Zimmer war identisch. Es war makellos ordentlich bis auf die Tatsache, daß Mels Bürokleidung über eines der Betten gebreitet lag.

»Geh ruhig ins Bad«, sagte sie. »Ich gehe nur noch kurz in der Bar mit den anderen etwas trinken. Vergiß nicht, dich wecken zu lassen – Yussif wartet ab sechs vor dem Haupteingang.«

Jenseits der gigantischen Spiegelglasfenster breitete sich ein komplexes, dreidimensionales Spinnennetz aus Lichtern aus, und ich erkannte die Konstellationen der Tanker jenseits der Wellenbrecher. Auch hier überblickte ich die See, doch sie vermittelte einen vollkommen anderen Eindruck als die hektischen Wellen von Sussex. Dieses Meer war heiß, reglos, dickflüssig vor Salz, und es glänzte wie eine Ölpfütze im Mondlicht.

Ich packte meinen Koffer aus, nahm ein Bad und legte mir die Kleider für den Morgen zurecht. Dann stieg ich ins Bett und ließ Mels Nachttischlampe an, damit sie beim Umziehen etwas sehen konnte. Jetzt wünschte ich, ich hätte im Flugzeug nicht so lange geschlafen. Meine Armbanduhr, die ich auf Ortszeit umgestellt hatte, sagte mir, daß mir kaum mehr als fünf Stunden bis zum Aufstehen blieben, doch mein Körper, der immer noch im Takt einer anderen Trommel marschierte, konnte sich nicht entspannen.

Ich war immer noch wach, als Mel zurückkehrte. Ich hörte zu, wie sie sich die Zähne putzte, auf die Toilette ging, sich abschminkte. Dann schaltete sie das Badezimmerlicht aus, zog sich aus und schlüpfte in das andere Bett. Sie muß noch etwas gelesen haben, denn die Lampe blieb an, und plötzlich fragte sie:

»Bist du noch wach?«

»Leider ja.« Ich drehte mich um. »Ich bin immer noch in einer anderen Zeitzone.«

»Und nervös?«

»Halb tot vor Angst.« Da es mitten in der Nacht war und wir beide unsere glänzenden, ungeschminken Nachtgesichter trugen, schien es keinen Sinn zu haben, meine kühne Fassade zu bewahren. Sie hatte ihren Zopf aufgeflochten und ihr Haar mit einem Gummi gebändigt. Sie sah genauso aus wie im Alter von zwölf Jahren. Unfairerweise sah man, wenn man alt wurde, ohne Make-up noch älter aus, während die jungen Leute jünger aussahen.

Sie legte ihr Buch auf den Nachttisch und drehte sich auf die Seite, so daß sie mir zugewandt war. Es war etwas Intimes in ihrer Haltung, eine Bereitschaft, mir ein Geständnis mitzuteilen wie bei zwei Schulmädchen, die zusammen übernachten.

»Ich bin stolz auf dich«, sagte sie.

»Ich hoffe, es geht alles gut.«

»Bestimmt.«

»Und er wird nicht meinen, daß ich mir eine unverschämte Freiheit herausnehme, wenn ich einfach so in seinem Wagen auftauche?«

Sie schüttelte sich vor Lachen. »Du nimmst dir eine unverschämte Freiheit heraus, indem du überhaupt hier bist. Das ist doch der Sinn der Sache. Wenn schon, denn schon.«

»Du hast wohl recht.«

Wir starrten einander schweigend an, dann sagte sie: »Du bist verrückt nach ihm, oder?«

»Verrückt bin ich mit Sicherheit... Und es ist zumindest teilweise seine Schuld.«

»Du hast einen guten Geschmack, Mutter. Er ist wirklich fantastisch.«

»Wirklich? Also bin ich nicht die einzige, die das findet?«

»O nein...« Sie griff hinter sich, um das Licht auszuschalten. »Keine Sorge. Du bist nicht die einzige.«

Als ich im Dunkeln lag und zuhörte, wie meine liebe Tochter einschlief, versuchte ich vergeblich zu verdrängen, was ich in ihrem Gesicht gesehen hatte, kurz bevor das Licht ausging.

Es schien, als könnte man seine Kinder vor allem bewahren, nur nicht vor einem selbst.

Ich war schon wach, bevor der Anruf kam, und da Mel ausschlafen wollte, würgte ich ihn schon nach dem ersten Klingeln ab. Sie lag flach auf dem Rücken, die Arme über dem Kopf. Ich erinnerte mich aus ihrer Kindheit an diese Position – sie war mit Sicherheit der einzige Mensch, der so einschlafen konnte, ohne daß ihm der Mund offenstand.

Sie regte sich nicht, während ich mich wusch, anzog und schminkte. Doch als ich die Tür öffnete, um zu gehen, murmelte sie: »Viel Glück.«

Yussif erwartete mich im Foyer. Er trug einen eleganten perlgrauen Anzug, weiche schwarze Schuhe, ein Hemd, das so weiß war, daß es fast blau wirkte, und eine burgunderfarbene Seidenkrawatte. Er stand über die Rezeption gebeugt und unterhielt sich mit den Empfangsdamen, doch sobald ich aus dem Aufzug trat, richtete er sich auf und betrachtete mich aus zusammengekniffenen Augen mit einem Blick, der respektvoll und hochmütig zugleich war.

»Mrs. Piercy?«

»Ja.«

»Bitte kommen Sie hier entlang.«

Ich folgte ihm, als er zur Tür schritt und sie für mich offenhielt. Er war nicht viel größer als ich, doch seine Haltung und sein Falkengesicht ließen ihn immens erscheinen. Ich war froh, daß ich mein langes blaues Kleid trug und daß ich mir zum Schutz gegen die Kälte des frühen Morgens meinen Seidenüberwurf um die Schultern gelegt hatte: So kam ich mir ein bißchen würdevoller vor und etwas weniger wie ein abendländischer Dummkopf.

Draußen wartete ein weißer Rolls-Royce. Als ich mich auf die Rückbank setzte, fragte ich mich, was in aller Welt Yussif wohl von der ungewöhnlichen Vereinbarung hielt, die meine Tochter ihm aufgedrängt hatte.

Wir glitten von der Hotelauffahrt hinaus auf die Landstraße. Wir hatten leichten Gegenverkehr, doch auf dem Weg aus der Stadt konnten wir beschleunigen. Ich war der Annahme, daß wir vielleicht hundertzwanzig fuhren, doch als ich mich vorbeugte, um einen Blick auf den Tachometer zu werfen, näherten wir uns den hundertachtzig: ein paralleles Universum.

Als wir die Stadt hinter uns ließen, fragte Yussif: »Mrs. Piercy, ist Ihnen die Temperatur angenehm?«

»Sie ist perfekt, danke.«

»Bitte sagen Sie mir, wenn Sie etwas geändert haben möchten.«

»Das tue ich – danke.«

Er blickte in den Rückspiegel. »Möchten Sie gern etwas Musik hören?«

Ich erinnerte mich an das nervtötende Geklingel und Gestöhne, das Mel und ihre Freunde als Wadi-Pop bezeichneten. Doch jeder Widerspruch schmolz angesichts von Yussifs enormer Würde dahin.

»Ich habe nichts dagegen.«

Er drückte auf einen Knopf und hielt sich seinen langen braunen Finger an die Lippen. »Ich spiele sie auch leise.«

Mozart erfüllte den Wagen.

Vielleicht lag es an dem großartigen Wagen, an der Musik, an Yussif oder an meiner schwindelerregenden Abenteuerlust, aber es dauerte noch einmal fünfzehn Minuten, bevor ich erkannte, daß wir nicht auf der Küstenstraße zum Flugplatz unterwegs waren, sondern in die Wüste fuhren. Die Asphaltdecke hatte sich verschlechtert, und die sandigen Schlaglöcher brachten selbst den Rolls-Royce zum Schaukeln. Die Sonne kroch knallrot den Himmel hinauf, ihr Rand war gestochen scharf, und rechts und links erstreckte sich ein Meer geriffelter Dünenkämme in blassem Gold mit rosafarbenen Einschlüssen, von dichten schwarzen Schatten durchzogen.

Ich beugte mich vor, und sofort wurde die Musik leiser gedreht.

»Nein, sie ist schön – ich wüßte nur gern, ob wir nicht zum Flughafen fahren.«

Er schüttelte den Kopf. »Ankatex hat einen eigenen Flugplatz. Es ist nicht mehr weit.«

»Aha.« Ich lehnte mich wieder zurück. Nach einem Moment der abwartenden Stille, falls ich noch etwas hinzufügen wollte, kehrte Mozart zurück.

Ein paar Minuten später bogen wir von der unebenen Straße in eine noch schlechtere Straße ein. Auf meiner Seite wurde mir jetzt die Aussicht durch eine Ansammlung häßlicher, flacher Gebäude verdorben, doch der von der aufgehenden Sonne beleuchtete Ausblick aus dem anderen Fenster war atemberaubend. In weiter Ferne schimmerten die Hochhäuser der Stadt wie das Mastwerk einer Geisterarmada in der wogenden Wüstensee.

Der Rolls kam schnurrend zum Stehen. Wir hatten die häßlichen Gebäude umfahren, so daß sie jetzt links hinter uns lagen. Vor uns durchschnitt eine pfeilgerade Landebahn die Dünen im Osten. Die Luft begann bereits vor Hitze über dem Boden zu flirren. Tentakel aus feinem Sand wirbelten über den Asphalt.

Weit im Norden verunreinigte eine schwarze Qualmwolke den frühmorgendlichen Himmel. Jetzt, da wir angehalten hatten, konnte ich eine dünne Schicht winziger Rußpartikel sehen, die wie schwarzer Schnee auf der Windschutzscheibe lagen.

Ich legte die Hand auf die Tür, doch Yussif drehte sich um und hob mahnend den Finger.

»Mrs. Piercy – zu heiß. Bitte warten Sie im Wagen.«

Er mußte meine Enttäuschung bemerkt haben, denn sein Gesichtsausdruck wurde weicher, und er beugte sich geduckt vor und zeigte mit dem Finger zum Himmel. »Da können Sie es sehen.«

Ich beugte mich zwischen den beiden Sitzen vor. Ein kleines Flugzeug mit dem blauroten Ankatex-Logo näherte sich im Sinkflug von Norden, und die Thermik ließ seine Flügel beim Abstieg leicht schaukeln. Wir sahen zu, wie das Fahrwerk sich wie die Beine eines landenden Falken herabsenkte. Der Himmel war so hell, daß mir die Augen tränten. Yussif drehte die Musik aus, und jetzt konnte ich über der Klimaanlage des Wagens das laute Dröhnen des Flugzeugmotors hören, und ich sah, wie es beim Landeanflug den Sand aufwirbelte.

»Jetzt, Mrs. Piercy – steigen Sie aus, wenn Sie möchten.«

Ich war nicht der einzige Mensch hier, hätte es aber gut sein können. Ich wußte, daß ein Mann mit einem Overall zum Cockpit des Flugzeugs rannte und daß zwei weitere am Eingang des Gebäudes standen. Der Pilot war da. Und Yussif, der beim Wagen wartete.

Doch ich war allein. Und als er die kleine Treppe herunterkam, war er es auch. Er sah anders aus, als ich es in meiner Naivität erwartet hatte – nicht rußgeschwärzt, gebeugt, vom Kampf erschöpft, sondern kühl und weltmännisch in Krawatte und kurzärmeligem Hemd. Mir fiel ein, wie er gesagt hatte, daß man Charakter brauche, um gepflegt auszusehen… Er trug ausgerechnet eine Aktentasche in der einen Hand und hatte Flightcase und Jackett über die Schulter geschlungen.

Er sah mich, und er erkannte mich sofort. Ich sah es einfach an der Art, wie er den Kopf hielt, als er am Fuß der Treppe stehenblieb. Die Hitze, die mit jeder Sekunde intensiver wurde, schien uns fest umklammert zu halten und uns zu beschützen. Der Abstand zwischen uns ließ die eingebildeten Unterschiede in meinem Kopf verschwindend erscheinen. Die Weite der Wüste schenkte uns Abgeschiedenheit.

Langsam setzte er seine Taschen ab und ließ das Jackett darauf sinken. Es rutschte zu Boden, doch er bemerkte es nicht. Als er auf mich zuging, streckte er die Hand aus, und seine Handfläche wies nach oben.

Ich tat einen Schritt und erreichte den Rand des Abgrundes…

Noch einen, und ich wagte den Sprung…

Ah…!